GOLDMANN

Buch

Eugene Debs Hartke ist einer unter vielen. Einer unter vielen, die Zeugen, aber auch Opfer der politischen und sozialen Turbulenzen im letzten Drittel unseres Jahrhunderts werden. Er verlebt eine durchschnittliche, fast idyllische Kindheit und Jugend, bis sein Vater arbeitslos wird, weil seine Firma von einem Konzern aufgekauft wird. Von diesem Moment an ist sein Leben eine Anhäufung kleinerer und mittlerer Katastrophen, in die er meist mehr oder weniger ungewollt hineinschliddert. Seine Eltern kommen »bei einem albernen Unfall« ums Leben, als in einem Andenkenladen auf der kanadischen Seite der Niagarafälle über ihnen das Dach einstürzt. Eine Wende zum Besseren nimmt sein Leben erst, nachdem ihm eine Stelle als Lehrer an einer Provinzuniversität für »Problemkinder« reicher Eltern, aus denen doch noch etwas werden soll, angeboten wird. Noch weiß Hartke nicht, daß seine Frau – wie schon seine Schwiegermutter – mit zunehmendem Alter immer mehr in Schwachsinn verfallen wird und sein Techtelmechtel mit der Frau des Universitätspräsidenten ungeahnte Folgen hat. Doch einmal mehr hat Hartke Glück im Unglück ...

Mit *Hokus Pokus* ist Kurt Vonnegut ein hochaktueller und zutiefst hellsichtiger Roman über unsere Zivilisation am Ende des Jahrhunderts gelungen. »Vonnegut, der vielleicht einzigartigste Stilist unter den amerikanischen Autoren von heute, hat wieder eine zutiefst bösartige sozialpolitische und philosophische Satire geschrieben. Dieser Roman hat eine ungeheure Kraft und zeigt Vonnegut in Höchstform.« (*Publishers Weekly«)*

Autor

Kurt Vonnegut wurde 1922 in Indianapolis geboren. Im 2. Weltkrieg erlebt er als Kriegsgefangener die Zerstörung Dresdens. Nach dem Krieg studierte er Anthropologie und begann zu schreiben. Seit 1970 lebt er in Manhattan. Vonnegut gilt als einer der größten amerikanischen Schriftsteller der Gegenwart.

Von Kurt Vonnegut als Goldmann-Taschenbuch bereits erschienen:

Blaubart. Roman (9926) · Das höllische System. Roman (9174) · Die Sirenen des Titan. (9147) · Frühstück für starke Männer. Roman (9394) · Galapagos. Roman (9624) · Geh zurück zu deiner lieben Frau und deinem Sohn. Erzählungen (9443) · Gott segne Sie, Mr. Rosewater. Roman (9758) · Slapstick. Roman (9175) · Zielwasser. Roman (8633)

KURT VONNEGUT

HOKUS POKUS ODER WOHIN SO EILIG?

Roman

Aus dem Amerikanischen
von Lutz-W. Wolff

GOLDMANN VERLAG

Die amerikanische Originalausgabe
erschien unter dem Titel »Hocus Pocus«
bei G. P. Putnam's Sons, New York

Umwelthinweis:
Alle bedruckten Materialien dieses Taschenbuches
sind chlorfrei und umweltfreundlich.

Der Goldmann Verlag
ist ein Unternehmen der Verlagsgruppe Bertelsmann

Made in Germany · 1. Auflage · 11/92

Umschlaggestaltung: Design Team München
Umschlagmotiv: Harnett, »Die alte Schranktür«, 1889
Satz: Uhl + Massopust, Aalen
Druck: Elsnerdruck, Berlin
Verlagsnummer: 41155
Lektorat: Anke Knefel
Herstellung: Sebastian Strohmaier
ISBN 3-442-41155-6

Vorbemerkung des Herausgebers

Dem Verfasser des vorliegenden Buches stand einheitliches Schreibpapier von gleichbleibender Qualität und Größe nicht zur Verfügung. Er schrieb in einer Bibliothek mit ungefähr achthunderttausend Bänden, die außer ihn niemand sonst interessierten. Die meisten davon waren nie gelesen worden, und daß sie noch jemals gelesen würden, war ebenfalls nicht zu erwarten. Er hätte also ohne weiteres die leeren Seiten hinten in den Büchern heraustrennen und als Schreibpapier nehmen können. Warum er das nicht getan hat, ist nicht bekannt. Statt dessen hat er das folgende Buch mit Bleistift auf alle möglichen Schnipsel, von braunem Packpapier bis zu Visitenkarten, geschrieben. Die ungewöhnlichen Trennlinien innerhalb der Kapitel dieses Buches bezeichnen die Stellen, wo das eine Stück Papier aufhörte und das nächste begann. Je kürzer der Abstand, desto kleiner das Stück Papier.

Ob sich der Verfasser damit, daß er in den Papierkörben nach Schreibmaterial suchte, als besonders bescheiden oder vielleicht auch als geisteskrank ausweisen wollte, muß reine Spekulation bleiben. Immerhin stand ihm ja ein Prozeß bevor. Es ist genausogut möglich, daß er das Manuskript ganz impulsiv begann, ohne zu wissen, daß es ein Buch werden würde, und einfach auf dem nächstbesten Zettel die ersten Worte notierte. Später fand er es dann vielleicht passend, immer weiter auf Zettel zu schreiben, so als wäre jeder von ihnen eine Flasche, die er bis zum Rand füllen mußte. Wenn er die Zettel vollgeschrieben hatte, war das möglicherweise ein Hinweis für ihn, daß er – ganz unabhängig von der

Größe des Zettels – damit alles zum jeweiligen Thema gesagt hatte.

Die Blätter hat er alle numeriert, über ihre Reihenfolge gab es ebensowenig Zweifel wie darüber, daß er hoffte, irgendwann einen Leser zu finden, der sie trotz ihres verdächtigen Aussehens als ein richtiges Buch akzeptierte. Hier und da, und gegen Ende mit immer größerer Zuversicht, bestätigte er auch, daß er dabei sei, ein Buch zu schreiben.

An verschiedenen Stellen gibt es Abbildungen eines Grabsteins. Der Verfasser hat aber nur eine gezeichnet. Die anderen sind wahrscheinlich vor einem sonnigen Bibliotheksfenster mit Hilfe von durchscheinendem Papier durchgepaust worden. Auf jeden der Grabsteine hat der Verfasser eine Inschrift gesetzt, in einem Fall allerdings nur ein Fragezeichen. Da sich die Bleistiftinschriften im Druck nicht befriedigend reproduzieren ließen, sind sie hier neu gesetzt worden.

Daß bestimmte Wörter, die ein sorgfältiger Redakteur lieber kleingeschrieben hätte, im folgenden mit Großbuchstaben beginnen, fällt in die Verantwortung des Verfassers. Aus unerklärlichen Gründen hat sich Eugene Debs Hartke auch dafür entschieden, Zahlen grundsätzlich als Ziffern zu schreiben, außer am Anfang von Sätzen, also zum Beispiel »2« anstelle von »zwei«. Er war möglicherweise der Ansicht, daß Zahlen viel von ihrer Kraft verlieren, wenn das Alphabet sie verwässert.

All diese Eigenwilligkeiten habe ich, nach langem Nachdenken, mit jenem Wort sanktioniert, das, wie mir vor vielen Jahren einmal ein anderer Autor mitgeteilt hat, das heiligste im Wörterbuch eines guten Redakteurs ist. Dieses Wort lautet: *bleibt!*

K. V.

Dieses rein fiktive Werk ist gewidmet dem Andenken von:

Eugene Viktor Debs
1855–1926

»Solange es eine Unterklasse gibt,
werde ich zu ihr gehören.
Solange es kriminelle Elemente gibt,
bin ich auch eins.
Solange noch ein Mensch im Gefängnis ist,
kann ich nicht frei sein.«

1

Mein Name ist Eugene Debs Hartke, und geboren wurde ich 1940. Meine beiden Vornamen erhielt ich auf Wunsch meines Großvaters mütterlicherseits zu Ehren von Eugene Debs aus Terre Haute, Indiana. Mein Großvater hieß Benjamin Wills, er war Sozialist und Atheist und von Beruf Gärtner an der Butler University, Indianapolis, Indiana. Debs war ein sozialistischer und pazifistischer Gewerkschafter, mehrfach Präsidentschaftskandidat der *Socialist Party,* und erhielt mehr Stimmen als jeder andere Kandidat einer dritten Partei in der Geschichte der Vereinigten Staaten.

Debs starb 1926, als ich minus 14 Jahre alt war.

Wir schreiben jetzt das Jahr 2001.

Wenn alles so gelaufen wäre, wie manche Leute gedacht haben, wäre Jesus Christus jetzt wieder unter uns, und über Mars und Venus wehte die amerikanische Fahne.

So ein Pech aber auch!

- . - . - . - . - . - . - . - . - . - . - . - . - . - . - . - . -

Aber zumindest wird die Welt untergehen, ein Ereignis, das eine Menge Leute mit großer Freude erwarten. Sie wird sogar bald untergehen, allerdings nicht mehr im Jahre 2000, das mittlerweile vorbei ist. Ich schließe daraus, daß Gott der Allmächtige auf runde Zahlen nicht sonderlich scharf ist.

- . - . - . - . - . - . - . - . - . - . - . - . - . - . - . - . -

Mein Großvater Benjamin Wills starb 1948, als ich plus 8 war. Er fand allerdings keine Ruhe, ehe er sich nicht vergewissert hatte, daß ich die berühmtesten Worte von Eugene Debs auswendig kannte:

»Solange es eine Unterklasse gibt, werde ich zu ihr gehören. Solange es kriminelle Elemente gibt, bin ich auch eins. Solange noch ein Mensch im Gefängnis ist, kann ich nicht frei sein.«

Obwohl nach ihm benannt, wurde ich alles andere als ein Weltverbesserer wie Eugene Debs. Von meinem 21. bis zu meinem 35. Lebensjahr war ich Berufsoffizier in der Armee der Vereinigten Staaten, und in diesen 14 Jahren hätte ich auch Jesus Christus persönlich getötet, wenn ich von einem vorgesetzten Offizier den Befehl dazu erhalten hätte. Beim abrupten, unehrenhaften und demütigenden Ende des Vietnamkriegs war ich Oberstleutnant und hatte selbst 1000e und aber 1000e von Untergebenen.

Es besteht, nehme ich an, die mikroskopisch kleine Chance, daß ich während dieses Krieges, der ausschließlich für die Rüstungsindustrie geführt wurde, vielleicht tatsächlich ein Napalbombardement oder einen Feuerschlag mit Phosphorgranaten auf einen wiedergeborenen Jesus Christus gelenkt habe.

Ich wollte nie Berufssoldat werden, obwohl ich, wie sich herausstellte, ein guter war, wenn es das überhaupt gibt. Das Angebot, nach West Point zu gehen, kam – genauso unerwartet wie das Ende des Vietnamkrieges – während meiner letzten Monate in der Abschlußklasse der High-School. Eigentlich war ich schon drauf und dran, mich an der University of Michigan für die Fächer Englisch, Geschichte und Politikwissenschaft eintragen zu lassen und mich bei der Studentenzeitung auf eine Karriere als Journalist vorzubereiten.

Aber plötzlich erklärte mein Vater, der sich als Chemotechniker hauptsächlich mit der Herstellung von Plastikmaterialien beschäftigte, die eine Halbwertzeit von etwa 50 000 Jahren hatten, und dessen Hirn so mit Exkrementen gefüllt war wie ein gefüllter Truthahn mit Äpfeln, ich sollte lieber auf die

Akademie nach West Point gehen. Er selbst war nie beim Militär gewesen. Während des 2. Weltkriegs war er als ziviler chemischer Grundlagenforscher viel zu wertvoll, als daß man ihn in einen Soldatenanzug gesteckt und innerhalb von 13 Wochen zu einem mörderisch-selbstmörderischen Trottel gedrillt hätte.

Ich war von der Universität Michigan bereits akzeptiert worden, als mich aus heiterem Himmel das Angebot eines Studienplatzes an der Militärakademie der Vereinigten Staaten ereilte. Leider kam es in einem Augenblick, als sich das Leben meines Vaters gerade an einem Tiefpunkt befand und er unbedingt etwas brauchte, womit er bei unseren eher einfältigen Nachbarn angeben konnte. Sie waren der Ansicht, eine Berufung nach West Point sei eine Auszeichnung, so ähnlich wie eine Berufung in die Profi-Liga beim Baseball.

Und deshalb sagte mein Vater damals dasselbe zu mir, was ich später immer den Infanteristen in Vietnam sagte, wenn sie frisch aus dem Flugzeug oder vom Schiff kamen: »Das ist eine große Chance.«

- . - . - . - . - . - . - . - . - . - . - . - . - . - . - . -

Was ich, eine ansonsten vollkommene Welt vorausgesetzt, gern geworden wäre, ist Jazz-Pianist. Ich meine richtigen Jazz. Ich meine nicht Rock 'n' Roll. Ich meine die nie-zweimalgleiche Musik, die Amerikas Schwarze der Welt geschenkt haben. In der weißen Band meiner weißen High-School in Midland City, Ohio, hab' ich das Piano gespielt. Wir nannten uns »Die Seelenverkäufer«.

Wie gut wir waren? Wir mußten weiße Popmusik spielen, sonst hätte uns niemand engagiert. Aber ab und zu legten wir einfach los mit richtigem Jazz. Außer uns schien niemand den Unterschied zu bemerken, aber bei uns war das anders. Wir verliebten uns in uns selbst. Es war wie ein Rausch.

- . - . - . - . - . - . - . - . - . - . - . - . - . - . - . -

Mein Vater hätte mich nie nach West Point schicken sollen.

Lassen wir mal beiseite, was er der Umwelt mit seinem biologisch nicht abbaubaren Plastikzeug angetan hat. Sehen

Sie nur, was er mir angetan hat! Was für ein Idiot er doch war! Und meine Mutter unterstützte ihn noch bei jeder seiner Entscheidungen, was bedeutet, daß sie ebenfalls eine elende Vollidiotin gewesen sein muß.

Gestorben sind sie beide vor 20 Jahren bei einem albernen Unfall, als in einem Andenkenladen auf der kanadischen Seite der Niagarafälle über ihnen das Dach einstürzte. Die Indianer nennen die Niagarafälle den »Donnernden Biber«.

Falls Sie Angst haben sollten, daß ein unschuldiges Kind hineinsieht, kann ich Ihnen versichern, daß in diesem Buch keine Flüche und sonstigen häßlichen Worte benutzt werden, außer »Hölle« und »Gott«. Der Ausdruck, den ich für das Ende des Vietnamkrieges benutze, heißt zum Beispiel: »als die Exkremente zu dampfen anfingen«.

Die einzige Regel meines Großvaters Benjamin Wills, die ich mein ganzes Leben lang beachtet habe, lautet nämlich, daß Flüche und häßliche Worte den Leuten, die unangenehme Dinge nicht hören und sehen wollen, das Recht geben, Augen und Ohren vor dir zu verschließen.

Einige besonders aufmerksame Soldaten, die in Vietnam meine Untergebenen waren, haben sich gewundert, daß ich nie fluchte, denn damit unterschied ich mich von allen anderen, die sie je getroffen hatten in der Armee. Oft fragten sie mich, ob ich religiöse Gründe dafür hätte.

Ich sagte ihnen, daß Religion damit nichts zu tun hätte. Ich bin sogar eher genauso ein Atheist wie der Vater meiner Mutter, aber das behielt ich natürlich für mich. Warum soll man jemand anderen davon zu überzeugen versuchen, daß es ein Leben nach dem Tod *nicht* gibt?

»Ich fluche nicht«, sagte ich immer, »weil Ihr Leben und das der Menschen in Ihrer Umgebung vielleicht einmal davon abhängt, daß Sie verstehen, was ich sage. Okay? O. K.?«

1975, als die Exkremente zu dampfen anfingen, nahm ich meinen Abschied von der Armee, nicht ohne allerdings auf der Heimreise, bei einer kurzen Zwischenlandung auf den Philippinen, noch einen Sohn zu zeugen, wovon ich aber nichts wußte. Ich war fest überzeugt, daß die junge Kriegsberichterstatterin vom *Des Moines Register*, die ich unwissentlich zur Mutter gemacht hatte, eine narrensichere Empfängnisverhütung benutzte.

Aber da lag ich wieder mal falsch!

Überall Tretminen.

- . - . - . - . - . - . - . - . - . - . - . - . - . - . - . - . -

Die größte Tretmine allerdings, die das Schicksal mir in den Weg legte, war eine hübsche und ansprechende junge Frau namens Margaret Patton, die mir, kurz nachdem ich West Point absolviert hatte, nicht nur erlaubte, ihr den Hof zu machen und sie zu heiraten, sondern anschließend auch noch 2 Kinder von mir empfing, ohne mir zu sagen, daß es in ihrer Familie auf der mütterlichen Seite massive erbliche Geisteskrankheiten gab.

Zuerst wurde dann ihre Mutter, die bei uns wohnte, verrückt, und später sie selbst. Unsere Kinder, die jetzt längst erwachsen sind, müssen ebenfalls befürchten, irgendwann in den mittleren Jahren geisteskrank zu werden.

Sie werden uns niemals verzeihen, daß wir uns fortgepflanzt haben. Was für ein Chaos.

- . - . - . - . - . - . - . - . - . - . - . - . - . - . - . - . -

Es ist mir durchaus bewußt, daß ich vielleicht den Eindruck erwecke, selbst ein Werkzeug der Hölle zu sein, wenn ich meine erste und einzige Frau mit so etwas Unmenschlichem wie einer Tretmine vergleiche. Aber viele andere Frauen hatten keinerlei Probleme, Beziehungen mit mir als Person aufzunehmen, sogar ziemlich leidenschaftliche manchmal. Und mein Interesse an ihnen ging ebenfalls weit über das Mechanische hinaus. Fast unweigerlich war ich von ihren Seelen, von ihrem Verstand und ihren Biographien mindestens genauso angetan wie von ihren erotischen Qualitäten.

Aber Margaret und ihre Mutter behandelten mich, als ich aus dem Vietnamkrieg heimkehrte, also schon lange bevor sie oder ihre Mutter mir, den Kindern oder den Nachbarn größere Symptome ihres ererbten Wahnsinns gezeigt hatten, wie ein notwendiges, aber sehr langweiliges Haushaltsgerät, wie einen Staubsauger oder so ähnlich.

– · – · – · – · – · – · – · – · – · – · – · – · – · – · – · – · – · –

Auch gute Dinge, »Manna vom Himmel« könnte man sie wohl nennen, sind mir unerwartet geschehen, aber nicht in solchem Maße, daß mein Leben eine Schüssel voll Kirschen geworden wäre oder dergleichen. Unmittelbar nach meinem Krieg, als ich keine Ahnung hatte, was ich mit dem Rest meines Lebens anfangen sollte, lief ich zufällig einem meiner früheren vorgesetzten Offiziere in die Arme, der inzwischen Präsident von Tarkington College in Scipio im Staat New York geworden war. Ich war damals erst 35, meine Frau war noch völlig gesund, und auch meine Schwiegermutter war erst ein bißchen verrückt. Er bot mir einen Lehrauftrag an, und ich akzeptierte.

Mit gutem Gewissen konnte ich dieses Angebot akzeptieren, obwohl ich es in West Point nie weiter als bis zum Bachelor of Science gebracht hatte; denn alle Studenten in Tarkington waren irgendwie lernbehindert oder einfach blöd oder komatös oder sonst irgendwas. Was auch immer ich als Lehrfach hätte, sagte mir mein alter Kommandeur, ich würde immer einen Vorsprung behalten.

Das Lehrfach, das er mir zugedacht hatte, war überdies 1, in dem ich in West Point brilliert hatte, nämlich Physik.

– · – · – · – · – · – · – · – · – · – · – · – · – · – · – · – · – · –

Der größte Glücksfall, das größte Stück Manna vom Himmel für mich aber war, daß in Tarkington jemand gebraucht wurde, der das Lutz Carillon spielte, das große Glockenspiel im Turm der Universitätsbibliothek, in der ich jetzt sitze und schreibe.

Ich fragte meinen alten Kommandeur, ob die Glocken mit Seilen bewegt würden.

Früher ja, sagte er, aber inzwischen ist alles elektrisch, und es gibt eine Tastatur.

»Wie sieht die denn aus?« fragte ich.

»Wie ein Klavier«, sagte er.

Ein Glockenspiel hatte ich noch nie gespielt. Nur sehr wenig Leute haben diese klingende Chance. Aber ein Klavier konnte ich spielen. Also sagte ich: »Reichen Sie mir die Hand, ich bin Ihr neuer Carilloneur!«

-.-

Es waren ohne Zweifel die glücklichsten Stunden meines Lebens, wenn ich zu Beginn und am Ende jedes Tages das Lutz Carillon spielte.

-.-

Vor 25 Jahren habe ich in Tarkington angefangen zu arbeiten, und seither habe ich immer in diesem schönen Tal hier gewohnt. Hier bin ich zu Hause.

Ich bin hier Lehrer gewesen. Eine Zeitlang bin ich auch Gefängnisdirektor gewesen, als Tarkington College vor 20 Monaten, im Juni 1999, offiziell zum Staatlichen Zuchthaus Tarkington wurde.

Jetzt bin ich selbst Gefangener hier, kann mich allerdings ziemlich frei im Gebäude bewegen. Ich bin noch nicht zu irgend etwas verurteilt. Ich warte noch auf meinen Prozeß, der wahrscheinlich in Rochester stattfinden wird. Angeblich soll ich den Massenausbruch aus dem Hochsicherheitsgefängnis des Staates New York, der *Maximum Security Adult Correctional Institution* in Athena, auf der anderen Seeseite angestiftet und organisiert haben.

Inzwischen hat sich auch herausgestellt, daß ich Tuberkulose habe, und meine arme, kranke Frau Margaret und ihre Mutter sind auf Gerichtsbeschluß in eine Irrenanstalt nach Batavia, New York, gebracht worden, wozu ich mich nie hatte durchringen können.

Heute bin ich so verachtet und machtlos, daß mich Eugene Debs, der Mann, nach dem ich benannt worden bin, vielleicht endlich etwas sympathischer finden würde.

2

In jenen optimistischen Zeiten, als die Leute noch nicht wußten, daß sie unseren Planeten mit den Nebenwirkungen ihrer Erfindungen umbringen würden und sowieso eine neue Eiszeit bevorsteht, wurden die gedeckten, pferdegezogenen Wagen, auf denen Fracht und Siedler über die Prärien der späteren Vereinigten Staaten und schließlich sogar über die Rocky Mountains bis zum Pazifischen Ozean befördert wurden, »Conestogas« genannt – denn die ersten dieser Wagen waren im Conestoga Valley in Pennsylvania gebaut worden.

Auch mit Zigarrren wurden die Pioniere stets gut versorgt, so daß Zigarren auch heute, im Jahr 2001, noch manchmal *»stogies«* genannt werden, was eine Abkürzung von »Conestoga« sein soll. Im Jahre 1830 wurden die stabilsten und populärsten dieser Planwagen von der *Mohiga Wagon Company* hier in Scipio gebaut, an der schlanken Taille des Lake Mohiga, des tiefsten, kältesten und westlichsten der langen Finger-Seen im Staate New York. Verwöhnte Zigarrenraucher können ihre Stinkstengel demnächst also umtaufen. Wie wäre es mit *»mogies«* oder *»higgies«* statt *»stogies«*?

– · – · – · – · – · – · – · – · – · – · – · – · – · – · – · –

Der Gründer der *Mohiga Wagon Company* war Aaron Tarkington, ein hervorragender Erfinder und Fabrikant, der allerdings weder lesen noch schreiben konnte. Heute würde er als tadelloser Erbträger eines genetischen Defekts gelten, den wir Dyslexie nennen. Er selbst sagte von sich, er sei wie Karl der Große »viel zu beschäftigt, um lesen und schreiben zu lernen«. Er war allerdings nicht zu beschäftigt, um sich nicht von seiner Frau jeden Abend 2 Stunden lang vorlesen zu lassen. Er hatte auch ein ausgezeichnetes Gedächtnis, denn er hielt den Arbeitern in seiner Fabrik allwöchentlich Vorträge, die mit ausführlichen Shakespeare-, Homer- und Bibelzitaten gespickt waren.

Er zeugte 4 Kinder, einen Sohn und 3 Töchter, die zwar alle lesen und schreiben konnten, aber trotzdem die Erbanlage der Dyslexie in sich trugen, was einige ihrer Nachkommen daran hinderte, in den konventionellen Bildungseinrichtungen zu avancieren. Aaron Tarkingtons Kinder waren so wenig dyslektisch, daß 2 von ihnen sich soweit verstiegen, selbst Bücher zu schreiben, die ich allerdings jetzt erst gelesen habe. Daß sie noch einmal gelesen werden, ist nicht sehr wahrscheinlich. Aarons einziger Sohn Elias verfaßte einen technischen Bericht über den Bau des Onondaga-Kanals, der das nördliche Ende des Mohiga-Sees unmittelbar südlich von Rochester mit dem Erie-Kanal verbindet. Und Aarons jüngste Tochter Felicia schrieb einen Roman mit dem Titel *Carpathia*, der davon handelt, wie sich eine eigensinnige höhere Tochter aus dem Mohiga Valley in einen Halbblutindianer verliebt, der als Schleusenwärter an eben diesem Kanal arbeitet.

-.-.-.-.-.-.-.-.-.-.-.-.-.-.-.-.-

Der Kanal ist inzwischen längst zugeschüttet und zubetoniert und heißt heute Route 53. Am oberen Ende des Sees, dort wo früher die Schleusen waren, teilt sich die Route 53. Die eine Abzweigung führt in südwestlicher Richtung durch Ackerland nach Scipio. Die andere führt durch die ewige Dämmerung des Iroquois National Forest zu einer kahlen Hügelkuppe, die von den Zinnen der *New York State Maximum Security Adult Correctional Institution* in Athena, einem Weiler direkt gegenüber von Scipio, gekrönt wird.

Haben Sie Geduld mit mir. Das ist alles längst Geschichte. Ich versuche bloß zu erklären, wie dieses Tal, diese spinatgrüne Sackgasse, geworden ist, was sie ist.

-.-.-.-.-.-.-.-.-.-.-.-.-.-.-.-.-

Aaron Tarkingtons 3 Töchter heirateten Männer aus prosperierenden Unternehmerfamilien in Cleveland, New York und Wilmington, Delaware – und machten die Dyslexie damit in aller Unschuld zur allgegenwärtigen Bedrohung für die damals herrschende Klasse von Bankiers und Industriellen, die heute freilich weitestgehend durch Deutsche, Koreaner, Italiener, Engländer und – natürlich – Japaner ersetzt ist.

Elias, Aarons einziger Sohn, blieb in Scipio und übernahm den Besitz seines Vaters, dem er noch eine Brauerei und eine dampfbetriebene Teppichweberei hinzufügte, die erste dieser Art im Staate New York. Wasserkraft gab es in Scipio nicht, und bis zur Einführung der Dampfmaschinen beruhte der industrielle Wohlstand der Stadt nicht auf örtlichen Rohstoffen oder billiger Energie, sondern ausschließlich auf der Erfindungskraft und der Handwerkskunst seiner Bewohner.

Elias Tarkington hat nie geheiratet. Er wurde im Alter von 54 Jahren in der Schlacht von Gettysburg schwer verwundet. An der Schlacht nahm er als ziviler Beobachter mit Zylinder und allem Drum und Dran teil, weil er sehen wollte, wie seine 2 neuesten Erfindungen sich bewährten: eine mobile Feldküche und ein pneumatischer Rückstoßdämpfer für schwere Geschütze. Die Feldküche wurde übrigens später mit kleineren Modifikationen vom Zirkus Barnum & Bailey übernommen und im Ersten Weltkrieg von der deutschen Armee.

– · – · – · – · – · – · – · – · – · – · – · – · – · – · – · – · –

Elias Tarkington war ein hagerer, hochgewachsener Mann mit Kinnbart und Angströhre. Er wurde in Gettysburg durch die rechte Lunge geschossen, aber es war keine tödliche Wunde.

Der Mann, der auf ihn geschossen hatte, war 1 der wenigen konföderierten Soldaten, die im Verlauf von *Picketts Charge* bis unmittelbar an die Stellungen der Unionstruppen herankamen. Er hieß Johnny Reb und starb, umgeben von seinen Feinden, in der festen Überzeugung, er habe Abraham Lincoln erschossen. Seine letzten, ekstatischen Worte, heißt es in einem vergilbten Zeitungsbericht, den ich hier in der ehemaligen Universitätsbibliothek gefunden habe, die jetzt die Gefängnisbibliothek ist, seine letzten Worte waren: »Geht nach Hause, *Bluebellies*, der Alte Satan ist tot.«

Während meiner 3 Jahre in Vietnam habe ich eine Menge

letzter Worte von sterbenden amerikanischen Soldaten gehört. Von denen hatte aber nicht 1 die Illusion, er habe, als er das Höchste Opfer darbrachte, irgendwas von Bedeutung erreicht.

Einer von ihnen war gerade erst 18, und während er starb und ich ihn im Arm hielt, sagte er: »Blöder Witz, blöder Witz.«

3

Elias Tarkington, der schwerverwundete Doppelgänger Abraham Lincolns, wurde in einem seiner eigenen Planwagen zurück in seine, die Stadt und den See überblickende Villa nach Scipio gebracht.

Er war nicht sehr gebildet, mehr ein Techniker als ein Wissenschaftler, und so verbrachte er seine letzten 3 Lebensjahre mit dem Versuch, etwas zu erfinden, was es, wie jeder weiß, dem die Newton-Axiome vertraut sind, nicht geben kann: ein Perpetuum mobile. Nicht weniger als 27 Apparate ließ er sich bauen, von denen er törichterweise hoffte, sie würden, wenn er sie mal richtig in Schwung gebracht hätte, bis zum Tag des Jüngsten Gerichts laufen.

Neunzehn dieser störrischen Pseudomaschinen habe ich selbst noch auf dem Dachboden der Erfindervilla entdeckt, die zu meiner Zeit vom Präsidenten des Colleges bewohnt wurde, ungefähr ein Jahr, nachdem ich nach Tarkington kam. Ich habe sie wieder nach unten geholt, ins 20. Jahrhundert. Mit einigen meiner Studenten habe ich sie gereinigt und die Teile ersetzt, die in den dazwischenliegenden 100 Jahren unbrauchbar geworden waren. Die Maschinen waren zumindest auserlesene Schmuckstücke, die Lager waren Granate und Amethyste, die Hebel aus kostbaren exotischen Hölzern geschnitten, Kugeln und Rollen aus Elfenbein, Rutschen und Gegengewichte aus Silber. Wie es schien, hatte der sterbende Elias gehofft, die Naturgesetze mit der Zauberkraft der Edelsteine zu überwinden.

Länger als 51 Sekunden, eine eher bescheidene Ewigkeit, brachten meine Studenten und ich allerdings keine der Maschinen zum Laufen.

– · – · – · – · – · – · – · – · – · – · – · – · – · – · – · – · –

In meinen Augen, und das gab ich auch meinen Studenten mit auf den Weg, zeigten die wiederhergestellten Apparate nicht nur, wie rasch sich alles auf der Erde erschöpft, wenn nicht ständig neue Energie zugeführt wird, sondern erinnerten uns auch an eine Handwerkskunst, wie sie heute nicht mehr praktiziert wird. In unserer Zeit konnte da unten in der Stadt schon lange niemand mehr solche raffinierten und schönen Dinge herstellen.

Ja, und dann haben wir die 10 Maschinen, die wir am betörendsten fanden, in die Eingangshalle der Bibliothek gestellt und ein Schild darübergehängt, das heute wohl für den ganzen ruinierten Planeten gelten kann:

DAS KOMPLIZIERTE SCHEITERN DER IGNORANZ

– · – · – · – · – · – · – · – · – · – · – · – · – · – · – · – · –

Bei der Lektüre alter Zeitungen, Tagebücher und Briefe von damals habe ich festgestellt, daß die Männer, welche die Maschinen für Elias Tarkington bauten, ohne die genauen Gründe zu kennen, von Anfang an wußten, daß die Maschinen nicht funktionieren würden. Aber wieviel Liebe sie für die Materialien und die Verarbeitung aufwendeten! Wäre das nicht eine Definition der Kunst überhaupt: »Aus dem Rohstoff des Scheiterns das Äußerste machen«?

– · – · – · – · – · – · – · – · – · – · – · – · – · – · – · – · –

Ein letztes Perpetuum mobile, das Elias Tarkington konzipierte, war das, was in seinem Testament das *Mohiga Valley Free Institute* genannt wurde. Nach seinem Tod sollte diese neu zu gründende Schule seinen 3000 Hektar großen Besitz oberhalb von Scipio erben, sowie die Hälfte aller Anteile der Planwagenfabrik, der Teppichweberei und der Brauerei. Die andere Hälfte gehörte schon seinen weit entfernt lebenden

Schwestern. Auf dem Totenbett prophezeite Elias, Scipio werde 1 Tages eine große Metropole werden und seine Stiftung werde das von ihm gegründete kleine College in eine Universität verwandeln, die mit Harvard, Oxford und Heidelberg in Wettbewerb treten könnte.

Das College sollte Personen beiderlei Geschlechts, jedweden Alters und aller Rassen und Religionen, die nicht weiter als 40 Meilen von Scipio entfernt wohnten, eine kostenlose Hochschulbildung anbieten. Diejenigen, die von weiter weg kamen, sollten eine bescheidene Studiengebühr zahlen. Zu Anfang sollte das College nur 1 hauptamtlichen Angestellten haben, den Präsidenten. Die Lehrer sollten alle aus Scipio geholt werden. Sie sollten jede Woche ein paar Stunden von ihrer Arbeitszeit abzweigen, um den Studenten beizubringen, was sie wußten. André Lutz, der Chefingenieur der Planwagenfabrik, zum Beispiel stammte aus Lüttich und hatte dort eine Glockengießerlehre gemacht. Er sollte Chemie lehren. Seine französische Frau sollte Französisch und Aquarellmalerei lehren. Hermann Shultz, der Braumeister der Brauerei, stammte aus Leipzig und sollte Botanik, Deutsch und Flötenspiel lehren. Dr. Alan Clewes, der Priester der Episkopalkirche, ein Harvard-Absolvent, sollte Latein, Griechisch, Hebräisch und Bibelkunde lehren. Der Arzt des Sterbenden, Dalton Polk, sollte Biologie und Shakespeare lehren. Und so weiter und so fort.

Und es funktionierte tatsächlich.

Im Jahre 1869 wurde die erste Klasse des neuen Colleges mit insgesamt 9 Studenten eröffnet, die alle hier aus Scipio stammten. Vier davon waren im gewöhnlichen Alter für College-Studenten. Einer war ein ehemaliger Unions-Soldat, der vor Shiloh seine Beine eingebüßt hatte, einer war ein 40jähriger ehemaliger schwarzer Sklave. Eine der Studentinnen war eine 82jährige alte Jungfer.

- · - · - · - · - · - · - · - · - · - · - · -

Der erste Präsident war erst 26 Jahre alt und kam aus Athena, auf dem Wasserwege 2 Kilometer von Scipio entfernt. Damals gab es da drüben noch kein Gefängnis, sondern lediglich einen Schieferbruch, eine Sägemühle und ein paar Kleinbauernhöfe. Der Name des ersten Präsidenten war John Peck. Er war ein Cousin der Tarkingtons, aber von einem Zweig der Familie, der nie von Dyslexie heimgesucht wurde. Er hat heute zahlreiche Nachkommen, von denen 1 sogar zu den Männern gehört, die dem Vize-Präsidenten der Vereinigten Staaten die Reden verfassen.

Der junge John Peck, seine Frau, seine 2 Kinder und seine Schwiegermutter trafen zu Schiff in Scipio ein, das heißt Peck und seine Frau ruderten, seine Kinder saßen im Heck, und seine Schwiegermutter und das Gepäck befanden sich in einem zweiten Boot, das sie im Schlepp hatten.

Sie bezogen die Wohnung im zweiten Stock von Elias Tarkingtons Villa, während sich in den 2 unteren Stockwerken die Hörsäle, eine Bibliothek, die damals schon 280 von den Tarkingtons gesammelte Bände enthielt, Arbeitsräume und ein Speisezimmer befanden. Viele Schätze der Vergangenheit wurden auf den Dachboden befördert, um Platz zu schaffen für die neuen Aktivitäten. Und dazu gehörten auch die mißglückten Perpetuum-mobile-Apparate, auf denen sich Staub und Spinnweben sammelten, bis ich sie 1978 da oben entdeckte und wieder die Treppen herunterbrachte, nachdem ich begriffen hatte, worum es sich handelte.

– · – · – · – · – · – · – · – · – · – · – · – · – · – · – · – · – · –

Eine Woche bevor der erste Unterricht begann, eine von dem Episkopalprediger Alan Clewes erteilte Lateinstunde, traf der Belgier André Lutz mit 3 Planwagen vor der Villa ein, die eine sehr schwere Last trugen: ein Glockenspiel mit 32 Glokken. Er hatte sie in seiner Freizeit auf eigene Kosten in der Gießerei der Planwagenfabrik gießen lassen. Eingeschmolzen hatte er dazu Gewehrläufe, Kanonenkugeln und Bajonette sowohl der Unionstruppen als auch der Konföderierten, die nach der Schlacht von Gettysburg gesammelt worden waren. Es waren die ersten und bestimmt auch die letzten Glocken, die in Scipio je gegossen worden sind.

In Scipio wird meiner Meinung nach überhaupt nichts mehr gegossen werden. Es wird hier überhaupt keine Handwerkskünste mehr geben.

— · — · — · — · — · — · — · — · — · — · — · — · — · — · — · — · — · —

Obwohl es keinen Platz gab, wo man sie hätte aufhängen können, schenkte André Lutz dem neuen College die Glokken. Er sei fest überzeugt, sagte er, es werde 1 Tages eine große Universität mit einem Glockenturm und allem Drum und Dran sein. Er litt zu diesem Zeitpunkt schon an einem tödlichen Emphysem, das er sich beim Einatmen heißer Metalldämpfe zugezogen hatte, denen er seit seinem 10. Lebensjahr ausgesetzt gewesen war. Es blieb ihm auch keine Zeit mehr, auf die Errichtung eines Bauwerks zu warten, in dem die Glocken, welche die schönste Folge der Tatsache waren, daß er kurze Zeit auf dieser Erde gelebt hatte, hätten aufgehängt werden können.

Eine Überraschung waren sie nicht, diese Glocken. Sie zu machen hatte 18 Monate gedauert. Aber die Gießer, deren Arbeit Lutz überwachte, hatten denselben Traum von Unsterblichkeit wie er, und deshalb gaben sie sich auch solche Mühe mit etwas so Unpraktischem und Schönem wie Glokken, Glocken, Glocken.

Da es keine andere Verwendung für sie gab, wurden die Glocken erst einmal gründlich eingefettet, damit sie nicht rosteten, und dann mit der Ausnahme 1 einzigen aus der mittleren Oktave in der großen Scheune des Anwesens, 200 Meter von der Villa entfernt, in 4 Reihen aufgestellt. Die einzige Glocke, der das Singen erlaubt werden sollte, wurde in die Kuppel über der Eingangshalle der Villa gehängt, und das Seil reichte bis ins Erdgeschoß herunter. Sie sollte die Schüler zum Unterricht rufen und notfalls auch als Alarmglocke dienen.

Der Rest der Glocken sollte, wie sich herausstellte, 30 Jahre lang auf dem Heuboden schlummern, bis zum Jahre 1899 genau, als sie, einschließlich der aus der Kuppel, endlich alle zusammen in den Glockenturm einer prachtvollen Bibliothek gehängt werden konnten, die der Schule von der Familie Moellenkamp aus Cleveland geschenkt worden war.

Die Moellenkamps waren auch Tarkingtons, denn der Begründer ihres Vermögens hatte eine Tochter des lese- und schreibunfähigen Aaron Tarkington geheiratet. Elf ihrer Nachkommen waren bisher dyslektisch gewesen und hatten alle das College in Scipio besucht, weil keine andere Hochschule sie hatte aufnehmen wollen.

– · – · – · – · – · – · – · – · – · – · – · – · – · – · – · – · –

Der erste Moellenkamp, der seine Ausbildung hier absolvierte, war Henry. Eingeschrieben hatte er sich im Jahre 1875, als die Schule eben erst 6 Jahre alt war. Ungefähr um diese Zeit wurde auch der Name geändert. Das vergilbte Protokoll der Sitzung des Stiftungsrates, in der die Schule in »Tarkington College« umbenannt wurde, habe ich selbst gelesen. Drei der 6 Kuratoriumsmitglieder waren Männer, die Aaron Tarkingtons Töchter geheiratet hatten, unter ihnen auch Henry Moellenkamps Großvater. Die anderen drei Kuratoriumsmitglieder waren der Bürgermeister von Scipio, ein Rechtsanwalt, der die Interessen der Tarkington-Töchter wahrnahm, und der örtliche Kongreßabgeordnete, der sicher ebenfalls ein treuer Diener der Tarkington-Töchter war, denn sie waren, zusammen mit dem College, schließlich die Eigentümerinnen der wichtigsten Industriebetriebe in seinem Wahlkreis.

Nach Angaben der Protokolle, die mir beim Lesen unter den Händen zerfielen, kam der Vorschlag, den Namen der Schule zu ändern, vom Großvater des jungen Henry Moellenkamp. *The Mohiga Valley Free Institute* klang seiner Meinung nach zu sehr nach einem Armenhaus oder einer Krankenanstalt. Ich vermute, wenn er nicht das Unglück gehabt hätte, daß sein eigener Enkel die Schule besuchte, hätte es ihn durchaus nicht gestört, daß der Name nach Armenhaus klang.

– · – · – · – · – · – · – · – · – · – · – · – · – · – · – · – · –

In eben diesem Jahr 1875 begannen übrigens am gegenüberliegenden Ufer des Sees, auf einem Hügel oberhalb von Athena, die Arbeiten an einer Besserungsanstalt für junge Kriminelle aus den Slums von New York. Man hoffte, die frische Luft und die Wunder der Natur würden ihre Seelen und Körper soweit gesunden lassen, daß sie es ganz natürlich finden könnten, brave Bürger zu werden.

- -

Als ich nach Tarkington kam, hatte das College nur 300 Studenten, die Zahl hatte sich seit 50 Jahren nicht mehr geändert. Aber aus dem ländlichen Arbeitslager für Jugendliche auf der anderen Seeseite war eine brutale Festung aus Eisen und Balken auf einer nackten Hügelkette geworden, die *New York State Maximum Security Adult Correctional Institution*, und darin wurden 5000 der schlimmsten Verbrecher des Staates New York hinter Schloß und Riegel gehalten.

Vor zwei Jahren hatte Tarkington immer noch 300 Studenten, aber die Bevölkerung des völlig überfüllten Zuchthauses war auf 10 000 gewachsen. Und dann, in einer kalten Winternacht, wurde es zum Schauplatz des größten Massenausbruchs aus einem Gefängnis in der Geschichte der Vereinigten Staaten. Bis dahin war noch nie jemand aus Athena entwichen.

Und jetzt konnte jedermann gehen und sogar noch eine Waffe aus der Waffenkammer des Zuchthauses mitnehmen, wenn er Bedarf dafür hatte. Der See zwischen dem Gefängnis und dem kleinen College war fest zugefroren und ließ sich so leicht überqueren wie der Parkplatz vor einem Einkaufszentrum.

Unglaublich.

- -

Ja, und als die Glocken von André Lutz endlich als richtiges Glockenspiel singen durften, hatte Tarkington College nicht nur eine neue Bibliothek, sondern auch luxuriöse Studentenwohnheime, ein naturwissenschaftliches und ein geisteswissenschaftliches Seminar, eine Kapelle, ein Theater, eine

Mensa, ein Verwaltungsgebäude, 2 neue Gebäude mit Hörsälen und Sportanlagen, um die andere Universitäten wie Hobart, Rochester, Cornell, Union, Amherst und Bucknell, mit denen Tarkington bei Leichtathletik- und Schwimmwettkämpfen, bei Fecht- und Baseballmeisterschaften zu konkurrieren begonnen hatte, das College durchaus beneideten.

All diese Bauwerke trugen die Namen reicher Familien, die dem College dankbar dafür waren, was es aus ihrem Nachwuchs, den die traditionellen Universitäten für unerziehbar gehalten hatten, trotz allem gemacht hatte. Die meisten waren nicht mit den Moellenkamps oder anderen verwandt, die das Tarkingtonsche Gen der Dyslexie in sich trugen. Die jungen Leute, die sie nach Tarkington schickten, litten auch keineswegs alle an Dyslexie. Sie hatten die verschiedensten Probleme. Da gab es welche, die unfähig waren, leserlich mit Tinte und Feder zu schreiben, obwohl das, was sie schrieben, vollkommen korrekt war, da gab es Stotterer, die während des Unterrichts kein Wort herausbrachten, wieder andere litten an Epilepsie, was dazu führte, daß sich ihr Bewußtsein jederzeit und überall für Sekunden oder Minuten dergestalt trüben konnte, daß ihr Gehirn vollkommen leer wurde, und so weiter.

Die Moellenkamps waren ganz einfach die ersten, die dem kleinen College abverlangten, für einen scheinbar hoffnungslosen Fall jugendlicher plutokratischer Erwerbsunfähigkeit, nämlich Henry, sein Bestes zu geben. Und Henry absolvierte nicht nur sein Studium mit Auszeichnung. Er ging anschließend nach Oxford, in Begleitung eines jungen Mannes, der ihm laut vorlesen und alles aufschreiben mußte, was er selbst nur mündlich ausdrücken konnte. Henry wurde 1 der brillantesten Redner im goldenen Zeitalter der amerikanischen Wau-Wau-Rhetorik und diente dem Staate Ohio 36 Jahre lang zunächst als Kongreßabgeordneter und dann als Senator.

– · – · – · – · – · – · – · – · – · – · – · – · – · – · – · – · – · – · – · –

Der nämliche Henry Moellenkamp war übrigens auch der Verfasser einer der volkstümlichsten Balladen der Jahrhundertwende mit dem Titel: ›*Mary, Mary, Where Have You Gone?*‹

Die Melodie der Ballade wurde von Henrys Freund Paul Dreiser komponiert, dem Bruder des Romanciers Theodore Dreiser. Es war 1 der seltensten Fälle, in denen Dreiser die Worte eines anderen und nicht seine eigenen vertonte. Und dann benutzte Henry Moellenkamp diese Melodie und schrieb, oder besser: diktierte ein weiteres Lied, in dem er das Studentenleben in Tarkington feierte.

Auf diesem Umweg wurde ›*Mary, Mary, Where Have You Gone*‹ zur Campus-Hymne von Tarkington, bis das College vor 2 Jahren zum Zuchthaus gemacht wurde.

Das ist jetzt auch schon Geschichte.

- -

Ein Zufall nach dem anderen hat Tarkington zu dem gemacht, was es jetzt ist. Wer könnte schon eine Voraussage wagen, was es im Jahre 2021 sein wird, heute in 20 Jahren. Die 2 Primärkräfte des Universums sind Zufall und Zeit.

Wie es schon in meinem Lieblings-Schmutzigen-Witz heißt: »Behalt lieber den Hut auf! Man weiß nie, wo man rauskommt, am Ende.«

- -

Wäre Henry Moellenkamp nicht als Dyslektiker aus dem Schoß seiner Mutter gekrochen, wäre Tarkington College wahrscheinlich nie Tarkington College genannt worden. Es wäre weiterhin das *Mohiga Valley Free Institute* geblieben und zusammen mit der Planwagenfabrik, der Teppichweberei und der Brauerei untergegangen, als die großen, Osten und Westen verbindenden Eisenbahnen und Straßen gebaut wurden, die, damit weder der See überbrückt noch die jungfräulichen, dunklen Wälder des heutigen Iroquois National Forest durchquert werden mußten, weit nördlich und südlich an Scipio vorbeiführten.

- -

Wäre Henry Moellenkamp nicht als Dyslektiker aus dem Schoß seiner Mutter gekrochen und diese Mutter keine Tarkington gewesen, hätte sie wahrscheinlich nichts von dem kleinen College am Mohiga-See gewußt und dann wäre auch diese Bibliothek nicht gebaut und mit 800 000 Bänden bestückt worden. Als ich noch Professor hier war, waren das 70 000 mehr, als es am Swarthmore College gab! Unter den kleinen Universitäten mußte Tarkington nur hinter Oberlin zurückstehen, wo es 1 000 000 Bände gab.

Was also ist dieses Bauwerk, in dem ich jetzt dank Zeit und Zufall sitze? Nichts mehr und nichts weniger, liebe Freunde und Nachbarn, als die größte Gefängnisbibliothek in der Geschichte von Schuld und Sühne!

Sehr einsam ist es hier drin. Hallo? Hallo?

– · – · – · – · – · – · – · – · – · – · – · – · – · – · – · –

Als das hier noch eine 800 000-Bände-Universitätsbibliothek war, hätte ich allerdings auch schon dasselbe sagen können: »Sehr einsam ist es hier drin. Hallo? Hallo?«

– · – · – · – · – · – · – · – · – · – · – · – · – · – · – · –

Ich habe gerade mal nachgeschlagen. Die Universitätsbibliothek in Harvard hat 13 000 000 Bände. Ganz schön was zu lesen!

Und praktisch jedes dieser Bücher wurde für oder über die herrschende Klasse geschrieben.

– · – · – · – · – · – · – · – · – · – · – · – · – · – · – · –

Wäre Henry Moellenkamp nicht als Dyslektiker aus dem Schoß seiner Mutter gekrochen, hätte es nie einen Turm gegeben, in dem man das Lutz-Carillon hätte aufhängen können.

Womöglich hätten die Glocken nie in diesem Tal oder sonst irgendwo widerhallen können, sondern wären eingeschmolzen und im 1. Weltkrieg wieder zu Waffen gemacht worden.

– · – · – · – · – · – · – · – · – · – · – · – · – · – · – · –

Wäre Henry Moellenkamp nicht als Dyslektiker aus dem Schoß seiner Mutter gekrochen, wären diese Hügel hinter Scipio in der kalten Winternacht vor 2 Jahren, als 10 000

Gefangene aus Athena plötzlich frei herumliefen und der Mohiga-See so fest zugefroren war wie ein Parkplatz, vielleicht völlig dunkel gewesen.

Statt dessen funkelte hier oben eine kleine Milchstraße von einladenden Lichtern.

4

Ganz unabhängig von der Frage, ob Henry Moellenkamp den Schoß seiner Mutter als Dyslektiker verließ oder nicht, wurde ich in Wilmington, Delaware, geboren, und zwar 18 Monate bevor dieses Land in die Kämpfe des 2. Weltkriegs eingriff. Seither habe ich Wilmington nicht mehr gesehen. Aber meine Geburtsurkunde heben sie dort in Wilmington auf. Ich war das einzige Kind einer Hausfrau und eines Chemotechnikers, wie ich schon sagte. Mein Vater war damals bei der Du Pont de Nemours & Company angestellt, die unter anderem hochexplosive Sprengstoffe herstellte.

Als ich 2 Jahre alt war, zogen wir nach Midland, Ohio, wo eine Waschmaschinenfabrik namens *Robo-Magic Corporation* gerade einen Teil ihrer Produktion auf Bombenabwurfgeräte und Drehstützen für Maschinengewehre der B-17-Bomber umstellte. Die Plastikindustrie steckte damals noch in den Kinderschuhen, und mein Vater sollte herausfinden, was für synthetische Materialien von Du Pont bei diesen Waffensystemen anstelle von Metall verwendet werden konnten, damit sie nicht mehr so schwer waren.

Als der Krieg zu Ende war, hatte die Firma die Waschmaschinenbranche endgültig verlassen. Sie hieß jetzt Barrytron, Limited, und stellte Waffen-, Flugzeug- und Kraftfahrzeugteile aus selbstentwickelten Plastikmaterialien her. Mein Vater war Vizepräsident der Gesellschaft und leitete die Forschungs- und Entwicklungsabteilung.

Als ich ungefähr 17 war, wurde Barrytron von Du Pont

aufgekauft, weil sich Du Pont einige Patente von Barrytron sichern wollte. Ich erinnere mich, daß einer der von meinem Vater mitentwickelten Kunststoffe in der Lage war, Radarsignale zu zerstreuen, so daß ein Flugzeug, das damit verkleidet war, für unsere Feinde wie ein harmloser Gänseschwarm aussah.

Dieser Kunststoff wurde später benutzt, um nahezu unzerstörbare Skateboards, Sturzhelme, Skier und Motorradkotflügel zu bauen, aber als ich noch ein kleiner Junge war, wurden deswegen die Sicherheitsbestimmungen bei Barrytron drastisch verschärft. Ein einfacher Zaun mit Stacheldraht oben drauf genügte nicht mehr, um ihn zu beschützen. Damit nicht die Kommunisten herausfanden, wie er gemacht wurde, mußte außenrum noch ein zweiter Zaun aufgestellt werden, und in dem Bereich dazwischen patrouillierten rund um die Uhr humorlose, bewaffnete Wächter in Stiefeln mit großen, hungrigen Dobermannrüden.

Als Du Pont den doppelten Zaun, die Dobermänner, meinen Vater und den Rest von Barrytron übernahm, war ich in der Abschlußklasse der High-School, drauf und dran, mich an der Universität Michigan einzuschreiben, um zu lernen, wie man Journalist wird und dem Mann auf der Straße hilft, sein Recht auf Information wahrzunehmen. Zwei andere Mitglieder meiner 6köpfigen Band, den »Seelenverkäufern«, die Klarinette und der Kontrabaß, wollten auch nach Michigan gehen.

Wir hatten uns geschworen, zusammenzubleiben und in Ann Arbor weiter zusammen Musik zu machen. Wer weiß? Vielleicht wären wir ja so populär geworden, daß wir weltweite Tourneen hätten machen können und einen Haufen Geld verdient hätten. Vielleicht wären wir ja, als der Vietnamkrieg kam, die Superstars der Friedensdemonstrationen und Love-ins geworden.

Die Kadetten in West Point machten keine Musik. Die Musiker, die zum Tanz aufspielten und uns den Marsch bliesen, waren Gemeine der regulären Armee, Angehörige der dienenden Klasse.

Sie hatten Befehl, jeden Ton so zu spielen, wie er auf dem Notenblatt stand, ganz egal was sie von der Musik hielten oder was für Gefühle sie sonst hatten.

- -

Und was das anging: Irgendeine Studentenzeitung gab es auch nicht in West Point. Was die Kadetten von irgendwas hielten, interessierte nicht. Völlig egal.

- -

Bei mir war alles okay, aber im Leben meines Vaters ging damals alles mögliche schief. Du Pont überprüfte ihn, so wie sie auch alle anderen Angestellten von Barrytron überprüften. Sie überlegten, ob sie ihn behalten sollten oder nicht. Außerdem hatte er eine Liebesaffäre mit einer verheirateten Frau, deren Ehemann ihn auf frischer Tat ertappte und durchprügelte.

Das war natürlich ein heikles Thema für meine Eltern, und ich habe es nie mit ihnen erörtert. Aber die ganze Stadt wußte von der Geschichte, und mein Vater hatte ein blaues Auge. Da er keinerlei Sport trieb, mußte er behaupten, er wäre die Kellertreppe hinuntergefallen. Meine Mutter wog damals schon 90 Kilo und beschimpfte ihn ständig, weil er seine gesamten Barrytron-Aktien 2 Jahre zu früh verkauft hatte. Wenn er sie bis zur Übernahme durch Du Pont behalten hätte, hätte er $ 1 000 000 gehabt, und damals war das noch eine Sache, wenn man ein Millionär war. Wenn ich irgendwie lernbehindert gewesen wäre, hätte er mich ohne weiteres nach Tarkington schicken können.

Im Gegensatz zu mir war mein Vater ein Mann, der *in extremis* sein mußte, ehe er einen Ehebruch beging. Wenn man den Gerüchten glauben durfte, die meine Feinde mir an der High-School erzählten, hatte er nicht nur die Nummer mit dem Aus-dem-Fenster-Springen gebracht, sondern war anschließend noch mit den Hosen um die Knöchel wie ein Hase durch die Hinterhöfe gehopst und von einem Köter gebissen worden, als er sich in einer Wäscheleine verfing, und so weiter. Das könnte eine Übertreibung gewesen sein. Ich habe mich nie genauer erkundigt.

– · – · – · – · – · – · – · – · – · – · – · – · – · – · – · – · –

Das Image-Problem unserer kleinen Familie, das sich noch verschärfte, als meine Mutter sich 2 Tage nach Vaters blauem Auge die Nase brach, verstörte mich tief. Für die Außenwelt mußte es ja so aussehen, als ob sie ihm etwas über sein blaues Auge gesagt und er das mit Schlägen beantwortet hätte. Ich glaube nicht, daß er sie je geschlagen hätte, unter gar keinen Umständen. Andererseits ist es natürlich auch wieder nicht völlig abwegig, daß er sie tatsächlich geschlagen hat. Vielleicht hätten sogar noch kleinere Männer meine Mutter geschlagen unter vergleichbaren Umständen. Als, wie gesagt, vor ungefähr 20 Jahren das einstürzende Dach eines Andenkenladens auf der kanadischen Seite der Niagarafälle beide Beteiligten tötete, wurde die historische Wahrheit für immer verschüttet. Wie es heißt, waren beide sofort tot. Sie haben gar nichts gespürt, und das ist der beste Weg, um zu sterben.

In Vietnam, wie vermutlich auf allen Kriegsschauplätzen, war das ganz unumstritten. Ich erinnere mich an einen jungen Burschen, der auf eine Mine getreten war. Möglicherweise eine von unseren eigenen Minen. Sein bester Freund aus der Grundausbildung fragte ihn, was er denn für ihn tun könnte, und der Junge sagte: »Knips mich aus wie eine Glühbirne!«

Der Junge, der sterben mußte, war weiß. Der Junge, der ihm helfen wollte, war schwarz, oder sagen wir: hellbraun. Sein Gesicht war praktisch weiß, könnte man sagen.

– · – · – · – · – · – · – · – · – · – · – · – · – · – · – · – · –

Eine Frau, mit der ich vor ein paar Jahren geschlafen habe, hat mich gefragt, ob meine Eltern noch leben. Sie wollte, nachdem wir unsere Kleider mal ausgezogen hatten, irgendwie noch etwas mehr über mich wissen.

Ich hab' ihr gesagt, meine Eltern wären im Ausland eines gewaltsamen Todes gestorben, was zutrifft. Kanada ist schließlich Ausland.

Aber dann hörte ich mich plötzlich ein wildes Lügenmärchen erzählen. Sie seien auf einer Safari in Tanganjika gewesen, behauptete ich, ein Land, von dem ich beinahe nichts weiß. Ich erzählte dieser Frau, und sie hat mir geglaubt, meine Eltern und ihr Führer seien von Wilderern erschossen worden, die Elefanten wegen ihres Elfenbeins töteten und sie für Wildhüter hielten. Die Wilderer, sagte ich, hätten die Leichen auf Ameisenhügel gelegt, so daß die Skelette bald völlig abgefressen waren. Nur mit Hilfe einer zahnmedizinischen Untersuchung habe man sie überhaupt noch zu identifizieren vermocht.

Früher fand ich es sehr einfach und sogar aufregend, solche komplizierten Lügen zu erfinden. Aber jetzt nicht mehr. Und ich frage mich heute, ob ich diese ungesunde Gewohnheit nicht schon entwickelt habe, als ich noch sehr jung war, weil es immer so peinlich war mit meinen Eltern, besonders mit meiner Mutter, die so dick war, daß sie hätte im Zirkus auftreten können. Ich erzählte immer von sehr viel attraktiveren Eltern, als ich tatsächlich hatte, damit Leute, die sie nicht weiter kannten, gut von mir dachten.

Und in meinem letzten Jahr in Vietnam, als ich Presseoffizier war, fand ich es so natürlich wie Ein- und Ausatmen, wenn ich den Journalisten und den neuen Truppen, die frisch aus dem Flugzeug oder vom Schiff kamen, erzählte, daß wir gewinnen würden und daß die Leute zu Hause stolz und glücklich über all die guten Dinge sein sollten, die wir in Vietnam machten.

So zu lügen habe ich auf der High-School gelernt.

Und noch etwas von dem, was ich auf der High-School gelernt habe, war nützlich in Vietnam: Streß und Langeweile lassen sich unendlich viel besser ertragen, wenn man Alkohol, Marihuana und laute, für gewöhnlich minderwertige

Musik dazu hat. Es war Manna vom Himmel, daß ich mit der Begabung auf die Welt gekommen bin, meinen Konsum von bewußtseinsverändernden Drogen in maßvollen Grenzen zu halten. Ich glaube nicht, daß meine Eltern jemals wußten, daß ich in meinen beiden letzten Jahren auf der High-School die meiste Zeit unter Strom stand. Das einzige, worüber sie sich immer beklagten, war die Musik, wenn ich das Radio anhatte oder Schallplatten spielte oder die »Seelenverkäufer« bei uns im Souterrain übten. Das, was wir machten, nannten sie »Urwaldmusik«, und sie war ihnen immer zu laut.

In Vietnam war die Musik auch immer zu laut. Praktisch alle standen die ganze Zeit unter Strom, einschließlich der Geistlichen. Einige der scheußlichsten Unfälle, die ich der Presse in meinem letzten Jahr da drüben erklären mußte, wurden von Leuten verursacht, die gerade schwachsinnig oder verrückt waren, weil sie zu viel von etwas geschluckt hatten, was, in Maßen genossen, eine durchaus nützliche Chemikalie hätte sein können. Ich führte all diese Unfälle natürlich auf normales menschliches Versagen zurück. Die Presse hatte Verständnis. Wer auf Erden hat noch nie einen Fehler gemacht, oder 2?

- . - . - . - . - . - . - . - . - . - . - . - . - . - . - . -

Die Ermordung eines österreichischen Erzherzogs führte zum 1. Weltkrieg und vielleicht auch zum 2. Mich dagegen hat, mit der gleichen unvermeidlichen Konsequenz, das blaue Auge meines Vaters in den traurigen Zustand versetzt, in dem ich jetzt bin. Denn er suchte damals dringend nach etwas, womit er den Respekt der Gesellschaft zurückgewinnen und die Aufmerksamkeit seiner neuen Arbeitgeber von der Firma Du Pont auf sich lenken konnte. Du Pont ist natürlich inzwischen längst von den deutschen I. G. Farben geschluckt worden, der Firma, die das Zyanid-Gas hergestellt, verpackt und verschickt hat, mit dem bei der sogenannten »Endlösung« Zivilisten aller Altersgruppen getötet wurden, einschließlich der kleinen Kinder auf dem Arm ihrer Mütter.

Was für ein Planet.

- . - . - . - . - . - . - . - . - . - . - . - . - . - . - . -

Mein Vater, dessen verletztes Auge nur noch ein Schlitz in einem rotgelben Omelett war, fragte mich also, ob ich irgendwelche Auszeichnungen zu erwarten hätte bei der Abschlußfeier der High-School. Er sagte es zwar nicht direkt, aber er suchte hektisch nach etwas, womit er im Büro angeben konnte. Er war so verzweifelt, daß er mich plötzlich dafür zu beschimpfen begann, daß ich die verschiedenen Sportmannschaften der High-School, die Schülermitverwaltung und auch alle sonstigen von der Schule geförderten Aktivitäten außerhalb des Unterrichts ignoriert hatte. Meine Noten waren zwar gut genug, um mir einen Studienplatz an der Universität von Michigan und ab und zu auch eine lobende Erwähnung zu sichern, aber Mitglied der *National Honor Society* hätte ich nie werden können.

Es war so jämmerlich. Aber es machte mich auch sehr wütend, denn irgendwie versuchte mein Vater, die Verantwortung für das Image-Problem der Familie zum Teil mir anzulasten, dabei war es ganz allein seine Schuld. »Ich habe es immer bedauert, daß du dich für Football nicht interessierst«, sagte er, so als ob ein paar Tore alles wieder in Ordnung gebracht hätten.

»Jetzt ist es zu spät«, sagte ich.

»Du hast diese 4 Jahre vertrödelt. Nichts als diese Urwaldmusik hast du gemacht«, sagte er.

Heute, 43 Jahre später, wird mir bewußt, daß ich ihm hätte sagen können, daß ich zumindest mein Sex-Leben besser im Griff hatte als er. Mich wollten sie alle vernaschen, dank unserer Urwaldmusik, und den anderen »Seelenverkäufern« ging es genauso. Eine bestimmte Sorte Mädchen und manche erwachsenen Frauen fanden uns toll, wenn wir da oben auf der Bühne standen: Wir waren strahlende Freigeister, welche die Schwarzen nachahmten, wir rauchten Marihuana, wir liebten uns, wenn wir Musik machten, und lachten fast die ganze Zeit über Gott weiß was.

Mein Liebesleben ist jetzt wohl vorbei, schätze ich. Selbst wenn ich aus dem Gefängnis herauskäme, würde ich doch keine Frau, die mir vertraut, mit Tuberkulose anstecken wollen. Wahrscheinlich hätte sie eine Todesangst, daß sie AIDS kriegt, und dann würde ich ihr TB verpassen. Wär' das nicht komisch?

In Zukunft werde ich also mit Erinnerungen auskommen müssen. Als Prothese für mein Gedächtnis habe ich mal damit angefangen, alle Frauen aufzuschreiben, mit Ausnahme meiner Ehefrau und der Prostituierten, mit denen ich »es« gemacht habe, wie wir auf der High-School gesagt haben. Meine Eroberungen als Teenager aufzulisten ist schon deshalb unmöglich, weil ich keine genauen Erinnerungen mehr daran habe. Es ist mir unmöglich, Fakten und Fantasien zu trennen. Es war alles ein einziger Traum. Deshalb beginne ich meine Liste mit Shirley Kern. Mit der habe ich geschlafen, da war ich schon 20. Shirley ist meine Grundlage.

Wieviele Namen auf die Liste kommen? Noch zu früh, um das zu sagen. Aber wäre diese Zahl, wie immer sie aussehen mag, nicht eine gute, enigmatische Inschrift auf meinem Grabstein? Jedenfalls auch nicht schlechter als jede andere.

Es würde mir wirklich sehr leid tun, wenn ich irgendeiner dieser Frauen ihr Leben ruiniert hätte, weil sie mir glaubte, als ich sagte, daß ich sie liebe. Ich kann nur gegen alle Hoffnung hoffen, daß es Shirley Kern und dem Rest von ihnen immer noch gut geht.

Wenn es für diejenigen, denen es nicht so gut geht, irgendein Trost ist: Mein eigenes Leben ist bei einem Wettbewerb junger Naturwissenschaftler versaut worden.

Mein Vater hatte mich nämlich gefragt, ob es nicht doch noch irgendwelche von der Schule geförderte Aktivitäten außerhalb des Unterrichts gebe, in die ich noch einsteigen könnte. Und das 8 Wochen vor der Abschlußfeier! Deshalb sagte ich, und das war natürlich ironisch gemeint, denn er wußte genausogut wie ich, daß mir die Naturwissenschaften im Gegensatz zu ihm überhaupt nicht lagen, meine letzte Gelegenheit, berühmt zu werden, sei der Bezirkswettbewerb junger Naturwissenschaftler. Ich hatte zwar sowohl in Physik wie auch in Chemie einen Zweier, aber wenn es nach mir gegangen wäre, hätten sie sich beide Fächer getrost in ihr Fundament stecken können.

Aber mein Vater erhob sich in einem Zustand krankhafter Erregung aus seinem Sessel. »Komm mit in den Keller!« sagte er. »Wir haben zu arbeiten!«

»Was denn?« fragte ich. Es war kurz vor Mitternacht.

»Du wirst beim Bezirkswettbewerb junger Naturwissenschaftler den ersten Preis holen.«

- · - · - · - · - · - · - · - · - · - · - · -

Was ich auch tat. Oder besser: Mein Vater nahm an diesem Wettbewerb junger Naturwissenschaftler teil und gewann. Alles, was von mir verlangt wurde, war eine eidesstattliche Erklärung, daß ich mein Exponat ganz allein gebaut hätte. Außerdem mußte ich die Erklärung meines Vaters auswendig lernen, wofür das Experiment ein Beweis war. Es hatte irgendwas mit Kristallen und damit, wie und warum sie wachsen, zu tun.

Die Konkurrenz, gegen die er antreten mußte, war schwach. Er war schließlich ein 43jähriger Chemotechniker mit 20jähriger Berufspraxis und konnte es mit den halbwüchsigen Schülern einer Gemeinde, in denen nur die wenigsten Eltern Hochschulbildung besaßen, ohne weiteres aufnehmen. Die wichtigsten Produkte unseres Bezirks waren damals noch rein landwirtschaftlicher Natur: Mais, Schweine und Mastrinder. Barrytron war die einzige High-Tech-Firma, und nur eine Handvoll Leute wie mein Vater kannten die technischen Apparate und Vorgänge. Die meisten Angestellten der Firma gaben sich damit zufrieden, das zu tun, was man ihnen sagte. Wie sie alle die Wunder bewirkt hatten, die am Schluß fertig verpackt und beschriftet zum Verschicken auf der Laderampe bereitstanden, interessierte wenig.

Das erinnert mich jetzt wieder an die toten amerikanischen Soldaten, zum größten Teil Teenager, die ebenfalls verpackt und beschriftet zum Verschicken auf den Laderampen in Vietnam lagen. Wer wußte eigentlich bei diesen eigenartigen Artefakten, wie sie hergestellt worden waren? Und wen interessierte es?

Ein paar Leute schon.

– · – · – · – · – · – · – · – · – · – · – · – · – · – · – · – · – · –

Warum mein Vater und ich nicht als Schwindler entlarvt wurden, warum unser Ausstellungsstück nicht disqualifiziert wurde, warum ich jetzt nicht der Lieblingsreporter der koreanischen Eigentümer der *New York Times* bin, statt im Gefängnis zu sitzen, weiß ich auch nicht genau. Ich glaube, es hat was mit Mitleid zu tun. Ich nehme an, es war bei den Leuten der Eindruck entstanden, unsere kleine Familie habe genug gelitten. Und die Naturwissenschaften interessierten bei uns im Bezirk sowieso niemanden.

Außerdem waren die anderen Ausstellungsstücke so kümmerlich und blöde, daß auch die besten davon den Bezirk hätten dumm aussehen lassen, wenn man sie und ihre ehrlichen Schöpfer nach Cleveland zur Endausscheidung geschickt hätte. Unser Exponat sah wenigstens schick aus. Was in den Augen der Juroren sicher auch zählte, als sie sich überlegten, welches Spitzenprodukt des Bezirks in Cleveland antreten sollte, war die Tatsache, daß unser Exponat für einen gewöhnlichen Menschen kaum zu verstehen und vollkommen uninteressant war.

– · – · – · – · – · – · – · – · – · – · – · – · – · – · – · – · – · –

Während die Gemeinschaft darüber nachdachte, ob sie mich als Hochstapler kreuzigen oder als Genie krönen sollte, blieb ich dank Marihuana und Alkohol total philosophisch. Und mein Vater hatte möglicherweise auch 1 sitzen. Merkt man oft gar nicht. Ich habe in Vietnam 2 vorgesetzte Generale gehabt, die jeden Tag 1 Liter Whiskey geschluckt haben, aber es war kaum zu erkennen. Sie sahen immer ganz würdig und ernst aus.

Also fuhren wir nach Cleveland. Mein Vater war voller hochgespannter Erwartungen. Aber ich wußte, wir würden ganz fürchterlich abstürzen. Ich weiß nicht, warum er das nicht wußte. Der einzige Rat, den er mir gab, war der, ich sollte meine Schultern zurücknehmen, wenn ich mein Experiment erläuterte, und ja nicht rauchen, wenn die Juroren es vielleicht sahen. Er redete natürlich von gewöhnlichen Zigaretten. Daß ich die anderen rauchte, wußte er nicht.

- -

Ich werde mich nicht dafür entschuldigen, daß ich während der dunkelsten Tage meiner Zeit an der High-School ständig blau und bekifft war. Winston Churchill hat sich während der dunkelsten Tage des 2. Weltkriegs auch mit Brandy und Havanna-Zigarren das Gehirn aus dem Schädel gesprengt.

- -

Hitler dagegen war dank der fortgeschrittenen deutschen Technologie einer der ersten Menschen, der sein Gehirn mit Amphetamin zu Spinnweben machte. Wie es heißt, hat er sogar in seine Teppiche gebissen. Ham Ham!

- -

Meine Mutter fuhr nicht mit nach Cleveland. Sie genierte sich, das Haus zu verlassen, weil sie so dick und fett war. Deshalb mußte ich auch immer einkaufen gehen, wenn ich aus der Schule nach Hause kam. Auch die Hausarbeit mußte ich zum größten Teil machen, weil sie solche Schwierigkeiten hatte, sich zu bewegen. Daß ich mit der Hausarbeit so vertraut war, erwies sich als äußerst nützlich in West Point und dann auch später wieder, als meine Schwiegermutter und meine Frau verrückt wurden. Sie machte mir sogar irgendwie Spaß, weil man sah, daß man was unbestreitbar Nützliches machte. Außerdem brauchte ich dabei nicht über meine Probleme nachzudenken. Ach, wie die Augen meiner Mutter immer strahlten, wenn sie sah, was ich wieder für sie gekocht hatte!

Die Geschichte meiner Mutter ist übrigens 1 von den wenigen echten Erfolgs-Stories in diesem Buch. Mit 60, als sie so alt war wie ich jetzt, wurde sie Mitglied bei den *Weight Watchers*, und als ihr an den Niagarafällen die Decke auf den Kopf fiel, wog sie bloß noch 52 Kilo!

– · – · – · – · – · – · – · – · – · – · – · – · – · – · – · –

Diese Bibliothek ist voll von Berichten über angebliche Triumphe, was mich sehr mißtrauisch hinsichtlich ihrer Glaubwürdigkeit macht. Es ist irreführend, wenn die Leute von Erfolgen lesen; denn selbst für Angehörige der weißen Mittel- und Oberschicht sind, meinen Erfahrungen nach, Mißerfolge die Norm. Besonders jungen Leuten gegenüber finde ich es außerordentlich unfair, wenn man sie so überhaupt nicht auf die monströsen Katastrophen und die lächerlichen Keystone-Kop-Komödien und all die viel schlimmeren Dinge vorbereitet, an denen sie später in Starrollen mitwirken werden.

– · – · – · – · – · – · – · – · – · – · – · – · – · – · – · –

Der Wettbewerb des Staates Ohio für junge Naturwissenschaftler fand in Clevelands wunderschönem Moellenkamp-Auditorium statt. Die Sitzreihen waren entfernt und durch Tische für die Ausstellungsstücke ersetzt worden. Die Tatsache, daß der Saal der Stadt Cleveland von den Moellenkamps geschenkt worden war, also derselben Familie von Kohlebaronen und Reedern, die Tarkington die Bibliothek hier geschenkt hat, war ein versteckter Hinweis auf meine damals noch weit entfernte Zukunft. Damals hatten sie ihre Schiffe und Kohlengruben aber noch nicht an dieses britisch-omanische Konsortium in Luxemburg verkauft.

Dennoch war die Gegenwart schon übel genug. Schon als mein Vater und ich unser Exponat aufbauten, behandelten uns die anderen Aussteller wie Filmkomiker, wie Laurel und Hardy zum Beispiel: Vater war der geschäftige Dicke, und ich der blöde Dünne. Es war nämlich so, daß mein Vater unser Exponat ganz alleine aufbaute, und ich danebenstand und gelangweilt in der Gegend herumschaute. Ich wollte bloß eines: nach draußen gehen und mich hinter einem Baum oder sonst was verstecken, um eine Zigarette zu rauchen.

Damit verletzten wir natürlich die Grundregel des ganzen Wettbewerbs, die besagte, daß die jungen Teilnehmer alle Arbeit von Anfang bis Ende allein tun mußten. Eltern, Lehrern und sonstigen Erwachsenen war es schriftlich verboten, auch nur die geringste Hilfestellung zu leisten.

Es war, als ob ich statt in einer selbstgebauten Seifenkiste im Ferrari Gran Turismo meines Vaters am Seifenkistenrennen in Akron hätte teilnehmen wollen.

- · - · - · - · - · - · - · - · - · - · - · - · - · - · - · - · - · - · -

Wir hatten unser Exponat auch keineswegs im Keller gebaut. Wir waren zwar, als mein Vater sagte, wir hätten im Keller zu arbeiten, tatsächlich in den Hobbyraum runtergegangen, waren dort aber nur für 10 Minuten geblieben, während er nachdachte und dabei immer begeisterter wurde. Ich hatte überhaupt nichts gesagt.

Das heißt, *etwas* sagte ich doch. Ich sagte: »Darf ich eine rauchen?«

Und er sagte: »Laß dich nicht stören.«

Das war ein ziemlicher Durchbruch für mich. Denn es bedeutete, daß ich im Haus künftig rauchen durfte, ohne daß er was sagte.

Dann führte er mich wieder rauf ins Wohnzimmer. Er setzte sich an Mutters Schreibtisch und machte eine Liste der Zutaten, die er zu dem Experiment brauchte.

»Was machst du jetzt, Daddy?« fragte ich.

»Pssst!« sagte er. »Stör mich nicht. Ich habe zu tun.«

Ich störte ihn also nicht. Ich hatte ohnehin genug eigene Sorgen. Ich war ziemlich sicher, daß ich Gonorrhöe hatte. Es handelte sich um eine Harnröhreninfektion, die mir große Schmerzen verursachte. Trotzdem hatte ich noch keinen Arzt aufgesucht, denn der wäre gesetzlich verpflichtet gewesen, mich den Gesundheitsbehörden zu melden, und die wiederum hätten meine Eltern informiert, die wirklich schon genug Kummer hatten. Die Infektion verschwand übrigens später, ohne daß ich irgend etwas getan hätte. Gonorrhöe kann es also doch nicht gewesen sein, denn die hört nie freiwillig auf. Warum auch? Sie amüsiert sich doch prächtig. Warum sollte sie ihr Festmahl beenden? Die jungen Leute sind doch so gesund und vergnügt.

– · – · – · – · – · – · – · – · – · – · – · – · – · – · – · – · – · –

Zweimal in meinem späteren Leben habe ich mir eine unzweideutige Gonorrhöe zugezogen, die eine in Tegucigalpa, Honduras, und die andere in Saigon, jetzt Ho Tschi Minh-Stadt, in Vietnam. In beiden Fällen erzählte ich den behandelnden Ärzten von der selbstheilenden Infektion, die ich in der High-School gehabt hatte.

Es könnten Hefepilze gewesen sein, sagten sie beide. Vielleicht hätte ich eine Bäckerei aufmachen sollen.

– · – · – · – · – · – · – · – · – · – · – · – · – · – · – · – · – · –

Vater fing also an, von der Arbeit mit Teilen meines Exponats heimzukommen, die nach seinen Angaben bei Barrytron hergestellt worden waren: Postamente und Schaukästen und erklärende Hinweise und Schilder, die von der kleinen Druckerei hergestellt worden waren, die alle diese Dinge für Barrytron machte. Die Kristalle selbst kamen von einem Lieferanten in Pittsburgh, der sich auf chemische Produkte spezialisiert hatte und gute Geschäfte mit Barrytron machte. Ich weiß noch, daß 1 der Kristalle den ganzen weiten Weg von Burma herbeigeschafft worden war.

Der Lieferant in Pittsburgh muß sich ziemliche Mühe gegeben haben, um diese bemerkenswerte Sammlung schöner Kristalle zusammenzustellen, denn was sie uns schickten, kam sicher nicht einfach vom Lager. Um einem guten Kunden wie Barrytron einen Gefallen zu tun, sind sie wahrscheinlich zu einem Händler gegangen, der Kristalle wegen ihrer Schönheit und Seltenheit sammelte, nicht als Chemikalien, sondern als Schaustücke.

Jedenfalls veranlaßten diese museumsreifen Kristalle meinen Vater zu folgenden unsterblichen Worten, als er sie verzückt auf dem Couchtisch im Wohnzimmer ausbreitete: »Junge, wir können gar nicht verlieren.«

– · – · – · – · – · – · – · – · – · – · – · – · – · – · – · – · – · –

Tja, wie sagt Jean-Paul Sartre in Bartlett's *Sammlung berühmter Zitate?* »Die Hölle, das sind die anderen.« Und so waren es denn auch wieder einmal die anderen, die mit Vaters und meinem unbesiegbaren Wettbewerbsbeitrag vor 43 Jahren in Cleveland kurzen Prozeß machten.

Man erinnert sich natürlich sofort an General George Armstrong Custer am Little Bighorn, General Robert E. Lee in Gettysburg und General William Westmoreland in Vietnam.

Kurzfristig waren nämlich nicht unsere hübschen Kristalle, sondern Vater und ich die faszinierendsten Ausstellungsstücke im Moellenkamp-Auditorium. Wir waren eine Demonstration außergewöhnlicher seelischer Zustände. Eine Reihe anderer Aussteller und ihrer Berater versammelten sich um uns und führten uns vor. Sie wußten ganz genau, welche Knöpfe sie drücken mußten, damit wir uns krümmten, die Farbe wechselten, krampfhaft lächelten oder sonst irgendwas.

Einer der Mitbewerber fragte meinen Vater, wie alt er denn sei und in welche High-School er ginge.

Das war der Augenblick, in dem wir hätten unsere Sachen zusammenpacken und abhauen sollen. Weder die Juroren noch die Reporter hatten uns bisher beachtet. Wir hatten auch das Schild noch nicht aufgestellt, auf dem mein Name stand und der meiner Schule. Wir hatten noch nichts gesagt, was sich zu merken gelohnt hätte.

Wenn wir zusammengepackt hätten und in aller Stille verschwunden wären, wenn wir einfach bloß den leeren Tisch zurückgelassen hätten, wären wir vielleicht als »nicht erschienen« oder »krankgeworden« in die Geschichte der amerikanischen Naturwissenschaft eingegangen. Es war ohnehin schon ein leerer Tisch da, nur 5 Meter von unserem entfernt, und der würde auch leer bleiben. Mein Vater und ich hatten schon gehört, daß er leer bleiben würde, und auch warum. Der verhinderte Aussteller und seine Eltern lagen im

Krankenhaus in Lima, Ohio, nicht Lima, Peru. Das war ihre Heimatstadt. Auf dem Weg nach Cleveland waren sie mit ihrem Ausstellungsstück im Kofferraum noch gar nicht aus ihrer Ausfahrt heraus, als ihnen ein Betrunkener hinten reinfuhr.

Der Unfall wäre gar nicht so schlimm gewesen, wenn zu dem Experiment, das sie vorführen wollten, nicht zahlreiche Flaschen mit verschiedenen Säuren gehört hätten, die bei dem Unfall kaputtgingen und den Benzintank in Brand setzten. Beide Fahrzeuge standen augenblicklich in Flammen.

Das Exponat sollte, glaube ich, demonstrieren, was für nützliche Dinge bestimmte Säuren, vor denen die meisten Leute Angst haben und über die sie nicht gerne nachdenken, tagein, tagaus für die Menschheit vollbringen.

- . - . - . - . - . - . - . - . - . - . - . - . - . - . - . -

Die Leute, die uns in Augenschein nahmen, die uns so kritische Fragen stellten und denen so wenig gefiel, was sie sahen und hörten, riefen alsbald nach den Schiedsrichtern. Wir sollten disqualifiziert werden. Wir waren nicht nur Betrüger. Wir waren lächerliche Betrüger.

Ich hätte am liebsten gekotzt. »Daddy«, sagte ich zu meinem Vater, »ich glaube, wir sollten allen Ernstes hier abhauen. Wir haben einen Fehler gemacht.«

Aber er sagte, wir hätten keinerlei Grund uns zu schämen und würden uns auf keinen Fall mit eingezogenen Schwänzen davonschleichen.

Genau wie in Vietnam!

Also wurde einer der Schiedsrichter geholt, der mühelos feststellte, daß ich keine Ahnung hatte, was wir da ausstellten. Dann nahm er Vater beiseite und handelte im Gespräch von Mann zu Mann eine politische Lösung mit ihm aus. Er wollte die Leute bei uns im Bezirk nicht enttäuschen, die mich als ihren Champion nach Cleveland geschickt hatten. Und er wollte auch meinen Vater nicht demütigen, der offensichtlich ein guter Bürger seiner Gemeinde war und bloß die Regeln nicht genau genug gelesen hatte. Es würde uns eine förmliche Disqualifizierung ersparen, die womöglich zu negativer Publicity führen könnte, wenn Vater nicht darauf bestünde, daß mein Exponat ernsthaft begutachtet würde, als wäre es ein korrekter Wettbewerbsbeitrag.

Wenn es soweit sei, sagte er, würden die Juroren einfach ohne Kommentar an uns vorbeigehen. Es würde ihr Geheimnis bleiben, daß wir gar keine Chance hatten, irgendwas zu gewinnen.

Das war das Angebot.

Auch schon Geschichte.

5

Der Sieger in diesem Jahr war ein Mädchen aus Cincinnati. Zufällig hatte ihr Exponat auch was mit Kristallen zu tun. Sie allerdings hatte ihre Kristalle alle selbst gezüchtet oder im Umkreis von 100 Kilometern von ihrem Wohnort in Flußbetten, Höhlen und Kohlengruben gesammelt. Ihr Name war, soweit ich mich erinnere, Mary Alice French, und beim allamerikanischen Finale in Washington sollte sie fast ganz am Schluß landen.

Aber Cincinnati war so stolz auf sie und so sicher, daß sie mit ihren Kristallen gewinnen oder zumindest gut abschneiden würde, daß der Bürgermeister den Tag ihrer Abreise nach Washington zum »Mary Alice French Day« erklärte.

Jetzt, wo ich so viel Zeit habe, über Leute nachzudenken, denen ich vielleicht wehgetan habe, frage ich mich, ob mein Vater und ich nicht indirekt dazu beigetragen haben, daß Mary Alice French in Washington so eine schreckliche Enttäuschung erlebte. Es ist nicht ganz auszuschließen, daß ihr die Jury in Cleveland den Ersten Preis wegen des moralischen Unterschieds zwischen ihrem und unserem Ausstellungsstück zuerkannte.

Vielleicht wurden die Naturwissenschaften bei der Abstimmung mal auf die Hinterbänke verwiesen; denn dank unseres schlechten Rufs bot Mary Alice French eine goldene Gelegenheit, allen Beteiligten eine Lehre zu erteilen, die jedem Naturgesetz weit überlegen war: daß Ehrlichkeit am längsten währt.

Wer weiß?

\- . - . - . - . - . - . - . - . - . - . - . - . - . - . - . - . - . -

Viele, viele Jahre, nachdem sich Mary Alice French in Washington ihr kleines Herz brechen ließ, als ich längst Dozent in Tarkington war, hatte ich einen Studenten aus Cincinnati, der Heimatstadt von Mary Alice French. Die mütterliche Seite seiner Familie hatte gerade Cincinnatis letzte verbleibende Tageszeitung, den führenden Fernsehsender und eine ganze Reihe von Radiosendern und Wochenzeitungen an den Sultan von Brunei verkauft, den angeblich reichsten Mann auf der Erde.

Dieser Student sah aus, als wäre er ungefähr 12, als er zu uns kam. Tatsächlich war er schon 21, aber er war nie in den Stimmbruch gekommen, und er war nur 150 Zentimeter groß. Aufgrund des Geschäfts mit dem Sultan sollte er persönlich 30 000 000 Dollar wert sein, aber schon vor seinem eigenen Schatten hatte er eine Todesangst.

Er konnte zwar lesen und schreiben, und die Mathematik beherrschte er bis weit hinauf in die Algebra und Trigonometrie, die er sogar selbst schon gelehrt hatte. Wahrscheinlich war er auch der beste Schachspieler in der Geschichte des Colleges. Aber er besaß keinerlei gesellschaftliche Umgangsformen und würde wahrscheinlich auch nie welche besitzen, denn er fand alles so schrecklich im Leben.

Ich fragte ihn, ob er jemals von einer Frau ungefähr meines Alters aus Cincinnati gehört habe, die Mary Alice French hieß.

Daraufhin sagte er: »Ich kenne nichts und niemanden. Bitte sprechen Sie nie wieder mit mir. Sagen Sie allen Leuten, sie sollen aufhören, mit mir zu sprechen.«

Ich habe nie herausgefunden, was er mit all seinem Geld gemacht hat oder ob er überhaupt etwas damit machte. Irgend jemand hat mal erzählt, er hätte geheiratet. Unglaublich!

Irgendeine Mitgiftjägerin muß ihn erwischt haben.

Kluges Mädchen. Der geht es jetzt sicher ganz gut.

Um wieder auf den Wettbewerb für junge Wissenschaftler in Cleveland zurückzukommen: Als mein Vater und der Schiedsrichter sich einig geworden waren, rannte ich schleunigst zum nächsten Ausgang. Ich brauchte unbedingt frische Luft. Ich brauchte einen ganz neuen Planeten. Sterben wäre auch völlig in Ordnung gewesen. Alles wäre besser gewesen als das, was ich hatte.

Der Ausgang wurde versperrt von einem spektakulär gekleideten Mann. Er war vollkommen anders als jeder andere im Saal. Er war unglaublicherweise das, was ich später auch werden sollte: ein Oberstleutnant der regulären Armee mit einer Menge Ordensbändern auf der Brust. Er trug die komplette Ausgehuniform mit goldener Fangschnur und Fallschirmjägerschwingen und -stiefeln. Wir waren damals gerade nirgendwo im Krieg, und so war der Anblick eines aufgeputzten Militärs unter all den Zivilisten einigermaßen verblüffend, vor allem so früh am Morgen. Er war nach Cleveland geschickt worden, um hoffnungsvolle junge Naturwissenschaftler für *seine* Alma mater zu rekrutieren, die Militärakademie der Vereinigten Staaten in West Point.

Die Akademie war unmittelbar nach dem Unabhängigkeitskrieg gegründet worden, weil die Vereinigten Staaten so wenige Offiziere mit den mathematischen und technischen Kenntnissen hatten, die man brauchte, um in den damaligen Kriegen zu siegen. Dabei ging es vorwiegend um Kanonenkugeln und Landkarten. In den 50er Jahren, mit all dem Radar, den Raketen und Flugzeugen, den Kernwaffen und all dem übrigen Zeug war dasselbe Problem erneut aufgetreten.

Und da kam ich daher, damals in Cleveland, mit einem großen runden Abzeichen über dem Herzen wie eine Zielscheibe und der Aufschrift:

AUSSTELLER

Dieser Oberstleutnant namens Sam Wakefield holte mich aber nicht nur nach West Point. In Vietnam, wo er dann Generalmajor war, sollte er mir noch einen *Silver Star* verleihen für außergewöhnliche Tapferkeit und besonderen Mut. Als er sich pensionieren ließ und Präsident des Tarkington College, heute Zuchthaus Tarkington, wurde, ging der Krieg noch ein Jahr lang weiter. Und als ich endlich aus der Armee entlassen wurde, heuerte er mich als Physiklehrer an. Und natürlich zum Spielen der Glocken, der Glocken, der Glokken.

Hier nun die ersten Worte, die Sam Wakefield je zu mir sprach, als ich 18 war und er 36:

»Wohin so eilig, mein Sohn?«

6

»Wohin so eilig, mein Sohn?« fragte er und fügte hinzu: »Wenn du eine Minute Zeit hast, würde ich gern mal mit dir reden.«

Ich blieb also stehen. Das war einer der größten Fehler meines Lebens. Es gab genügend andere Ausgänge, und 1 von denen hätte ich ansteuern sollen. Denn in diesem Augenblick hätte jeder andere Ausgang zur Universität Michigan, zum Journalismus und zum Musikmachen geführt; ein Leben lang hätte ich sagen und tragen können, was mir so in den Sinn kam. Jeder andere Ausgang hätte mich, höchstwahrscheinlich, zu einer Frau geführt, die mir nicht verrückt geworden wäre, und zu Kindern, die mich respektiert und geliebt hätten.

Jeder andere Ausgang hätte mich auch zu einem gewissen

Maß an Unglück geführt, ich weiß, so ist das Leben nun mal. Aber daß mich ein anderer Ausgang nach Vietnam und dann nach Tarkington führte, damit ich die Unbelehrbaren lehre, daß mich Tarkington College dann gefeuert hätte, damit ich bis zum größten Gefängnisausbruch in der amerikanischen Geschichte die Unverbesserlichen zu bessern versuchte, das glaube ich nicht. Und jetzt bin ich selbst ein Gefangener.

Aber ich rannte genau zu dem Ausgang, den Sam Wakefield versperrte.

Und damit war die Situation da.

- -

Sam Wakefield fragte mich, ob ich schon einmal über die Vorzüge einer Karriere beim Militär nachgedacht hätte. Dabei war der Mann im 2. Weltkrieg verwundet worden, dem einzigen Krieg, in dem ich auch gern gekämpft hätte, und dann in Korea noch einmal! Später nahm er seinen Abschied aus der Armee, als der Vietnamkrieg noch lief, und wurde Präsident von Tarkington College, und am Ende pustete er sich sein Gehirn aus dem Schädel.

Ich sagte, daß ich bereits von der Universität Michigan akzeptiert worden und am Soldatenspielen nicht interessiert sei.

Sam Wakefield hatte wirklich kein Glück. Die jungen Leute, die es geschafft hatten, bis ins Vorfinale des Wettbewerbs junger Erfinder zu kommen, wollten natürlich lieber zum *Cal Tec* oder MIT oder sonst irgendwo hingehen, wo freundlicher und freier gedacht wurde als in West Point. Er war also ziemlich verzweifelt. Er fuhr im ganzen Land herum und konnte doch bloß immer den Bodensatz der Ausstellungen junger Erfinder anwerben. Er fragte mich nicht nach meinem Exponat. Er fragte auch nicht nach meinen Noten. Er wollte bloß meinen Kopf, ganz egal, was da drin war.

Und dann kam Vater vorbei, auf der Suche nach mir. Und ehe ich wußte, wie mir geschah, schüttelten sich mein Vater und Sam Wakefield die Hände und lachten.

So glücklich hatte ich meinen Vater schon seit Jahren nicht

mehr gesehen. »Die Leute zu Hause werden sagen, das ist viel besser als ein Preis beim Wettbewerb junger Naturwissenschaftler«, erklärte er mir.

»Was ist viel besser?« fragte ich.

»Du hast gerade einen Studienplatz an der Militärakademie der Vereinigten Staaten erhalten«, sagte er. »Ich kann stolz auf meinen Sohn sein.«

Siebzehn Jahre später, 1975, war ich Oberstleutnant. Ich stand auf dem Dach der amerikanischen Botschaft in Saigon und hielt alle Leute, die keine Amerikaner waren, davon ab, an Bord der Hubschrauber zu klettern, mit denen die letzten, verstörten Flüchtlinge auf die Schiffe gebracht wurden, die draußen auf dem Meer lagen. Wir hatten einen Krieg verloren!

Wir waren Verlierer!

Ich war nicht mal der übelste von den jungen Naturwissenschaftlern, den Sam Wakefield überredet hatte, nach West Point zu kommen. Ein vielversprechender Studienkollege von mir, er kam von einer kleinen High-School irgendwo in Wyoming, hatte sich schon früh profiliert, indem er einen elektrischen Stuhl für Ratten gebaut hatte, mit Riemen zum Festschnallen, einer kleinen schwarzen Kapuze und allem übrigen Drumherum.

Das war Jack Patton. Er war nicht mit dem guten alten »Blut-und-Eingeweide«-Patton verwandt, dem berühmten 2. Weltkriegs-General. Aber mein Schwager ist er geworden. Ich habe seine Schwester Margaret geheiratet. Sie kam mit seiner Familie aus Wyoming herüber, um zu sehen, wie er graduiert wurde, und ich verliebte mich auf der Stelle in sie. Wir haben so schön zusammen getanzt.

Jack Patton wurde in Hué – gesprochen *whay* – von einem Heckenschützen getötet. Er war Oberstleutnant bei den Pionieren. Ich war selbst nicht dabei, aber es hieß, es hätte ihn direkt zwischen den Augen erwischt. Da kann man wirklich von Treffsicherheit reden! Wer immer ihn erschossen hat, war ein richtiger Sieger.

Der Scharfschütze blieb aber nicht lange ein Sieger, hab' ich gehört. Das gelingt kaum jemandem. Ein paar von unseren Leuten fanden heraus, wo er steckte. Er war nicht älter als 15, hab' ich gehört. Er war noch ein Kind und kein Mann, aber wenn er die Spiele der Männer mitspielte, mußte er auch die Strafen der Männer bezahlen. Nachdem sie ihn getötet hatten, steckten sie ihm seine kleinen Geschlechtsteile, Hoden und Schwanz, in den Mund, als Warnung für andere, die vielleicht auch Scharfschützen sein wollten.

Recht und Gesetz. Kurzer Prozeß.

Ich möchte aber doch gleich hinzufügen, daß keine Einheit unter meinem Kommando jemals dazu ermutigt wurde, die Leichen gefallener Feinde zu verstümmeln, und ich hätte auch nicht einfach darüber hinweggesehen, wenn ich davon gehört hätte. Eine Kompanie in einem Bataillon, das ich geführt habe, hatte sich aus eigener Initiative dazu entschlossen, immer ein Pik-As auf die Leichen gefallener Feinde zu legen, als Visitenkarten gewissermaßen. Eine Verstümmelung im engeren Sinne war das nicht, aber ich habe es trotzdem verboten.

Was ein Infanterist mit seiner lächerlichen Technologie aus einem Körper machen kann, ist natürlich gar nichts im Vergleich zu den ganz gewöhnlichen, geradezu unvermeidlichen, absolut routinemäßigen Folgen von Artilleriebeschuß und Bombenabwürfen. In Kambodscha habe ich einmal in einem Bombenkrater neben einem Reisfeld den abgetrennten Kopf eines bärtigen alten Mannes in den fliegenbedeckten Eingeweiden eines zerfetzten Wasserbüffels gesehen. Das Flugzeug, dessen Bombe den Krater gemacht hatte, hätte man vom Boden nicht einmal sehen können, so hoch war es geflogen. Aber was die Bombe angerichtet hatte, war für meinen Geschmack eine sehr viel eindrucksvollere Visitenkarte, würde ich sagen, als ein Pik-As.

Ich glaube nicht, daß Jack Patton gewollt hätte, daß man den Heckenschützen verstümmelt, aber genau weiß man so etwas nie. Als er noch lebte, war er in 1 Hinsicht wie tot: Es war ihm alles ziemlich egal.

Alles, und damit meine ich wirklich *alles*, war für ihn nur ein Spaß, jedenfalls hat er das immer gesagt. Sein Lieblingsausdruck bis ganz zum Schluß war: »Ich mußte höllisch lachen.« Wenn Oberstleutnant Patton jetzt im Himmel ist (ich glaube allerdings nicht, daß in der letzten Zeit noch viele echte Berufssoldaten erwarten, dorthin zu gelangen), dann erzählt er vielleicht jetzt gerade in diesem Augenblick, wie sein Leben in Hué plötzlich aufhörte, und fügt dann, ohne auch nur zu lächeln, hinzu: »Ich mußte höllisch lachen.« Das war nämlich der Witz: Patton erzählte immer, daß er bei irgendeiner angeblich ernsten, schönen, gefährlichen oder heiligen Sache höllisch gelacht habe, aber in Wirklichkeit hatte er überhaupt nicht gelacht. Und auch wenn er später davon erzählte, verzog er nie eine Miene. Ich glaube, sein ganzes Leben hat er nie das getan, was er angeblich dauernd machte. Höllisch gelacht hat er eigentlich nie.

Er sagte, er hätte höllisch lachen müssen, als er auf der High-School einen Preis für seinen elektrischen Stuhl für Ratten erhielt, aber in Wirklichkeit hat er gar nicht gelacht. Eine Menge Leute hatten gesagt, er solle doch mit einer betäubten Ratte eine öffentliche Vorführung veranstalten. Sie sagten, er solle der Ratte den Schädel rasieren und sie auf den Stuhl schnallen. Sie sagten, er solle die Ratte nach ihren letzten Worten fragen, behauptete Jack. Ob sie vielleicht ihr kriminelles Leben bereue und dergleichen.

Die Hinrichtung fand allerdings niemals statt. Außerhalb der naturwissenschaftlichen Abteilung gab es in seiner High-School offenbar genug gesunden Menschenverstand, um eine solche Vorführung als Tierquälerei zu erkennen. Und Jack Patton sagte ohne zu lächeln: »Ich mußte höllisch lachen.«

– · – · – · – · – · – · – · – · – · – · – · – · – · – · – · – · – · –

Er müsse höllisch lachen, hat er auch gesagt, als ich seine Schwester Margaret heiratete. Margaret und ich sollten ihm das nicht übelnehmen, sagte er. Er müsse immer höllisch lachen, wenn jemand heiratet.

Ich bin absolut sicher, daß Jack nicht wußte, daß es diese Geisteskrankheiten in der Familie seiner Mutter gab, und seine Schwester, die meine Braut werden sollte, wußte es auch nicht. Als ich Margaret heiratete, schien ihre Mutter noch völlig in Ordnung, wenn man von einer manischen Tanzwut mal absieht, die etwas unheimlich war, aber harmlos. Zu tanzen, bis man umfiel, war schließlich nicht einmal halb so verrückt wie der Wunsch, Nordvietnam in die Steinzeit zurückzubomben – oder sonst irgendein Land.

- -

Meine Schwiegermutter Mildred wuchs auf in Peru, Indiana, sprach aber, selbst als sie verrückt geworden war, nie über Peru, außer daß sie einmal erwähnte, daß Cole Porter, ein Musiker, der in der ersten Hälfte des letzten Jahrhunderts einige ungeheuer raffinierte Pop-Songs komponiert hat, ebenfalls aus Peru stammte.

- -

Als sie 18 war, lief meine Schwiegermutter aus Peru weg und kehrte nie wieder zurück. Sie jobbte sich durch ihr Studium an der Universität Wyoming in Laramie, wohin sie wohl gegangen war, weil es der von Peru am weitesten entfernte Ort war, den sie erreichen konnte, ohne die Milchstraße verlassen zu müssen. Dort in Laramie lernte sie auch ihren Ehemann kennen, der Student am Veterinärmedizinischen Institut war.

Erst nach dem Vietnamkrieg, als Jack schon tot war, wurde Margaret und mir klar, daß ihre Mutter nur deshalb nichts mehr mit Peru zu tun haben wollte, weil dort so viele Leute wußten, daß sie aus einer Familie kam, die für die von ihr gezeugten Geisteskranken berühmt war. Und dann heiratete sie, behielt die schreckliche Geschichte ihrer Familie für sich und pflanzte sich fort.

Und meine Frau heiratete in aller Unschuld und pflanzte sich fort, ohne zu wissen, in welcher Gefahr sie sich befand und welches Risiko sie an unsere Kinder vererbte.

- -

Unsere Kinder, die mit einer bekanntermaßen verrückten Großmutter im Haus aufwuchsen, flohen, so bald sie nur konnten, aus diesem Tal, genau wie sie aus Peru geflüchtet war. Aber sie haben sich nicht fortgepflanzt, und da sie wissen, was in ihren Genen für Tretminen lauern, bezweifle ich auch, daß sie es jemals tun werden.

- -

Jack Patton hat nie geheiratet. Er hat auch nie gesagt, er wolle Kinder. Vielleicht ist das ein Hinweis, daß er doch von seinen verrückten Verwandten in Peru, Indiana, gewußt hat. Aber das glaube ich nicht. Er war dagegen, daß die Leute sich überhaupt fortpflanzten, denn Menschen waren, in seinen Worten, »ungefähr 1000mal dümmer und gemeiner, als sie von sich selbst glauben.«

Ich selbst habe mich inzwischen offensichtlich auch zu diesem Standpunkt durchgerungen.

Während unseres ersten Studienjahrs in West Point beschloß Jack ganz unvermittelt, daß er lieber Cartoonist werden wollte, woran er allerdings zuvor nie gedacht hatte. Es war eine Art unwiderstehlicher Drang. Ich konnte mir richtig vorstellen, wie er zu Hause an der High-School in Wyoming ganz unvermittelt beschloß, einen elektrischen Stuhl für Ratten zu bauen.

Der erste Cartoon, den er je zeichnete, und zugleich auch der letzte, zeigte 2 Nashörner, die heirateten. Ein ganz normaler, menschlicher Pfarrer sagte der versammelten Gemeinde gerade, falls irgend jemand einen Grund wüßte, warum diese 2 nicht im heiligen Sakrament der Ehe zusammengefügt werden sollten, dann möge er jetzt vortreten oder für immer schweigen.

Das war lange, bevor ich und seine Schwester Margaret uns überhaupt kennengelernt hatten.

Wir waren Zimmergenossen und sollten es 4 Jahre lang bleiben. Deshalb zeigte er mir auch den Cartoon und sagte, den könne er bestimmt an den *Playboy* verkaufen.

Ich fragte ihn, was denn so lustig daran sei. Er konnte ums Verrecken nicht zeichnen, deshalb mußte er mir erklären, daß Braut und Bräutigam Nashörner waren. Ich dachte, es wären Sofas oder kaputte Autos. Das wäre vielleicht tatsächlich ganz lustig gewesen, wenn ich's mir recht überlege: 2 zerbeulte Limousinen, die ihre Ehegelübde ablegen. Die sich endgültig niederlassen, um eine Familie zu gründen.

»Was daran lustig ist?« fragte Jack ungläubig. »Wo ist dein Sinn für Humor? Wenn diese Hochzeit niemand stoppt, dann werden diese beiden sich paaren und Baby-Nashörner kriegen.«

»Ja, natürlich«, erwiderte ich.

»Ja, um Himmels willen«, sagte er, »es gibt doch nichts Dümmeres und Häßlicheres als ein Nashorn! Bloß weil etwas sich fortpflanzen kann, muß es das doch nicht unbedingt tun.«

Ich wies ihn darauf hin, daß Nashörner andere Nashörner vielleicht absolut wundervoll finden.

»Genau. Das ist ja der Witz«, sagte er. »Jede Tierart findet ihre eigene Art wundervoll. Und weil sie sich so wundervoll finden, heiraten die Leute, und dann kriegen sie ein Baby, das sie wundervoll finden, und in Wirklichkeit sind sie alle häßlich wie Nashörner. Daß wir denken, wir wären wundervoll, bedeutet noch lange nicht, daß wir auch wirklich wundervoll sind. In Wirklichkeit sind wir vielleicht ganz abscheuliche Tiere und wollen es bloß nicht wahrhaben, weil es sonst weh täte.«

- . -

Ich erinnere mich, daß wir während unseres dritten Jahres – an einem gewöhnlichen College wären wir *Juniors* gewesen, in West Point waren wir *Cows* – einmal 3 Stunden lang in voller Uniform mit unseren Karabinern rund um den Kasernenhof patrouillieren mußten, als hätten wir Wachdienst.

Das war unsere Strafe dafür, daß wir es versäumt hatten, einen anderen Kadetten zu melden, der bei der Abschlußprüfung in Elektrotechnik gespickt hatte. Der Ehrenkodex verlangte nämlich, daß wir nicht nur selbst nicht betrogen und logen, sondern daß wir auch jeden verpetzten, der das getan hatte.

Wir hatten gar nicht gesehen, daß der Kadett gespickt hatte. Wir hatten nicht mal im selben Kurs mit ihm gesessen. Aber wir waren mit ihm und einem vierten Kadetten zusammen, als er sich nach dem Army-Navy-Spiel in Philadelphia betrank. Er war so betrunken, daß er zugab, beim Examen im Juni betrogen zu haben. Jack und ich sagten ihm, er solle das Maul halten, wir wollten davon nichts wissen, wir würden es auch gleich wieder vergessen, es sei ja vermutlich ohnehin gar nicht wahr.

Aber der andere Kadett, der später in Vietnam *gefraggt* werden sollte, zeigte uns alle an. Wir seien genauso kriminell wie der Betrüger selbst, hieß es, weil wir ihn gedeckt hätten. »*Fragging*« war übrigens eins der neuen Wörter, die der Vietnamkrieg hervorgebracht hatte. Es bedeutete, daß man einem unbeliebten Offizier eine zischende Handgranate in seine Unterkunft warf. Ich will ja nicht angeben, aber solange ich in Vietnam war, hat mir niemand gedroht, mich zu *fraggen*.

Obwohl er ein *Firstie* war, was bedeutete, daß er bis zum Examen nur noch 6 Monate hatte, wurde der Betrüger hinausgeworfen. Und Jack und ich mußten mitten in der Nacht bei eiskaltem Regen 3 Stunden lang Wache schieben. Dabei sollten wir weder miteinander noch mit sonst jemandem reden. Aber die unsinnigen Routen, an denen wir entlangpatrouillierten, überschnitten sich an 1 Stelle, und bei einer unserer Begegnungen murmelte Jack: »Was würdest du jetzt machen, wenn du gehört hättest, daß gerade jemand eine Atombombe abgeworfen hat über New York?«

Es dauerte 10 Minuten, bis wir wieder aneinander vorbeikamen. Ich überlegte mir ein paar offensichtliche Antworten, also zum Beispiel, daß ich entsetzt wäre, daß ich wahrscheinlich in Tränen ausbrechen würde und so weiter. Aber mir wurde rasch klar, daß er sich für meine Antwort gar nicht sehr interessierte. Er wollte, daß ich mir seine Antwort anhörte.

Und da kam er auch schon mit seiner Antwort. Er sah mir in die Augen und sagte ohne die geringste Andeutung eines Lächelns: »Ich würde höllisch lachen.«

Das letzte Mal habe ich ihn in Saigon sagen hören, er müsse höllisch lachen, wo ich ihm in einer Bar über den Weg lief. Er erzählte mir, er habe gerade den *Silver Star* verliehen bekommen und damit wieder gleichgezogen mit mir, denn ich hatte meinen schon länger. Er hatte mit einem Zug seiner Kompanie am Eingang zu einem Dorf Minen gelegt, das angeblich mit dem Feind sympathisierte, als ein Feuergefecht losbrach. Daraufhin hatte er Luftunterstützung angefordert, und die Flugzeuge hatten über dem Dorf Napalm abgeworfen (das ist eine Art Benzinpudding, von der Universität Harvard entwickelt) und hatten auf diese Weise Vietnamesen beiderlei Geschlechts und aller Altersgruppen getötet. Anschließend erhielt er den Auftrag, die Leichen zu zählen und dabei davon auszugehen, daß alle, die tot waren, auch Feinde gewesen seien, damit die Zahl der Toten in den Nachrichten gemeldet werden konnte. Diese Kampfhandlung hatte ihm den *Silver Star* eingebracht. »Ich mußte höllisch lachen«, sagte er, grinste aber nicht mal dabei.

Höllisch gelacht hätte er bestimmt auch, wenn er mich mit gezogener Pistole auf dem Dach unserer Botschaft in Saigon gesehen hätte. Ich hatte meinen *Silver Star* dafür erhalten, daß ich 5 feindliche Soldaten in einem unterirdischen Tunnel aufgespürt und persönlich umgebracht hatte. Und jetzt stand ich auf dem Dach eines Hauses, während unten ganze Regimenter von Feinden ungehindert die Straßen der Stadt in Besitz nahmen, ohne sich vor irgend jemand verstecken zu müssen. Falls ich das Bedürfnis gehabt hätte, noch mehr von ihnen zu töten: Es liefen genug von ihnen da unten herum. *Peng! Peng! Peng!*

Ich stand da oben, um die Vietnamesen, die auf unserer Seite gewesen waren, am Einsteigen in die Hubschrauber zu hindern, mit denen die zivilen Botschaftsangestellten und ihre Angehörigen, also ausschließlich Amerikaner, zu den Schiffen unserer Navy auf dem Meer draußen gebracht werden sollten. Der Feind hätte die Hubschrauber ohne weiteres abschießen oder heraufkommen können, um uns zu töten oder gefangenzunehmen, wenn er gewollt hätte. Aber alles, was sie je von uns gewollt hatten, war ja nur, daß wir endlich abhauen sollten. Die Vietnamesen, die ich davon abgehalten hatte, an Bord der Hubschrauber zu gehen, haben sie dann alle getötet oder gefangengenommen, nachdem der letzte Amerikaner, Oberstleutnant Eugene Debs Hartke, da raus war.

- · - · - · - · - · - · - · - · - · - · - · - · - · - · - · - · - · -

Und wie ging es weiter an jenem Tag?

Der Hubschrauber mit dem letzten Amerikaner an Bord, der Vietnam verließ, schloß sich einem Schwarm anderer Hubschrauber über dem Südchinesischen Meer an, die ihre Stützpunkte an Land eingebüßt hatten und denen allmählich der Treibstoff ausging. Ist das nicht ein schönes Stück Naturgeschichte aus dem 20. Jahrhundert: wie der Himmel plötzlich von schnatternden, menschengemachten, heimatlosen Flugsauriern erfüllt war, die zu verhungern oder zu ertrinken drohten, weil sie nicht schwimmen konnten?

Unter uns lag, so weit das Auge reichte, die bestbewaffnete Armada der Geschichte, der von niemandem auch nur die geringste Gefahr drohte. Wir konnten, soweit es den Feind betraf, soviel blaues Meer haben, wie wir nur wollten. Amüsiert euch damit, solange ihr wollt! Amüsiert euch!

Mein eigener Hubschrauber erhielt über Funk den Befehl, zusammen mit 2 anderen über einem Minensucher zu schweben, der einen Landeplatz für 1 Flugsaurier hatte. Damit wir landen konnten, mußte der zum Schiff gehörige Hubschrauber sich in die Lüfte erheben. Wir gingen also runter und stiegen aus, und dann schoben die Seeleute unseren großen, blöden, klobigen Vogel über Bord. Dieser Vorgang wiederholte sich zweimal, und dann nahm der zum Schiff gehörige erstaunliche Vogel sein Nest wieder ein. Später habe ich mich mal in seinem Inneren umgeschaut: Er war gespickt mit elektronischen Ortungsgeräten, die alle Minen und U-Boote im Wasser unter uns und alle Raketen und Flugzeuge im Himmel über uns aufspüren konnten.

Und dann folgte auch die Sonne dem letzten amerikanischen Hubschrauber, der Saigon verlassen hatte, auf den Grund der tiefen blauen See.

Im Alter von 35 Jahren war Eugene Debs Hartke im Hinblick auf Alkohol, Marihuana und liederliche Frauen wieder genauso zügellos wie in den letzten 2 Jahren seiner Zeit auf der High-School. Er hatte genauso allen Respekt vor sich selbst und der führenden Schicht seines Landes verloren, wie er 17 Jahre zuvor beim Wettbewerb junger Naturwissenschaftler in Cleveland, Ohio, allen Respekt vor sich selbst und seinem Vater eingebüßt hatte.

- . - . - . - . - . - . - . - . - . - . - . - . - . - . - . - . -

Sein Mentor Sam Wakefield, der Mann, der ihn für West Point rekrutiert hatte, hatte die Armee schon 1 Jahr zuvor verlassen, um gegen den Krieg protestieren zu können. Auf Grund von guten Beziehungen seiner Familie war er Präsident von Tarkington College geworden.

Drei Jahre später sollte Sam Wakefield sich umbringen. Da habt ihr wieder so einen Verlierer, auch wenn er zwischendurch Generalmajor und Collegepräsident war. Ich glaube, er ist an Erschöpfung gestorben. Und das sage ich nicht nur, weil er immer sehr müde auf mich gewirkt hat, sondern auch wegen des Abschiedsbriefes, den er hinterließ. Dieser Abschiedsbrief war nicht sehr originell und hatte mit ihm persönlich, so schien es, auch merkwürdig wenig zu tun. Es war Wort für Wort derselbe Abschiedsbrief, den 1932, als ich minus 8 Jahre alt war, ein anderer Verlierer, nämlich George Eastman, der Erfinder der Kodak-Kamera und Gründer der mittlerweile erloschenen Firma Eastman Kodak, nur 75 Kilometer nördlich von hier hinterließ.

Beide Abschiedsbriefe enthielten nur einen Satz: »Mein Werk ist getan.«

Sofern er den Vietnamkrieg nicht einrechnete, bestand dieses Gesamtwerk im Falle Sam Wakefields aus 3 neuen College-Gebäuden, die vermutlich ohnehin gebaut worden wären, ganz egal wer Präsident von Tarkington war.

- . - . - . - . - . - . - . - . - . - . - . - . - . - . - . - . - . -

Ich schreibe dieses Buch zwar nicht für Leute unter 18, aber ich glaube, es kann nicht schaden, wenn man jungen Leuten frühzeitig rät, sich lieber auf Mißerfolge einzustellen als auf Erfolge; denn Mißerfolg wird das sein, was ihnen vor allem begegnet.

Schon beim Basketball muß zum Beispiel fast jeder verlieren. Ein hoher Prozentsatz der Strafgefangenen in Athena und jetzt in diesem viel kleineren Zuchthaus hat seine Kindheit und Jugend mit Basketball zugebracht und sich dann doch schon in den ersten Runden eines blöden Turniers das Hirn k. o. schlagen lassen.

- . - . - . - . - . - . - . - . - . - . - . - . - . - . - . - . - . -

Lassen Sie mich zum Besten etwaiger junger Leser hinzufügen, daß ich vielleicht auch meinen Körper ruiniert hätte, von der Universität Michigan verwiesen worden und irgendwo in der Gosse verreckt wäre, hätte man mich nicht der Disziplin von West Point unterworfen. Ich rede dabei ausdrücklich von meinem Körper, nicht von meiner Seele. Es gibt für junge Männer und neuerdings auch junge Frauen keinen besseren Weg, Respekt vor ihren Knochen, Nerven und Muskeln zu gewinnen, als die Berufung an eine der 3 großen Militärakademien.

Ich trat in West Point als junger Punk mit schlechter Haltung und eingesunkener Brust ohne jede sportliche Vergangenheit an, wenn man von ein paar Raufereien absieht, die sich gelegentlich an die Auftritte unserer Band bei Tanzfesten anschlossen. Als ich graduiert wurde und mein Patent als Leutnant der Armee erhielt, meinen Hut in die Luft warf und mir von dem rückständigen Sold, den die Akademie für mich beiseite gelegt hatte, eine rote Corvette kaufte, war mein Rückgrat so gerade wie ein Ladestock und meine Lungen so geräumig wie die Blasebälge in der Schmiede Vulkans, ich war Mannschaftsführer der Judo- und Ringermannschaften und hatte 4 volle Jahre lang keine Zigarette irgendeiner Art geraucht und keinen Tropfen Alkohol getrunken! Auch der sexuellen Promiskuität hatte ich abgeschworen. Ich habe mich in meinem ganzen Leben nie besser gefühlt.

Ich weiß noch genau, wie ich bei der Abschlußfeier zu meiner Mutter und meinem Vater sagte: »Bin ich es wirklich?«

Sie waren so stolz auf mich, und ich war auch so stolz auf mich.

Ich drehte mich zu Jack Patton um, der auch da war mit seiner verminten Schwester, seiner verminten Mutter und seinem normalen Vater, und fragte: »Na, was sagen Sie jetzt, Leutnant Patton?« Er war die »Ziege« in unserer Klasse und hatte den schlechtesten Notendurchschnitt. Dasselbe hatte übrigens auch für General George Patton gegolten, immer noch kein Verwandter von Jack, der so ein hervorragender militärischer Führer im 2. Weltkrieg gewesen ist.

Was Jack geantwortet hat, ohne jedes Lächeln, versteht sich von selbst: »Ich muß höllisch lachen.«

7

Ich habe in letzter Zeit in den älteren Jahrgängen von Tarkingtons Altherrenzeitschrift *The Musketeer* gelesen, dessen erste Nummer im Jahre 1910 erschien. Ihren Namen erhielt sie zu Ehren des Musket Mountain, eines Hügels am Westrand des Campus. An seinem Fuß, in der Nähe der Stallungen, liegen jetzt die ersten Opfer der ausgebrochenen Zuchthäusler begraben.

Jeder Vorschlag, das College physisch zu modernisieren, löste jedesmal einen Sturm des Protests aus. Wenn die Ehemaligen nach Tarkington kamen, sollte alles noch genauso sein, wie sie es in Erinnerung hatten. Und 1 änderte sich tatsächlich nie: nämlich die Zahl der Studenten am College, die seit 1925 immer ungefähr 300 betrug. Das Wachstum der hinter ihren hohen Mauern unsichtbaren Zuchthausbevölkerung auf der anderen Seeseite dagegen war so unwiderstehlich wie die Niagarafälle, der »Donnernde Biber«.

Nach den Leserbriefen im *Musketeer* zu urteilen war die Mechanisierung und Elektrifizierung des *Lutz-Carillons* zu Ehren von Ernest Hubble Hiscock unmittelbar nach dem 2. Weltkrieg die Veränderung, welche den leidenschaftlichsten Widerstand auslöste. Hiscock war ein Absolvent von Tarkington College. Mit 21 war er Bugschütze an Bord eines Navy-Bombers gewesen, dessen Pilot sich während der Schlacht um die Midway-Inseln mit seiner ganzen Bombenlast auf das Flugdeck eines japanischen Flugzeugträgers gestürzt hatte.

Ich hätte alles gegeben, um in einem so bedeutungsvollen Krieg sterben zu dürfen.

Ich? Ich war in der Unterhaltungsindustrie tätig und versuchte, der Regierung hohe Einschaltquoten zu sichern. Im Gegensatz zu den anderen Programmgestaltern und Werbemanagern durften wir dabei mit richtiger scharfer Munition echte Menschen umbringen. Die anderen Anbieter durften all diese Dinge nur vortäuschen.

Verblüffenderweise waren auf den kleinen Bildschirmen die Schauspieler aber immer viel glaubwürdiger als wir. Echte Menschen mit echten Problemen kommen irgendwie nicht so gut rüber.

Wir müssen noch viel über das Fernsehen lernen!

- . - . - . - . - . - . - . - . - . - . - . - . - . - . - . - . - . -

Hiscocks Eltern, die zwar geschieden und wiederverheiratet, aber trotzdem noch Freunde waren, spendeten einen größeren Betrag, um das Glockenspiel elektrifizieren zu lassen, so daß es mit Hilfe einer Klaviatur von 1 Person bedient werden konnte. Davor hatten immer mehrere Menschen an den Glockenseilen ziehen müssen, und wenn eine Glocke mal richtig am Läuten war, dann hörte sie erst wieder auf, wenn es ihr paßte. Es gab keine Methode, um sie zu dämpfen.

In der guten alten Zeit waren 4 der Glocken falsch gestimmt und wurden deshalb besonders geliebt. Bekannt waren sie als »Saure Gurke«, »Zitrone«, »Beelzebub« und »Big John mit dem Sprung«.

Die Hiscocks veranlaßten, daß sie alle nach Belgien in die Glockengießerei geschickt wurden, in der vor langer Zeit André Lutz Lehrling gewesen war. Als ich Gelegenheit erhielt, sie zu spielen, waren alle Glocken mechanisiert und sauber gestimmt.

Musik kann es nicht gewesen sein, was das Glockenspiel früher erzeugte. Diejenigen, die mit der Hervorbringung dessen befaßt gewesen waren, was es erzeugte, beschrieben den Vorgang in ihren Briefen an den *Musketeer* vielmehr mit der gleichen berserkerhaften Liebe und bescheuerten Dankbarkeit, die mir bei den Strafgefangenen begegnet, wenn sie mir erzählen, wie schön es war, sich mit Amphetamin versetztes Heroin in die Arme zu spritzen, LSD mit Engelsstaub zu schlucken, sich mit Crack vollzupumpen und so weiter. Ich glaube, all diese lernbehinderten jungen Leute in der Vergangenheit, die an den Glockenseilen hingen und es direkt über ihren Köpfen so süß und sauer und donnernd laut läuten ließen, wie sie nur wollten, haben dabei das gleiche unverdiente Glück gefunden wie so viele von den Strafgefangenen mit Chemikalien.

- . - . - . - . - . - . - . - . - . - . - . - . - . - . - . - . - . -

Und habe ich nicht auch von mir selbst gesagt, die glücklichsten Zeiten meines Lebens seien die gewesen, wenn ich die Glocken gespielt habe? Ohne daß es irgendeine Grundlage in der Realität gehabt hätte, habe ich mich wie ein Süchtiger so gefühlt, als hätte ich endlich einmal gewonnen, gewonnen, gewonnen!

- . - . - . - . - . - . - . - . - . - . - . - . - . - . - . - . -

Als ich Carilloneur wurde, klebte ich an die Tür der Kammer mit der Klaviatur das Namensschild »Thor«. Denn so fühlte ich mich, wenn ich spielte: als ob ich Blitze den Hügel hinab und durch die Fabrikruinen von Scipio hindurch über den See zu den Zuchthausmauern auf der anderen Seite hinaufschleuderte.

Von den leeren Fabriken und den Gefängnismauern kamen Echos zurück, wenn ich spielte, und stritten sich mit den Tönen, die über mir gerade die Glocken verließen. Wenn der Mohiga-See gefroren war, wurde dieser Streit so laut, daß Leute, welche die Gegend nicht kannten, meist dachten, das Zuchthaus sei ebenfalls mit einem Glockenspiel ausgestattet, und der Carilloneur treibe mit mir seinen Scherz.

Und ich saß da und schrie in das Getöse der Glocken und widerhallenden Echos hinein: »Lachen! Jack, lachen!«

- . - . - . - . - . - . - . - . - . - . - . - . - . - . - . - . -

Nach dem Ausbruch der Gefangenen hat der College-Präsident vom Glockenturm aus auf die Ausbrecher geschossen, und die Akustik des Tals führte dazu, daß sie lange Zeit nicht wußten, woher die Schüsse kamen.

8

Zu meiner Zeit konnten die Glocken schon nicht mehr frei schwingen, sondern waren an Stangen geschweißt. Die Klöppel waren entfernt worden. Den Anschlag besorgten elektrische Hämmer, und der Strom kam aus Niagara Falls.

Mit Dämpfern aus Neopren ließ sich das Glockenklingen sofort wieder stoppen.

Der Raum, in dem sich früher ein Dutzend oder noch mehr lernbehinderte Glöckner mit einer höllischen Kakophonie besoffen bimmelten, enthielt an einer Wand eine 3 Oktaven umfassende Klaviatur. Die Löcher für die Glockenseile in der Decke waren zugegipst und übertüncht worden.

Jetzt funktioniert gar nichts mehr da oben. Die Kammer mit der Klaviatur und der Glockenstuhl darüber wurden von Kugeln und Panzerfäusten durchsiebt, als die ausgebrochenen Strafgefangenen entdeckten, daß sich da oben zwischen den Glocken ein Heckenschütze versteckte, der 11 von ihnen getötet und 15 weitere verwundet hatte. Der Heckenschütze war der Präsident der Universität Tarkington. Obwohl er längst tot war, als die Strafgefangenen ihn herunterholten, war ihre Empörung so groß, daß sie ihn auf dem Heuboden der Stallungen am Fuß von Musket Mountain kreuzigten, wo die Studenten früher ihre Reitpferde hielten.

Der eine Collegepräsident, mein Mentor Sam Wakefield, pustete sich also mit einem Colt .45 das Hirn weg. Und sein Nachfolger wurde gekreuzigt, wovon er allerdings nichts mehr spürte.

Muß schon sagen: das war extra-schwere Geschichte.

- . - . - . - . - . - . - . - . - . - . - . - . - . - . - . - . - . -

Leichte Geschichte hingegen: Die überflüssigen Klöppel der Glocken waren ohne irgendeine Beschriftung in die Eingangshalle der Bibliothek gehängt worden, an die Wand hinter den Perpetuum-mobile-Apparaten. Und so wurde es College-Brauch, daß die älteren Studenten den Anfängern erzählten, die Klöppel seien versteinerte Penisse verschiedener Tierarten. Der größte Klöppel, der ursprünglich Beelzebub, der größten Glocke, gehört hatte, sollte angeblich der Penis von Moby Dick, dem Weißen Wal, sein.

Viele von den Anfängern glaubten es und wurden dann von den anderen beobachtet, die sehen wollten, wie lange sie es wohl glaubten, ganz so, wie man sie früher als Kinder beobachtet hatte, um zu sehen, wie lange sie wohl an die Gute Fee, den Osterhasen und den Weihnachtsmann glaubten.

Vietnam.

Die meisten Briefe, in denen sich die Leser des *Musketeer* über die Modernisierung des Lutz-Carillons beschwerten, stammten von Leuten, die es irgendwie geschafft hatten, das Geld und die Macht, die sie geerbt hatten, auch zu behalten; lediglich einer stammt von einem Mann, der zugab, wegen Betrug im Gefängnis zu sitzen, weil er sein Leben und das seiner Familie mit seiner Spielleidenschaft und seiner Alkoholsucht ruiniert habe. Ebenso wie dieses Buch war sein Leserbrief eine Art »Rede unter dem Galgen«.

Wenn er seine Schuld an die Gesellschaft gezahlt habe, noch einmal nach Scipio zurückzukehren und tüchtig die Glocken zu läuten, schrieb er, sei das einzige gewesen, worauf er sich so richtig gefreut habe.

»Und jetzt wollen Sie mir das wegnehmen.«

Ein anderer Brief stammt von einem mittlerweile sicher längst verstorbenen weiblichen Glöckner. Die Verfasserin gehörte zur Abschlußklasse 1924 und hatte einen Mann namens Marthinus de Wet geheiratet, der eine Goldmine in Krugersdorp, Südafrika, besaß. Sie kannte die Geschichte der Glocken und wußte, daß sie aus den nach der Schlacht von Gettysburg gesammelten Waffen gemacht worden waren. Es störte sie nicht, daß die Glocken demnächst elektrisch gespielt werden sollten. Was ihr nicht gefiel, war vielmehr, daß die verstimmten Glocken, also die »Saure Gurke«, die »Zitrone«, »Big John mit dem Sprung« und »Beelzebub« solange in Belgien auf die Drehbank gestellt werden sollten, bis sie entweder richtig gestimmt waren oder auf den Schrotthaufen mußten.

»Sollen die Studenten von Tarkington künftig nicht mehr

so wie ich Demut und Menschlichkeit lernen«, fragte sie, »indem sie jeden Tag vom Glockenturm herunter die Schreie der Sterbenden auf dem heiligen, blutgetränkten Schlachtfeld von Gettysburg hören?«

Die Glockenkontroverse löste eine ganze Menge solcher herrscherlicher Prosa aus. Das meiste davon wurde vermutlich einer Sekretärin oder Maschine diktiert. Es ist durchaus möglich, daß Mrs. de Wet ihr Examen in Tarkington machte, ohne auch nur im geringsten besser schreiben zu können, als die meisten der ungebildeten Strafgefangenen auf der anderen Seeseite.

- -

Wenn mein sozialistischer Großvater, der nur ein bescheidener Gärtner an der Butler University war, jetzt den Brief von Mrs. de Wet und den Absender Südafrika lesen könnte, wäre er sicher äußerst zufrieden. Das war nun wirklich mal ein kristallklares Beispiel für eine Frau, die sich ein schönes Leben machte – auf Kosten der unterbezahlten, überanstrengten schwarzen Arbeiter in den Bergwerken.

Auch das stetige Wachstum des Zuchthauses auf der anderen Seeseite hätte mein Großvater als Symptom der Ausbeutung der Armen und Schwachen interpretiert. In seinen Augen war der Strafvollzug ein Komplott, um den Proletariern ihre führende Rolle im Klassenkampf streitig zu machen und ihnen eine schreckliche Alternative vor Augen zu halten, falls sie etwas ablehnen sollten, was ihre gierigen Zahlmeister ihnen an Lebensunterhalt und Arbeitsbedingungen anboten.

Zu der Zeit, als ich nach Tarkington kam, hätte er mit seiner Einschätzung des Zuchthauses auf der anderen Seeseite aber schon ziemlich daneben gelegen; für die Armen und Schwachen, auch wenn sie noch so fügsam waren, interessierten sich clevere Unternehmer schon lange nicht mehr. Denn die Arbeit der Armen und Schwachen wurde inzwischen von heroischen Maschinen erledigt, die sich ohnehin nie beschwerten.

Anstelle von »Arbeit macht frei« hätte man über dem Zuchthaustor in Athena eher eine Inschrift anbringen müssen wie: »Euer Pech, daß ihr auf der Welt seid. Kein Mensch kann euch brauchen.« Oder vielleicht auch: »Kommt herein und bleibt, ihr Bürden der Gesellschaft.«

9

Ein früherer Zimmergenosse des toten Kriegshelden Ernest Hubble Hiscock, der ebenfalls im Krieg gewesen war und als Marinesoldat auf Iwo Jima einen Arm verloren hatte, schrieb, was sich Hiscock am meisten als Denkmal gewünscht hätte, wäre ein alljährlich zu Beginn des akademischen Jahres wiederholtes Versprechen des Stiftungsrates, die Einschreibungen so zu begrenzen, daß nie mehr Studenten als zu seiner Zeit in Tarkington wären.

Wenn Ernest Hubble Hiscock jetzt vom Himmel – oder wo immer Kriegshelden nach ihrem Tod hingehen – herabschaut, wäre er deshalb wohl ziemlich entsetzt, wenn er sähe, daß sein geliebter Campus von Wachttürmen überragt wird und mit Stacheldraht eingezäunt ist, daß die Glocken zerschossen sind und die Zahl der Studenten, wenn man Strafgefangene so nennen kann, jetzt ungefähr 2000 Personen umfaßt.

- . - . - . - . - . - . - . - . - . - . - . - . - . - . - . - . -

Solange es hier nur 300 Studenten und Studentinnen gab, hatte jeder sein eigenes Schlaf- und Badezimmer mit Toilette und jede Menge Schränke. Jedes Schlafzimmer gehörte zu einer kleinen Suite mit jeweils 2 Schlaf- und Badezimmern und einem gemeinsamen Wohnzimmer für 2. In jedem dieser Wohnzimmer gab es Couchen und Sessel und einen richtig funktionierenden Kamin, außerdem Tonwiedergabegeräte auf dem neuesten Stand der Technik und einen Großbildfernseher.

Im Staatsgefängnis Athena war, wie ich herausfinden sollte, als ich meine Arbeit dort aufnahm, jede Zelle mit 6 Mann belegt, obwohl sie nur für 2 gebaut worden war. Je 50 Zellen hatten einen Gemeinschaftsraum mit 1 Ping-Pong-Tisch und 1 Fernseher. Der Fernseher zeigte aber nur gespeicherte Bänder, die mindestens 10 Jahre alt waren, und das galt auch für die Nachrichten. Man wollte verhindern, daß sich die Gefangenen wegen irgendwas in der Außenwelt Sorgen machten, das sich nicht schon vor langer Zeit erledigt hatte, auf die eine oder andere Weise.

Sie konnten ihre Augen an allem ergötzen, was ihnen gefiel, solange es nicht irgendwie von Belang war.

- · - · - · - · - · - · - · - · - · - · - · - · - · - · - · - · - · - · -

Ach, wie die Leserbriefschreiber nicht nur das College, sondern das ganze Mohiga-Tal liebten – die Jahreszeiten, den See und den Urwald auf der anderen Seite. Die Freuden des Studentenlebens waren zu ihrer Zeit schon dieselben wie später zu meiner. Zu meiner Zeit liefen die Studenten zwar nicht mehr auf dem See Schlittschuh, sondern auf einer 1971 von der Familie Israel Cohen gestifteten Eisbahn. Aber ihre Segelregatten und Kanurennen hielten sie immer noch auf dem See ab. Immer noch veranstalteten sie ihre Picknicks an der verfallenen Schleuse am oberen Ende des Sees. Immer noch hatten viele Studenten ihre eigenen Pferde. Zu meiner Zeit brachten viele sogar nicht nur 1 Pferd, sondern 3 mit, weil sehr viel Polo gespielt wurde. 1976 und 1980 blieb die Polo-Mannschaft von Tarkington ungeschlagen.

Heute gibt es natürlich keine Pferde mehr in den Ställen. Bereits 4 Tage nach dem großen Ausbruch waren die entflohenen Strafgefangenen, die sich »Freiheitskämpfer« nannten und eine amerikanische Flagge vom Glockenturm der Bibliothek hier wehen ließen, von der Außenwelt abgeriegelt und dem Hungertod nahe und verspeisten die Pferde und Hunde des Campus. Ihren Geiseln, den Kuratoriumsmitgliedern des Stiftungrates, gaben sie auch was.

- · - · - · - · - · - · - · - · - · - · - · - · - · - · - · - · - · - · -

Der wahrscheinlich erfolgreichste Sportler, den Tarkington je hervorgebracht hatte, war der Pferdemensch Lowell Chung, der zu meiner Zeit als Mitglied der Equipe der Vereinigten Staaten bei der Reiterolympiade in Seoul, Südkorea, im Jahre 1988 eine Bronzemedaille gewann. Seiner Mutter gehörte halb Honolulu, aber er konnte weder lesen noch schreiben oder auch nur gescheit rechnen. In Physik allerdings war er ein As. Er konnte mir alle Hebel und Linsen, die gesamte Elektrizität, Thermodynamik und sämtliche Kraftwerke erklären. Er wußte immer schon vorher, was ein Experiment beweisen würde, noch ehe ich es überhaupt durchgeführt hatte, ich durfte nur nicht verlangen, daß er Zahlen nannte und irgendwas quantifizierte.

Sein Examen als *Associate in the Arts and Sciences* machte er 1984. Es war dies übrigens der einzige akademische Grad, den wir verliehen. Alle andere Bildungeinrichtungen und zukünftigen Arbeitgeber, aber auch die Studenten selbst durften dies als hinreichende Warnung verstehen, daß die intellektuellen Leistungen unserer Studienabgänger zwar durchaus respektabel, aber unkonventionell waren.

– · – · – · – · – · – · – · – · – · – · – · – · – · – · – · – · – · –

Lowell Chung veranlaßte mich, im Alter von 43 Jahren zum ersten Mal in meinem Leben auf ein Pferd zu steigen. Er forderte mich heraus und nannte mich einen Feigling. Aber ich erklärte ihm, ich sei nicht bereit, auf einem seiner explosiven Polo-Ponys zu sterben, ich müsse schließlich 1 Frau, 1 Schwiegermutter und 2 Kinder ernähren. Daraufhin lieh er sich von seiner damaligen Freundin, Claudia Roosevelt, eine sanftmütige, geduldige Mähre für mich.

Witzigerweise war Lowells damalige Freundin ein mathematisches Genie, ansonsten aber ein völliger Schwachkopf. Man konnte sie zum Beispiel ohne weiteres fragen: »Wieviel ist 5111 mal 10022 geteilt durch 97?« Und sie sagte: »528066,41. Warum?«

Tja, warum? Bei meiner gesamten Lehrtätigkeit, am College wie im Gefängnis, habe ich immer nur das eine gelernt:

für die meisten Leute sind Informationen vollkommen nutzlos, es sei denn als Unterhaltung. Wenn Tatsachen weder lustig noch gruselig sind, und wenn man nicht damit reich werden kann, dann zur Hölle damit.

– · – · – · – · – · – · – · – · – · – · – · – · – · – · – · – · – · –

Später, als ich im Gefängnis arbeitete, habe ich einen schwarzen Massenmörder namens Alton Darwin kennengelernt, der ebenfalls hervorragend kopfrechnen konnte. Im Gegensatz zu Claudia Roosevelt war er aber auch im verbalen Bereich hochgradig intelligent. Die Leute, die er umgebracht hatte, waren Rivalen, Schnorrer, Polizeispitzel oder unschuldige Zaungäste des illegalen Rauschgifthandels gewesen, ein paar Leute hatte er einfach verwechselt. Seine Redeweise war gedankenvoll und elegant.

Er hatte bei weitem nicht so viele Leute wie ich umgebracht. Aber es fehlte ihm auch ein wichtiger Vorteil, den ich gehabt hatte, nämlich die volle Unterstützung unserer Regierung. Außerdem hatte er wegen Geld getötet. Soweit hatte ich mich nie herabgelassen.

Als ich feststellte, wie gut er kopfrechnen konnte, sagte ich: »Das ist eine erstaunliche Gabe, die Sie da haben.«

»Tja«, sagte er, »ist irgendwie unfair, wenn man mit so einem Vorsprung vor dem gemeinen Volk auf die Welt kommt, nicht wahr? Wenn ich hier rauskomme, werde ich mir ein schönes gestreiftes Zelt kaufen und ein Schild davorstellen, wo draufsteht: ›Ein Dollar. Kommen Sie herein und sehen Sie zu, wie der Nigger kopfrechnet.‹« Dabei hatte er gar keine Chance rauszukommen. Er war zu lebenslänglich verurteilt und hatte keine Aussicht auf Bewährung.

– · – · – · – · – · – · – · – · – · – · – · – · – · – · – · – · – · –

Darwins Phantasie, der Star einer öffentlichen Mathematik-Vorführung zu werden, beruhte übrigens auf einer Show, an der 1 seiner Urgroßväter nach dem 1. Weltkrieg beteiligt gewesen war. Damals waren alle Flugzeugpiloten noch weiß, und manche von ihnen führten auf den Jahrmärkten Flugkunststücke vor. »Kunstflieger« nannte man sie.

Einer dieser Kunstflieger mit einer 2-sitzigen Maschine war auf die Idee gekommen, Darwins Urgroßvater ins vordere Cockpit zu schnallen. Dann versteckte sich der Pilot im hinteren Cockpit und steuerte von dort aus das Flugzeug. Von weither, sagte Darwin, seien die Leute gekommen, »um den Nigger fliegen zu sehen«.

Er war gerade erst 25, als wir uns begegneten, genauso alt wie Lowell Chung, als Lowell in Seoul, Südkorea, die Bronzemedaille im Pferdereiten gewann. Als ich 25 war, hatte ich noch niemand getötet und bei weitem noch nicht so viele Frauen wie Darwin gehabt. Als er 20 war, erzählte er mir, hatte er sich einen Ferrari gekauft und mit Bargeld bezahlt. Ich dagegen hatte gar keinen eigenen Wagen, ehe ich 21 war. Dann kaufte ich mir eine Chevrolet Corvette, ein schönes Auto, allerdings längst nicht so toll wie ein Ferrari.

Aber wenigstens hatte ich auch bar bezahlt.

– · – · – · – · – · – · – · – · – · – · – · – · – · – · – · –

Als wir uns im Gefängnis unterhielten, hatte er so einen Dauer-Gag laufen, der auf der Unterstellung beruhte, daß wir von verschiedenen Planeten kämen. Sein Planet war das Gefängnis, und ich war mit einer fliegenden Untertasse von einem gekommen, der viel größer und intelligenter war.

Auf diese Weise konnte er zum Beispiel auch die begrenzten sexuellen Möglichkeiten innerhalb der Mauern ironisch betrachten. »Habt ihr kleine Babys auf eurem Planeten?« fragte er mich.

»Ja, wir haben auch kleine Babys«, sagte ich.

»Wir haben hier Leute, die versuchen auf alle mögliche Weise, kleine Babys zu kriegen«, erzählte er mir. »Es klappt aber nie. Glauben Sie, die machen was falsch?«

– · – · – · – · – · – · – · – · – · – · – · – · – · – · – · –

Er war der erste Strafgefangene, bei dem ich den Ausdruck »BW« hörte. Er sagte, er wünsche sich manchmal, er hätte »BW«. Ich dachte, er meinte »TB«, also Tuberkulose, eine weitverbreitete Krankheit im Zuchthaus, so gewöhnlich, daß ich sie jetzt auch habe.

Es stellte sich aber heraus, daß »BW« die Abkürzung für Bewährung war, so nannten die Strafgefangenen damals AIDS.

Daß er sagte, manchmal wünsche er sich, daß er BW hätte, war damals im Jahre 1991, als wir uns kennenlernten, lange bevor ich TB hatte.

Buchstabensuppe!

- -

Er war hungrig nach Beschreibungen des Tals, wohin ihn das Urteil für den Rest seines Lebens geschickt hatte und wo er erwarten durfte, begraben zu werden, ohne es jemals gesehen zu haben. Nicht nur die Strafgefangenen selbst, sondern auch die Besucher sollten so wenig wie möglich über die genaue geographische Lage von Athena erfahren, damit sie, falls ihnen ein Ausbruch gelang, nicht wußten, worauf sie achten und wo sie hingehen mußten.

Besucher wurden in Bussen mit geschwärzten Fenstern aus Rochester in die Sackgassen des Mohiga-Tals gebracht. Die Strafgefangenen selbst wurden gefesselt an Händen und Füßen in fensterlosen, auf Lkw-Chassis geschweißten Stahlkästen geliefert, die jeweils 10 von ihnen aufnehmen konnten. Die Türen der Busse und Stahlkästen wurden immer erst geöffnet, wenn sie sich innerhalb der Zuchthausmauern befanden.

Es handelte sich schließlich um extrem gefährliche und raffinierte Verbrecher. Als ich dort hinkam, hatten gerade die Japaner die Strafanstalt übernommen, in der Hoffnung, sie profitabel betreiben zu können. Aber die Busse mit den geschwärzten Fenstern und die Stahlkästen waren schon lange zuvor in Benutzung gewesen. 1977, also 2 Jahre, nachdem ich und meine kleine Familie das Städtchen Scipio zu unserem Wohnsitz gemacht hatten, waren diese schauerlichen Transportmittel schon ein vertrauter Anblick auf den Straßen von und nach Rochester.

Die einzige Veränderung, welche die Japaner an den Fahrzeugen vornahmen, als ich 1991 meine Arbeit dort drüben aufnahm, bestand darin, daß sie die alten Stahlkästen auf neue japanische Lastwagen schweißten.

- -

Es war also eine Verletzung althergebrachter Gefängnis-Prinzipien, daß ich Alton Darwin und anderen Lebenslänglichen alles über das Tal erzählte, was sie interessierte. Ich fand, sie hätten einen Anspruch darauf, etwas über den großen Wald und den See zu erfahren, die jetzt auch ihr Wald und ihr See waren, und über das nette kleine College, woher die Musik der Glocken über den See kam.

Natürlich bereicherte das ihre Ausbruchsphantasien, aber was waren die denn schon anderes als das, was wir in jedem anderen Zusammenhang das Prinzip Hoffnung genannt hätten? Ich jedenfalls hätte nie gedacht, daß sie da wirklich rauskommen und von den Kenntnissen der Gegend, die ich ihnen vermittelt hatte, irgendeinen Gebrauch machen könnten, und sie selbst glaubten das auch nicht.

- -

Etwas ganz Ähnliches habe ich in Vietnam auch immer gemacht. Dort habe ich tödlich verwundeten Soldaten auch immer geholfen, wenn sie davon träumten, bald wieder gesund und zu Hause zu sein.

Warum auch nicht?

- -

Es tut mir mindestens so leid wie jedermann sonst, daß Darwin und die anderen am Ende tatsächlich die Freiheit geschmeckt haben. Sie waren eine Gefahr für jedermann und auch für sich selbst. Viele von ihnen waren richtige mordlustige Irre. Zu denen gehörte Darwin zwar nicht, aber schon als die Gefangenen über das Eis nach Scipio marschierten, erteilte er Befehle wie ein Kaiser – so als wäre der Ausbruch seine Idee. Dabei hatte er gar nichts damit zu tun. Er hatte keine Ahnung davon gehabt.

Diejenigen, die tatsächlich die Mauern gesprengt und die Zellen aufgesperrt hatten, waren aus Rochester gekommen und hatten nur 1 einzigen Häftling herausholen wollen. Als sie ihn hatten, flüchteten sie sofort aus dem Tal. Sie hatten keinerlei Interesse, Scipio mit seinen 6 regulären Polizisten, seinen 3 unbewaffneten Campus-Polizisten und seiner unbekannten Zahl von Feuerwaffen in privaten Händen zu besetzen.

- -

Alton Darwin war das erste Beispiel eines geborenen Anführers, das ich gesehen hatte. Er war ein Mann ohne Rangabzeichen und Streifen, er hatte keine Organisation hinter sich und keinen Plan mit anderen verabredet. Er war ein bescheidener, unauffälliger Mann im Gefängnis gewesen. In dem Augenblick aber, wo er rauskam, machte ihn plötzlicher Größenwahn zum einzigen, der wußte, was jetzt zu tun war. Und so überfielen sie Scipio, wo jeden, der ihm zu folgen wagte, Ruhm und Reichtum erwarteten.

»Folgt mir!« rief er, und manche taten das wirklich. Er war ein Soziopath, der niemanden liebte, außer sich selbst, glaube ich, der Aktionen um ihrer selbst willen suchte und sich für langfristige Konsequenzen nicht interessierte. Ein klassischer Mann des Schicksals, könnte man sagen.

- -

Die meisten folgten ihm nicht mal den Abhang hinunter aufs Eis. Sie kehrten wieder zurück ins Gefängnis, wo sie ihre Betten hatten und vor der Kälte geschützt waren, wo es Nahrung und Wasser gab, wenn auch keine Heizung oder Elektrizität. Sie entschlossen sich, brave Jungs zu sein, denn sie waren richtigerweise zu der Erkenntnis gelangt, daß schon in 1, 2 Tagen auf alle bösen Jungs geschossen werden würde, die im Tal frei herumliefen, und zwar ohne Vorwarnung. Schließlich waren sie farb-kodiert und von Ordnungskräften umzingelt.

Im Mohiga-Tal genügte als Gefängnisuniform schon die Hautfarbe.

- -

Die Hälfte von denen wiederum, die Darwin aufs Eis gefolgt waren, kehrte wieder um, ehe sie Scipio erreicht hatten. Und zwar schon bevor sie unter Feuer kamen und die ersten Verluste hinnehmen mußten. Einer von denen, die ins Gefängnis zurückkehrten, erklärte mir, er fände es zum Kotzen, wenn er sich all die Morde und Vergewaltigungen vorstellte, die gleich losgehen würden, sobald sie die andere Seite erreicht hätten.

»Ich habe an all die kleinen Kinder in ihren Betten gedacht«, sagte er. Mitten auf dem schönen Mohiga-See hatte er seinem Nebenmann das Gewehr gegeben, das er aus der Waffenkammer gestohlen hatte. »Bevor ich ihm eins gab«, sagte er, »hatte er kein Gewehr.«

»Haben Sie sich viel Glück gewünscht oder so etwas?« fragte ich ihn.

»Wir haben uns gar nichts gesagt«, informierte er mich. »Außer dem Mann vorne dran hat überhaupt keiner etwas gesagt.«

»Und was hat der gesagt?« fragte ich.

»Folgt mir, folgt mir, folgt mir«, erwiderte der Mann mit schrecklicher Leere.

»Das Leben ist ein böser Traum«, sagte er. »Wußten Sie das?«

Aber Alton Darwins charismatischer Größenwahnsinn ging immer noch weiter. Er erklärte sich zum Präsidenten eines neuen Staates und richtete im Sitzungssaal des Stiftungsrates in der Samoza Hall sein Hauptquartier ein. Aus dem großen Konferenztisch machte er seinen Schreibtisch.

Dort besuchte ich ihn um 12 Uhr mittags am zweiten Tag nach dem Ausbruch. Er teilte mir mit, der neue Staat, den er gegründet habe, werde den Urwald auf der anderen Seeseite abholzen und die Stämme an die Japaner verkaufen. Das Geld wollte Darwin verwenden, um die verlassenen Fabriken unten in Scipio neu zu beleben. Er wußte zwar noch nicht, was sie herstellen sollten, dachte aber angestrengt darüber nach. Alle Vorschläge von meiner Seite seien ihm herzlich willkommen.

Ihn anzugreifen, sagte er, werde niemand wagen, aus Sorge, er würde den Geiseln was tun. Den gesamten Stiftungsrat hielt er gefangen, mit Ausnahme des Collegepräsidenten Henry »Tex« Johnson und seiner Frau Zuzu. Ich war gekommen, um Darwin zu fragen, ob er eine Ahnung hätte, was aus Tex und Zuzu geworden war. Er wußte es nicht.

Zuzu, stellte sich später heraus, war von einem oder mehreren Unbekannten getötet und möglicherweise auch vergewaltigt worden, möglicherweise auch nicht. Wir werden es niemals erfahren. Es war keine Blütezeit der Gerichtsmedizin. Tex wiederum stieg gerade mit einem Gewehr und Munition in den Turm der Bibliothek. Er ging ganz bis nach oben und machte den Glockenstuhl zu einem Heckenschützenversteck.

Sorgen machte Alton Darwin sich nie, wie schlimm die Dinge auch wurden. Er lachte, als ihm mitgeteilt wurde, daß Fallschirmjäger, die allerdings zu Fuß vorrücken mußten, das Gefängnis auf der anderen Seite eingeschlossen hatten und sich südlich und westlich von Scipio eingruben. Am oberen Ende des Sees hatten die Staatspolizei und eine Bürgerwehr schon Straßensperren errichtet. Darwin lachte, als hätte er einen Sieg errungen.

In Vietnam habe ich auch solche Leute getroffen. Jack Patton hatte auch diese Art Mut. Ich war genauso tapfer da drüben wie Jack. Ich bin wahrscheinlich häufiger beschossen worden und habe selbst mehr Leute getötet. Aber ich hatte die ganze Zeit eine elende Angst. Jack hatte nie Angst. Das hat er mir selbst gesagt.

Ich fragte ihn, wie das sein könne. Da sagte er: »Bei mir muß eine Schraube locker sein. Ich kann mich einfach nicht darüber aufregen, was mir oder irgend jemand sonst gleich passiert.« Alton Darwin hatte dieselbe gelockerte Schraube. Er war ein verurteilter Massenmörder, zeigte aber nie irgendwelche mir erkennbare Reue.

In meinem letzten Jahr in Vietnam habe ich bei Pressekonferenzen auch so getan, als wären unsere Niederlagen Siege. Aber ich hatte Befehl, das zu tun. Meine natürliche Disposition war das nicht.

\- · - · - · - · - · - · - · - · - · - · - · - · - · - · - · - · -

Alton Darwin sprach von trivialen und ernsten Dingen völlig im gleichen Tonfall, mit den gleichen Gebärden und dem gleichen Gesicht, genau wie Jack Patton. Nichts zählte mehr oder weniger als irgendwas anderes.

Ich erinnere mich zum Beispiel, daß mir Alton Darwin mit scheinbar größter Betroffenheit erzählte, daß so viele Strafgefangene, die mit ihm das Eis nach Scipio überquert hatten, jetzt desertierten, indem sie über das Eis zurück ins Gefängnis gingen oder sich in der Hoffnung auf eine Amnestie an der Straßensperre am oberen Ende des Sees meldeten. Die Deserteure waren Leute, die sich Sorgen machten. Sie wollten nicht sterben, und sie wollten nicht verantwortlich gemacht werden, obwohl viele von ihnen durchaus für die Morde und Vergewaltigungen in Scipio verantwortlich waren.

Ich grübelte also noch über das Problem der Desertion nach, als mir Alton Darwin mit der gleichen Intensität sagte: »Wußten Sie, daß ich eislaufen kann?«

»Wie bitte?« fragte ich.

»Rollschuhlaufen konnte ich schon immer«, sagte er. »Aber zum Eislaufen hatte ich nie Gelegenheit, bis heute morgen.«

An diesem Morgen, an dem es weder Strom noch Telefon gab, an dem überall noch Leichen herumlagen und alle Nahrungsmittel verzehrt worden waren wie nach einer Heuschreckenplage, war Alton Darwin zur College-Eisbahn gegangen, hatte zum ersten Mal in seinem Leben Schlittschuhe angezogen und hatte nach den ersten stolpernden Schritten eine Runde nach der anderen gedreht.

»Rollschuhlaufen und Schlittschuhlaufen sind fast genau dasselbe!« erklärte er mir triumphierend, als hätte er eine wissenschaftliche Entdeckung gemacht, die ein völlig neues Licht auf eine scheinbar hoffnungslose Situation werfen würde. »Dieselben Muskeln!« sagte er wichtig.

Auch als er eine Stunde später erschossen wurde, war er beim Eislaufen. Er war auf der Bahn draußen und drehte Runde um Runde um Runde um Runde. Ich hatte ihn in seinem Büro verlassen und war deshalb der Meinung, er sei immer noch dort. Aber statt dessen war er schon auf der Eisbahn und drehte Runde um Runde um Runde.

Ein Schuß fiel, und er stürzte zu Boden.

Einige seiner Anhänger liefen zu ihm hin, und er sagte etwas zu ihnen, und dann ist er gestorben.

Ein schöner Schuß, wenn Darwin tatsächlich der Mann war, auf den der Collegepräsident angelegt hatte. Aber vielleicht wollte er ja auf mich schießen. Er wußte ja, daß ich immer mit seiner Frau Zuzu geschlafen hatte, wenn er außer Haus war.

Wenn er tatsächlich Darwin und nicht etwa mich zu treffen versucht hatte, dann hatte er eins der schwierigsten Probleme für Schützen gelöst, dasselbe Problem, das auch Lee Harvey Oswald gelöst hat, als er auf Präsident Kennedy schoß: Wenn man von weit oben herunter schießt, wohin soll man zielen?

Wie gesagt: schöner Schuß.

Ich habe später gefragt, was Alton Darwins letzte Worte gewesen seien. Man hat mir gesagt, sie seien sinnlos gewesen. Sie lauteten: »Kommt und seht den Nigger fliegen!«

10

Manchmal erzählte mir Alton Darwin von dem Planeten, auf dem er gelebt hatte, ehe er in einem Stahlkasten nach Athena gebracht worden war. »Unsere Nahrung waren Drogen«, sagte er. »Ich war in der Lebensmittelindustrie. Bloß weil die Leute auf dem einen Planeten eine bestimmte Nahrung zu sich nehmen, auf die sie Appetit haben und die dafür sorgt, daß sie sich besser fühlen, wenn sie davon essen, heißt das noch lange nicht, daß nicht Leute auf anderen Planeten etwas anderes essen könnten. Auf manchen Planeten gibt es bestimmt auch Leute, die Steine essen und sich danach eine Weile ganz wunderbar fühlen. Jedenfalls, bis es wieder Zeit ist, neue Steine zu essen.«

- -

Ich dachte sehr wenig an das Zuchthaus während der 15 Jahre, in denen ich als Lehrer in Tarkington war, auch wenn es noch so groß und brutal auf der anderen Seeseite lag und ständig wuchs. Wenn wir zum Picknick ans obere Ende des Sees oder wegen irgendwelcher Erledigungen nach Rochester fuhren, sah ich massenhaft geschwärzte Busse und Stahlkästen auf Lastwagen. Vielleicht ist sogar Alton Darwin in einem dieser Kästen gewesen. Aber da die Kästen auch zum Transport von Waren benutzt wurden, hätte genausogut Toilettenpapier oder Diät-Cola drin gewesen sein können.

Was in den Kästen war, ging mich solange nichts an, bis mich Tarkington feuerte.

- -

Manchmal, wenn ich am Glockenspiel saß und besonders laute Echos von den Gefängnismauern zurückkamen, also meistens im tiefsten Winter, phantasierte ich, daß ich das Zuchthaus mit schwerem Granatfeuer eindeckte. In Vietnam war es genau umgedreht. Wenn ich da mal hinten bei der

Artillerie war und die Kanonen auf irgendwas im Dschungel feuerten, schien mir das wie Musik. Es waren interessante Geräusche, die um ihrer selbst willen gemacht wurden, sonst nichts.

- -

Ich erinnere mich, wie wir bei der Feldübung im Sommer, als Jack Patton und ich noch Kadetten waren, in unserem Zelt schliefen, als plötzlich neben uns die Artillerie loslegte.

Wir wachten auf, und Jack sagte zu mir: »Komm, sie spielen unser Lied, Gene. Sie spielen unser Lied.«

- -

Bevor ich in Athena im Zuchthaus arbeitete, hatte ich im ganzen Tal nicht mehr als 3 Strafgefangene gesehen. Und die meisten Leute in Scipio hatten noch nicht einmal 1 gesehen. Ich hätte auch nie einen gesehen, wenn nicht zufällig ein Lastwagen mit einem Stahlkasten hintendrauf am oberen Ende des Sees eine Panne gehabt hätte. Ich machte gerade Picknick da, in der Nähe des Wassers, mit Margaret, meiner Frau, und Mildred, meiner Schwiegermutter. Mildred war damals schon so verrückt wie ein Bettfloh, aber Margaret war noch bei Verstand, und es sah so aus, als würde sie es auch zukünftig bleiben.

Ich war gerade erst 45 und törichterweise fest überzeugt, daß ich immer weiter hier unterrichten würde, bis ich im Jahre 2010, also jetzt in 9 Jahren, das vorgeschriebene Pensionsalter von 70 Jahren erreicht hätte. Was wird wohl statt dessen in 9 Jahren mit mir geschehen? Das ist genauso, als wenn man sich um einen Käse Sorgen macht, den man nicht in den Kühlschrank getan hat. Was kann so einem unbezahlbar stinkigen Käse schon noch widerfahren, was ihm nicht ohnehin schon passiert ist?

- -

Meine Schwiegermutter, die weder für sich noch für andere eine Gefahr darstellte, war eine begeisterte Anglerin. Ich hatte ihr einen Wurm auf den Haken gespießt und in einem Teil des Sees ausgeworfen, der verheißungsvoll aussah. Und sie hatte die Angelrute mit beiden Händen gepackt. Wie immer erwartete sie, daß irgendein Wunder geschah.

Und diesmal hatte sie recht.

Ich sah zur Straße hinauf, und da stand dieser Gefängnislastwagen, und eine dicke Rauchwolke quoll unter der Motorhaube hervor. Es waren nur 2 Wärter an Bord, und 1 davon war der Fahrer. Sie hatten schon über Funk Verstärkung aus dem Gefängnis angefordert, und jetzt sprangen sie ab. Beide waren weiß. Das war noch, bevor die Japaner das Zuchthaus privatisiert hatten und alle Straßenschilder zwischen Rochester und Athena zweisprachig wurden: japanisch und englisch.

Es sah so aus, als könnte der Lastwagen ausbrennen, deshalb schlossen die beiden Wärter die kleine Tür in der Rückwand des Stahlkastens auf und sagten den Strafgefangenen, sie sollten herauskommen. Dann traten sie zurück und richteten ihre abgesägten automatischen Schrotflinten auf die kleine Tür.

Die Gefangenen kamen heraus. Es waren nur 3. Sie bewegten sich ungeschickt mit ihren Fußfesseln, um die Hüften trugen sie Ketten, und daran waren ihre Handschellen befestigt. Zwei waren schwarz und 1 war weiß, aber vielleicht auch ein heller Latino. Das war noch, ehe der Oberste Gerichtshof in einem Grundsatzurteil bestimmte, daß es eine grausame und unmenschliche Form der Bestrafung war, jemanden an einem Ort einzusperren, wo seine Rasse in der Minderzahl war.

Damals waren in den Gefängnissen die Rassen im ganzen Land noch gemischt. Später, als ich in Athena gearbeitet habe, gab es dort allerdings nur noch Leute, die als Schwarze eingestuft worden waren.

– · – · – · – · – · – · – · – · – · – · – · – · – · – · – · – · – · – · –

Meine Schwiegermutter drehte sich nicht um und sah deshalb nichts von dem rauchenden Lastwagen und alledem. Sie war besessen von der Vorstellung, am anderen Ende ihrer Angelschnur könnte jeden Augenblick etwas passieren.

Aber Margaret und ich gafften. Für uns waren damals Strafgefangene so etwas wie Pornographie, ordinäre Dinge, die sich anständige Leute nicht ansahen, auch wenn Strafvollzug der wichtigste Industriezweig in unserem Tal war.

Als Margaret und ich später darüber sprachen, sagte sie allerdings nicht, daß es wie Pornographie sei. Sie sagte, es wäre mehr, als ob man Tiere auf dem Weg zum Schlachthaus beobachtet.

– · – · – · – · – · – · – · – · – · – · – · – · – · – · – · –

Wir wiederum müssen diesen Strafgefangenen wie Leute im Paradies vorgekommen sein. Es war ein milder Tag im Frühling. Südlich von uns war eine Segelregatta im Gange. Dem College waren von einem dankbaren Vater, der gerade die größte Spar- und Darlehenskasse in Kalifornien erfolgreich in den Bankrott geführt hatte, 30 kleine Segeljollen geschenkt worden.

Unser brandneuer Mercedes parkte neben uns auf dem Strand. Der Wagen kostete mehr, als ich im ganzen Jahr in Tarkington verdiente. Es war ein Geschenk von der Mutter eines meiner Studenten namens Pierre LeGrand. Sein Großvater mütterlicherseits war Diktator von Haiti gewesen und hatte den Staatsschatz des Landes mitgenommen, als er gestürzt worden war. Deshalb war Pierres Mutter so reich. Pierre selbst war sehr unbeliebt. Er hatte versucht, sich mit teuren Geschenken Freunde zu machen, aber das hatte nicht funktioniert. Daraufhin hatte er versucht, sich umzubringen, indem er sich am Gerüst des Wasserturms auf dem Musket Mountain aufhängte. Zufällig war ich auch da oben, in den Büschen mit der Frau des Tennistrainers.

Ich habe ihn gerade noch rechtzeitig abgeschnitten mit meinem Schweizer Armeemesser. Dafür hab' ich dann den Mercedes gekriegt. Zwei Jahre später, als er von der Golden-Gate-Brücke sprang, hatte Pierre LeGrand mehr Glück, und ein ständiger Witz auf dem Campus war, jetzt müßte ich den Mercedes zurückgeben.

In dem, was für die 3 Strafgefangenen wie das Paradies

ausgesehen haben muß, wie ich sagte, steckte also eine Menge Kummer. Aber sie konnten ja nicht wissen, daß meine Schwiegermutter verrückt war, solange sie ihnen den Rücken zukehrte. Und weder sie noch ich konnten wissen, daß dieselbe erbliche Geisteskrankheit in ungefähr 6 Monaten auch meine hübsche Frau treffen würde wie 2 Zentner Ziegel und aus ihr genauso eine schauerliche Hexe machen würde wie aus ihrer Mutter.

– · – · – · – · – · – · – · – · – · – · – · – · – · – · – · – · – · – · –

Wenn wir da noch unsere 2 Kinder mit am Strand gehabt hätten, wäre die Illusion vollkommen gewesen, daß wir im Paradies lebten. Die 3 Strafgefangenen hätten sich eine weitere Generation von Leuten vorstellen können, die das Leben genauso angenehm fanden wie wir. Beide Geschlechter wären vertreten gewesen. Wir hatten eine Tochter namens Melanie und einen Jungen namens Eugene Debs Hartke, Jr. Aber Kinder waren sie nicht mehr. Melanie war 21 und studierte Mathematik in Cambridge, Großbritannien. Eugene Jr. war 18 und studierte im letzten Jahr an der Deerfield Academy in Massachusetts; er hatte seine eigene Rock 'n' Roll-Band und bestimmt schon 100 Songs komponiert.

Melanie hätte die Idylle am Strand allerdings etwas verdorben. Genau wie meine Mutter, ehe sie Mitglied der Weight Watchers wurde, war sie stark übergewichtig. Das muß wohl erblich sein. Daß sie eine ebenso dicke, kolbenförmige Nase hatte wie der berühmte, inzwischen verstorbene Alkoholiker und Komödiant W. C. Fields, hätte sie allerdings verbergen können, indem sie den Strafgefangenen einfach den Rücken zukehrte. Melanie war zum Glück auch keine Alkoholikerin.

Dafür aber ihr Bruder.

Heute könnte ich mich dafür umbringen, daß ich ihm gegenüber damit angegeben habe, die Männer in meiner Familie hätten noch nie vor dem Alkohol Angst gehabt, denn sie könnten ja damit umgehen. Was Drogen anginge, seien wir weder schwächlich noch leichtsinnig.

– · – · – · – · – · – · – · – · – · – · – · – · – · – · – · – · – · – · –

Zumindest Eugene Jr. war schön, er hatte die Züge seiner Mutter geerbt. Als er hier im Tal aufwuchs, konnten die Leute, auch wenn er direkt danebenstand und alles mithörte, nicht widerstehen, mir zu erzählen, daß er das schönste Kind sei, das sie je gesehen hätten.

Ich habe keine Ahnung, wo er jetzt ist. Er hat schon vor Jahren aufgehört, mit mir oder sonst irgend jemand in diesem Tal zu kommunizieren.

Er haßt mich.

-.-.-.-.-.-.-.-.-.-.-.-.-.-.-.-.-

Melanie haßt mich auch, aber sie hat mir erst vor kurzem, ungefähr vor 2 Jahren, geschrieben. Damals lebte sie in Paris mit einer anderen Frau zusammen. Beide unterrichteten sie Englisch und Mathematik an der Amerikanischen High-School.

-.-.-.-.-.-.-.-.-.-.-.-.-.-.-.-.-

Meine Kinder werden mir nie verzeihen, daß ich meine Schwiegermutter nicht in eine Heilanstalt gebracht habe, statt sie zu Hause zu behalten, wo sie sehr lästig für sie war. Nie konnten sie Freunde zu uns mit nach Hause bringen. Aber wenn ich Mildred ins Irrenhaus gesteckt hätte, wäre nicht mehr genug Geld dagewesen, um Melanie und Eugene Jr. auf so teure Schulen zu schicken. Ich hatte in Tarkington zwar freies Logis in einem eigenen Haus, aber das Gehalt war schmal.

Ich fand auch Mildreds Verrücktheit nicht so unerträglich wie meine Kinder. In der Armee hatte ich mich an Leute gewöhnt, die den ganzen Tag Quatsch redeten. Vietnam war 1 einzige große Halluzination. Nachdem ich mich daran gewöhnt hatte, konnte ich mich an alles gewöhnen.

Wofür mich meine Kinder am meisten haßten, war aber die Tatsache, daß ich mich in Verbindung mit ihrer Mutter fortgepflanzt hatte. Sie leben in dauernder Furcht, genauso verrückt wie Margaret und Mildred zu werden. Leider ist das durchaus wahrscheinlich.

-.-.-.-.-.-.-.-.-.-.-.-.-.-.-.-.-

Paradoxerweise habe ich auch noch einen illegitimen Sohn, von dem ich allerdings erst vor kurzem erfuhr. Da dieser Sohn von einer anderen Mutter stammt, braucht er nicht zu befürchten, daß er eines Tages verrückt wird. Einige seiner Kinder allerdings, falls er je welche hat, könnten die Neigung meiner Mutter zur Fettleibigkeit erben.

Aber sie könnten natürlich genau wie meine Mutter Mitglied der *Weight Watchers* werden.

– · – · – · – · – · – · – · – · – · – · – · – · – · – · – · – · – · – · –

Vererbung beschäftigt mich neuerdings sehr, und das wohl mit Recht. So habe ich zum Beispiel einiges in einem Buch nachgelesen, das sich daneben auch noch mit Embryologie beschäftigt. Und ich kann Ihnen sagen: Leute, die Angst davor haben, ein Buch aufzuschlagen, weil man nie wissen kann, was man darin findet, haben vollkommen recht. Mir ist gerade Hören und Sehen vergangen, als ich einen Aufsatz über die Embryologie des menschlichen Auges gelesen habe.

Kein Zusammenspiel von Zeit und Zufall hätte eine so hervorragende Kamera zustande bringen können, auch wenn die Menge der Zeit 1 000 000 000 000 Jahre gewesen wäre! Ist das nicht ein tolles unerklärliches Rätsel?

– · – · – · – · – · – · – · – · – · – · – · – · – · – · – · – · – · – · –

Als ich im Zuchthaus von Athena zu arbeiten anfing, hoffte ich wenigstens 1 der 3 Strafgefangenen vorzufinden, die Mildred, Margaret und mich vor so langer Zeit beim Picknick beobachtet hatten. Ich hatte, wie gesagt, 1 davon für einen Weißen oder einen Latino gehalten. Damit wäre er schon vor meiner Ankunft in ein Gefängnis für Weiße oder Latinos verlegt worden. Die anderen 2 waren eindeutig schwarz, aber ich habe keinen von beiden je gefunden. Ich hätte gern gehört, wie wir ihnen vorgekommen waren, wie zufrieden wir ausgesehen hatten.

Wahrscheinlich waren sie tot. Vielleicht hatte AIDS sie erwischt, oder ein Mord oder Selbstmord, vielleicht auch Tuberkulose. Auf jeden Studenten, der in Tarkington sein

Diplom als *Associate in the Art and Sciences* erhielt, kamen im Zuchthaus Athena jedes Jahr 30 Insassen, die starben.

Bewährung.

Wenn ich unter den Strafgefangenen einen Zeugen unseres Picknicks gefunden hätte, hätten wir über den Fisch reden können, den meine Schwiegermutter an den Haken bekam, während er uns beobachtete. Er hat bestimmt gesehen, wie die Rute sich bog, und gehört, daß die Rolle kreischte wie eine kleine Sirene. Aber das Seeungeheuer, das ihren Köder geschluckt hatte und Richtung Süden nach Scipio zischte, hat er nicht mehr gesehen. Ehe er das hätte sehen können, steckte er schon wieder in der Dunkelheit eines anderen Lastwagens.

Ich hatte eine schwere Schnur auf die Rolle gespult, Hochsee-Material für Thunfisch und Haie, obwohl es, soviel wir wußten, im Mohiga-See bloß Aale, Barsche und kleine Katzenwelse gab. Irgendwas anderes hatte Mildred bisher nie gefangen.

Ich erinnere mich, wie sie einmal einen Barsch fing, der zum Behalten zu klein war. Also machte ich ihn wieder los, obwohl ihm der Widerhaken durchs Auge gegangen war. Ein paar Minuten später hatte sie denselben Barsch wieder am Haken. Anhand des kaputten Auges konnten wir das genau feststellen. Stellen Sie sich das mal vor. Wunderbare Augen, aber kein bißchen Gehirn.

Ich hatte Mildred die schwere Schnur auf die Rolle getan, damit ihr ja nie etwas wieder entkommen konnte. In Honduras hab' ich dasselbe mal für einen 3-Sterne-General getan, dessen Adjutant ich war.

Mildreds Fisch konnte die Schnur nicht abreißen, und Mildred wollte partout die Angelrute nicht loslassen. Sie wog nicht sehr viel, und der Fisch wog sehr viel für einen Fisch.

Mildred lachte und schrie und fiel auf die Knie, und das alles im Wasser.

Ich werde nie vergessen, was sie gesagt hat: »Das ist Gott! Das ist Gott!«

Ich watete raus, um ihr zu helfen. Sie wollte die Rute nicht loslassen, also griff ich direkt nach der Schnur und holte sie ein, Hand über Hand.

Ach, wie das Wasser spritzte und kochte da draußen!

Als ich den Fisch im seichteren Wasser hatte, hörte er plötzlich auf, sich zu wehren. Ich nehme an, er hatte alle seine Energie aufgebraucht. Und damit hatte sich die Sache erledigt.

Der Fisch, den ich an den Kiemen packte und an Land schleuderte, war ein riesiger Hecht. Margaret sah voller Schrecken darauf herab und sagte: »Das ist ja ein Krokodil!«

Ich blickte zur Straße hinauf, um zu sehen, was die Strafgefangenen und die Wärter von so einem großen Fisch halten würden. Sie waren verschwunden. Nur der kaputte Lastwagen stand noch da oben. Die kleine Tür, die in den Stahlkasten führte, stand noch immer weit offen. Jedermann und jederfrau stand es frei, hineinzukriechen und die Tür zuzumachen, wenn er oder sie sehen wollten, wie man sich fühlte, wenn man ein Strafgefangener war.

Für alle Freunde der Kriminalwissenschaft: Der Hecht hatte keineswegs nach dem Wurm auf dem Haken geschnappt. Er hatte nach einem Barsch geschnappt, der sich den Wurm geschnappt hatte.

Ich dachte, das würde auch meine Schwiegermutter interessieren während der Heimfahrt in unserem neuen Mercedes. Aber sie wollte überhaupt nicht über den Fisch reden. Er hatte sie zu Tode erschreckt, und sie wollte ihn schleunigst vergessen.

Im Lauf der Jahre erwähnte ich den Fisch noch von Zeit zu Zeit, ohne aber je etwas anderes als ein eisiges Schweigen zu ernten. Ich schloß daraus, daß sie ihn wirklich aus ihrem Gedächtnis getilgt hatte.

Aber dann weckte uns in der Nacht, als der Massenausbruch aus dem Gefängnis stattfand, diese schreckliche Explosion. Wir 3 wohnten damals in einem alten Haus in dem Weiler Athena, unterhalb der Mauern des Zuchthauses.

Wenn Jack Patton bei uns gewesen wäre, hätte er vielleicht zu mir gesagt: »Gene! Sie spielen unser Lied!«

Bei der Explosion wurde übrigens das Gefängnistor nicht von innen, sondern von außen gesprengt. Jeffrey Turner, der Chef des amerikanischen Drogenkartells, war 6 Monate zuvor nach einem Fernsehprozeß, der anderthalb Jahre gedauert hatte, in einem Stahlkasten ins Zuchthaus Athena gebracht worden. Er war zu 25 mal lebenslänglich verurteilt worden, was angeblich ein neuer Rekord war. Und jetzt war eine gut eingespielte Truppe seiner Angestellten, deren Umfang mal auf Zug- und mal auf Kompaniestärke geschätzt wurde, vor dem Gefängnis aufmarschiert. Außer dem Sprengstoff hatten sie noch einen Panzer und mehrere Halbkettenfahrzeuge aus dem Waffenlager der Nationalgarde am Highway 10 Kilometer südlich von Rochester mitgebracht, gegenüber vom Meadowdale-Kinokomplex. Einer von ihnen, wurde später festgestellt, war eigens nach Rochester gezogen und Mitglied der Nationalgarde geworden. Er hatte geschworen, die Verfassung zu verteidigen und so weiter, und das alles nur, um die Schlüssel des Waffenlagers zu stehlen.

Auf den Angriff einer solchen Truppe waren die japanischen Wärter nicht vorbereitet, ja, es fehlte ihnen zum Widerstand auch die Motivation, zumal die Angreifer amerikanische Flaggen schwenkten und ausnahmslos Uniformen der amerikanischen Armee trugen. Die Wärter versteckten sich oder hoben die Hände oder rannten davon in den Urwald. Es war dies nicht ihr Land, und das Bewachen von Strafgefangenen war auch keine heilige Aufgabe oder sonst irgendwas. Es war bloß ein Job.

Das Telefon und die Stromversorgung waren unterbrochen, so daß sie nicht einmal Hilfe herbeirufen oder wenigstens ihre Sirenen einschalten konnten.

Der Angriff dauerte eine halbe Stunde. Als er vorbei war, war Jeffrey Turner verschwunden und wurde seither auch nicht mehr gesehen. Auch die Angreifer verschwanden. Die Uniformen und Militärfahrzeuge wurden später 1 Kilometer nördlich vom oberen Ende des Sees auf einer Milchfarm gefunden, die deutschen Grundstücksspekulanten gehörte. Zahlreiche Reifenspuren ließen nach Ansicht der Polizei darauf schließen, daß die gesetzlose Truppe ihre 100-prozentig erfolgreiche Flucht mit Hilfe scheinbar nicht zusammengehöriger, unauffälliger Privatfahrzeuge bewerkstelligt hatte, welche die Farm ohne Zweifel in wohlabgestimmten Abständen verlassen hatten.

Im Gefängnis stand es zur gleichen Zeit jedermann, der nicht mehr innerhalb der Mauern bleiben wollte, vollkommen frei, ganz einfach hinauszuspazieren und sich zuvor noch mit einem Gewehr, einer Schrotflinte, einer Pistole oder einer Tränengasgranate aus der weit offenstehenden Waffenkammer zu versorgen, falls er so etwas mochte und rechtzeitig genug kam.

- . - . - . - . - . - . - . - . - . - . - . - . - . - . - . -

Die Polizei teilte ferner mit, daß die Angreifer eine erstklassige militärische Ausbildung hatten, die sie entweder bei einem privaten Überlebenstraining in den Vereinigten Staaten selbst erworben hatten, oder vielleicht auch in Bolivien, Kolumbien oder Peru.

- . - . - . - . - . - . - . - . - . - . - . - . - . - . - . -

Wie auch immer: Margaret, Mildred und ich wurden jedenfalls von dieser Explosion geweckt, die das Gefängnistor demolierte. Aber daß wir uns hätten vorstellen können, was da tatsächlich vorging, war ganz ausgeschlossen.

Wir 3 schliefen in getrennten Zimmern. Margaret im Erdgeschoß, Mildred und ich im ersten Stock. Kaum hatte ich mich aufgesetzt, in meinen Ohren schepperte es noch, da stand auch schon Mildred im Zimmer, splitternackt mit weit aufgerissenen Augen.

Sie machte als erste den Mund auf. Sie benutzte einen Slangausdruck, den ich noch nie zuvor von ihr gehört hatte. Es war nicht der Slang ihrer Generation und auch nicht der meiner. Es war Slang aus der Generation meiner Kinder. Ich nehme an, sie hatte den Ausdruck irgendwann mal gehört, und er hat ihr gefallen, und dann hat sie ihn für eine wirklich bedeutende Gelegenheit aufgespart.

Hier nun, was sie sagte, während oben im Gefängnis ein sporadischer Schußwechsel aus Handfeuerwaffen begann: »Erinnerst du dich noch an den *enormossalischen* Fisch, den ich mal gefangen habe?«

11

Es gab einmal eine Zeit, in der ich erwartete, den Rest meines Lebens in diesem Tal zu verbringen, allerdings nicht im Gefängnis. Ich erwartete, bis zu meiner unvermeidlichen Pensionierung im Jahre 2010 am Tarkington College zu bleiben. Dank der Sozialversicherung und meiner Ruhestandsbezüge vom College wäre mir ein bescheidener Wohlstand sicher gewesen. Ich rechnete damit, daß meine Schwiegermutter bis dahin längst tot war, so daß ich nur noch Margaret zu versorgen gehabt hätte. Ich würde unten in der Stadt ein kleines Haus mieten. Es standen genug davon leer.

Aber dieser Traum wäre auch dann geplatzt, wenn der Gefängnisausbruch nicht stattgefunden hätte, das Sozialversicherungssystem nicht bankrott gegangen, der Schatzmeister des College nicht mit der Pensionskasse durchgebrannt und auch sonst nichts dergleichen passiert wäre. Denn, wie ich schon sagte, wurde ich 1991 vom Tarkington College entlassen.

Da stand ich also. Arbeitslos gegen Ende meiner mittleren

Jahre, in einem gründlich ausgeplünderten, bankrotten Land, dessen Reichtum an irgendwelche Ausländer verschleudert worden war, das heimgesucht wurde von unkontrollierten Seuchen, Aberglauben, Analphabetentum und hypnotischer Fernsehsucht und das keinerlei Krankenversorgung für Arme besaß. Wohin sollte ich mich wenden? Was sollte ich tun?

– · – · – · – · – · – · – · – · – · – · – · – · – · – · – · – · –

Der Mann, der dafür sorgte, daß ich gefeuert wurde, war Jason Wilder, der gefeierte konservative Kolumnist, Vortragsreisende und Fernsehmoderator. Er rettete damit mein Leben. Ohne ihn wäre ich nach dem Gefängnisausbruch hier in Scipio gewesen statt drüben auf der anderen Seite.

Ich hätte den Ausbrechern gegenübergestanden, als sie im Mondlicht den zugefrorenen See überquerten, statt in stummer Verwunderung hinter ihnen herzusehen wie Robert E. E. Lee bei *Pickett's Charge* in Gettysburg. Ich hätte nach wie vor in meinem ganzen Leben nur 3 Strafgefangene aus Athena gesehen gehabt, und die Ausbrecher hätten mich auch nicht gekannt.

Bestimmt hätte ich sie irgendwie zu bekämpfen versucht, obwohl ich im Gegensatz zum Collegepräsidenten kein Gewehr gehabt hätte. Ich wäre getötet und begraben worden, zusammen mit dem Collegepräsidenten, seiner Frau Zuzu, Alton Darwin und all den anderen. Begraben worden wäre ich neben den Stallungen, wo bei Sonnenuntergang die Schatten vom Musket Mountain hinfallen.

– · – · – · – · – · – · – · – · – · – · – · – · – · – · – · – · –

Persönlich gesehen habe ich Jason Wilder zum ersten Mal bei der Sitzung des Stiftungsrates, auf der ich entlassen wurde. Damals war er nur ein empörter Elternvertreter. Später wurde er aber Mitglied des Stiftungsrates und damit nach dem Gefängnisausbruch die bei weitem wertvollste Geisel der Ausbrecher. Die Drohung, ihn umzubringen, stoppte die Einheiten der 82. Luftlandedivision, die mit Schulbussen von der South Bronx herangeführt worden waren. Die Fallschirmjäger riegelten das Tal am oberen Ende des Sees ab, besetzten das Seeufer gegenüber und südlich von Scipio und gingen sogar an der Westflanke des Musket Mountain in Stellung. Noch näher zu kommen wagten sie nicht, weil sie befürchten mußten, sonst Jason Wilders Tod zu verursachen.

Natürlich gab es noch andere Geiseln, darunter sämtliche anderen Kuratoriumsmitglieder, aber er war der einzig berühmte. Ich selbst war nicht direkt eine Geisel, obwohl ich wahrscheinlich umgebracht worden wäre, wenn ich versucht hätte, mich zu entfernen. Ich war eine Art Guru mit beratender Stimme, der überall im besetzten Scipio herumwandern konnte, aber nicht zu den Kombattanten gehörte. Genau wie zuvor im Zuchthaus Athena versuchte ich auf alle Fragen, die man mir eventuell stellte, eine möglichst ehrliche Antwort zu geben. Ansonsten schwieg ich. Weder in Athena noch im besetzten Scipio habe ich von mir aus irgendwelche Empfehlungen gegeben. Ich habe immer nur, so gut ich konnte, die Situation des Fragestellers im Kontext der Außenwelt zu beschreiben versucht. Was er dann unternahm, lag bei ihm.

Ich nenne das Lehrer sein. Ich nenne es jedenfalls nicht Rädelsführerschaft bei einem hochverräterischen Unternehmen. Alles, was ich je beseitigen wollte, waren Unwissenheit und egozentrische Phantasien.

– · – · – · – · – · – · – · – · – · – · – · – · – · – · – · – · – · – · – · –

Ich wurde ohne jede Vorwarnung am Tag der Abschlußfeier gefeuert. Ich war gerade mit dem Mittagsläuten beschäftigt, als mich ein Mädchen, das gerade sein erstes Studienjahr hinter sich hatte, darüber informierte, daß mich der Stiftungsrat sprechen wolle, der gerade in der Samoza Hall tagte. Das Mädchen war Kimberley Wilder, Jason Wilders lernbehinderte Tochter. Sie war dumm. Ich fand es merkwürdig, aber nicht weiter bedrohlich, daß der Stiftungsrat sie als Botin benutzte. Ich konnte mir allerdings erst nicht recht vorstellen, welche Art Beschäftigung sie auch nur in die Nähe des Sitzungszimmers gebracht haben könnte. De facto hatte sie eine Zeugenaussage über meinen angeblichen Mangel an Patriotismus gemacht und anschließend um die Ehre gebeten, mich zur Hinrichtung holen zu dürfen.

Sie war eins der wenigen jüngeren Semester, die sich noch auf dem Campus befanden. Der Rest war nach Hause gefahren, und Angehörige der Absolventen, die das Diplom eines *Associate in the Arts and Sciences* in Empfang nehmen sollten, hatten ihre Zimmer übernommen. Kein Verwandter von Kimberley war an der Abschlußfeier beteiligt. Sie war ausschließlich wegen der Sitzung des Stiftungsrats dageblieben. Und ihr berühmter Vater war mit dem Hubschrauber gekommen, um sie zu unterstützen. Der Fußballplatz mußte als Heliport herhalten. Er sah aus wie eine Flugsaurierbrutkolonie.

Andere waren mit konventionellen Flugzeugen in Rochester gelandet, wo sie von gemieteten Limousinen abgeholt wurden, die das College bereitstellte. Ich weiß noch, daß die Stiefmutter eines Absolventen gesagt hat, sie habe zuerst geglaubt, sie wäre nicht in Rochester, sondern in Yokohama gelandet, weil so viele Japaner auf dem Flughafen waren. Die Abschlußfeier und die Ablösung der Wachen im Zuchthaus Athena fielen nämlich zeitlich zusammen. Alle 6 Monate wurden neue Wächter, vor allem Bauernjungen aus Hokkaido, die weder Englisch sprachen noch die Vereinigten Staaten je gesehen hatten, aus Tokio direkt nach Rochester geflogen und dann per Bus nach Athena gebracht. Und anschließend wurden die anderen, die 6 Monate an den Toren, auf den Mauern, auf den Laufstegen über den Eßsälen, in den Wachtürmen und an anderen Stellen Dienst getan hatten, schnurstracks nach Hause geflogen.

»Wieso sind Sie nicht nach Hause gefahren, Kimberley?« fragte ich.

Sie sagte, sie und ihr Vater wollten gern die Rede hören, die der enge Freund ihres Vaters und Rhodes-Mitstipendiat Dr. Martin Peale Blankenship halten würde, ein Wirtschaftswissenschaftler der University of Chicago, der übrigens später aufgrund eines Schi-Unfalls in der Schweiz zum Tetraplegiker wurde.

Dr. Blankenship hatte eine Nichte in der Abschlußklasse. Das hatte ihn nach Scipio gebracht. Diese Nichte war Hortense Mellon. Ich habe keine Ahnung, was aus ihr geworden ist. Harfe konnte sie spielen. Daran erinnere ich mich, und daran, daß ihre oberen Schneidezähne falsch waren. Die echten hatte ihr ein Straßenräuber ausgeschlagen, als sie die *Coming-out*-Party einer Freundin im Waldorf-Astoria verließ, das inzwischen längst abgebrannt ist. Da ist jetzt nur noch ein leeres Grundstück, das die Japaner gekauft haben.

Ich habe gehört, daß ihr Vater, wie auch viele andere Tarkington-Eltern, später schrecklich viel Geld verloren hat mit Anteilen einer Gesellschaft namens *Microsecond Arbitrage*, die der größte Schwindel in der Geschichte von Wall Street gewesen sein soll.

- . - . - . - . - . - . - . - . - . - . - . - . - . - . - . -

Ich hatte Kimberley durchaus als Spitzel erkannt, aber nicht als wandelndes Tonstudio. Mit verblüffender Häufigkeit hatten sich das ganze, jetzt zu Ende gehende Jahr hindurch unsere Wege gekreuzt. Immer wieder, wenn ich mich irgendwo auf dem Campus mit irgendwem unterhielt, stellte ich plötzlich fest, daß Kimberley in der Nähe herumlungerte. Ich ging davon aus, daß sie ein bißchen verückt war und aus lauter Neugier die Leute belauschte. Sie hatte nicht einmal anrechenbare Vorlesungen oder Seminare bei mir belegt, sondern war lediglich Gasthörerin in ›Physik für Nicht-Naturwissenschaftler‹ und ›Musik für Nicht-Musiker‹. Was konnte sie mir oder ich ihr also überhaupt bedeuten? Wir hatten nie ein Gespräch über irgend etwas geführt.

Ich weiß noch, wie ich einmal in der neuen Freizeithalle, dem Pahlavi-Pavillon, Billard gespielt habe, und sie so dicht neben mir stand, daß ich Schwierigkeiten mit meinem Billardstock hatte. Ich sagte also: »Gefällt Ihnen mein Parfum?«

»Was?« fragte sie.

»Sie sind oft so dicht bei mir«, sagte ich, »daß ich den Eindruck gewonnen habe, Sie mögen vielleicht mein Parfum. Ich fühle mich sehr geschmeichelt, wenn das der Fall ist, denn das ist nur mein natürlicher Körpergeruch. Ich benutze gar kein Parfum.«

Ich kann das so genau zitieren, weil meine Worte auf einem der Tonbänder waren, die mir der Stiftungsrat vorspielte.

Sie zuckte die Achseln, als wüßte sie gar nicht, worüber ich rede. Sie verließ keineswegs in großer Verlegenheit den Saal oder dergleichen. Ganz im Gegenteil! Sie ließ mir zwar etwas mehr Platz für den Billardstock, klebte mir aber nach wie vor dicht auf dem Leib.

Ich spielte *8-Ball-Pool* mit dem Romancier Paul Slazinger, dem diesjährigen *Writer in Residence*. Er war total pleite, und niemand wollte seine Bücher mehr drucken, was übrigens der einzige Grund war, weshalb sich überhaupt irgend jemand jemals als Campus-Schreiber in Tarkington anheuern ließ. Er war so alt, daß er tatsächlich noch im 2. Weltkrieg gekämpft hatte. Genau wie ich war er mit einem *Silver Star* ausgezeichnet worden, als ich erst 3 Jahre alt war!

Er fragte mich, wer Kimberley sei, und ich sagte, das hat sie auch aufgezeichnet: »Um die brauchen Sie sich nicht weiter zu kümmern. Das ist bloß ein Mitglied der herrschenden Klasse.«

Deshalb wollte der Stiftungsrat von mir wissen, was ich eigentlich gegen die herrschende Klasse hätte.

Ich hab' es damals nicht gesagt, aber heute bin ich gern bereit zu erklären, daß das Problem mit der herrschenden Klasse darin besteht, daß zu viele von ihren Mitgliedern solche Schwachköpfe wie diese Kimberley sind.

Eine Theorie, die ich wegen ihrer Schnüffelei hatte, bestand übrigens darin, daß meine Reputation als der John F. Kennedy des Campus, was außereheliche sexuelle Beziehungen anging, sie faszinierte.

Wenn Präsident Kennedy da oben im Himmel jemals eine Liste sämtlicher Frauen angelegt haben sollte, mit denen er je geschlafen hat, dann ist sie bestimmt 2 oder 3mal so lang wie die, die ich hier unten im Gefängnis anlege. Aber er hatte natürlich auch den Glanz seines Amtes und die volle Unterstützung des *Secret Service* und seines Stabes im Weißen Haus. Von den Namen auf meiner Liste dürfte der Öffentlichkeit wohl keiner etwas bedeuten, während die auf seiner Liste zum guten Teil Filmstars gehören. Er hat mit Marilyn Monroe geschlafen. Das hab' ich bestimmt nicht getan. Sie hat wohl erwartet, er würde sie heiraten und zur *First Lady* im Weißen Haus machen. Außer für sie war das ein ständiger Witz bei den Leuten.

Am Ende hat sie dann Selbstmord begangen. Sie fand das Leben schließlich doch zu peinlich, verwirrend und unangenehm.

- . - . - . - . - . - . - . - . - . - . - . - . - . - . - . - . -

Kimberley war mir immer noch kaum bekannt, als sie am Tag der Abschlußfeier im Glockenturm auftauchte. Aber plötzlich war sie so redselig, als wären wir ganz alte Freunde. Sie machte immer noch Tonbandaufnahmen, obwohl das, was sie schon hatte, längst ausreichte, um mich zu erledigen.

Sie fragte mich, ob ich den Sonntagsvortrag gut gefunden hätte, den Paul Slazinger kürzlich gehalten hatte. Es war der wahrscheinlich anti-amerikanischste Vortrag gewesen, den ich je gehört hatte. Slazinger hatte ihn direkt vor den Weihnachtsferien gehalten und war anschließend nicht mehr in Scipio gesehen worden. Er hatte den sogenannten Genie-Preis der MacArthur Foundation gewonnen: 5 Jahre lang $ 50 000 im Jahr. Noch am selben Tag, an dem er seinen Vortrag gehalten hatte, flüchtete er nach Key West, Florida.

Soweit ich mich erinnere, sagte er voraus, daß die Sklaverei wieder eingeführt werden würde. Er behauptete, daß sie de facto niemals ganz abgeschafft worden sei. Er sagte, nach Amerika wollten nur deshalb so viele Leute, weil es dort so einfach sei, die Armen zu berauben, die keinerlei Schutz von der Regierung erhielten. Er behauptete, daß Brücken einstürzen und Wasserrohre platzen würden, weil kein Mensch sich für die Wartung verantwortlich fühle. Er redete über Tankerunfälle und Ölpest, über radioaktiven Müll und vergiftetes Grundwasser, bankrotte Banken und Firmenzusammenbrüche. »Und nie wird irgend jemand für irgendwas bestraft«, sagte er. »Amerikaner sein heißt vor allem, daß man nie ›Entschuldigung‹ sagen muß!«

Und so immer weiter. Er konnte sagen, was er wollte, er würde trotzdem in den nächsten 5 Jahren jedes Jahr $ 50 000 kriegen.

Slazinger habe einige überlegenswerte Dinge gesagt, teilte ich Kimberley mit, aber insgesamt habe er die Verhältnisse doch sehr viel schlimmer dargestellt, als sie seien, unser Land sei schließlich immer noch das bei weitem beste auf diesem Planeten.

Diese Antwort kann ihr keine große Befriedigung verschafft haben.

- · - · - · - · - · - · - · - · - · - · - · - · - · - · - · - · - · -

Und wie beurteile ich diese Antwort heute? Es war eine alberne Antwort.

- · - · - · - · - · - · - · - · - · - · - · - · - · - · - · - · - · -

Sie fragte mich auch nach meinem eigenen Sonntagsvortrag von vor einem Monat. Sie war selbst nicht dagewesen und hatte ihn deshalb nicht mitgeschnitten. Sie wollte sich aber von mir bestätigen lassen, was sie von anderen Leuten gehört hatte, was ich gesagt hätte. Mein Vortrag hatte aus lustigen Erinnerungen an meinen Großvater mütterlicherseits bestanden, den Sozialisten vom alten Schlage, Benjamin Wills.

Kimberley beschuldigte mich, gesagt zu haben, alle reichen Leute wären Geisteskranke und Säufer. Das war eine entstellte Wiedergabe eines Ausspruchs, den ich häufig von meinem Großvater gehört hatte. Richtig lautete er: Kapitalismus ist das, was die Leute mit all unserem Geld heute zu tun beschlossen haben, gleichgültig ob sie nüchtern oder betrunken, bei Verstand oder verrückt sind. Das stellte ich erst einmal richtig und erklärte außerdem, daß es sich um Ansichten meines Großvaters handele, nicht etwa um meine.

»Ich habe gehört, Ihr Vortrag wäre noch schlimmer gewesen als der von Mr. Slazinger«, sagte sie.

»Das will ich hoffen«, sagte ich. »Ich habe lediglich zu zeigen versucht, wie völlig überholt die Ansichten meines Großvaters waren. Ich wollte die Leute zum Lachen bringen. Und das ist mir gelungen.«

»Ich habe gehört, Sie hätten gesagt, Jesus wäre unamerikanisch«, sagte sie, und die ganze Zeit lief ihr Bandgerät mit.

Auch das konnte ich für sie entzerren. Das Original war wiederum eine Redensart meines Großvaters, die auf der Marxschen Formel für eine ideale Gesellschaft beruhte: »Jeder nach seinen Fähigkeiten, jedem nach seinen Bedürfnissen.« Im Anschluß fragte er mich immer mit bitterem Humor: »Was könnte un-amerikanischer sein, als wenn etwas wie die Bergpredigt klingt, Gene?«

* * *

»Und was war das mit den Juden, die alle in ein Konzentrationslager in Idaho gesperrt werden sollten?« fragte Kimberley.

»Was? Was? Was?« fragte ich völlig verwirrt. Endlich, endlich, aber viel, viel zu spät begriff ich, daß dieses dumme Mädchen gefährlicher war als eine Kobra. Wenn sie verbreiten würde, daß ich Anti-Semit sei, wäre das eine Katastrophe für mich, besonders, weil jetzt so viele Juden, nachdem sie Nichtjuden geheiratet hatten, ihre Kinder nach Tarkington schickten.

»In meinem ganzen Leben habe ich nichts dergleichen gesagt«, sagte ich feierlich.

»Vielleicht war es auch Idaho«, sagte sie.

»Wyoming?« fragte ich.

»Okay, Wyoming«, sagte sie. »Jedenfalls alle einsperren, nicht?«

»Nein«, sagte ich. »Ich hab bloß ›Wyoming‹ gesagt, weil

ich da geheiratet habe. Ich bin noch nie in Idaho gewesen, und habe auch noch nie über Idaho nachgedacht. Ich versuche bloß herauszufinden, was Sie so total durcheinandergebracht und auf den Kopf gestellt haben könnten. Es klingt nicht im entferntesten nach mir.«

»Juden«, sagte sie.

»Das war wieder mein Großvater«, sagte ich.

»Er hat die Juden gehaßt, ja?«

»Nein, nein, nein«, sagte ich. »Er hat viele von ihnen bewundert.«

»Aber trotzdem wollte er sie in Konzentrationslager sperren«, sagte sie. »Stimmt's?«

Der Ursprung dieses allergiftigsten Mißverständnisses war wohl darin zu suchen, daß ich dem Auditorium eine sonntägliche Spazierfahrt im Auto meines Großvaters in Midland City, Ohio, beschrieben hatte, die stattgefunden hatte, als ich noch sehr klein war. Er, und nicht etwa ich, hatte sich lustig gemacht über alle organisierten Religionen.

Ich weiß noch, was er sagte, als wir an der katholischen Kirche vorbeifuhren. »Glaubst du, daß dein Vater ein guter Chemiker ist? Da drin verwandeln sie Backpulver-Kekse in Fleisch. Kann dein Vater das auch?«

Als wir an der Kirche der Pfingstgemeinde vorbeikamen, sagte er: »Die Geistesgrößen da drin sind fest überzeugt, daß jedes Wort in einem Buch wahr ist, das ein Haufen Priester 300 Jahre nach Christi Geburt zusammengestellt haben. Ich hoffe nur, daß du nicht genauso buchstabengläubig wirst, wenn du einmal groß bist.«

Ich habe später übrigens gehört, daß die Frau, mit der mein Vater, als ich in der High-School war, ein Verhältnis hatte (was dann dazu führte, daß er mit runtergelassenen Hosen aus dem Fenster springen mußte, von einem Hund gebissen wurde und sich in einer Wäscheleine verfing), ein Mitglied eben dieser Pfingstgemeinde gewesen sein soll.

-.-

Was er über die Juden gesagt hatte, an jenem Sonntagmorgen, war übrigens auch eher indirekter Spott über die Christen. Dazu mußte er mir, wie ich übrigens Kimberley auch, erst einmal erklären, daß die Bibel aus 2 getrennten Werken besteht, dem Alten Testament und dem Neuen Testament. Gläubige Juden respektierten nur den Teil, der angeblich ihre eigene Geschichte enthielt, das Alte Testament, während die Christen beide Teile ernst nahmen.

»Die Juden tun mir leid«, sagte mein Großvater. »Sie müssen sich mit einer halben Bibel durchs Leben schlagen.«

Und dann fügte er hinzu: »Das ist, als ob man von hier nach San Francisco fahren wollte, mit einer Straßenkarte, die in Dubuque, Iowa, endet.«

Jetzt war ich wütend. «Kimberley«, fragte ich, »hast du vielleicht zufällig dem Stiftungsrat erzählt, daß ich diese Dinge gesagt hätte? Wollen sie mich deshalb sehen?«

»Vielleicht«, sagte sie schelmisch. Ich hielt das für eine dämliche Antwort. Aber genau betrachtet, war sie korrekt. Die Kuratoriumsmitglieder hatten noch sehr viel mehr, was sie mit mir besprechen wollten. Nicht nur meinen mißverstandenen Vortrag.

Kimberley fand ich ebenso bedauernswert wie abstoßend. Sie dachte offenbar, ich wäre eine gefährliche Schlange und sie eine Heldin! Jetzt, wo ich endlich begriffen hatte, was sie vorhatte, war sie stolz darauf, mir zu zeigen, daß sie keinerlei Angst hatte. Sie konnte schließlich nicht wissen, daß ich schon mal jemanden aus einem Hubschrauber geworfen hatte, einen Mann, der fast so groß war wie sie. Was hinderte mich eigentlich daran, sie aus einem der Glockenturmfenster zu werfen? Der Gedanke ist mir jedenfalls gekommen. Ich war so beleidigt! Das würde sie lehren, mich zu beleidigen!

Der Mann, den ich aus dem Hubschrauber geworfen hatte, hatte mich bespuckt und in die Hand gebissen. Dem hatte ich gezeigt, daß er mich nicht beleidigen durfte!

Bedauernswert schien mir Kimberley deshalb, weil sie der Schwachkopf war in ihrer brillanten Familie und weil sie jetzt glaubte, sie hätte auch endlich mal etwas Brillantes getan, indem sie Belastungsmaterial gegen jemanden sammelte, dessen Ideen offensichtlich verbrecherisch waren.

Ich wußte noch nicht, daß ihr Vater, der Rhodes-Stipendiat, ein Phi Beta Kappa aus Princeton, sie dazu angestiftet hatte. Ich dachte, sie hätte sich die häufig in seinen Kolumnen, in seiner Fernsehshow und bestimmt auch zu Hause vertretene Ansicht ihres Vaters zu Herzen genommen, daß eine kleine radikale Minderheit von Lehrern, die ihren Staat heimlich haßten, den jungen Leuten den Glauben an seine Zukunft und seine politischen Führer zu nehmen versuchten.

Ich dachte, ganz von sich aus hätte sie sich entschlossen, einen solchen Schurken zu finden und für seine Entlassung zu sorgen, um so zu beweisen, daß sie doch nicht so blöd, sondern Papas gelehrige Schülerin war.

Falsch.

»Kimberley«, sagte ich, anstatt sie aus dem Fenster zu werfen, »das ist lächerlich.«

Auch falsch.

– · – · – · – · – · – · – · – · – · – · – · – · – · – · – · –

»Na schön«, sagte ich, »wir werden das sehr schnell klarstellen.«

Erst recht falsch.

Hochaufgerichtet und sprühend vor gerechter Empörung, dachte ich, würde ich den Sitzungssaal stürmen, wo der Stiftungsrat tagte, schließlich war ich der populärste Lehrer am ganzen College und das einzige Mitglied der Fakultät, das Orden aus dem Vietnamkrieg vorweisen konnte. Obwohl ich nicht glaubte, daß sie das selbst wußten, war das sogar der eigentliche Grund, weshalb ich entlassen wurde: Ich besaß persönliche, häßliche Kenntnis der Schande, die der Vietnamkrieg darstellte.

Weder die Kuratoriumsmitglieder noch Kimberleys Vater

hatten an diesem Krieg teilgenommen, und keiner von ihnen hatte zugelassen, daß ein Sohn oder eine Tochter dorthin geschickt wurde. Drüben auf der anderen Seeseite, im Gefängnis, und in der Stadt unten gab es natürlich viele Söhne von jemandem, die nach Vietnam geschickt worden waren.

12

Als ich den Hof überquerte und zur Somoza Hall ging, traf ich nur 2 Leute. Das eine war Prof. Marilyn Shaw, die Leiterin des *Departments of Life Sciences*. Sie war das einzige andere Mitglied des Lehrkörpers, das in Vietnam Dienst getan hatte. Sie war Krankenschwester gewesen. Das andere war Norman Everett, ein alter Campusgärtner wie mein Großvater. Er hatte einen Sohn, der in Vietnam von der Hüfte an abwärts von einer Mine gelähmt worden war und auf Dauer in einem Krankenhaus der Veterans Administration in Schenectady lebte.

Die Diplomanden und ihre Familien und der Rest des Lehrkörpers waren beim Mittagessen im Pahlavi-Pavillon. Für jeden gab es dort einen Hummer, der lebend gekocht worden war.

- . - . - . - . - . - . - . - . - . - . - . - . - . - . - . - . -

Ich habe nie den Versuch gemacht, Marilyn ins Bett zu kriegen, obwohl sie ganz attraktiv war und nicht weiter gebunden. Ich weiß eigentlich selbst nicht warum. Vielleicht so eine Art Inzest-Tabu, als wären wir Bruder und Schwester, weil wir beide in Vietnam waren.

Jetzt ist sie auch tot, begraben neben Stallungen, wo bei Sonnenuntergang die Schatten vom Musket Mountain hinfallen. Wahrscheinlich hat sie eine verirrte Kugel getroffen. Kein Mensch, der noch bei Verstand war, hätte je auf sie anlegen können.

Wo ich jetzt an sie denke, frage ich mich, ob ich vielleicht heimlich verliebt in sie war, obwohl wir so weit wie möglich vermieden haben, miteinander zu sprechen.

– · – · – · – · – · – · – · – · – · – · – · – · – · – · – · – · – · –

Vielleicht sollte ich sie auf eine wirklich sehr kurze Liste setzen: die der Frauen, die ich geliebt habe. Das wären dann, glaube ich, Marilyn, und Margaret während der ersten 4 Jahre unserer Ehe, ehe ich mit dem Tripper nach Hause kam. Auch Harriet Gummer, die Kriegsberichterstatterin vom *Des Moines Register*, die mir, wie sich jetzt zeigt, nach unserer Liebesaffäre in Manila einen Sohn geboren hat, habe ich sehr gemocht. Ich glaube, auch für Zuzu Johnson, deren Ehemann gekreuzigt wurde, habe ich so etwas wie Liebe gefühlt. Und dann gab es da noch diese tiefe, wechselseitige, mehrdimensionale Freundschaft mit Muriel Peck, die am Tag meiner Entlassung Barmädchen im *Black Cat Café* und später Professorin für Englisch in Tarkington wurde.

Ende der Liste.

Muriel ist ebenfalls neben den Stallungen begraben, wo beim Sonnenuntergang die Schatten von Musket Mountain hinfallen.

Harriet Gummer ist ebenfalls tot, aber irgendwo in Iowa draußen.

He, Mädels wartet! Wartet auf mich!

– · – · – · – · – · – · – · – · – · – · – · – · – · – · – · – · – · –

Ich erwarte nicht, einen Weltrekord aufzustellen mit der Liste der Frauen, mit denen ich geschlafen habe, mal unabhängig davon, ob ich sie geliebt habe oder nicht. Von mir aus kann der von dem französischen Kriminalschriftsteller Georges Simenon aufgestellte Rekord für alle Zeit gelten. In ihrem Nachruf behauptet die *New York Times*, daß er viele Jahre lang täglich mit 3 verschiedenen Frauen kopuliert habe.

– · – · – · – · – · – · – · – · – · – · – · – · – · – · – · – · – · –

Marilyn Shaw und ich waren uns in Vietnam nicht begegnet, aber wir hatten dort einen gemeinsamen Freund, nämlich Sam Wakefield. Dann hatte er uns beide nach Tarkington geholt und anschließend aus Gründen Selbstmord begangen, die ihm, nach dem epigonalen Abschiedsbrief auf seinem Nachttisch zu schließen, wohl selbst nicht ganz klar waren.

Er und seine Frau, die Tarkingtons *Dean of Women* werden sollte, schliefen zu dieser Zeit schon in getrennten Zimmern.

- -

Meiner Meinung nach hat Sam Wakefield Marilyn und mir das Leben gerettet, ehe er sein eigenes aufgab. Ich weiß nicht, was aus uns geworden wäre, wenn er uns nicht nach Tarkington geholt hätte, wo wir beide sehr gute Lehrer für Lernbehinderte wurden. Als wir uns auf dem Hof wieder einmal begegneten wie Schiffe in der Nacht und ich auf dem Weg war, entlassen zu werden, da war ich unglaublicherweise ein auf Lebenszeit angestellter Ordentlicher Professor für den Fachbereich Physik und sie eine auf Lebenszeit angestellte Ordentliche Professorin für die Wissenschaft vom Leben!

Als ich noch Lehrer hier war, habe ich mal GRIOT, das beliebteste Computerspiel im Pahlavi-Pavillon gefragt, was nach dem Krieg sonst noch aus mir hätte werden können, wenn es anders gekommen wäre, als es tatsächlich kam. Um GRIOT zu befragen, muß man ihm zunächst einmal Alter, Rasse, Ausbildung, gegenwärtige Beschäftigung, Drogengebrauch und andere Einzelheiten über eine Person mitteilen. Die Person braucht aber nicht real zu sein. Der Computer fragt nicht, ob die Person real ist oder nicht. Dem Computer ist überhaupt alles egal. Vor allem ist es ihm völlig egal, ob er jemand beleidigt. Man füttert ihn einfach mit Einzelheiten über ein Leben, sei es nun ausgedacht oder real, und dann spuckt er eine wahrscheinliche Biographie aus, die besagt, was aus der oder dem Betreffenden wird. Diese Biographie beruht auf dem, was wirklichen Menschen mit denselben allgemeinen Spezifikationen passiert ist.

Auf bestimmte Angaben ist GRIOT allerdings nicht bereit zu verzichten. Wenn man zum Beispiel die Rasse ausläßt, dann blinken die Worte »ethnische Herkunft« auf dem Bildschirm, und er bleibt stecken. Wenn er die Rasse nicht weiß, kann er nicht arbeiten. Dasselbe gilt für die Ausbildung.

Ich sagte GRIOT nicht, daß ich hier einen Job gefunden hatte, der mir gefiel. Ich erzählte ihm mein Leben nur bis zum Ende des Vietnamkrieges. Über den Vietnamkrieg und die Veteranen, die er hervorgebracht hatte, wußte der Computer bestens Bescheid. Das machte mich von vornherein zum hoffnungslosen Fall, glaube ich, schon wegen der Dauer meiner Dienstzeit da drüben. GRIOT machte aus mir einen Alkoholiker, der seine Frau prügelt, und ließ mich ganz allein im Elend sterben.

- · - · - · - · - · - · - · - · - · - · - · - · - · - · - · - · - · -

Wenn ich jetzt noch an einen Computer mit GRIOT herankönnte, dann würde ich ihn fragen, was wohl aus Marilyn Shaw geworden wäre, wenn Sam Wakefield sie nicht gerettet hätte. Aber den im Pavillon haben die ausgebrochenen Strafgefangenen kaputtgeschlagen, als ich ihnen erklärt hatte, wie er funktioniert.

Sie haßten GRIOT, und ich kann das durchaus verstehen. Ich habe es damals sofort bedauert, ihnen überhaupt davon erzählt zu haben, daß es so etwas gibt. Einer nach dem anderen tippten sie ihre Rasse, ihr Alter und den Beruf ihrer Eltern ein, soweit sie ihn wußten, und wie lange sie zur Schule gegangen waren, was für Drogen sie nahmen und so weiter, und dann schickte GRIOT sie schnurstracks mit langen Strafen ins Gefängnis.

- · - · - · - · - · - · - · - · - · - · - · - · - · - · - · - · - · -

Ich habe keine Ahnung, wieviel GRIOT damals über Krankenschwestern wußte, die aus Vietnam zurückkamen. Die Hersteller rühmten sich damals wie heute, daß keine der Programmdisketten in den Läden älter als 3 Monate sei, so daß die Programme immer auf dem neuesten Stand seien und genau wüßten, was dieser oder jener Sorte Mensch tatsächlich bis zum Zeitpunkt des Einkaufs passiert war. Die Programmierer sollten GRIOT angeblich ständig aktualisieren, indem sie es mit allen Tagesnachrichten über Klempner und Fußpfleger, vietnamesische Boat-People und illegale mexikanische Einwanderer, Drogenschmuggler, Tetraplegiker und jedermann sonst fütterten, den man sich in den Grenzen der Vereinigten Staaten und Kanadas vorstellen konnte.

Neuerdings wird allerdings gefragt, ob das Programm wirklich noch so gründlich und aktuell ist wie früher; denn Parker Brothers, die Herstellerfirma, ist von Koreanern aufgekauft worden. Die neuen Eigentümer wollen den ganzen Betrieb nach Indonesien verlegen, weil die Arbeitskräfte dort so gut wie nichts kosten. Sie sagen, die Entwicklung in den Vereinigten Staaten würden sie ganz einfach über Satellit verfolgen.

Da fragt man sich wirklich.

- -

Um zu wissen, daß Marilyn Shaw einen viel schlimmeren Krieg als ich erlebt hatte, brauchte ich von GRIOT keine Hilfe. Alle Soldaten, mit denen sie zu tun gehabt hatte, waren verwundet, und was sie von ihr erwarteten, war meistens unmöglich: daß Marilyn sie wieder heil machen sollte.

Ich weiß, daß sie verheiratet war, und daß ihr Ehemann zu Hause sich von ihr scheiden ließ und eine andere heiratete, während sie noch da drüben war, und daß es ihr völlig egal war. Möglicherweise war sie da drüben Sam Wakefields Geliebte. Gefragt habe ich nie.

Klingt aber wahrscheinlich. Nach dem Krieg hat er sie gesucht und entdeckte sie an der New York University, wo sie einen Computerkurs machte. Sie wollte keine Krankenschwester mehr sein. Er schlug ihr vor, sie könnte es doch mal als Lehrerin versuchen. Sie fragte ihn, ob es in Scipio eine Ortsgruppe der Anonymen Alkoholiker gebe, und er sagte ja.

Nachdem er sich erschossen hatte, fiel Marilyn, Professor Shaw, ungefähr eine Woche lang in die Flasche. Sie verschwand, und ich erhielt den Auftrag, sie zu suchen. Ich entdeckte sie in der Stadt unten, sie lag betrunken auf einem

Billardtisch im Hinterzimmer des *Black Cat Cafés* und schlief. Sie sabberte auf den Filz. In der einen Hand hielt sie den Stoßball, als wollte sie ihn irgendwem an den Kopf werfen, sobald sie das Bewußtsein wiedererlangte.

Soviel ich weiß, hat sie danach nie wieder einen Schluck getrunken.

Damals, bevor die Koreaner sich vornahmen, Parker Brothers in Indonesien zu verschlanken, spielte GRIOT übrigens nicht immer dieselbe Biographie aus, auch wenn man dieselben Fakten eingab. Ganz wie das Leben selbst bot das Programm eine Vielfalt von Möglichkeiten und spuckte die Lösungen je nach den bekannten Wahrscheinlichkeiten von Sieg und Niederlage oder was sonst immer aus.

Deshalb ließ ich es GRIOT auch noch einmal versuchen, nachdem er mich damals vor 15 Jahren ins Elend gebracht hatte. Diesmal schnitt ich ein bißchen besser ab, aber nicht so gut, wie es mir hier ging. Der Computer ließ mich in der Armee bleiben, ich wurde Ausbilder in West Point, aber ich war unglücklich und langweilte mich. Meine Frau lief mir auch wieder weg, und ich trank auch wieder zuviel und dann hatte ich eine ganze Reihe von Freundinnen, die mich und meine Depressionen schnell satt hatten. Und dann starb ich zum zweitenmal an Leberzirrhose.

Für die ausgebrochenen Gefangenen hatte GRIOT allerdings kaum eine Alternative zum Zuchthaus. Wenn er mal eine Bewährung ausspielte, brachte er den Ex-Knacki anschließend immer gleich wieder in seinen Käfig zurück.

Genauso reagierte GRIOT, wenn man ihm sagte, der Strafgefangene sei ein Latino. Bei Weißen, wenn sie lesen und schreiben konnten, nie in einer Heilanstalt gewesen und auch nicht unehrenhaft aus der Armee entlassen worden waren, war der Computer etwas optimistischer. Sonst hätten sie allerdings genausogut Schwarze oder Latinos sein können.

Die Joker unter den Strafgefangenen waren bei GRIOT die Indianer und Asiaten.

Als der Oberste Gerichtshof entschied, daß alle Strafgefangenen entsprechend ihrer Rasse getrennt untergebracht werden müßten, gab es in vielen Staaten nicht genügend kriminelle Indianer und Asiaten, als daß sich getrennte Strafanstalten für sie gelohnt hätten.

Hawaii zum Beispiel hatte bloß 2 indianische Strafgefangene, und Wyoming, der Heimatstaat meiner Frau, hatte bloß 1 Asiaten.

Unter solchen Umständen, erklärte das Gericht, sollten Indianer und/oder Asiaten zu Weißen ehrenhalber gemacht und entsprechend behandelt werden.

Dieser Staat hier hatte allerdings damals schon reichlich von allem, vor allem seit die Indianer begonnen hatten, auf Schleichpfaden, die auf keiner Karte verzeichnet waren, Drogen aus Kanada herüberzuschmuggeln, und damit hübsche steuerfreie Vermögen zu machen. Deshalb hatten die Indianer auch ein komplettes eigenes Gefängnis in der Stadt Niagara Falls, die ihre Ahnen wohl »Stadt des donnernden Bibers« genannt hätten. Die Asiaten haben ihr Gefängnis in Deer Park, Long Island, praktischerweise nur 50 Kilometer von ihren Heroinfabriken in der Chinatown New Yorks entfernt.

Wenn man sich die gewaltigen Ausmaße des Drogenhandels in diesem Land einmal vorzustellen versucht, dann kommt einem unweigerlich der Verdacht, daß praktisch jeder jederzeit irgendwie *high* ist, genauso wie ich in meinen beiden letzten Jahren auf der High-School, General Grant während des Bürgerkriegs und Winston Churchill im 2. Weltkrieg.

Marilyn Shaw und ich glitten auf dem Hof also wieder einmal wie Schiffe in der Nacht aneinander vorbei. Es sollte unsere letzte Begegnung dort sein. Und obwohl wir beide nicht wußten, daß es das letzte Mal sein würde, sagte sie etwas zu mir, was mir im Nachhinein äußerst rührend erscheint. Sie griff dabei auf unser erstes vorsichtiges Erkundungsgespräch bei der Cocktailparty zurück, mit der man uns vor langer Zeit in Tarkington begrüßt hatte.

Ich hatte ihr erzählt, wie ich Sam Wakefield beim Wettbewerb junger Naturwissenschaftler in Cleveland kennengelernt und was er als erstes zu mir gesagt hatte. Jetzt, wo ich meiner Entlassung entgegenhastete, sagte sie dieselben Worte zu mir: »Wohin so eilig, mein Sohn?«

13

Der Vorsitzende des Stiftungsrates, der mich vor 10 Jahren entließ, war Robert W. Moellenkamp aus West Palm Beach, der nicht nur selbst in Tarkington studiert hatte, sondern auch der Vater 2er weiterer Tarkington-Studenten war, und davon war 1 mein Schüler gewesen. Übrigens war er gerade dabei, sein ganzes Vermögen, das allerdings ohnehin nur auf dem Papier stand, mit Aktien der Firma *Microsecond Arbitrage* zu verlieren. Diese Schwindelfirma behauptete, überall auf der Welt Nahrungsmittel, Unterkünfte, Kleider, Brennstoff, Medizin, Rohstoffe, Maschinen und andere Dinge billig aufzukaufen, ehe die Leute, die sie eigentlich brauchten, in Erfahrung brachten, daß sie überhaupt existierten. Und dann würden die Computer der Firma die Leute, die diese Dinge wirklich brauchten, veranlassen, gegeneinander zu bieten, was riesige Gewinne abwerfen sollte. Zu diesen Geschäften mit dem Geld ihrer Aktionäre war die Firma angeblich in der Lage, weil ihre Computer über Satellit mit allen Märkten der Welt in Kontakt standen.

Tatsächlich standen die Computer aber mit nichts in Kontakt außer sich selbst und leichtgläubigen Anlegern wie dem Vorsitzenden des Stiftungsrates von Tarkington. Als er dem größten Wichtigtuer des amerikanischen Konservatismus, Jason Wilder, bestätigte, daß es höchste Zeit sei, mich zu entlassen, war der ehrenwerte Robert W. Moellenkamp völlig berauscht von Computerausdrucken über die glänzenden Geschäfte, die er angeblich in Tierra del Fuego, Uganda und weiß der Himmel was sonst noch für exotischen Plätzen gemacht hatte. *Microsecond Arbitrage* war sein Engelsstaub, sein LSD, sein Heroin, sein Feuerwasser, sein Kokain.

- . - . - . - . - . - . - . - . - . - . - . - . - . - . -

Ich selbst bin immer nur nach älteren Frauen und Hausarbeit süchtig gewesen, und mein Pflichtverteidiger sagt, aus diesen Ansätzen könnte man vielleicht ein glaubwürdiges Plädoyer auf geistige Unzurechnungsfähigkeit machen. Was ihn besonders beeindruckte, war die Tatsache, daß ich noch nie masturbiert hatte.

»Warum denn nicht?« fragte er.

»Der Vater meiner Mutter ließ mich schwören, es niemals zu versuchen, weil es mich faul und verrückt machen würde«, sagte ich.

»Und das haben Sie ihm geglaubt?« fragte er. Mein Verteidiger ist erst 23, er kommt ganz frisch von der Syracuse University.

»Herr Rechtsanwalt«, sagte ich, »in unserer schnellebigen Zeit, wo der Fortschritt im Schweinsgalopp durch die Welt rast, müssen sich Großväter eigentlich immer und in jeder Hinsicht im Irrtum befinden.«

- . - . - . - . - . - . - . - . - . - . - . - . - . - . -

Robert W. Moellenkamp wußte noch nicht, daß er, seine Frau und seine Kinder so pleite waren wie jeder Strafgefangene im Zuchthaus Athena. Und so begrüßte er mich, als ich damals, 1991, das Sitzungszimmer betrat, im staatsmännischen Tonfall eines Bewahrers unserer heiligsten Güter. Er nickte mit dem Kopf in Richtung von Jason Wilder, der damals noch kein Kuratoriumsmitglied, sondern einfach nur Vater einer Studentin in Tarkington war. Wilder saß am anderen Ende des langen, ovalen Tisches, mit einem großen braunen Umschlag, einem Tonbandgerät, mehreren Kassetten und einem Polaroidfoto vor sich.

Ich wußte natürlich, wer er war und hatte, da ich seine Zeitungskolumnen und seine Fernsehshow kannte, auch eine Vorstellung davon, wie sein Gehirn funktionierte. Aber ich war ihm noch nie persönlich begegnet. Die Kuratoriumsmitglieder auf beiden Seiten des Tisches waren eng zusammengerückt, damit er möglichst viel Platz für irgendeine Art Vorstellung hatte.

Er war der einzige Prominente im Saal. Er war vermutlich der einzige echte Prominente, der überhaupt je seinen Fuß in dieses Sitzungszimmer gesetzt hatte.

Es war noch 1 weiteres Nicht-Kuratoriumsmitglied anwesend. Da war der Collegepräsident Henry »Tex« Johnson, mit dessen Ehefrau Zuzu ich, wie gesagt, damals immer Sex hatte, wenn er gerade nicht da war. Zuzu und ich hatten uns vor ungefähr einem Monat endgültig getrennt, aber wir redeten noch miteinander.

– · – · – · – · – · – · – · – · – · – · – · – · – · – · – · – · – · –

»Bitte setzen Sie sich, Gene«, sagte Moellenkamp. »Mr. Wilder, der, wie Sie wahrscheinlich wissen, Kimberleys Vater ist, hat Ihnen etwas zu erzählen, was ziemlich beunruhigend ist.«

»Ich verstehe«, sagte ich, ganz der brave Soldat, der immer tut, was man ihm sagt. Ich wollte meinen Job behalten. Ich war hier zu Hause. Wenn es an der Zeit war, wollte ich mich hier zur Ruhe setzen, und begraben werden wollte ich auch hier. Das war, noch ehe bekannt wurde, daß die Gletscher zurückkehren würden und alle, die hier begraben waren, einschließlich der Truppe, die bei den Stallungen lag, am Ende ebenso wie Musket Mountain selbst sich demnächst weit südlich von hier, in Pennsylvania oder West Virginia wiederfinden würden. Oder in Maryland.

Wo sonst konnte ich ordentlicher Professor oder auch nur überhaupt Hochschullehrer werden, mit nichts als einem *Bachelor of Science* aus West Point? Nicht einmal an einer High-School oder Grundschule hatte ich eine Chance, denn ich hatte ja nie Pädagogik studiert. Wer würde mich in meinem Alter, ich war damals 51, schon für irgendwas nehmen? Noch dazu mit einer schwachsinnigen Ehefrau und Schwiegermutter im Schlepptau?

»Ich glaube, ich weiß zum größten Teil schon, was das für eine Geschichte ist, meine Damen und Herren«, sagte ich zu den Kuratoriumsmitgliedern und Jason Wilder. »Ich habe gerade mit Kimberley gesprochen, und sie hat mir eine ziemlich präzise Vorstellung davon vermittelt, was ich Ihnen jetzt sagen sollte.

Ich kann nur hoffen, daß Sie, als Sie sich die Beschuldigungen dieses jungen Mädchens gegen mich angehört haben, nicht vergessen, was Sie selbst in den 15 Jahren beobachten konnten, in denen ich Tarkington treu gedient habe. Schon im Kuratorium finden sich gewiß mehr Zeugen für meinen guten Ruf, als ich überhaupt brauche. Wenn nicht, fragen Sie bitte die Studenten und Eltern. Fragen Sie, wen Sie wollen. Sie und ich wissen, daß sie alle nur Gutes über mich sagen werden.«

Ich nickte respektvoll in Richtung von Jason Wilder. »Ich freue mich sehr, Ihnen persönlich zu begegnen, Sir. Ich lese regelmäßig ihre Kolumnen und sehe mir, so oft es geht, Ihre Show an. Was Sie zu sagen haben, finde ich immer sehr anregend, und das gilt auch für meine leider schwerbehinderte Ehefrau und ihre ebenfalls schwerbehinderte Mutter.« Ich wollte das mit meinen 2 Pflegefällen in der Familie unbedingt gleich jetzt noch anbringen, für den Fall, daß Wilder und ein paar neue Kuratoriumsmitglieder noch nichts davon wußten.

Genaugenommen trug ich ein bißchen dick auf. Margaret und ihre Mutter lasen sich zwar gegenseitig viel vor, in der Regel in ihrem Zelt, das sie sich aus Bettdecken und Stühlen oder sonst irgendwas im Haus aufgebaut hatten, aber sie lasen nie eine Zeitung. Und Fernsehen mochten sie auch nicht, mit Ausnahme von *Sesamstraße*, und die ist angeblich für Kinder. Das einzige Mal, wo sie Jason Wilders Show auf dem Bildschirm sah, hat meine Schwiegermutter zu tanzen begonnen, soweit ich mich erinnern kann, als wäre es moderne Musik.

Wenn einer seiner Gäste was sagte, erstarrte sie allerdings. Erst wenn Wilder selbst wieder sprach, setzte sie ihren Tanz fort.

Aber das gedachte ich ihm nicht zu erzählen.

- -

»Zunächst einmal, Professor Hartke, möchte ich sagen«, erwiderte Wilder, »daß ich nur mit größtem Respekt an Ihre großartigen Leistungen im Vietnamkrieg zu denken vermag. Wenn das amerikanische Volk nicht den Mut verloren und aufgehört hätte, Ihnen die nötige Unterstützung zu geben, lebten wir heute in einer anderen, sehr viel besseren Welt, besonders in Asien. Ich weiß auch von Ihrer verständnisvollen Fürsorge für Ihre Ehefrau und deren Mutter, und nur allzu gern bestätige ich, daß hier dasselbe gilt wie für Ihre Dienstzeit in Vietnam: Ihr Einsatz geht weit über das Maß der Pflichterfüllung hinaus. Ich bedaure es deshalb sehr, Ihnen sagen zu müssen, daß die Geschichte, die ich Ihnen vortragen möchte, leider nicht so einfach zu widerlegen sein wird, wie Sie aufgrund der Äußerungen meiner Tochter offenbar glauben.«

»Was immer es sein mag, Sir«, sagte ich. »Lassen Sie hören! Schießen Sie los!«

Und das tat er dann auch. Mehrere seiner Freunde hätten Tarkington besucht oder ihre Kinder dorthin geschickt, sagte er, und deshalb sei er, schon lange bevor er uns seine Tochter anvertraut habe, von den Erfolgen der Anstalt bei lernbehinderten Schülern äußerst beeindruckt gewesen. Einer der Brautführer und eine der Brautjungfern bei seiner Hochzeit hatten ihr Diplom in Tarkington gemacht. Und der Brautführer war Botschafter in Island geworden, und die Brautjungfer saß im Vorstand des *Chicago Symphony Orchestra*.

Wilder war der Ansicht, daß Tarkingtons äußerst unkonventionelle Erziehungsmethoden sehr nützlich für die Großstadtschulen des Landes sein könnten, die sich ja bekanntlich in einer schweren Krise befanden. Er habe die Absicht, diese Ansicht auch öffentlich zu verkünden, sagte er, sobald er sich genau genug informiert hätte.

In Tarkington kamen damals auf jeden Lehrer 6 Studenten, an den innerstädtischen Schulen waren es 65. Ich weiß noch, daß es damals eine große Kampagne gab. Man wollte die Japaner dazu bringen, die Großstadtschulen zu übernehmen, so wie sie schon Krankenhäuser und Gefängnisse aufgekauft hatten. Aber dazu waren die Japaner zu schlau. Die Probleme der Schule für unwillkommene Kinder unwillkommener Eltern hätten sie mit einer 10 Meter langen Beißzange nicht angefaßt.

Wilder sagte, er habe sich vorgenommen, ein Buch über Tarkington zu schreiben, mit einem Titel wie ›Kleines Wunder am Mohiga-See‹ oder ›Unbelehrbare lehren‹. Also verdrahtete er seine Tochter, machte sie zum wandelnden Mikrofon und erteilte ihr den Auftrag, den besten Lehrern in Tarkington hinterherzulaufen und aufzunehmen, was und wie sie es sagten. »Ich wollte herausfinden, Professor Hartke, was diese Lehrer so gut machte, ohne daß sie merkten, daß sie beobachtet wurden. Ich wollte, daß sie völlig unbefangen, mit allen Macken, einfach so weitermachten wie bisher.«

An dieser Stelle hörte ich zum erstenmal von den Tonbändern. Dieser erschreckende Hinweis erklärte Kimberleys ständiges Lauern.

Wilder ersparte es mir, lange darüber nachdenken zu müssen, was Kimberleys Apparate wohl alles mitgehört haben mochten. Er drückte einfach auf einen Knopf des Tonbandgeräts, und schon hörte ich mich, in einem Privatgespräch mit Paul Slazinger, wie ich geglaubt hatte, lautstark erklären, die beiden wichtigsten Währungen auf der Erde seien Yen und Fellatio. Das war ganz zu Anfang des letzten akademischen Jahres gewesen. Vorlesungen und Seminare hatten noch nicht mal angefangen zu diesem Zeitpunkt! Im Rahmen der Orientierungsveranstaltungen für Studienanfänger hatte ich den künftigen Diplomanden des Jahres 1994 erklärt, daß die Geschäftsleute in der Stadt lieber japanisches Geld akzeptierten als Dollars und daß die jungen Leute ihre Eltern bitten sollten, ihnen das Taschengeld lieber in Yen auszuzahlen.

Außerdem sagte ich ihnen, daß sie nie ins *Black Cat Café* gehen sollten, das die Leute aus der Stadt als ihren privaten Club ansahen. Es war das einzige Lokal in der Stadt, wo sie nicht dauernd daran erinnert wurden, wie abhängig sie von den reichen Schnöseln auf dem Berg waren, aber das sagte ich natürlich nicht. Ich sagte auch nicht, daß dort manchmal freiberufliche Prostituierte arbeiteten, die in der Vergangenheit epidemisch auftretende Geschlechtskrankheiten auf dem Campus ausgelöst hatten.

Für die Studienanfänger formulierte ich es schön einfach: »Tarkingtoner sind überall in der Stadt höchst willkommen, außer im *Black Cat Café*.«

- -

Ob Kimberley diesen guten Rat mitgeschnitten hatte, weiß ich nicht, ihr Vater spielte ihn mir jedenfalls nicht vor. Er spielte der Versammlung auch keineswegs vor, was Slazinger in der Kaffeepause zu mir gesagt und was mich überhaupt erst veranlaßt hatte, die beiden attraktivsten Währungen der Erde zu nennen. Slazinger war nämlich der *agent provocateur*.

Soweit ich mich erinnere, sagte er: »Wollen sie wirklich in Yen bezahlt werden?« Er war so neu in Scipio wie jeder Studienanfänger, und wir hatten uns gerade erst bekanntgemacht. Ich hatte kein einziges seiner Bücher gelesen, und soviel mir bekannt war, hatte das auch sonst kein Mitglied des Lehrkörpers getan. Er war erst in letzter Minute zum

Campus-Schreiber bestellt worden und war zu der Einführungsstunde gekommen, weil er sich einsam fühlte und sonst nichts weiter zu tun hatte. Es war keineswegs vorgesehen, daß er dort hinkam. Er war ja so alt, so schrecklich alt! Dabei hatte er unter all diesen Teenagern herumgesessen, als wäre er auch so ein reiches Jüngelchen, das gerade seinen *Scholastic Aptitude Test* vermurkst hatte. Dabei war er alt genug, um ihrer aller Großvater zu sein!

Im 2. Weltkrieg hatte er gekämpft! So alt war er.

Also sagte ich zu ihm: »Wenn sie müssen, nehmen sie Dollars, aber dann bringen Sie am besten gleich einen ganzen Schubkarren voll mit.«

Und da wollte er wissen, ob die Geschäftsleute auch Fellatio als Bezahlung annehmen würden. Er benutzte ein sehr plastisches Wort für Fellatio.

Aber das Tonband begann erst direkt danach, so als hätte ich einfach aus heiterem Himmel und natürlich im Scherz, obwohl es sich auf dem Tonband gar nicht mehr wie ein Scherz anhörte, zu irgend jemand gesagt, die Welt sei für jeden zu haben, der im Besitz von japanischen Yen oder zur Fellatio bereit sei.

14

Damit wurde ich nun schon zum zweitenmal innerhalb einer Stunde eines Zynismus beschuldigt, der eigentlich der von Paul Slazinger war und nicht meiner. Und Slazinger war in Key West, außerhalb der Reichweite jeder Bestrafung, mit einem Genie-Preis der MacArthur Foundation, der ihn 5 Jahre lang gegen die Folgen seiner Arbeitslosigkeit schützte. Mit meiner Äußerung über Fellatio und den japanischen Yen hatte ich gegenüber einem Fremden gastfreundlich sein wollen. Ich wiederholte, was er gesagt hatte, damit er sich ein bißchen zu Hause fühlte in seiner neuen Umgebung.

Und was das angeht: Professor Damon Stern, der Leiter der Geschichtswissenschaftlichen Abteilung und mein engster Freund auf dem Campus, machte Amerika mindestens genauso schlecht wie Slazinger oder ich, und das nicht privat, sondern während der Vorlesungen, Tag für Tag, im Angesicht der Studenten. Ich habe mich oft zu ihm in den Hörsaal gesetzt und gelacht und geklatscht. Die Wahrheit kann auf schreckliche Weise sehr komisch sein, besonders wenn es um Gier und Heuchelei geht. Kimberley muß seine Worte doch auch aufgezeichnet und ihrem Vater vorgespielt haben. Warum wurde Damon nicht mit mir zusammen entlassen?

Der Unterschied, vermute ich, bestand darin, daß er ein Komiker war und ich nicht. Er wollte, daß seine Studenten sich gut und nicht schlecht fühlten, wenn sie seine Gesellschaft verließen, deshalb waren es weit in der Vergangenheit liegende Greueltaten und Dummheiten, die er beschrieb. Kein Student konnte etwas anderes tun, als darüber zu lachen, zu lachen und lachen.

Slazinger und ich dagegen hatten über die zweite Hälfte des 20. Jahrhunderts gesprochen, in dem wir beide seelisch und körperlich schwer verletzt worden waren, und darüber konnte wohl nur ein Soziopath lachen.

Auch ich wäre vielleicht noch als Komiker durchgegangen, wenn das mit der Fellatio und den japanischen Yen alles gewesen wäre, was Kimberley aufgezeichnet hatte. Das war herzhafter, zeitkritischer Mohiga-Valley-Humor, der einfach damit zu tun hatte, daß die Japaner das Zuchthaus auf der anderen Seeseite übernommen und bei den Eingeborenen Interesse für den Tauschwert verschiedener Währungen geweckt hatten. Die Japaner waren nämlich bereit, ihre örtlichen Rechnungen entweder in Dollar oder Yen zu begleichen. Dabei ging es aber nur um Kleinigkeiten, Haushaltswaren oder Toilettenartikel, die besonders eilig gebraucht wurden und telefonisch bestellt wurden. Größere Bestellungen wurden alle von japanischen Firmen geliefert, die in Rochester oder noch weiter weg waren.

Auf diese Weise hatte die japanische Währung in Scipio zu zirkulieren begonnen. Die Mitglieder der Gefängnisverwaltung und das Wachpersonal ließen sich allerdings kaum in der Stadt blicken. Sie wohnten in einer Barackensiedlung östlich des Zuchthauses und lebten ihr Leben für die Leute auf dieser Seeseite praktisch genauso unsichtbar wie die Gefangenen selbst.

\- . - . - . - . - . - . - . - . - . - . - . - . - . - . - . - . - . -

Innerhalb des begrenzten Rahmens, in dem die Leute auf dieser Seeseite bis zum Ausbruch der Gefangenen überhaupt über das Zuchthaus nachdachten, waren sie froh, daß die Japaner dafür verantwortlich waren. Die neue Verwaltung hatte Verschwendung und Korruption praktisch auf null reduziert. Was sie vom Staat für die Bestrafung seiner Zuchthäusler verlangte, waren nur 75 Prozent dessen, was der Staat für die gleiche Dienstleistung hatte aufbringen müssen.

Die örtliche Tageszeitung hatte einen Reporter hinübergeschickt, um zu sehen, was die Japaner anders machten. Sie benutzten nach wie vor die auf Lastwagen geschweißten Stahlkästen und zeigten rund um die Uhr und ohne besondere Reihenfolge die alten Videobänder, einschließlich der Nachrichten. Die größte Veränderung bestand darin, daß Athena zum ersten Mal in seiner Geschichte drogenfrei war und daß sich reiche Gefangene keine Privilegien mehr kaufen konnten. Die Wächter zu bestechen oder zu täuschen war außerordentlich schwer, denn sie verstanden kaum Englisch und wollten nur eins: ihre 6 Monate Dienst in Übersee hinter sich bringen und wieder nach Hause.

\- . - . - . - . - . - . - . - . - . - . - . - . - . - . - . - . - . -

Ein normaler Aufenthalt für Wehrpflichtige in Vietnam war doppelt so lang und 1000mal so gefährlich. Wer wollte den gebildeten Schichten mit politischen Beziehungen da einen Vorwurf daraus machen, wenn sie zu Haus blieben?

\- . - . - . - . - . - . - . - . - . - . - . - . - . - . - . - . - . -

Eine Neuerung, die der Reporter nicht erwähnte, war die Tatsache, daß die Wächter jetzt Gesichtsmasken und Gummihandschuhe trugen, wenn sie im Dienst waren, selbst auf den Mauern und Wachtürmen. Damit sollte nicht etwa verhindert werden, daß sie selbst irgendwelche Infektionskrankheiten verbreiteten. Es sollte vielmehr sichergestellt werden, daß sie nicht die ekelhaften Krankheiten ihrer Schützlinge zu Hause einschleppten.

\- -

Als ich dort drüben zu arbeiten anfing, lehnte ich es natürlich ab, eine solche Maske und Handschuhe zu tragen. Wie sollte man jemandem etwas beibringen in einem solchen Kostüm?

Deshalb habe ich jetzt Tuberkulose.

Hust, hust, hust.

\- -

Noch ehe ich protestieren und den Kuratoriumsmitgliedern versichern konnte, daß ich so eine Bemerkung wie die über Fellatio und den japanischen Yen nie gemacht hätte, wenn ich auch nur im geringsten hätte befürchten müssen, daß ein Student mich hören könnte, änderten sich die Hintergrundgeräusche auf dem Tonband, und mir wurde klar, daß ich gleich etwas hören würde, was ich in völlig anderer Umgebung gesagt hatte. Man hörte das Ping-Pong von Tischtennisbällen und dann sagte ein Kartenspieler: »Wer hat denn den Mist hier gegeben?« Eine andere Stimme bat jemanden, ihr ein heißes *Fudge Sundae* ohne Nüsse obendrauf mitzubringen. Sie mache gerade eine Diät, sagte die Stimme. Außerdem hörte man ein Donnergrollen wie von weit entfernter Artillerie, das waren die Bowlingkugeln im Keller des Pahlavi-Pavillons.

Ach, du lieber Gott, was war ich an dem Abend betrunken im Pavillon! Ich war völlig außer Kontrolle. Und es war eine Schande, daß ich mich in diesem Zustand je vor Studenten gezeigt habe. Ich werde es bis zu meiner letzten Stunde bedauern. Hust. Hust.

\- -

Es war ein kalter Abend Ende November 1990, also 6 Monate, ehe mich der Stiftungsrat feuerte. Ich weiß, daß es nicht schon im Dezember gewesen sein kann, weil Slazinger noch auf dem Campus war und offen darüber redete, ob er nicht Selbstmord begehen sollte. Da hatte er seinen Genie-Preis noch nicht.

Als ich am Nachmittag von der Arbeit nach Hause kam, fand ich ein schreckliches Chaos vor. Margaret und Mildred, inzwischen beide nur noch Hexen, hatten unsere Bettlaken in Fetzen gerissen. Ich hatte die Laken am Morgen gewaschen und getrocknet und wollte am Abend die Betten damit beziehen. Was ging das die beiden schon an?

Sie hatten etwas gebastelt, was sie ein Spinnennetz nannten. Wenigstens war es keine Wasserstoffbombe.

Im Flur und im Wohnzimmer waren überall lange Streifen aus zerrissenen Bettlaken gespannt. Der Treppenpfosten war mit dem Türknopf der Haustür verbunden, der Türknopf mit dem Kronleuchter im Wohnzimmer und so weiter und so weiter.

Der Tag hatte ohnehin mit einem bösen Omen begonnen. Alle 4 Reifen meines Mercedes waren platt. Eine Bande von alkoholisierten oder sonstwie berauschten High-School-Kids aus der Stadt unten hatten sich in der Nacht zu uns raufgeschlichen wie Vietkongkämpfer und hatten sich einem Sport hingegeben, den sie »Auskernen« nannten. Dabei ließen sie nicht nur bei jedem teuren Wagen, den sie auf dem Campus finden konnten, also bei allen Porsches, Jaguars, Saabs, BMWs und so weiter, die Luft aus den Reifen, sondern ließen auch noch die Ventileinsätze mitgehen. Zuhause, hatte ich gehört, hatten sie Büchsen voller Ventile, aus denen sie sich auch hübsche Halsketten machten, um zu beweisen, wie oft sie schon »ausgekernt« hatten. Und diesmal hatten sie meinen Mercedes erwischt. Jedesmal erwischten sie meinen Mercedes.

Als ich mich deshalb am Abend in Margarets und Mildreds Spinnennetzen verfing, war mein Nervenkostüm ziemlich dünn. Schließlich war ich derjenige, der das alles wieder aufräumen mußte. Ich mußte die Betten mit anderen Laken beziehen und am nächsten Tag neue Bettlaken kaufen. Ich habe Hausarbeit immer gemocht oder sie zumindest nicht als so unangenehm empfunden, wie andere Leute das offenbar tun. Aber das ging ja weit über die Grenzen normaler Hausarbeit hinaus!

Ich hatte das Haus am Morgen so schön sauber hinterlassen! Und Margaret und Mildred konnten sich nicht mal über meine Reaktionen freuen, als ich mich in ihrem »Spinnennetz« verfing. Sie hatten sich irgendwo versteckt, wo sie mich weder sehen noch hören konnten. Sie erwarteten von mir, daß ich mit ihnen Verstecken spielte, und ich sollte »dran« sein.

Aber diesmal riß mir der Geduldsfaden. Diesmal würde ich nicht Verstecken mit ihnen spielen. Diesmal würde ich nicht das Spinnennetz abbauen. Diesmal würde ich kein Abendessen machen. Sollten sie ruhig in einer Stunde oder wann immer aus ihren Verstecken hervorkriechen. Sollten sie ruhig, genau wie ich, als ich gerade in das Spinnennetz gestolpert war, darüber nachdenken, was um alles in der Welt aus ihrem zuvor so zuverlässigen, alles verzeihenden Universum geworden war!

- · - · - · - · - · - · - · - · - · - · - · - · - · - · - · - · - · -

Also rannte ich raus in die kalte Nacht, ich war ohne besonderes Ziel und wollte nur eines: das gute alte Vergessen. Alsbald fand ich mich vor dem Haus meines besten Freundes, des amüsanten Geschichtsprofessors Damon Stern, wieder. Als er noch ein kleiner Junge war in Wisconsin, hatte er Einradfahren gelernt. Er hatte diese Kunst auch seiner Frau beigebracht und seinen Kindern.

Es brannte zwar Licht bei ihm, aber es war niemand zuhause. Die 4 Einräder der Familie standen in der Eingangshalle, aber das Auto stand nicht vor der Tür. Die Sterns wurden nie »ausgekernt«. Dazu waren sie viel zu schlau. Sie fuhren einen der letzten Volkswagen Käfer, die es noch gab.

Ich wußte, wo sie ihren Schnaps aufbewahrten. Als Ersatz für ihre körperliche Nähe und Wärme goß ich mir ein paar doppelte Bourbons ein. Ich glaube, davor hatte ich einen Monat lang nichts getrunken.

Sofort spürte ich den warmen Whiskey-Stoß im Bauch. Wieder rannte ich hinaus in die Nacht. Ganz automatisch suchte ich nach einer älteren Frau, die alles wieder in Ordnung brachte,indem sie das Tier mit zwei Rücken mit mir machte.

Eine Studentin kam nicht in Frage, aber eine Studentin hätte mit jemandem, der so alt und relativ arm war wie ich, ohnehin nichts zu tun haben wollen. Ich hätte ihr nicht mal bessere Noten versprechen können, als sie verdiente. In Tarkington gab es gar keine Noten.

Aber ich hätte sowieso keine Studentin gewollt. Die einzige Sorte Frauen, die mich erregt, sind Frauen, die nicht mehr ganz jung sind, in einer unbehaglichen Situation leben und nicht nur voller Zweifel über sich selbst sind, sondern auch schon am Wert des Lebens überhaupt zweifeln. Obwohl ich sie nie persönlich getroffen habe, denkt man dabei natürlich an Marilyn Monroe, etwa 3 Jahre bevor sie Selbstmord beging.

Hust, hust, hust.

- · - · - · - · - · - · - · - · - · - · - · - · - · - · - · - · - · - · -

Wenn es eine göttliche Vorsehung gibt, dann gibt es auch eine sündige, wenn man mal davon ausgeht, daß es Sünde ist, mit einer verunsicherten Frau zu schlafen, mit der man nicht verheiratet ist. Aber wenn Ehebruch Sünde ist, glaube ich, dann ist Nahrung auch Sünde. Bei beiden fühle ich mich danach immer viel besser.

- · - · - · - · - · - · - · - · - · - · - · - · - · - · - · - · - · - · -

Genau wie ein Hungriger weiß, daß irgendwo jemand etwas Gutes zu essen zubereitet, wußte ich in dieser Nacht, daß irgendwo, gar nicht weit weg, eine ältere Frau am Rand der Verzweiflung sein mußte. Es mußte einfach so sein!

Zuzu Johnson kam nicht in Frage. Ihr Mann war zu Hause, und sie hatte eine Reihe dankbarer Eltern zu Gast, die dem College ein Sprachlabor schenken wollten. Sobald es eingerichtet war, würden die Studenten in schalldichten Zellen sitzen und sich Originalaufnahmen von mehr als 100 Sprachen und Dialekten anhören können.

- -

In der Bildhauerwerkstatt der Norman Rockwell Hall, dem einzigen Gebäude auf dem Campus, das nicht nach der Stifterfamilie, sondern nach einer historischen Figur benannt worden war, brannte noch Licht. Der Kunstbau war ein weiteres Geschenk der Moellenkamps, aber sie hatten wohl das Gefühl, daß schon zuviel nach ihnen benannt war.

Ein Surren und Rumpeln war aus der Bildhauerwerkstatt zu hören. Da drin ließ jemand den elektrischen Kran an der Decke hin und her fahren. Es konnte sich nur um Spielerei handeln, denn in Tarkington machte kein Mensch je eine Skulptur, die so groß war, daß man sie nur mit dem mächtigen Kran hätte bewegen können.

Nach dem Ausbruch aus dem Zuchthaus redeten ein paar von den Strafgefangenen zeitweise davon, man müßte an dem Kran jemanden aufhängen und hin- und herfahren lassen, während er stranguliert wurde. Dabei dachten sie an gar keinen bestimmten Kandidaten. Aber dann stellte uns die *Niagara Power and Light Company*, die der *Unification Church Korean Evangelical Association* angehörte, ohnehin bald den Strom ab.

- -

In jener Nacht vor der Rockwell Hall war es wie auf einer Patrouille in Vietnam. So geschärft waren jedenfalls meine Sinne. So schnell erzeugte mein Verstand aus den kleinsten Hinweisen ein vollständiges Bild.

Ich wußte, daß die Bildhauerwerkstatt spätestens um 18.30 Uhr abgeschlossen war, denn ich hatte abends schon oft an der Tür gerüttelt, weil ich gedacht hatte, ich könnte mal mit einer Frau nachts da reingehen. Ich hatte mich am Anfang des Semesters sogar schon nach einem Schlüssel erkundigt, aber die Leute bei der Hausverwaltung hatten erklärt, Schlüssel für die Werkstatt dürften nur sie und der diesjährige *Artist in Residence,* die Bildhauerin Pamela Ford Hall, haben. Der Grund dafür war Vandalismus von Studenten oder jungen Leuten aus der Stadt im vergangenen Jahr.

Sie hatten den Kopien antiker Statuen die Nasen und Finger abgeschlagen, sich in einen Eimer nassen Ton entleert und dergleichen.

- . - . - . - . - . - . - . - . - . - . - . - . - . - . - . - . -

Das mußte also Pamela Ford Hall sein, die den Kran da drin hin- und herfahren ließ. Und das ruhelose Hin und Her des Krans bedeutete wahrscheinlich Unglücklichsein und nicht, daß sie ein Meisterwerk herstellte. Sie brauchte für ihre Sachen sowieso keinen Kran, ja nicht einmal eine Schubkarre, denn sie arbeitete ausschließlich mit nahezu gewichtslosem Polyurethan. Sie war eine erst vor kurzem geschiedene Frau ohne Kinder. Und da sie vermutlich meinen Ruf kannte, war sie mir aus dem Wege gegangen.

Ich kletterte auf die Laderampe der Werkstatt und trommelte mit den Fäusten an die große Tür. Es war eine Schiebetür und ließ sich elektrisch bewegen. Sie brauchte bloß einen Knopf drücken, und schon war ich drin.

Der Kran hörte auf, hin- und herzufahren. Das war ein hoffnungsvolles Zeichen!

Sie fragte durch die geschlossene Tür, was ich wollte.

»Ich wollte nur wissen, ob es Ihnen gut geht da drin«, sagte ich.

»Wer sind Sie denn, daß Sie sich Sorgen machen, ob es mir gut geht?« fragte sie.

»Gene Hartke«, sagte ich.

Sie öffnete die Tür einen Spalt breit und starrte zu mir heraus, ohne etwas zu sagen. Dann öffnete sie die Tür etwas weiter, und ich konnte sehen, daß sie eine offene Flasche in der Hand hielt. Wie sich später herausstellte, enthielt sie einen Brombeerlikör.

»Hallo, Soldat«, sagte sie.

»Hallo«, sagte ich sehr vorsichtig.

Und dann sagte sie: »Warum hast du solange gewartet?«

15

Pamela machte mich echt voll betrunken in dieser Nacht, dann schliefen wir miteinander. Und dann schüttete ich einem Haufen Studenten im Pahlavi-Pavillon mein Herz aus über den Vietnamkrieg. Und Kimberley Wilder nahm alles auf Band auf.

- . - . - . - . - . - . - . - . - . - . - . - . - . - . - . -

Brombeerlikör hatte ich in meinem ganzen Leben noch nicht getrunken. Und ich will ihn auch nie wieder trinken. Er wirkte sehr eigenartig auf mich. Er verwandelte mich in eine Heulsuse voller Selbstmitleid wegen des Vietnamkrieges. Und ich hatte geschworen, daß ich das niemals sein wollte.

- . - . - . - . - . - . - . - . - . - . - . - . - . - . - . -

Wenn ich mir jetzt einen Drink bestellen könnte, dann wäre das ein *Sweet Rob Roy on the Rocks,* also ein *Manhattan* mit Scotch. Das war auch so ein Drink, mit dem eine Frau mich bekannt gemacht hat. Aber der brachte mich nicht zum Heulen, sondern zum Lachen. Und dazu, mich in die Frau zu verlieben, die gesagt hatte, ich sollte ihn doch mal probieren.

Das war in Manila, nachdem in Saigon die Exkremente fast schon wieder aufgehört hatten zu dampfen. Ihr Name war Harriet Gummer, sie war die Kriegsberichterstatterin aus Iowa. Sie hat danach diesen Sohn von mir gekriegt, ohne mir etwas zu sagen.

Sein Name? Ist natürlich Rob Roy.

- . - . - . - . - . - . - . - . - . - . - . - . - . - . - . -

Nachdem wir uns geliebt hatten, fragte mich Pamela dieselbe Frage, die mich Harriet schon 15 Jahre zuvor in Manila gefragt hatte. Es war etwas, was sie beide unbedingt wissen mußten. Sie fragten beide, ob ich jemand getötet hätte im Krieg.

Ich sagte zu Pamela, was ich auch Harriet gesagt hatte: »Wenn ich kein menschliches Wesen, sondern ein Jagdbomber wäre, müßte man mir überall kleine Männer auf den Rumpf malen.«

Ich hätte sofort nach Hause gehen sollen, nachdem ich das gesagt hatte. Aber statt dessen ging ich in den Pavillon. Ich brauchte für diesen tollen Spruch noch ein größeres Publikum.

Also platzte ich in eine Gruppe Studenten hinein, die vor dem großen Kamin in der Haupthalle saßen. Nach dem Ausbruch aus dem Zuchthaus sollte dieser Kamin zum Braten von Hunden und Pferden benutzt werden. Ich baute mich zwischen den Studenten und dem Kamin auf, damit sie mich ja nicht übersehen konnten, und sagte: »Wenn ich kein menschliches Wesen, sondern ein Jagdbomber wäre, müßte man mir überall kleine Männer auf den Rumpf malen.«

Und von da aus machte ich weiter.

- · - · - · - · - · - · - · - · - · - · - · - · - · - · - · - · - · -

Ich war so voller Selbstmitleid! Das fand ich am unerträglichsten, als Jason Wilder mir meine Worte wieder vorspielte. Ich war so betrunken, daß ich mich wie ein Opfer aufführte.

- · - · - · - · - · - · - · - · - · - · - · - · - · - · - · - · - · -

Die Szenen unaussprechlicher Grausamkeit, Dummheit und sinnloser Zerstörung, die ich ihnen beschrieb, waren keineswegs schrecklicher als die ultra-realistischen Filme über Vietnam, die damals zur gepflegten Fernsehunterhaltung gehörten. Als ich ihnen von dem abgetrennten Kopf in den Eingeweiden des Wasserbüffels erzählte, beeindruckte sie das nicht weiter, glaube ich. Der Kopf hätte der einer Wachspuppe sein können, und die Eingeweide hätten zu irgendwelchem gewöhnlichen Schlachtvieh gehören können, ein richtiger Wasserbüffel brauchte es nicht unbedingt zu sein.

Was machte es schon für einen Unterschied, ob der Kopf aus Wachs bestand oder nicht oder ob die Eingeweide die eines Wasserbüffels waren oder nicht?

Keinen Unterschied.

»Professor Hartke«, sagte Jason Wilder verständnisvoll und behutsam zu mir, als das Band stoppte, »können Sie mir sagen, wie um alles in der Welt Sie darauf gekommen sind, jungen Leuten, die ihr Vaterland lieben sollten, so etwas zu erzählen?«

Ich wollte so unbedingt meinen Job und das dazugehörige Haus behalten, daß meine Antwort absolut eselshaft war. »Ich habe ihnen etwas über Geschichte erzählt«, sagte ich, »und ich hatte einen zuviel getrunken. In der Regel trinke ich nicht soviel.«

»Dessen bin ich mir sicher«, erwiderte er. »Man hat mir gesagt, Sie hätten viele Probleme, aber Alkohol gehöre nicht regelmäßig dazu. Belassen wir es also dabei, daß ihr Auftritt im Pavillon eine gutgemeinte Geschichtslektion war, über die Sie versehentlich die Kontrolle verloren.«

»Genauso ist es gewesen, Sir«, sagte ich.

Seine Ballettfinger hüpften schon im Takt zur Logik seiner Gedanken, noch ehe er weitersprach. Er war ein Klavierspieler, genauso wie ich. Aber dann sagte er: »Erstens sind Sie nicht angestellt worden, um hier Geschichte zu lehren. Und zweitens brauchen die Studenten, die nach Tarkington kommen, keinerlei zusätzlichen Unterricht darin, wie man sich fühlt, wenn man verliert. Sie wären ja nicht hier, wenn sie nicht immer und immer wieder versagt hätten. Wie ich es sehe, besteht das Wunder am Mohiga-See seit hundert Jahren doch darin, Kinder, die immer und immer wieder versagt haben, ans Siegen und nicht länger an die Hoffnungslosigkeit aller Bemühungen denken zu lassen.«

»Es war doch nur das eine Mal«, sagte ich. »Und es tut mir leid.«

Hust. Nur 1 Huster.

- -

Ein Lehrer, sagte Wilder, der alles so negativ sehe, sei in seinen Augen kein Lehrer. »Ich würde einen solchen Menschen einen ›Unlehrer‹ nennen. Er ist ja jemand, der den jungen Menschen nichts in die Köpfe hineintut, sondern etwas herausnimmt.«

»Ich weiß nicht, ob ich alles negativ sehe«, sagte ich.

»Was ist das erste, was die Studenten sehen, wenn sie in die Bibliothek kommen?« fragte er.

»Bücher?« fragte ich.

»All diese Perpetuum-mobile-Apparate«, sagte er. »Ich habe diese Ausstellung gesehen und das Schild an der Wand darüber gelesen. Damals hatte ich noch keine Ahnung, daß Sie für das Schild verantwortlich sind.«

Er redete von dem Schild mit der Aufschrift: »DAS KOMPLIZIERTE SCHEITERN DER IGNORANZ«.

»Ich wußte sofort, daß ich meine Tochter und die Kinder anderer Leute nicht ständig so eine negative Botschaft lesen lassen möchte, wenn sie mal in die Bibliothek gehen«, sagte er. »Und dann fand ich heraus, daß Sie dafür verantwortlich sind.«

»Was ist denn so negativ daran?« fragte ich.

»Gibt es ein negativeres Wort als ›Scheitern‹?« fragte er.

»›Ignoranz‹«, sagte ich.

»Eben«, sagte er. Irgendwie hatte ich ihm in die Hände gespielt.

»Ich verstehe nicht«, sagte ich.

»Ja, genau«, sagte er. »Sie haben offenbar nicht begriffen, wie schnell der typische Tarkington-Zögling zu entmutigen ist, wie schnell er bereit ist, jede Bemühung fallen zu lassen. Das ist es doch, was das Wort ›Scheitern‹ bedeutet: ›Gib's auf!‹«

»Und was bedeutet dann ›Ignoranz‹?« fragte ich.

»Wenn man es an die Wand hängt und so herausstellt wie Sie«, sagte er, »dann ist es ein häßliches Echo all der Dinge, die viele Tarkington-Schüler ständig gehört haben, ehe sie hierherkamen. Es heißt: ›Du bist dumm, dumm, dumm.‹ Und das sind sie natürlich nicht.«

»Das hab' ich auch nie gesagt«, protestierte ich.

»Sie drücken das ohnehin schon niedrige Selbstwertgefühl Ihrer Schüler noch weiter herunter und merken es nicht mal«, sagte er. »Sie verstören Ihre Studenten mit Kasernenhofwitzen, die nichts zu suchen haben an einer Hochschule.«

»Sie meinen das mit der Fellatio und den japanischen Yen?« fragte ich. »Das hätte ich nie gesagt, wenn ich gedacht hätte, daß mich ein Student hören kann.«

»Nein, ich meine immer noch die Eingangshalle der Bibliothek«, sagte er.

»Ich wüßte nicht, was da noch drin sein könnte, was Sie stört«, sagte ich.

»Mich hat überhaupt nichts gestört«, sagte er. »Gekränkt und beleidigt worden ist meine Tochter.«

»Ich geb's auf«, sagte ich. Das sollte keine Frechheit sein. Ich war einfach verzweifelt.

»Am selben Tag, an dem Kimberley Sie über Fellatio und Yen reden hörte, noch ehe der Unterricht auch nur angefangen hatte«, sagte er, »wurde sie zusammen mit den anderen Studienanfängern von einem älteren Studenten in die Bibliothek geführt, wo man ihr feierlich erklärte, die Glockenklöppel an der Wand seien versteinerte Penisse. Diesen Kasernenhofwitz hatte der Student doch bestimmt auch von Ihnen.«

Wenigstens diesmal brauchte ich mich nicht selbst zu verteidigen. Gleich mehrere Kuratoriumsmitglieder versicherten Wilder, daß die Tradition, den Studienanfängern zu erzählen, daß die Klöppel Penisse seien, schon mindestens 20 Jahre vor meiner Ankunft in Tarkington existiert habe.

Das war aber auch der einzige Punkt, bei dem ich Unterstützung von ihnen erhielt, obwohl 1, Madelaine Astor, geborene Peabody, meine Schülerin gewesen und 5 von ihnen

Eltern von Schülern waren, die bei mir Unterricht hatten oder gehabt hatten. Madelaine hat mir später geschrieben, daß Jason Wilder gedroht hatte, das College in seiner Kolumne und seiner Fernseh-Show schlecht zu machen, wenn mich der Stiftungsrat nicht feuerte.

Deshalb hätten sie nicht gewagt, mir zu Hilfe zu kommen.

- . - . - . - . - . - . - . - . - . - . - . - . - . - . - . - . -

Außerdem, schrieb sie mir, sei sie, ebenso wie Jason Wilder, römisch-katholisch und es habe sie sehr schockiert, mich auf den Tonbändern sagen zu hören, daß Adolf Hitler ebenfalls römisch-katholisch gewesen sei und daß die Nazis auf ihre Panzer und Flugzeuge Kreuze gemalt hätten, weil sie sich für eine christliche Armee hielten. Diesen Teil des Tonbands hatte Wilder uns vorgespielt, als ich gerade von der Verantwortung dafür freigesprochen worden war, daß den Studienanfängern erzählt wurde, die Glockenklöppel seien versteinerte Penisse.

Wieder einmal steckte ich in der Klemme, weil ich wiederholt hatte, was jemand anderes gesagt hatte. Und diesmal war es nichts, was mein Großvater oder sonst jemand gesagt hatte, dem die Kuratoriumsmitglieder nichts mehr anhaben konnten, wie zum Beispiel Paul Slazinger. Diesmal hatte es mein bester Freund gesagt, Damon Stern, in einer Geschichtsvorlesung, die kaum ein paar Monate zurücklag.

Wenn Jason Wilder mich schon für einen Unlehrer hielt, dann hätte er mal Damon Stern hören sollen! Aber auch diesmal hatte ja Stern nicht schreckliche Wahrheiten über sogenannte Heldentaten der jüngsten Vergangenheit ausgesprochen. Alles, was er entblätterte, war mit Sicherheit, na, sagen wir mal vor 1950 passiert.

Ich hatte also zufällig in dieser Vorlesung gesessen, in der Stern davon gesprochen hatte, daß Hitler ein gläubiger Katholik war. Er sagte etwas, was mir zuvor nicht bewußt gewesen war und was, wie ich mittlerweile gemerkt habe, die meisten Christen nicht hören wollen: daß die Hakenkreuze der Nazis eine Abwandlung des christlichen Kreuzes gewesen sind, ein Kreuz aus Äxten. Stern sagte, die Christen hätten sich große Mühe gegeben, um nachzuweisen, daß die Hakenkreuze keineswegs richtige Kreuze gewesen seien. Sie hätten behauptet, es sei ein primitives Symbol aus dem Urschleim der heidnischen Vergangenheit.

Aber die höchste militärische Auszeichnung bei den Nazis war das Eiserne Kreuz.

Und auf ihre Panzer und Flugzeuge malten die Nazis ganz gewöhnliche Kreuze.

Ich sah wahrscheinlich ziemlich benommen aus, als ich aus dieser Vorlesung kam. Und wem lief ich direkt in die Arme? Natürlich Kimberley Wilder.

»Was hat er heute gesagt?« fragte sie.

»Hitler war ein Christ«, sagte ich. »Und das Hakenkreuz war ein christliches Kreuz.«

Das nahm sie auf Band auf.

– · – · – · – · – · – · – · – · – · – · – · – · – · – · – · – · –

Ich habe Damon Stern nicht bei den Kuratoriumsmitgliedern verpfiffen. Tarkington war nicht West Point, wo es eine Ehre war, jemanden zu verpetzen.

– · – · – · – · – · – · – · – · – · – · – · – · – · – · – · – · –

Sie stimme mit Wilder auch darüber überein, schrieb Madeleine mir in ihrem Brief, daß ich meinen Physikschülern nicht hätte sagen sollen, daß nicht die Amerikaner, sondern die Russen die erste handliche Wasserstoffbombe bauten, die tatsächlich als Waffe hätte eingesetzt werden können.

»Selbst wenn das wahr wäre«, schrieb sie, »was ich nicht glaube, hätten Sie ihnen das nicht sagen dürfen.«

Und ein *Perpetuum mobile*, schrieb sie, könne es durchaus geben, wenn die Forschung ihre Bemühungen darum nur endlich etwas intensiviere.

Sie hatte seit ihrer mündlichen Prüfung für den *Associate in the Arts and Sciences* offenbar einen deutlichen intellektuellen Rückschlag erlitten.

– · – · – · – · – · – · – · – · – · – · – · – · – · – · – · – · –

Ich pflegte meinen Schülern zu sagen, daß jeder, der an ein *Perpetuum mobile* glaube, lebendig gekocht werden sollte wie ein Hummer.

Auch was das Metrische System anging, war ich äußerst pedantisch. Es war bekannt, daß ich Studenten den Rücken zukehrte, wenn sie versuchten, mir was von Meilen, Fuß oder Pfund zu erzählen.

Darüber waren sie mächtig empört.

- . - . - . - . - . - . - . - . - . - . - . - . - . - . - . - . - . -

Im Zuchthaus auf der anderen Seite wagte ich natürlich nicht, mit solchen Mitteln zu unterrichten.

Andererseits waren die meisten Strafgefangenen im Drogenhandel gewesen. Entweder kamen sie selbst aus der Dritten Welt oder sie hatten mit Dritte-Welt-Leuten Geschäfte gemacht. Insofern war das Metrische System für sie ein alter Hut.

- . - . - . - . - . - . - . - . - . - . - . - . - . - . - . - . - . -

Statt Damon Stern zu verpfeifen, erzählte ich dem Stiftungsrat, daß die Nazis Christen gewesen seien, hätte ich im *National Public Radio* gehört. Ich sagte, ich bedauerte es sehr, das bei einer Studentin verbreitet zu haben. »Ich könnte mir die Zunge abbeißen«, sagte ich.

»Was hat Hitler denn überhaupt mit Physik oder Musik zu tun?« fragte Wilder.

Ich hätte natürlich antworten können, daß Hitler vermutlich über Physik genausowenig wußte wie die Kuratoriumsmitglieder, daß er aber Musik sehr geliebt hat. Jedesmal wenn irgendwo eine Konzerthalle durch einen Bombenangriff zerstört worden war, habe ich irgendwo gehört, ließ er sie sofort wieder aufbauen, als wäre es äußerst dringend. Ich glaube, das habe ich wirklich im *National Public Radio* gehört.

Statt dessen sagte ich: »Wenn ich gewußt hätte, daß ich Kimberley damit so verstöre, hätte ich mich natürlich entschuldigt. Ich hatte ja keine Ahnung, Sir. Sie hat sich nichts anmerken lassen.«

- . - . - . - . - . - . - . - . - . - . - . - . - . - . - . - . - . -

Was mich so schwach machte, war die Erkenntnis, daß es eine Illusion gewesen war, die Leute im Sitzungszimmer da als Familienmitglieder zu sehen und zu glauben, daß mich alle Studenten in Tarkington, ihre Eltern und ihre sonstigen Erziehungsberechtigten als ihren guten Onkel betrachteten. Mein Gott – all die Familiengeheimnisse, die ich im Lauf der Jahre erfahren und für mich behalten hatte! Meine Lippen waren versiegelt. Was für ein treuer alter Diener ich war! Aber das war auch alles. Mehr bedeutete ich den Kuratoriumsmitgliedern nicht, und wahrscheinlich auch nicht den Studenten.

Ich war kein Onkel. Ich gehörte zur Dienstbotenklasse.

Und sie wollten mich wegschicken.

Soldaten nehmen ihren Abschied. Leuten mit einem richtigen Arbeitsplatz wurde gekündigt. Dienstboten schickte man weg.

»Wollen Sie mich etwa entlassen?« fragte ich den Stiftungsratsvorsitzenden ungläubig.

»Es tut mir leid, Gene«, erwiderte er, »aber ich fürchte, wir müssen Sie wegschicken.«

– · – · – · – · – · – · – · – · – · – · – · – · – · – · – · – · –

Der Collegepräsident, Tex Johnson, der nur zwei Stühle weiter saß, hatte die ganze Zeit keinen Mucks von sich gegeben. Er sah aus, als wäre ihm übel. Ich nahm irrtümlich an, er sei dafür gescholten worden, daß er mich zu lange im Lehrkörper behalten hatte, so daß ich jetzt auf Lebenszeit angestellt war. Aber ihm war etwas ganz anderes nicht bekommen, das allerdings auch sehr viel mit Professor Eugene Debs Hartke zu tun hatte.

Johnson war, als Sam Wakefield die große Nummer mit dem Selbstmord abgezogen hatte, vom Rollins College unten in Winter Park, Florida, geholt worden, wo er Provost gewesen war. Henry »Tex« Johnson hatte ein Betriebswirtschaftsdiplom von der Technischen Hochschule Texas in Lubbock und behauptete, von einem Mann abzustammen, der am Alamo gefallen war. Damon Stern, der ja häufig weniger bekannte historische Tatsachen aufdeckte, hat mir übrigens mal erzählt, daß es in der Schlacht am Alamo um die Frage der Sklaverei ging. Die tapferen Männer, die dort gestorben sind, hatten sich von Mexiko losgesagt, weil es in Mexiko verboten war, Sklaven zu halten. Sie kämpften für das Recht, Sklaven zu halten.

Da seine Frau meine Geliebte gewesen war, wußte ich, daß Tex keineswegs von Texanern, sondern von Litauern abstammte. Sein Vater, dessen Name mit Sicherheit nicht Johnson gewesen war, war Zweiter Offizier auf einem russischen Frachter gewesen und hatte sich heimlich vom Schiff geschlichen, als es zu Reparaturarbeiten in Corpus Christi anlegen mußte. Er war nicht nur ein illegaler Einwanderer, sondern auch noch der Neffe des früheren Parteichefs von Litauen gewesen.

Hat sich was mit Alamo.

Ihm wandte ich mich auf der entscheidenden Sitzung des Stiftungsrats zu, und ich sagte: »Tex – um Himmels willen, sag' doch was! Du weißt doch genau, daß ich der beste Lehrer bin, den du hier hast! Das sage doch nicht ich! Das sagen doch die Studenten! Soll die ganze Fakultät vor diesem Tribunal hier erscheinen, oder bin ich der einzige? Tex?«

Er starrte stur geradeaus. Er schien sich in Beton verwandelt zu haben. »Tex?« Wirklich ein toller Vorgesetzter!

Ich stellte dem Vorsitzenden, der aufgrund des Schwindels mit der *Microsecond Arbitrage* völlig verarmt war, dies aber noch nicht wußte, dieselbe Frage. »Bob –«, sagte ich.

Er zuckte zusammen.

Ich setzte noch einmal neu an, man hatte mir schließlich gerade klar gemacht, daß ich keineswegs ein Verwandter, sondern ein Dienstbote war: »Mr. Moellenkamp, Sir –«, sagte ich, »Sie und jeder andere hier wissen doch ganz genau, daß Sie jedem noch so patriotischen und tief religiösen Amerikaner nachweisen können, daß er ein schlimmerer Verräter als Benedict Arnold und ein Teufelsanbeter dazu ist, wenn Sie ihm ein Jahr lang hinterherrennen und jedes Wort mit einem Tonbandgerät aufzeichnen. Wer sagt in einem Augenblick der Erregung oder Gedankenlosigkeit nicht gelegentlich Dinge, die er gern wieder zurücknehmen würde? Ich frage also noch einmal: Bin ich der einzige, mit dem das gemacht worden ist, und wenn ja, warum?«

Moellenkamp erstarrte.

»Madelaine?« Ich wandte mich an Madelaine Astor, die mir später so einen blöden Brief schreiben sollte.

Es gefiele ihr nicht, sagte sie, daß ich den Studenten erzählt hätte, eine neue Eiszeit stünde bevor, auch wenn ich das aus der *New York Times* hätte. Das war noch so eine Aussage von mir, die Wilder auf seinen Tonbändern hatte. Es hatte wenigstens was mit Naturwissenschaften zu tun, und es stammte nicht von Slazinger, meinem Großvater Wills und Damon Stern. Das war ich wenigstens wirklich selbst.

»Die Studenten hier haben auch ohne so etwas schon genug Sorgen«, sagte sie. »Ich weiß noch, wie das bei mir war.«

Es habe immer Leute gegeben, sagte sie, die damit berühmt werden wollten, daß sie das Ende der Welt voraussagten, aber die Welt sei nicht untergegangen.

Rings um den Tisch herum wurde genickt. Ich glaube, da war keiner, der auch nur die leiseste Ahnung von Naturwissenschaft hatte.

»Als ich hier studierte«, sagte sie, »haben Sie auch schon das Ende der Welt vorhergesagt, bloß haben Sie damals behauptet, daß radioaktiver Müll und saurer Regen uns umbringen würden. Trotzdem sitzen wir immer noch hier. Ich fühle mich ausgezeichnet. Fühlt sich irgend jemand nicht ausgezeichnet? Also bitte.«

Sie zuckte die Achseln. »Was den Rest der Angelegenheit angeht, so kann ich nur sagen, daß es mir leid getan hat, das alles zu hören. Richtig übel ist mir davon geworden. Wenn wir uns das alles noch einmal anhören sollen, möchte ich bitte hinausgehen.«

Gott im Himmel! Was hatte sie mit dem »Rest der Angelegenheit« bloß gemeint? Was konnte das sein, was sie bereits erörtert hatten und jetzt noch einmal in meiner Anwesenheit durchsprechen wollten? Hatte ich das Schlimmste noch gar nicht gehört?

Nein.

16

Der »Rest der Angelegenheit« befand sich in einem Manila-Ordner auf dem Tisch von Jason Wilder. Wieder einmal spielte also Manila eine gewichtige Rolle in meinem Leben. Allerdings gab es diesmal keine *Sweet Rob Roys on the Rocks*.

In dem Ordner befand sich der Bericht eines Privatdetektivs, den Wilder beauftragt hatte, mein Sexualleben unter die Lupe zu nehmen. Er umfaßte nur das zweite Semester, deshalb stand über der Episode in der Bildhauerwerkstatt nichts drin. Dafür hatte der Schnüffler aber 3 der 7 folgenden Rendezvous mit der auf dem Campus residierenden Künstlerin verzeichnet, sowie 2 Treffen mit einer Frau, die im Auftrag einer Schmuckfirma Aufträge für Jahrgangsringe eingeholt hatte, und etwa 30 Schäferstündchen mit Zuzu Johnson, der Ehefrau des Präsidenten. Von dem, was Zuzu und ich während des zweiten Semesters getan hatten, hatte er nichts, aber auch gar nichts verpaßt. Es gab lediglich 1 mißverstandenen Vorfall: als ich mich auf den Heuboden über den Ställen begab, wo das Glockenspiel aufbewahrt worden war, bevor es den Glockenturm gab, und wo Tex Johnson vor 2 Jahren gekreuzigt worden ist. Ich war mit der Tante eines Studenten dort oben. Es handelte sich um eine Architektin, die das Balkenwerk da oben zu sehen wünschte. Der Detektiv vermutete, daß wir uns dort oben geliebt hätten. Das war nicht der Fall.

Wir haben uns an diesem Nachmittag erst viel später geliebt, in einem Werkzeugschuppen neben den Stallungen, wo beim Sonnenuntergang die Schatten vom Musket Mountain hinfallen.

– · – · – · – · – · – · – · – · – · – · – · – · – · – · – · – · – · – · –

Den Inhalt von Wilders Ordner sollte ich allerdings in den nächsten 10 Minuten noch nicht kennenlernen. Wilder und ein paar andere wollten lieber noch weiter erörtern, was sie wirklich an mir störte, nämlich was ich angeblich mit den Seelen der Studenten gemacht hatte. Meine sexuelle Promiskuität bei älteren Frauen interessierte sie nicht besonders, außer als nützlicher Grund, mich entlassen zu können, ohne daß die heikle Frage auftauchte, ob nicht meine verfassungsmäßigen Rechte verletzt worden waren.

Ehebruch sollte gewissermaßen die Kugel sein, die sie mir ins Hirn setzten, nachdem mich das Erschießungskommando durchlöchert hatte wie einen Schweizer Käse.

– · – · – · – · – · – · – · – · – · – · – · – · – · – · – · – · – · – · –

Für Tex Johnson, den Krypto-Litauer, war der Inhalt des Manila-Ordners allerdings mehr als ein Instrument, um mich um meine Professur zu bringen. Für Tex waren die Berichte eine schlimmere Demütigung als für mich.

Aber zumindest besagten sie, daß meine Affäre mit seiner Frau jetzt vorbei war.

Er stand auf und bat, sich entschuldigen zu dürfen. Er wolle lieber nicht dabei sein, wenn die Kuratoriumsmitglieder sich das zum zweiten Mal vornahmen, was Madelaine den »Rest der Angelegenheit« nannte.

Er wurde entschuldigt und schien zunächst auch gehen zu wollen, ohne etwas zu sagen. Aber dann preßte er, eine Hand bereits auf dem Türknopf, doch noch 2 Worte heraus: den Titel eines Romans von Gustave Flaubert, der von einer Frau handelt, die sich mit ihrem Mann langweilt, eine ungewöhnlich alberne Affäre mit einem anderen hat und sich dann umbringt.

»*Madame Bovary*«, sagte er. Und dann war er weg.

– · – · – · – · – · – · – · – · – · – · – · – · – · – · – · – · – · – · –

In der Gegenwart war er ein Hahnrei, und eine Kreuzigung stand ihm in der Zukunft bevor. Ich fragte mich, ob sein Vater wohl in Corpus Christi vom Schiff gegangen wäre, wenn er gewußt hätte, was für ein unglückliches Ende sein einziger Sohn in Amerikas Freier Marktwirtschaft nehmen würde.

- -

Madame Bovary hatte ich in West Point gelesen. Zu meiner Zeit mußten alle Kadetten den Roman lesen, damit wir unserem kultivierten Volk zeigen konnten, daß wir auch kultiviert waren, falls das je von uns verlangt werden sollte. Jack Patton und ich lasen ihn zur selben Zeit für denselben Kurs. Ich fragte ihn danach, was er davon hielte. Wie zu erwarten sagte er, daß er höllisch gelacht hätte.

Dasselbe sagte er auch über *Romeo und Julia, Othello* und *Hamlet*.

- -

Ich gestehe, daß ich bis zum heutigen Tage noch nicht weiß, wie klug oder dumm Jack Patton eigentlich war. Deshalb weiß ich auch nicht, was das Geburtstagsgeschenk bedeutet, das er mir in Vietnam schickte, kurz bevor ihn der Heckenschütze in Hué (gesprochen »*whay*«) mit seinem herrlichen Schuß tötete. Es war eine in Geschenkpapier eingewickelte Nummer eines Sex-Magazins namens *Black Garterbelt*. Aber hat er mir die bloß wegen der nackten Frauen in schwarzen Strapsen geschickt oder wegen einer darin abgedruckten, ungewöhnlichen Science-fiction-Story mit dem Titel: *Die Protokolle der Weisen von Trafaldamoe?*

Aber darüber später noch mehr.

- -

Ich habe keine Ahnung, wieviele von den Kuratoriumsmitgliedern *Madame Bovary* kannten. Mindestens zwei von ihnen hätten sich das Buch höchstens laut vorlesen lassen können. Ich war also wohl nicht der einzige, der sich fragte, warum Tex Johnson mit der Hand auf dem Türknopf »*Madame Bovary*« sagte.

Ich glaube, wenn ich Tex gewesen wäre, wäre ich so schnell wie möglich vom Campus verschwunden und hätte meinen Kummer bei den Nichtakademikern im *Black Cat Café* ersäuft. Dort sollte ich ja im Laufe des Nachmittags ohnehin landen. Im Nachhinein betrachtet, wäre es sogar richtig komisch gewesen, wenn wir am Ende beide als besoffene Kumpel im *Black Cat Café* gehockt hätten.

– · – · – · – · – · – · – · – · – · – · – · – · – · – · – · – · –

Stellen Sie sich vor, wie wir beide da sitzen, betrunken wie Stinktiere, und er zu mir sagt, oder ich zu ihm sage: »Ich liebe dich, du alter Gauner. Weißt du das eigentlich?«

– · – · – · – · – · – · – · – · – · – · – · – · – · – · – · – · –

Ein Kuratoriumsmitglied war aus ganz persönlichen Gründen hinter mir her. Das war Sidney Stone, von dem es hieß, er habe in 10 kurzen Jahren ein Vermögen von mehr als 1 000 000 000 Dollar angehäuft, vorwiegend dadurch, daß er beim Verkauf amerikanischer Firmen an Ausländer Provisionen kassierte. Sein Meisterstück war vermutlich der Verkauf von Du Pont de Nemours & Company, wo mein Vater früher angestellt war, an die I. G. Farben in Deutschland.

»Es gibt eine Menge, was ich jemandem verzeihe, wenn man mir die Pistole auf die Brust setzt, Professor Hartke«, sagte er, »aber nicht, was Sie meinem Sohn angetan haben.« Er selbst war kein Tarkingtonier. Er hatte an der *Harvard Business School* und der *London School of Economics* studiert.

»Fred?« fragte ich.

»Falls sie es noch nicht bemerkt haben sollten«, sagte er, »ich habe nur 1 Sohn in Tarkington. Ich habe auf der ganzen Welt nur 1 einzigen Sohn.« Vermutlich würde dieser 1 Sohn, ohne auch nur einen Finger rühren zu müssen, 1 Tages 1 000 000 000 Dollar besitzen.

»Was habe ich Fred denn getan?« fragte ich.

»Sie wissen genau, was Sie Fred angetan haben«, sagte er.

Was ich Fred angetan hatte, war, daß ich ihn dabei erwischt hatte, wie er einen Bierkrug aus der College-Buchhandlung zu stehlen versucht hatte. Das heißt, was Fred

Stone getan hatte, war eigentlich mehr als nur stehlen. Er nahm den Krug aus dem Regal, tat so, als ob er mir und der Kassiererin, den beiden einzigen anderen Anwesenden, zutrinken wolle, und ging dann mit dem Bierkrug hinaus.

Ich kam gerade aus einer Fakultätssitzung, auf der zum x-tenmal das Diebstahlsproblem auf dem Campus diskutiert worden war. Dabei hatte uns der Pächter der Buchhandlung berichtet, daß es nur einen einzigen vergleichbaren Laden gebe, bei dem ein höherer Prozentsatz von Waren gestohlen würde als bei ihm, und das sei der Harvard Co-op in Cambridge.

Ich folgte Fred Stone auf den Hof. Er wollte zu seiner Kawasaki, die er auf dem Studenten-Parkplatz abgestellt hatte. Ich näherte mich ihm von hinten und sagte leise und so höflich wie möglich: »Ich glaube, Sie sollten diesen Bierkrug wieder dahin zurückbringen, wo Sie ihn geholt haben, Fred, oder bezahlen.«

»Ach, wirklich?« sagte er. »Glauben Sie das?« Damit schlug er den Krug auf den Rand des Vonnegut-Memorial-Springbrunnens, so daß er in 1000 Scherben zerbrach. »Wenn Sie wirklich so fest davon überzeugt sind«, sagte er, »dann sollten Sie auch derjenige sein, der ihn zurückbringt.«

Ich meldete Tex Johnson den Vorfall, und der sagte mir, ich solle die Geschichte vergessen.

Aber jetzt war ich wütend. Deshalb schrieb ich dem Vater des Jungen, erhielt aber bis zur Sitzung des Stiftungsrats nie eine Antwort.

»Ich werde Ihnen nie verzeihen, daß Sie meinen Sohn des Diebstahls bezichtigt haben«, erklärte Freds Vater. Zugunsten seines Sohnes zitierte er sogar Shakespeare. Ich sollte mir dabei vorstellen, daß Fred zu mir spräche.

»Wer meinen Beutel stiehlt, nimmt Tand, 's ist etwas und nichts«, sagte er. »Mein war es, ward das Seine nun, und ist der Sklav von Tausenden gewesen. Doch, wer den guten Namen mir entwendet, der raubt mir das, was ihn nicht reicher macht, mich aber bettelarm.«

»Wenn ich im Irrtum war, Sir, möchte ich mich entschuldigen«, sagte ich.

»Zu spät«, erwiderte er.

17

Es gab nur 1 Kurator, von dem ich ganz sicher war, daß er mein Freund war. Was ich auf dem Tonband gesagt hatte, hätte er bestimmt interessant und komisch gefunden. Aber dieser Mann war leider nicht da. Sein Name war Ed Bergeron, und wir hatten viele gute Gespräche über die Umweltzerstörung, die Betrügereien an der Börse, den Mißbrauch des Vertrauens in die Geldindustrie geführt. Was Pessimismus anging, konnte er jederzeit mit mir Schritt halten.

Sein Geld war so alt wie das der Moellenkamps, es stammte aus Kohlengruben und Ölfeldern und Eisenbahnen, die er geerbt, inzwischen aber ins Ausland verkauft hatte, um sich ganz der Naturkunde und dem Umweltschutz zuwenden zu können. Er war Präsident der *Wildlife Rescue Federation*, und seine Tierfotos von den Galapagosinseln waren im *National Geographic* veröffentlicht worden. Sogar auf dem Umschlag war eins seiner Fotos gewesen. Es zeigte eine Meerechse, die in der Sonne saß und Algen verdaute, und daneben einen mageren Pinguin, der zweifellos über ganz andere Dinge nachdachte, was immer damals die Tagesthemen gewesen sein mögen.

Ed Bergeron war aber nicht nur mein persönlicher Untergangskumpel. Er hatte auch mit Jason Wilder verschiedene öffentliche Debatten über Natur- und Umweltschutz in dessen Talk-Show im Fernsehen geführt. Hier in der Bibliothek habe ich keine Videobänder mit diesen heftigen Schlag-auf-Schlag-Diskussionen gefunden, aber im Gefängnis drüben hatten wir 1. Es flimmerte ungefähr alle 6 Monate einmal über unsere Fernseher, die ja alle rund um die Uhr liefen.

Ich erinnere mich, daß Jason in der Sendung gesagt hatte, das Problem bei den Umweltschützern sei immer, daß sie die Kosten nie in Betracht ziehen wollten und welche Gefahr es für unseren Lebensstandard und unsere Arbeitsplätze darstellen würde, wenn man auf fossile Brennstoffe verzichten oder unseren Müll nicht einfach ins Meer kippen würde etc.

Ed Bergeron sagte zu ihm: »Gut! Dann können wir schon mal den Nachruf auf unseren ehemals fruchtbaren, blaugrünen Planeten verfassen.« Er meinte die Erde.

Wilder warf ihm einen seiner gönnerhaften, herablassenden Fuchsblicke zu und lächelte milde. »Wenn ich nicht irre, würde die Mehrzahl der Wissenschaftler aber sagen, daß ein Nachruf einige tausend Jahre zu früh käme«, behauptete er. Die Diskussion hatte ungefähr 6 Jahre vor meiner Entlassung stattgefunden, also etwa im Jahr 1985, und ich weiß nicht, von welchen Wissenschaftlern er sprach. Alle Naturwissenschaftler bis hin zu den Chiropraktikern und Orthopäden sagten, daß wir im Begriff seien, unseren Planeten mit rasender Geschwindigkeit zu zerstören.

»Wollen Sie den Nachruf nun hören?« fragte Ed Bergeron.

»Wenn es sein muß«, sagte Wilder, und sein Grinsen wurde immer länger und länger. »Ich muß Ihnen allerdings jetzt schon sagen, daß Sie nicht der erste sind, der uns das baldige Ende der menschlichen Rasse ankündigt. Ich bin sicher, daß es wahrscheinlich schon in Ägypten, noch ehe die erste Pyramide gebaut worden war, Männer gegeben hat, die sich eine Gemeinde zu schaffen versuchten, indem sie erklärten: ›Das ist das Ende!‹«

»Was unsere allerdings von der Zeit unterscheidet, als in Ägypten die Pyramiden gebaut wurden . . .«, sagte Ed.

»Und bevor die Chinesen die Druckkunst entdeckten und Columbus die Neue Welt«, unterbrach Jason Wilder.

»Genau«, sagte Bergeron.

»Der Unterschied besteht darin, daß wir in der mißlichen Situation sind, daß wir wissen, was vorgeht«, sagte Bergeron, »und das ist alles andere als komisch. Nur deshalb konnten Leute wie Sie sich so breitmachen: eine Kaste von aufgeputzten, eitlen Schwätzern, die den Leuten im Auftrag der reichsten und schamlosesten Umweltvergifter einzureden versuchen, über den Zustand des Mutterbodens, des Wassers und der Atmosphäre, von denen alles Leben abhängig ist, könne man genauso unverbindlich diskutieren wie über die Frage, wieviele Engel auf einem Tennisball tanzen können.«

Er war wütend.

- -

Als dieses alte Videoband vor dem großen Ausbruch im Zuchthaus Athena gespielt wurde, weckte es relativ großes Interesse. Ich sah und hörte es zusammen mit einigen meiner Schüler. Anschließend fragte einer von ihnen: »Wer hat recht, Prof? Bart oder Schnurrbart?« Wilder hatte den Schnurrbart, Bergeron einen Bart.

»Bart«, sagte ich.

Das war möglicherweise das letzte, was ich zu einem der Strafgefangenen sagte, ehe der große Ausbruch begann und meine Schwiegermutter sich entschloß, endlich über ihren Riesenhecht zu sprechen.

- -

Bergerons Nachruf auf den Planeten, den man seiner Meinung nach für die Leute aus den fliegenden Untertassen in großen Buchstaben in die Wände des Grand Canyons einmeißeln sollte, lautete folgendermaßen:

WIR HÄTTEN IHN RETTEN KÖNNEN,

ABER WIR WAREN ZU BILLIG.

Das Wort »billig« bekräftigte er allerdings noch mit einem Fluch.

- -

Ich sollte nie wieder von Ed Bergeron hören. Er zog sich kurz nach meiner Entlassung aus dem Stiftungsrat zurück und wurde deshalb auch nicht von den Strafgefangenen als Geisel genommen. Dabei wäre es sehr interessant gewesen, was er über diese speziellen Geiselnehmer zu sagen gewußt hätte. Schon früher hatte er mal zu mir und meinen Schülern gesagt, das Wetter, das sei jetzt der Mensch. Tornados waren der Mensch, Hagelkörner waren der Mensch, Sturmfluten waren der Mensch. Also hätte er vielleicht gesagt, daß die Gefangenen ein Lavastrom seien und Scipio das neue Pompeji.

Bergeron zog sich aber nicht etwa wegen meiner Entlassung aus dem Stiftungsrat zurück. Er wurde vielmehr kurz nacheinander von zwei schweren privaten Schicksalsschlägen getroffen. Eine der Firmen, die er geerbt hatte, stellte Asbest her, und dessen Staub war eine der schlimmsten krebserregenden Substanzen, die es überhaupt gab, mit Ausnahme vielleicht von Epoxydzement und bestimmten radioaktiven Stoffen, die gelegentlich in der Atmosphäre und in den Wasserläufen in der Nähe von Atomwaffenfabriken und Kernkraftwerken freigesetzt werden. Er litt entsetzlich darunter, wie er mir sagte, auch wenn er keine der Fabriken, die das Zeug herstellten, je mit eigenen Augen erblickt hatte. Deshalb verkaufte er sie mit allen Maschinen, Gebäuden und anhängigen Gerichtsverfahren an eine Gesellschaft in Singapur, die natürlich auch den gesamten Bestand an fertigen Produkten übernahm, die in den Vereinigten Staaten unverkäuflich geworden waren. Die Leute in Singapur erledigten dann, wozu Ed sich nicht hatte entschließen können: Sie verkauften all die schönen Asbestfliesen und -ziegel an die Entwicklungsländer in Afrika.

Und dann wurde sein Sohn, der mit dem Jahrgang '85 von Tarkington abging und homosexuell war, Tänzer bei den *Ice Capades*. Das störte Ed auch nicht weiter, denn er wußte, daß manche Leute eben homosexuell geboren wurden und man daran nichts ändern konnte. Außerdem war Bruce sehr glücklich bei den Leuten der Eisrevue. Er war nicht nur ein hervorragender Eisläufer, sondern auch der bei weitem beste Tänzer in Tarkington. Gelegentlich kam er zu uns herüber, um mit meiner Schwiegermutter zu tanzen, einfach so, aus

Freude am Tanz. Er sagte, sie sei die beste Tanzpartnerin, die er je gehabt habe, und sie erwiderte das Kompliment.

Als er 4 Jahre nach dem Abschlußexamen in einem Motel am Rand von Dubuque tot aufgefunden wurde, mit seinem eigenen Gürtel stranguliert und fast 100 Messerstichen im Leib, habe ich ihr das nicht erzählt. Merkwürdig, daß hier Dubuque wieder auftaucht.

18

Shakespeare.

- · - · - · - · - · - · - · - · - · - · -

Ich glaube, Shakespeare war der klügste Mensch, von dem ich je gehört habe. Was allerdings nicht viel bedeutet. Wir sind unglaublich eingebildete Tiere, in Wirklichkeit aber dumm wie die Hölle. Da brauchen Sie bloß mal einen Lehrer zu fragen. Sogar Hunde und Katzen sind schlauer als wir.

Wenn ich sage, die Stiftungsratsmitglieder von Tarkington College seien Dummköpfe gewesen oder die Leute, die uns in den Vietnamkrieg hineinmanövrierten, dann versteht es sich hoffentlich von selbst, daß ich mich selbst für den größten aller Dummköpfe halte. Sehen Sie sich bloß an, wo ich jetzt bin und wie hart ich gearbeitet habe, um hier hinzukommen und nirgendwo sonst. Genau!

Wenn mein Vater ein Pferdegesäß war und meine Mutter ein Pferdegesäß war, was soll ich dann anderes sein als ein Pferdegesäß? Fragen Sie nur meine Kinder, sowohl die legitimen als auch die illegitimen. Die wissen, wovon ich rede.

- · - · - · - · - · - · - · - · - · - · -

Ich hatte überhaupt keine Chance bei den Stiftungsratsmitgliedern, nicht mit dem ganzen Sex-Material, das Wilder in seinem Ordner versteckt hatte. Als ich mich gegen ihn verteidigte, hatte ich keine Ahnung, wie gut bewaffnet er war – eine typische Situation für eine Slapstick-Komödie.

Ich erklärte, als Hochschullehrer sei man verpflichtet, auch über die engen Grenzen des Faches hinaus offen mit den jungen Leuten über alle möglichen Menschheitsprobleme zu reden. »So gewinnt man ihr Vertrauen und ermutigt sie, ihre Meinung zu sagen«, erklärte ich. »Sie begreifen, daß sich die Themen nicht in hübschen kleinen Kästchen und Fächern befinden, sondern alle in Zusammenhang stehen und untrennbar mit dem Leben selbst verknüpft sind, dem einen großen Thema, zu dessen Studium wir hier auf der Welt sind.«

Ich sagte, die Zweifel am System der Freien Marktwirtschaft, die ich womöglich bei meinen Schülern geweckt hatte, als ich ihnen von den Überzeugungen meines Großvaters erzählte, hätten ihre Begeisterung für dieses System langfristig bestimmt nur gesteigert. Ich hätte sie nämlich auf diese Weise veranlaßt, sich selbst Gedanken darüber zu machen, warum das System der Freien Marktwirtschaft das einzige ist, worüber nachzudenken sich lohnt. »Junge Leute«, sagte ich, »sind immer dann am stärksten, wenn sie sich die Argumente für ihre Überzeugungen selbst ausgedacht haben. Sie stehen dann auf eigenen Füßen, gewissermaßen.«

»Haben Sie gesagt, die Vereinigten Staaten von Amerika wären ein riesiger Kackeimer?« fragte Wilder. »Ja oder nein?«

Ich mußte einen Augenblick nachdenken. Das hatte Kimberley nicht auf dem Tonband gehabt. »Was ich möglicherweise gesagt habe, war etwas anderes«, erwiderte ich. »Ich habe gesagt, alle Staaten, die größer als Dänemark sind, wären riesige Kackeimer, aber das war natürlich ein Scherz.«

- -

Heute stehe ich hinter dieser Aussage zu 100 Prozent. Alle Staaten größer als Dänemark sind riesige Kackeimer.

- -

Jason Wilder hatte genug gehört. Er bat die neben ihm sitzenden Stiftungsratsmitglieder, mir den Aktenordner zu reichen. »Ehe Sie hineinsehen«, sagte er, »sollten Sie wissen, daß mir die Anwesenden versprochen haben, daß der Inhalt dieses Ordners außerhalb dieses Raums nie erwähnt werden wird. Er wird ab sofort in Ihren Besitz übergehen. Vorausgesetzt, daß Sie hier und jetzt um Ihre Entlassung nachsuchen.«

»Du meine Güte«, sagte ich, »was kann denn da drin sein? Und weshalb ist Tex Johnson so hastig aus dem Zimmer gelaufen?«

»Das unterste Dokument«, sagte Wilder, »war wohl sehr schmerzlich für ihn.«

»Was kann das nur sein?« fragte ich. Denn ich konnte mir ehrlich nicht vorstellen, womit ich Tex Schmerzen zugefügt haben könnte. Wenn ich mit seiner Frau schlief, wollte ich damit nur uns beide glücklicher machen. Ich dachte an Zuzu nicht als an die Frau von jemandem. Wenn ich mit einer Frau schlief, dachte ich nie daran, mit wem sie verheiratet sein könnte. Ich weiß natürlich nicht, wie das bei Zuzu war, aber ich hatte keinerlei Wunsch, ihrem Mann auch nur ein bißchen Schmerz zuzufügen. Wenn Zuzu verächtlich von ihm sprach, mußte ich immer erst nachdenken, wen sie überhaupt meinte, und dann verteidigte ich ihn.

Mein erster Eindruck war, daß das unterste Dokument in Wilders Ordner eine Art Fahrplan darstellte, vielleicht für die Busse von Scipio nach Rochester, ein nicht sehr subtiler Hinweis also, daß ich so schnell wie möglich abhauen sollte. Aber dann wurde mir klar, daß ich selbst derjenige war, auf dessen Konto all diese Auskünfte und Abfahrten gingen. Und das Haus des Collegepräsidenten war der Busbahnhof sozusagen.

Die Genauigkeit der Verkehrszeiten und Daten wurde bezeugt von Terrence W. Steel, Jr., den ich allerdings bloß als Terry gekannt hatte. Seinen vollen Namen hatte ich nie erfahren. Ich dachte, er wäre tatsächlich das, was er angeblich sein sollte: ein neuer Gärtner der College-Verwaltung. In Wirklichkeit war er der Detektiv, den Wilder beauftragt hatte, Beweismaterial gegen mich zu beschaffen. Das wenige, was er mir jemals von sich erzählt hatte, hätte auch von GRIOT erfunden worden sein können. Vielleicht entsprach aber auch vieles der Wahrheit. Wer weiß? Und wen interessiert es?

Ich weiß noch, wie er mir erzählt hat, daß seine Frau eines Tages entdeckte, daß sie Lesbierin war, als sie sich in die Diätassistentin an einer Junior-High-School verliebte. Anschließend waren beide Frauen mit seinen 3 Kindern verschwunden. Das hätte GRIOT sich ausgedacht haben können.

–·–·–·–·–·–·–·–·–·–·–·–·–·–·–·–·–

Der Fahrplan über mich und Zuzu war mit einer notariell beglaubigten Unterschrift des Detektivs versehen. Den Notar kannte ich. Jeder kannte ihn. Es war Lyle Hooper, der Feuerwehrchef und Besitzer des *Black Cat Cafés*. Er sollte übrigens auch kurz nach dem Gefängnisausbruch umgebracht werden. Ich brauchte seinen Stempel auf dem Bericht des Detektivs bloß zu sehen, um zu wissen, daß meine Professur den Bach runter war.

Wilder sagte, der Rest der Papiere in dem Ordner seien eidesstattliche Erklärungen, die sein Detektiv eingeholt habe. Sie besagten alle dasselbe: Von der ersten Stunde an, in der ich und meine Familie in Scipio eingetroffen waren, hatte ich mich als schamloser Ehebrecher erwiesen. »Ich glaube, Sie stimmen mit mir darin überein«, sagte Wilder, »daß Ihr Verhalten in diesem Tal genau mit dem Begriff der moralischen Verworfenheit übereinstimmt, auch wenn man ihn noch so eng definiert.«

Ich legte den Ordner flach auf den Tisch, um anzudeuten, daß ich kein Bedürfnis mehr hatte, sein Inneres zu erforschen. Es war eine Geste, als ob ich beim Pokern die Karten weggelegt und gepaßt hätte. Dabei legte ich den Ordner auf den Jahresbericht des Schatzmeisters, der vor Beginn der Sitzung vor jeden Platz auf den Tisch gelegt worden war. Als ich dann ging, nahm ich diesen Bericht versehentlich mit und erfuhr auf diese Weise etwas, was ich sonst nicht gewußt hätte: Das College hatte all seinen Besitz in der Stadt Scipio unten verkauft, einschließlich der Ruinen der Brauerei, der Planwagenfabrik, der Teppichwebereien und des Grundstücks unter dem *Black Cat Café*. Käufer war derselbe japanische Konzern, dem auch das Zuchthaus gehörte.

– · – · – · – · – · – · – · – · – · – · – · – · – · – · – · – · – · – · –

Den Erlös aus diesen Verkäufen, abzüglich der Makler- und Anwaltsgebühren, hatte der Schatzmeister in Vorzugsaktien der Firma *Microsecond Arbitrage* angelegt.

– · – · – · – · – · – · – · – · – · – · – · – · – · – · – · – · – · – · –

Wilder sagte: »Das ist ein trauriger Augenblick in meinem Leben.«

»In meinem auch«, sagte ich.

»Bedauerlicherweise für alle von uns«, sagte er, »bewegt die Hand, die schreibt, sich weiter.«

»Da sprechen Sie ein großes Wort gelassen aus«, sagte ich.

Jetzt meldete sich auch der Stiftungsratsvorsitzende, Robert Moellenkamp wieder zu Wort. Er war Analphabet, aber bei den Tarkingtoniern, und mit Sicherheit auch bei sich zu Hause, berühmt für sein phänomenales Gedächtnis. Ähnlich wie sein Ahnherr, der Vater des College-Gründers, konnte Moellenkamp immer gleich alles auswendig, was man ihm 3mal vorlas. Im Zuchthaus Athena kannte ich mehrere Strafgefangene, ebenfalls Analphabeten, die das auch konnten.

Moellenkamp wollte jetzt seinerseits Shakespeare zitieren. »Ich möchte unbedingt, daß ins Protokoll kommt, was für eine schmerzliche Episode das auch für mich war«, sagte er. Und dann zitierte er die Stelle aus *Romeo und Julia*, wo der sterbende Mercutio, Romeos tapferer und witziger Freund, die Wunde beschreibt, die er bei einem Zweikampf empfing:

»Nein, nicht so tief wie ein Brunnen noch so weit wie eine Kirchtüre; aber es reicht eben hin. Fragt morgen nach mir, und ihr werdet einen stillen Mann an mir finden. Für diese Welt, glaubt's nur, ist mir der Spaß versalzen. Hol der Henker eure beiden Häuser!«

Die beiden »Häuser« sind natürlich die Montagues und die Capulets, die Familien von Romeo und Julia mit ihrer Fehde, deren schwachsinniger Haß indirekt für Mercutios vorzeitigen Abgang ins Paradies verantwortlich ist.

-·-·-·-·-·-·-·-·-·-·-·-·-·-·-

Ich habe mir dieses Zitat aus Bartletts *Familiar Quotations* geholt. Ich glaube, es würde sehr zur Verständigung beitragen, wenn auch ein paar andere Leute zugeben würden, daß sie sich die Perlen ihrer Weisheit ebenfalls aus diesem Buch und keineswegs aus dem Original holen.

-·-·-·-·-·-·-·-·-·-·-·-·-·-·-

Wenn es wirklich einen Mercutio gegeben haben sollte und wenn es wirklich ein Paradies gibt, dann sitzt Mercutio jetzt wahrscheinlich da oben und unterhält sich mit halbwüchsigen, in Vietnam gefallenen Wehrpflichtigen darüber, wie es ist, wenn man für die Dummheit und Eitelkeit anderer Leute sterben muß.

19

Ein paar Monate später, als ich schon im Zuchthaus Athena arbeitete, hörte ich, daß Robert Moellenkamp pleite und die Firma *Microsecond Arbitrage* daran schuld war, und weil er seine Yachten und seine Pferde, seinen El Greco und all das verkaufen mußte, nahm ich an, daß er auch aus dem Stiftungsrat ausscheiden würde. Von den Stiftungsratsmitgliedern wurde erwartet, daß sie dem College jedes Jahr große Summen stifteten. Warum hätte man sonst zum Beispiel Lowell Chungs Mutter, für die jedes Wort ins Chinesische übersetzt werden mußte, als Kuratoriumsmitglied geduldet?

Um ganz ehrlich zu sein, glaube ich nicht, daß Mrs. Chung Mitglied geworden wäre, wenn nicht ein anderes, kaukasisches Kuratoriumsmitglied, John W. Fedders, Jr., ein Schulfreund von Robert Moellenkamp, in Hongkong aufgewachsen wäre und bei den Sitzungen als Übersetzer fungiert hätte. Sein Vater war Importeur für Elfenbein und Nashornmehl, das viele Asiaten für ein Aphrodisiakum halten. Daneben stand er auch im Verdacht, im industriellen Maßstab mit Opium zu handeln. Fedders war vielleicht der eingebildetste Mann, den ich je gesehen habe, wenn man von Leuten in Uniform einmal absieht. Er bildete sich ein, die Tatsache, daß er fließend Chinesisch sprach, mache ihn zu einer Geistesgröße vom Range eines Atomphysikers, als ob es nicht damals schon 1 000 000 000 andere Leute, darunter sicher über 1 000 000 völlige Schwachköpfe, gegeben hätte, die mindestens genausogut Chinesisch konnten wie er.

Als ich die Kuratoriumsmitglieder vor 2 Jahren wiedersah, waren sie Geiseln und saßen in den Ställen hinter dem College. Ich war überrascht, daß Moellenkamp immer noch bei ihnen war. Man hatte ihm erlaubt, im Stiftungsrat zu bleiben, obwohl er keinen Pfennig mehr hatte. Mrs. Chung war mittlerweile ausgeschieden. Fedders war noch dabei. Und Wilder war, wie gesagt, in der Zwischenzeit auch Kuratoriumsmitglied geworden. Es gab noch ein paar andere neue Mitglieder, aber die kannte ich nicht.

Die Strapazen der Gefangenschaft überlebten alle Kuratoriumsmitglieder, obwohl sie nur gebratenes Pferdefleisch zu essen kriegten, das im Pahlavi-Pavillon über einem mit zertrümmerten Möbelstücken gespeisten Kaminfeuer gegrillt worden war. Feddersen allerdings erlitt einen Herzanfall, der nicht behandelt werden konnte, und war ziemlich schlecht dran. Als es am schlimmsten war, sprach er chinesisch.

Wenn ich den Geiseln damals nicht diesen karitativen Besuch abgestattet hätte, stünde ich jetzt nicht unter Anklage. Dann hätten sie gar nicht gewußt, daß ich überhaupt im Umkreis von 1000 Kilometern von Scipio war. Aber als ich sie besuchte, hatten sie den Eindruck, ich könnte mich frei bewegen. Und weil mich der Schwarze, der mich bewachte, mit Respekt behandelte, kamen sie auf die Idee, daß ich der Anführer sein mußte und die ganze Sache geplant hätte.

Es war ein typischer rassistischer Trugschluß, der auf der Überzeugung beruhte, Schwarze könnten nicht selbst planen. Das werde ich auch dem Gericht sagen.

- . - . - . - . - . - . - . - . - . - . - . - . - . - . - . -

In Vietnam allerdings war ich wirklich ein Anführer. Ja, und das beunruhigt mich heute noch. In meinem letzten Jahr dort, als ich Worte statt Kugeln benutzte, habe ich Argumente für all das Töten und Sterben gefunden, die sogar mich überzeugten! Ich war ein Genie des tödlichen Hokuspokus!

Wollen Sie wissen, wie ich meine Reden an die frischen Truppen anfing, die noch nicht durch den Fleischwolf gedreht worden waren? Ich nahm die Schultern zurück und drückte die Brust raus, damit sie meine Ordensbänder gut sehen konnten, und dann brüllte ich durch ein Megaphon: »Männer, ich möchte, daß ihr mir gut zuhört!«

Und das haben sie getan, das haben sie wirklich getan.

- . - . - . - . - . - . - . - . - . - . - . - . - . - . - . -

Ich habe mich in letzter Zeit gefragt, wieviele Menschen ich tatsächlich mit konventionellen Waffen getötet habe. Ich glaube nicht, daß mich mein Gewissen dazu veranlaßt. Es war vielmehr die Liste der Frauen, die ich gerade zusammenstelle. Als ich versuchte, mich an all die Namen, Gesichter, Orte und Daten zu erinnern, führte das zu der logischen Frage: »Warum nicht alle aufschreiben, die ich getötet habe?«

Ich glaube, ich werde es tun. Eine Namensliste kann das natürlich nicht sein, ich habe die Namen der Leute, die ich getötet habe, ja nie gewußt. Es muß eine Liste von Daten und Orten sein. Und wenn die Liste der Frauen die High-School-Jahre und die Prostituierten ausläßt, dann dürfen auf der Liste derer, denen ich das Leben genommen habe, auch keine Zweifelsfälle auftauchen. Auch diejenigen, die bei von mir veranlaßten Feuerüberfällen der Artillerie oder Luftangriffen den Tod fanden, dürfen nicht auftauchen, und natürlich schon gar nicht die vielen Amerikaner und Nicht-Amerikaner, die aufgrund meines Hokuspokus gestorben sind, meines ganzen Geredes.

- -

Ich habe schon seit langem eine ungefähre Zahl im Kopf. Ich war mir immer sicher, daß ich mehr Leute als mein Schwager getötet habe. Und ich war noch nicht lange als Lehrer im Zuchthaus Athena, als mir plötzlich bewußt wurde, daß ich wahrscheinlich mehr Leute getötet hatte als der Massenmörder Alton Darwin oder sonst einer der Insassen. Das hat mich aber nicht beunruhigt, weder damals noch heute. Ich finde es bloß interessant.

Es ist wie ein alter Film für mich. Heißt das vielleicht, mit mir ist was nicht in Ordnung?

- -

Mein Rechtsanwalt, ein richtiger Frischling, hat mich gerade besucht. Da ich kein Geld habe, bezahlt ihn die Bundesregierung, damit er mich vor Ungerechtigkeit beschützt. Und damit noch nicht genug. Ich darf nicht gefoltert oder auf andere Weise gezwungen werden, gegen mich selbst auszusagen. Das reinste Utopia!

Sie können mir glauben, daß meine Mitgefangenen hier und die Tausende und Abertausende auf der anderen Seeseite über die Menschenrechte wirklich heilfroh sind.

- -

Ich habe meinem Anwalt von den beiden Listen erzält. Wie soll er mir helfen, wenn ich ihm nicht alles erzähle?

»Und warum machen Sie diese Listen?« fragte er.

»Damit es schneller geht beim Jüngsten Gericht«, sagte ich.

»Ich dachte, Sie wären Atheist«, sagte er. Er hoffte, daß der Staatsanwalt das nicht rauskriegen würde.

»Man weiß ja nie«, sagte ich.

»Ich bin Jude«, sagte er.

»Ich weiß«, sagte ich. »Und bedaure Sie.«

»Warum bedauern Sie mich?« fragte er.

Und ich sagte: »Sie versuchen sich mit einer halben Bibel

durchs Leben zu schlagen. Das ist, als ob man von hier nach San Francisco fahren wollte, mit einer Straßenkarte, die in Dubuque, Iowa, endet.«

- -

Ich sagte ihm, ich wollte mit meinen 2 Listen begraben werden, damit ich dem Richter, falls es wirklich ein Jüngstes Gericht geben sollte, gleich sagen könnte: »Euer Ehren, ich kann Ihnen kostbare Zeit in der Ewigkeit ersparen. Sie brauchen gar nicht erst in dem Großen Buch, wo alles drin aufgeschrieben steht, nachschlagen. Hier ist eine Liste mit meinen schlimmsten Sünden. Keine langen Diskussionen, schicken Sie mich einfach zur Hölle.«

Mein Anwalt bat mich, die beiden Listen sehen zu dürfen, und ich zeigte ihm, was ich bisher geschrieben hatte. Er war entzückt, vor allem, weil es so ein Geschmier war. Am Rand standen alle möglichen Notizen über diese oder jene Frau oder Leiche.

»Je chaotischer, desto besser«, sagte er.

»Wie das?« fragte ich.

Und da sagte er: »Jeder halbwegs vernünftige Richter, der diese Listen sieht, wird sofort davon ausgehen, daß Sie wahrscheinlich schon seit langer Zeit seelisch gestört sind. Daß ihr Vietnam-Veteranen alle verrückt seid, glauben sie sowieso längst. Dafür seid ihr ja bekannt.«

»Aber diese Listen beruhen keineswegs auf Halluzinationen«, protestierte ich. »Sie basieren auch nicht auf irgendwelchen Informationen aus einem kleinen Radioempfänger, den mir die CIA oder die Leute in den Fliegenden Untertassen in den Schädel gesetzt haben. Das ist alles wirklich passiert.«

»Macht nichts«, sagte er fröhlich. »Macht überhaupt nichts.«

20

Als Robert Moellenkamp, der Bankrotteur-der-noch-nichts-davon-wußte, so großartig sagte: »Hol der Henker eure beiden Häuser!«, erwiderte Jason Wilder, er habe nicht den Eindruck, daß es im vorliegenden Falle um 2 Häuser ginge.

»Ich glaube nicht einmal, daß es überhaupt um 2 Dinge geht«, sagte er. »Ich bin vielmehr fest überzeugt, daß auch Mr. Hartke jetzt überzeugt ist, daß es gar keine Alternative für dieses Kuratorium gibt, als sein Entlassungsgesuch anzunehmen. Habe ich recht, Mr. Hartke?«

Ich stellte mich auf die Füße. »Dies ist der zweite schlimmste Tag meines Lebens«, sagte ich. »Der erste war, als wir aus Vietnam rausflogen. Shakespeare ist bisher zweimal zitiert worden. Das kann ich auch. Ich habe mir Gedichte zwar nie so gut merken können, aber wir hatten eine Englischlehrerin in der High-School, die darauf bestand, daß jeder Shakespeares berühmteste Verse auswendig lernte. Ich habe zwar nie erwartet, daß sie im wirklichen Leben bedeutsam für mich werden könnten, aber jetzt ist der Zeitpunkt gekommen. Also los:

›Sein oder Nichtsein, das ist hier die Frage: Ob's edler im Gemüt, die Pfeil' und Schleudern des wütenden Geschicks erdulden oder, sich waffnend gegen eine See von Plagen, durch Widerstand sie enden?

Sterben: schlafen; nichts weiter! – und zu wissen, daß ein Schlaf das Herzweh und die tausend Stöße endet, die unsers Fleisches Erbteil – 's ist ein Ziel, aufs innigste zu wünschen.

Sterben, schlafen; schlafen: und vielleicht zu träumen: ja, da liegt 's: Was in dem Schlaf für Träume kommen mögen, wenn wir den Drang des Ird'schen abgeschüttelt, das zwingt uns, still zu stehn.‹«

– · – · – · – · – · – · – · – · – · – · – · – · – · – · – · – · – · –

Der Monolog geht natürlich noch weiter, aber mehr brauchten wir damals nicht auswendig zu lernen. Unsere Lehrerin, deren Name übrigens Mary Pratt war, verlangte nicht mehr. Und warum sollte man sich überanstrengen? Für den Augenblick reichte es jedenfalls; die Drohung, ein weiterer Vietnam-Veteran könnte auf dem Universitätsgelände Selbstmord begehen, erhob sich deutlich genug.

Ich fischte den Schlüssel zum Glockenturm aus der Tasche und warf ihn mitten auf den runden Tisch, der so groß war, daß sie den Schlüssel nur dadurch zurückholen konnten, daß jemand auf den Tisch krabbelte oder sich einen langen Stock holte.

»Viel Glück mit den Glocken«, sagte ich. Und dann war ich draußen.

– · – · – · – · – · – · – · – · – · – · – · – · – · – · – · – · –

Ich verließ die Samoza Hall auf demselben Wege wie Tex Johnson. Ich setzte mich auf eine Bank am Rand des Hofes, gegenüber der Bibliothek, in der Nähe des Senior Walks. Es war angenehm, draußen zu sein.

Damon Stern, mein bester Freund in der Fakultät, kam vorbei und fragte mich, was ich da mache.

Ich säße nur so in der Sonne, sagte ich. Erst viel später, als ich mich plötzlich an der Theke des *Black Cat Cafés* wiederfand, habe ich damals jemand erzählt, daß ich entlassen worden war. Professor Stern plapperte also vergnügt vor sich hin. Er sagte, er denke daran, bei der akademischen Prozession anläßlich der Abschlußfeier auf seinem Einrad zu fahren. Die Abschlußfeier lag damals in sehr naher Zukunft: In knapp einer Stunde sollte sie stattfinden.

»Ich bin sicher, es gibt gute Argumente dafür und dagegen«, sagte ich.

Stern war aufgewachsen in Shelby, Wisconsin, wo praktisch jeder, einschließlich der Großmütter, Einradfahren konnte. Vor 60 Jahren war nämlich mal ein Zirkus in Shelby pleite gegangen und hatte einen Teil seiner Requisiten dalassen müssen, darunter zahlreiche Einräder. Auf diese Weise hatten nach und nach immer mehr Einwohner Einradfahren gelernt und bestellten weitere Einräder für sich und ihre Familien. Und so wurde Shelby die Einrad-Metropole der Welt und ist es, soviel ich weiß, bis heute geblieben.

»Ich würd's machen!« sagte ich.

»Du hast mich überzeugt«, sagte Stern. Er war glücklich. Als er gegangen war, glitten meine Gedanken auf der Brise und auf den Sonnenstrahlen zurück zu der Zeit, als ich zwar noch Uniform trug, aber schon aus dem Vietnamkrieg zurück war, und man mir den Job in Tarkington anbot. Das Angebot erfolgte in einem chinesischen Restaurant am Harvard Square in Cambridge, Massachusetts, wo ich mit meiner Schwiegermutter und meiner Frau, die damals beide noch bei Verstand waren, und meinen beiden legitimen Kindern Melanie (11) und Eugene, Jr., (8) essen wollte. Mein illegitimer Sohn Rob Roy, den ich erst 2 Wochen zuvor unwissentlich in Manila gezeugt hatte, war damals erst so groß wie eine Schrotkugel.

Ich war zu einer Aufnahmeprüfung für ein Postgraduierten-Studium am *Massachusetts Institute of Technology* nach Cambridge geschickt worden. Ich sollte einen Magister in Physik machen und anschließend als Lehrer nach West Point zurückkehren, Soldat sollte ich allerdings bleiben, Soldat bis zum Ende.

Abgesehen von der Schrotkugel erwartete mich meine Familie in dem chinesischen Restaurant, während ich in voller Uniform auf dem Weg zu ihnen war, mit Ordensbändern und allem. Oben war mein Haar kurzgeschoren, und an den Seiten und hinten ganz abrasiert. Die Leute sahen mich an, als wäre ich ein Monster. Ich hätte genausogut mit nichts als einem schwarzen Strumpfgürtel herumlaufen können.

Männer in Uniform waren damals im akademischen Umkreis zu lächerlichen Außenseitern geworden, ungeachtet der Tatsache, daß sowohl Harvard als auch das MIT einen großen Teil ihres Einkommens aus der für die Entwicklung neuer Waffensysteme nötigen Grundlagenforschung bezogen. Ich wäre zum Beispiel längst tot gewesen, wenn es kein Napalm gegeben hätte, diesen klebrigen Benzinpudding, den die chemischen Laboratorien von Harvard der Menschheit geschenkt haben.

- . - . - . - . - . - . - . - . - . - . - . - . - . - . - . -

Ich war schon fast am Ende meines Spießrutenlaufs, als jemand hinter mir sagte: »Meine Güte, ist schon Halloween?«

Ich reagierte nicht auf diese Beleidigung, verpaßte keinem akademischen Drückeberger geplatzte Trommelfelle und eine geknickte Luftröhre, über die er mal hätte nachdenken können. Ich ging einfach weiter, ich hatte ganz andere Gründe zum Unglücklichsein. Meine Frau war nämlich in meiner Abwesenheit mit den Kindern von Fort Bragg nach Baltimore gezogen, wo sie an der Johns-Hopkins-Universität ein Physiotherapie-Studium machen wollte. Ihre verwitwete Mutter wohnte ebenfalls bei ihnen. Das Haus, das sie in Baltimore bewohnten, hatten Margaret und Mildred mit dem Geld bezahlt, das ihnen mein Schwiegervater hinterlassen hatte. Es war ihr Haus, nicht meins. Ich kannte in Baltimore niemanden.

Was zur Hölle sollte ich in Baltimore? Es war genauso, als ob ich in Vietnam gefallen wäre und Margaret sich hätte ein neues Leben aufbauen müssen. Auch für meine eigenen Kinder war ich ein Monster. Auch meine Kinder sahen mich an, als ob ich nichts als einen schwarzen Strumpfgürtel anhätte.

Würden meine Frau und meine Kinder wohl stolz auf mich sein, wenn ich ihnen erzählte, daß ich nur ein Viertel der Fragen hatte beantworten können, die mir bei der Aufnahmeprüfung gestellt worden waren?

Willkommen in der Heimat!

Gerade, als ich die Tür erreicht hatte, kamen zwei hübsche Mädchen aus dem chinesischen Restaurant. Auch sie zeigten ihre Verachtung für mich, meine Uniform und meinen Haarschnitt. Also sagte ich: »Ist was? Habt ihr noch nie einen Mann gesehen, der nichts als einen schwarzen Strumpfgürtel trägt?«

An schwarze Strumpfgürtel mußte ich wohl deshalb so viel denken, weil ich Jack Patton so schmerzlich vermißte. Ich hatte den Krieg überlebt, er aber nicht, und das Geschenk, das er mir ein paar Tage vor seinem Tod geschickt hatte, war dieses Sex-Magazin *Black Garterbelt*.

Und dann saßen wir also in diesem Restaurant, und ich hatte meinen dritten *Sweet Rob Roy*. Margaret und ihre Mutter, die sich benahmen, als läge ich in Arlington 6 Fuß unter der Erde, gaben Bestellungen auf und ließen sich alles familienmäßig servieren. Wie ich bei der Prüfung abgeschnitten hatte, fragte mich niemand. Und wie es war, nach dem Krieg wieder zu Hause zu sein, fragte erst recht niemand.

Die anderen plapperten alle durcheinander, sie erzählten sich gegenseitig, was sie für Touristenattraktionen in Boston besucht hatten. Sie waren nicht etwa mitgekommen, um mir Gesellschaft zu leisten und mich moralisch zu unterstützen. Sie waren da, um die Fregatte »Old Ironsides« zu sehen und den Glockenturm, auf dem Paul Revere die Laterne geschwenkt hatte, um zu signalisieren, daß die britischen Truppen über Land auf die Stadt vorrückten, und dergleichen mehr.

Ja, und wo wir gerade von Glockentürmen reden: An diesem zauberhaften Abend erfuhr ich auch endlich, daß meine Frau, die Mutter meiner Kinder, mütterlicherseits eine ganze Anzahl von Vorfahren mit einem Dachschaden hatte, bei denen im Oberstübchen jede Menge Laternen geschwenkt wurden. Nicht nur für mich, sondern auch für Margaret war das vollkommen neu. Wir hatten zwar gewußt, daß Mildred in Peru, Indiana, aufgewachsen war. Aber alles, was sie über Peru je erzählt hatte, war, daß dort auch Cole Porter herstammte und sie sehr froh gewesen sei, als sie da rauskam.

Daß ihre Kindheit unglücklich gewesen war, hatte uns Mildred erzählt, aber das mußte ja wohl nicht unbedingt heißen, daß sie und damit auch meine Frau und meine Kinder von einer Familie stadtbekannter Idioten abstammten.

- -

Es stellte sich heraus, daß meine Schwiegermutter bei der Besichtigung der »Old Ironsides« einen Jugendfreund aus ihrer Heimatstadt Peru, Indiana, getroffen hatte, der jetzt mit seiner Frau am Nebentisch saß. Als ich mal zum Pinkeln ging, kam der Jugendfreund mit mir hinaus und erzählte mir, wie schwer es Mildred auf der High-School gehabt habe, weil sowohl ihre Mutter als auch deren Mutter in der staatlichen Heilanstalt für Geisteskranke in Indianapolis waren.

»Als sie in der Abschlußklasse war«, fuhr der Jugendfreund fort, während er die letzten Tropfen von seinem Schniedelwutz schüttelte, »wurde auch der Bruder ihrer Mutter verrückt, den sie so liebte, und legte Brände überall in der Stadt. An ihrer Stelle hätte ich mich auch wie eine verbrühte Katze davongemacht nach Wyoming.«

Das alles war, wie gesagt, für mich völlig neu.

»Das Komische war«, sagte er nachdenklich, »es erwischte sie immer erst in den mittleren Jahren.«

»Wenn ich jetzt nicht richtig lache, liegt das bloß daran, daß ich heute mit dem falschen Fuß aufgestanden bin«, sagte ich.

- -

Kaum war ich an unseren Tisch im Restaurant zurückgekehrt, als ein junger Mann, der hinter mir vorbeiging, nicht widerstehen konnte und mir mit der Hand über den Bürstenschnitt fuhr. Daraufhin drehte ich vollkommen durch! Der Bursche war ziemlich klein und langhaarig und trug ein Friedenssymbol um den Hals. Er sah aus wie Bob Dylan. Nach allem, was mir bekannt war, hätte es tatsächlich Bob Dylan sein können. Ich knallte ihm eine, und er flog rückwärts in die Arme eines Kellners, der ein hochbeladenes Tablett trug.

Das chinesische Essen segelte durchs ganze Lokal, und die Hölle brach los!

- -

Ich rannte nach draußen. Alle waren meine Feinde. Ich war wieder drüben in Vietnam!

Aber dann ragte eine Gestalt vor mir auf wie Jesus Christus. Er trug zwar einen Anzug und eine Krawatte, aber er hatte auch einen langen Bart, und in seinen Augen waren Liebe und Mitleid. Er schien alles über mich zu wissen, und so war es tatsächlich. Es war nämlich Sam Wakefield, der seinen Dienst als General quittiert hatte, zur Friedensbewegung übergelaufen und jetzt Collegepräsident in Tarkington geworden war.

Er sagte auch diesmal wieder, was er schon vor so langer Zeit beim Wettbewerb junger Naturwissenschaftler in Cleveland zu mir gesagt hatte: »Wohin so eilig, mein Sohn?«

21

Wenn ich mich an meine Heimkehr aus Vietnam erinnere, muß ich immer an Bruce Bergeron, einen meiner Schüler in Tarkington denken. Ich habe ihn schon erwähnt. Nachdem er seinen *Associate in the Arts and Sciences* gemacht hatte, wurde er Tänzer bei den *Ice Capades* und schließlich in Dubuque ermordet. Sein Vater war Präsident der *Wildlife Rescue Federation*.

Als ich Bruce im Musikunterricht hatte, spielte ich mal eine Aufnahme von Tschaikowskys Ouvertüre *1812*. Ich erklärte den Studenten, daß dieses Musikstück mit einem konkreten historischen Ereignis zu tun hätte, der Niederlage Napoleons in Rußland. Ich fragte sie, ob ihnen ein wichtiges Ereignis aus ihrem eigenen Leben und ein dazu passendes Musikstück einfalle. Sie sollten aber sowohl über das Ereignis als auch über das Musikstück eine Woche lang nachdenken, ehe sie irgend jemandem davon erzählten. Ich wollte, daß der Deckel draufblieb, solange die Musik in ihrem Kopf kochte.

Das Ereignis, das Bruce Bergeron in seinem Kopf in Musik umzusetzen versuchte, hatte stattgefunden, als er ungefähr 6 Jahre alt war und mit seinem haitianischen Kindermädchen im Winterschlußverkauf bei Bloomingdales in New York im Aufzug steckengeblieben war. Eigentlich hatten sie ins *American Museum of Natural History* gehen sollen, aber das Kindermädchen hatte (ohne Erlaubnis ihrer Arbeitgeber, versteht sich) vorher unbedingt noch seinen Verwandten preiswertes Bettzeug nach Haiti schicken wollen.

Der Aufzug blieb unmittelbar unterhalb der Bettwäscheabteilung stecken. Es war ein automatischer Aufzug. Es gab keinen Liftboy. Die Kabine war einfach blockiert. Als sich herausstellte, daß sie sich nicht mehr weiterbewegen würde, drückte jemand auf den Alarmknopf, und die Passagiere hörten weit unter sich eine Klingel schrillen. Bruce sagte, das sei das erste Problem in seinem Leben gewesen, das die Erwachsenen nicht sofort beseitigen konnten.

In der Kabine war eine Wechselsprechanlage gewesen, aus der eine Frauenstimme sich meldete und den Leuten sagte, sie sollten die Ruhe bewahren. Bruce erinnerte sich, daß sie vor allem einen Punkt mehrfach hervorhob: Niemand sollte einen Versuch machen, durch die kleine Falltür in der Kabinendecke zu klettern. Wenn jemand das versuchen sollte, könne Bloomingdales keinerlei Verantwortung für das übernehmen, was dem- oder derjenigen danach widerfuhr.

Die Zeit verging. Und dann verging noch ein bißchen mehr Zeit. Dem kleinen Bruce war es vorgekommen, als ob sie schon 1 Jahrhundert so feststeckten. Wahrscheinlich waren es aber nur 20 Minuten.

Der kleine Bruce glaubte, sich im Mittelpunkt eines größeren Ereignisses der amerikanischen Geschichte zu befinden. Er glaubte, nicht nur seine Eltern, sondern auch der Präsident der Vereinigten Staaten würde davon im Fernsehen hören. Wenn man sie befreite, dachte er, würden sie von Musikkapellen und jubelnden Menschenmassen begrüßt werden.

Der kleine Bruce erwartete ein Festbankett und eine Tapferkeitsmedaille, weil er nicht in Panik geraten war und nicht gesagt hatte, er müsse mal austreten.

Dann war der Aufzug plötzlich ein paar Zentimeter nach oben geruckt und noch einmal stehen geblieben. Dann ruckte er einen ganzen Meter nach oben, wie bei einem Nachbeben. Die Türen glitten zur Seite und enthüllten, hinter ein paar gewöhnlichen Kunden, die einfach auf den nächsten Aufzug warteten und gar nicht mitbekommen hatten, daß ihrer eine Panne gehabt hatte, das hektische Schlußverkaufstreiben der Bettwäscheabteilung.

Alles, was sie wollten, war, daß die Leute aus dem Aufzug ausstiegen, damit sie selbst reinkonnten.

Es war nicht mal jemand vom Management da, um sich zu entschuldigen und nachzusehen, ob niemand verletzt war. Alle Maßnahmen zur Befreiung der gefangenen Passagiere waren weit entfernt von ihnen in Gang gesetzt worden – eben da, wo die Maschinerie war, wo die Klingel geschrillt hatte und wo die Frau sich befand, die ihnen gesagt hatte, sie sollten die Ruhe bewahren und nicht aus der Falltür herausklettern.

Und damit hatte es sich.

Das Kindermädchen kaufte ihr Bettzeug, und dann ging sie mit dem kleinen Bruce ins Naturkundliche Museum. Er mußte ihr versprechen, seinen Eltern nicht zu erzählen, daß sie bei Bloomingdales gewesen waren – und das hat er auch niemals getan.

Er hatte es ihnen immer noch nicht erzählt, als er bei mir im Musikunterricht mit der Wahrheit herausrückte.

»Wissen Sie, was Sie da gerade perfekt beschrieben haben?« fragte ich ihn.

»Nein«, sagte er.

Und ich sagte: »Genauso war es, als wir aus dem Vietnamkrieg zurückkamen.«

22

Ich habe über den 2. Weltkrieg gelesen. Sowohl Soldaten als auch Zivilisten, und sogar kleine Kinder waren stolz darauf, daß sie eine Rolle darin gespielt hatten. Es war, wenn man damals lebte, offenbar unmöglich, sich nicht als Teil dieses Krieges zu fühlen. Ja, und das Leiden und Sterben der Soldaten, Matrosen und Marinesoldaten wurde ein bißchen von allen gespürt.

Der Vietnamkrieg gehört dagegen ganz allein uns, also denen, die persönlich in diesem Krieg gekämpft haben. Sonst hatte anscheinend niemand etwas damit zu tun. Alle anderen sind rein wie frischgefallener Schnee. Nur wir sind schmutzig und dumm, weil wir so einen Krieg geführt haben. Und als wir ihn verloren hatten, war das die Strafe dafür, daß wir ihn angefangen hatten. An dem Tag zum Beispiel, als ich in diesem chinesischen Restaurant am Harvard Square zeitweilig durchdrehte, waren alle anderen Leute riesig erfolgreich.

- · - · - · - · - · - · - · - · - · - · - · - · - · - · - · -

Ehe ich explodierte, redete Mildreds Jugendfreund aus Peru, Indiana, als ob wir in verschiedenen Branchen arbeiteten, so als wäre ich Orthopäde oder Stahlblechlieferant und nicht etwa jemand, der sein Leben riskiert und seinen Verstand und seine Würde geopfert hatte für ihn.

Er war übrigens in Indianapolis im Medizinmüllgeschäft. Ein Gewerbe, über dessen Einzelheiten man sich gern was erzählen läßt, während man in einem chinesischen Restaurant sitzt und allen Leuten Werweißwas von ihren Eßstäbchen baumelt.

Seine alltäglichen Aufgaben, sagte er, hätten mindestens ebenso mit Ästhetik zu tun wie mit Toxidität. Er sagte wirklich »Ästhetik« und »Toxidität«.«

»Niemand«, sagte er, »findet gern einen Finger oder einen Fuß in der Abfalltonne oder auf einer Mülldeponie, auch wenn sie für die öffentliche Gesundheit nicht gefährlicher sind als die Überreste eines Koteletts.«

Dann fragte er, ob ich irgendwas von den Dingen auf seinem Tisch probieren wolle.

»Nein danke, Sir«, sagte ich.

»Aber Ihnen von so etwas zu erzählen«, sagte er, »heißt ja wohl, Eulen nach Athen tragen.«

»Wie das?« Ich versuchte, ihm einfach nicht zuzuhören, aber dabei starrte ich ständig in das Gesicht meiner potentiell wahnsinnigen Schwiegermutter, und das war nicht gerade die richtige Ablenkung. Daß sie inzwischen ein fester Bestandteil unseres Haushalts geworden war, ließ sich offenbar nicht mehr rückgängig machen. Sie wußte ja nicht, wo sie hinsollte. Es war ein *fait accompli.*

»Na ja, Sie waren doch im Krieg«, sagte er, und wie er es sagte, ließ keinen Zweifel daran, daß er diesen Krieg für meinen privaten Krieg hielt. »Ich meine, ihr müßt doch auch bestimmte Müllbeseitigungsprobleme gehabt haben.«

Genau in diesem Augenblick tätschelte der junge Mann die Stoppeln auf meinem Kopf, und mein Gehirn explodierte wie eine Feldflasche voll Nitroglyzerin.

– · – · – · – · – · – · – · – · – · – · – · – · – · – · – · – · – · – · – · –

Mein Anwalt, höchst ermutigt von den 2 Listen, die ich erstelle, und von der Tatsache, daß ich nie masturbiert habe, dafür aber gern putze, fragte mich gestern, warum ich nie fluche. Als er kam, war ich gerade dabei, die Fenster in der Bibliothek hier zu putzen, obwohl mir niemand gesagt hat, ich sollte das tun.

Also erklärte ich ihm, was mich mein mütterlicher Großvater gelehrt hatte: daß Flüche und häßliche Worte den Leuten nur erlaubten, einem nicht richtig zuzuhören.

Ich erzählte ihm eine Geschichte, die ich von meinem Großvater kannte. Sie handelt von einer Stadt, in der jeden Tag mittags um 12 eine Kanone abgefeuert wurde. Aber eines Tages wurde der Kanonier in letzter Minute krank und war zu schwach, um die Kanone abzufeuern.

Es herrschte also Stille am Mittag. Und als die Sonne im Zenith stand, schraken alle Leute zusammen und fragten sich gegenseitig: »Ach, herrje! Was war denn das?«

Mein Anwalt wollte wissen, was das jetzt damit zu tun hätte, daß ich nicht fluchte.

Ich sagte ihm, in einer Gegend der Welt, in der so unflätig geflucht würde wie hier, könne ein »Ach, herrje!« genauso verblüffend wie ein Kanonenschuß sein.

– · – · – · – · – · – · – · – · – · – · – · – · – · – · – · –

Damals im Jahre 1975, auf dem Harvard Square, machte sich Sam Wakefield erneut zum Steuermann meines Schicksals. Er sagte mir, ich sollte draußen auf dem Bürgersteig bleiben, wo ich mich sicher fühlte. Ich zitterte wie Espenlaub. Ich hätte am liebsten gebellt wie Hund.

Er ging in das chinesische Restaurant, und irgendwie gelang es ihm, die Leute zu beruhigen, unter anderem dadurch, daß er anbot, den gesamten angerichteten Schaden auf der Stelle aus eigener Tasche in bar zu bezahlen. Er hatte eine sehr wohlhabende Frau namens Andrea, die nach seinem Selbstmord Tarkingtons *Dean of Women* wurde. Sie starb 2 Jahre vor dem Gefängnisausbruch und ist deshalb nicht in der Nähe der Ställe begraben, wo beim Sonnenuntergang die Schatten vom Musket Mountain hinfallen.

Andrea ist neben ihrem Mann in Bryn Mawr, Pennsylvania, begraben. Die Gletscher können die 2 aber immer noch bis nach West Virginia oder Maryland runterschieben. *Bon Voyage*!

– · – · – · – · – · – · – · – · – · – · – · – · – · – · – · –

Andrea Wakefield war die zweite Person, mit der ich sprach, nachdem mich Tarkington entlassen hatte. Damon Stern war der erste gewesen. Ich rede jetzt wieder von 1991. Die anderen aßen alle Hummer. Andrea kam den Senior Walk herauf, wo sie ein Stück weiter unten Damon Stern begegnet war.

»Ich dachte, Sie wären im Pavillon, um dort Hummer zu essen«, sagte Andrea.

»Keinen Hunger«, sagte ich.

»Ich kann es nicht ertragen, daß sie lebend gekocht werden«, sagte sie. »Wissen Sie, was mir Damon Stern gerade erzählt hat?«

»Ich bin sicher, es war interessant«, sagte ich.

»Unter der Herrschaft von Heinrich VIII«, sagte sie, »wurden Falschmünzer lebendig gekocht.«

»Das Showgeschäft ist hart«, sagte ich. »Wurden sie denn *öffentlich* gekocht?«

»Das hat er mir nicht verraten«, sagte sie. »Und was machen Sie hier?«

»Ich genieße die Sonne«, behauptete ich.

Sie schien mir zu glauben. Sie setzte sich neben mir auf die Bank. Sie trug schon ihren Talar für den feierlichen Aufzug der Professoren anläßlich der Abschlußfeier. Der Besatz ihrer Kapuze zeigte an, daß sie an der Sorbonne in Paris studiert hatte. Neben ihren Pflichten als *Dean of Women*, wo sie sich vor allem mit ungewollten Schwangerschaften, Drogenabhängigkeit und dergleichen auseinandersetzen mußte, lehrte sie auch noch Französisch, Italienisch und Ölmalerei. Sie stammte aus einer wirklich vornehmen alten Familie in Philadelphia, die der Menschheit eine bemerkenswerte Anzahl von Lehrern, Rechtsanwälten, Ärzten und Künstlern geschenkt hatte. Andrea Wakefield war möglicherweise wirklich, was Jason Wilder und viele andere Mitglieder des Stiftungsrates gern gewesen wären: eins der höchstentwickelten Geschöpfe auf dem Planeten.

Sie war erheblich klüger als ihr Mann. Ich habe sie immer mal fragen wollen, wie sie als Quäkerin einen Berufssoldaten heiraten konnte, bin aber nie dazu gekommen.

Und jetzt ist es zu spät.

- -

Obwohl sie mit ihren ungefähr 60 Jahren damals schon 10 Jahre älter war als ich heute, war Andrea Wakefield die beste Eiskunstläuferin in der Fakultät. Ich glaube, für sie war, mit dem richtigen Partner, Eiskunstlauf Erotik genug. General Wakefield konnte ums Verrecken nicht eislaufen. Der beste Partner, den sie in Tarkington auf dem Eis hatte, war vermutlich Bruce Bergeron, der als kleiner Junge bei Bloomingdales im Aufzug steckengeblieben war, der als junger Mann kein anderes College als Tarkington fand, das ihn aufnahm, der danach Tänzer bei einer Eisrevue wurde und schließlich von jemandem ermordet wurde, der vermutlich Homosexuelle haßte oder einen von ihnen zu sehr liebte.

Andrea und ich hatten nie eine Liebesaffäre gehabt. Sie war viel zu glücklich für mich und vielleicht auch ein bißchen zu alt.

»Ich möchte, daß Sie wissen, daß ich Sie für einen Heiligen halte«, sagte Andrea.

»Wie das?« fragte ich.

»Sie sind so nett zu Ihrer Schwiegermutter und Ihrer Frau.«

»Es ist einfacher als das, was ich für die Präsidenten und die Generäle der Vereinigten Staaten und für Henry Kissinger getan habe«, sagte ich.

»Aber diesmal ist es ganz freiwillig«, sagte sie.

»Freiwillig war das andere auch«, sagte ich. »Ich bin richtig kriegsbegeistert gewesen.«

»Wenn ich daran denke, wieviele Männer heutzutage ihre Ehen aufzulösen versuchen, sobald sie im mindesten unbequem werden«, sagte sie, »finde ich trotzdem, daß Sie ein Heiliger sind.«

»Die beiden wollten gar nicht hierherkommen, wissen Sie«, sagte ich. »Sie waren sehr glücklich in Baltimore, und Margaret wäre Physiotherapeutin geworden.«

»Es war doch nicht dieses Tal, was sie krank gemacht hat,

oder?« fragte sie. »Es war jedenfalls nicht dieses Tal, was meinen Mann krank gemacht hat.«

»Nein«, sagte ich. »Es war eine Uhr, was sie krank gemacht hat. Irgendwann hätte es auf jeden Fall Mitternacht für die beiden geschlagen, ganz egal wo sie sich gerade aufhielten.«

»So war das bei Sam, glaube ich, auch«, sagte sie. »Ich kann mich jedenfalls nicht schuldig fühlen.«

»Das sollten Sie auch nicht«, sagte ich.

»Ich glaube, als er bei der Armee den Dienst quittiert hat und zur Friedensbewegung gegangen ist«, sagte sie, »wollte er die Uhr anhalten. Hat aber nicht funktioniert.«

»Ich vermisse ihn«, sagte ich.

»Sehen Sie zu, daß der Krieg Sie nicht auch noch umbringt«, sagte sie.

»Machen Sie sich wegen mir keine Sorgen«, sagte ich.

- . - . - . - . - . - . - . - . - . - . - . - . - . - . - . - . - . -

»Haben Sie eigentlich das Geld inzwischen gefunden?« fragte Andrea. Sie redete von dem Geld, das Mildred für das Haus in Baltimore gekriegt hatte. Als sie noch einigermaßen gesund war, hatte Mildred das Geld bei der *First National Bank of Rochester* in Scipio eingezahlt. Aber als die Bank vom Sultan von Brunei gekauft worden war, hatte sie das Geld wieder abgehoben, ohne Margaret oder mir davon etwas zu sagen. Sie hatte das Geld irgendwo versteckt, konnte sich aber nicht mehr erinnern, wo.

»Ich denke schon gar nicht mehr darüber nach«, sagte ich. »Wahrscheinlich hat es längst jemand anderes gefunden. Kinder vielleicht. Oder die Handwerker, die unser Haus renoviert haben. Wer immer es gewesen ist, wird es bestimmt niemand sagen.«

Wir redeten über $ 45 000 und etwas Kleingeld.

»Ich weiß, ich sollte mich darüber aufregen«, sagte ich. «Aber irgendwie schaffe ich das nicht.«

»Daran ist der Krieg schuld.«

»Wer weiß?« sagte ich.

- . - . - . - . - . - . - . - . - . - . - . - . - . - . - . - . - . -

Während wir so im Sonnenschein plauderten, wurde unten im Tal ein schweres Motorrad angelassen, in der Gegend des *Black Cat Cafés*. Dann donnerte ein zweites los, und dann noch eins.

»Sind das die Hell's Angels? Glauben Sie, es geht los?« fragte Andrea.

Sie spielte darauf an, daß Tex Johnson, der Collegepräsident, seit er mal einen Motorrad-Film gesehen hatte, ständig in der Furcht lebte, eine Bande Hell's Angels könnte Tarkington überfallen. Diese Phantasie war für ihn so real, daß er sich in einem Drugstore in Portland, Oregon, ein israelisches Gewehr mit Zielfernrohr gekauft hatte, als er mit seiner Frau Zuzu zusammen deren Halbschwester besucht hatte. Es war dies auch die Waffe, die schließlich zu seiner Kreuzigung führte.

Aber heute erschien seine Vision eines Überfalls von Hell's Angels gar nicht mehr so komisch. Ein mächtiger Weltuntergangs-Chor von schweren *Basso-profundo*-Maschinen wurde immer lauter und lauter.

Kein Zweifel, es näherte sich! Wer und was auch immer es sein mochte, das Ziel der Attacke konnte nur Tarkington sein!

23

Es waren allerdings keine Hell's Angels.

Es waren überhaupt keine Angehörigen der unteren Klassen.

Es war ein von Arthur Clarke, dem fröhlichen Milliardär, angeführter Korso extrem erfolgreicher amerikanischer Bürger, von denen die meisten auf Motorrädern, ein Teil aber auch in Limousinen den Berg heraufkamen. Clarke selbst saß auf einem Motorrad, und hinter ihm klammerte sich die lebenslange, mittlerweile 60jährige Filmschauspielerin Gloria White, der die Röcke bis über die Hüften hochgerutscht waren, in Todesangst an den Sattel!

Die Nachhut bildeten ein Lautsprecherwagen und ein Laster, der auf seiner Ladefläche einen zusammengelegten Heißluftballon mitführte. Als der Ballon später in der Mitte des Hofes aufgeblasen wurde, zeigte es sich, daß er die Form eines Schlosses hatte, das Clarke in der Republik Irland besaß!

- -

Hust, hust. Stille. Und noch 2: Hust, hust. So, jetzt geht's mir wieder besser. Hust. Schon gut. Jetzt geht es mir bestimmt besser. *Peace.*

- -

Es handelte sich aber nicht etwa um den Science-fiction-Schriftsteller Arthur C. Clarke, der all diese Bücher über das Schicksal der Menschheit in anderen Teilen des Weltalls verfaßt hatte, sondern um Arthur K. Clarke, den milliardenschweren Spekulanten, der allenfalls ein paar Bücher und Magazine über die Hochfinanz veröffentlicht hatte.

- -

Hust. Bitte entschuldigen Sie. Diesmal mit ein bißchen Blut. Oder in Shakespeares unsterblichen Worten:

»Fort, verdammter Fleck! fort, sag ich! Eins, zwei! Nun, dann ist es Zeit, es zu tun. Die Hölle ist finster! Pfui, mein Gemahl, pfui! ein Soldat und furchtsam! Was haben wir zu fürchten, wer es weiß, da niemand unsre Gewalt zur Rechenschaft ziehen darf? Aber wer hätte gedacht, daß der alte Mann noch so viel Blut in sich hätte?«

Amen. Und ein besonderes Dankeschön an Bartletts *Familiar Quotations*.

- -

Als ich bei der Armee war, hab' ich sehr viel Science-fiction gelesen, darunter auch Arthur C. Clarkes *Die letzte Generation*, das ich für ein Meisterwerk hielt. Am bekanntesten ist allerdings sein Film *2001*, das Jahr, in dem ich jetzt schreibe und huste.

In Vietnam habe ich *2001* zweimal gesehen. Ich weiß noch, daß bei 1 dieser Vorführungen 2 verwundete Soldaten in Rollstühlen in der ersten Reihe saßen. Die ganze erste Reihe waren Rollstühle. Die beiden Soldaten hatten zwar zerschmetterte Füße, aber von den Knien an aufwärts schienen sie völlig in Ordnung, und Schmerzen hatten sie auch keine. Sie warteten wohl auf ihren Rücktransport in die Vereinigten Staaten, wo ihnen Prothesen angepaßt werden sollten. Ich glaube, sie waren beide nicht älter als 18. Einer war schwarz, und 1 war weiß.

Als das Licht wieder anging, hörte ich, wie der Schwarze zu dem Weißen sagte: »Kannst *du* mir sagen, was das jetzt alles sollte?«

Und der Weiße sagte: »Keine Ahnung. Das einzige, was mich interessiert, ist, daß ich so schnell wie möglich nach Cairo, Illinois, zurückkomme.«

Er sagte nicht »*kai*-ro«, sondern »*kei*-ro«.

Meine Schwiegermutter aus Peru, Indiana, spricht den Namen ihres Geburtsortes »*pie*-ru« aus, und nicht etwa »*peru*«.

Und den Namen einer anderen Stadt in Indiana, die Brazil heißt, spricht sie aus, als hieße sie »Brassel«.

– · – · – · – · – · – · – · – · – · – · – · – · – · – · – · –

Arthur K. Clarke kam nach Tarkington, um sich zum *Grand Contributor to the Arts and Sciences Degree* ehrenhalber ernennen zu lassen.

Es war dem College gesetzlich verboten, irgendwelche akademischen Würden zu verleihen, die den Eindruck erweckten, der damit Ausgezeichnete hätte womöglich ernsthafte Arbeit geleistet. Und Paul Slazinger, der ehemalige *Writer in Residence*, war sogar der Ansicht, auch die echten Hochschulen dürften keine »Ehrendoktorwürden« verleihen, sondern bestenfalls nur »Wichtigtuerwürden«.

Aus dem Vietnamkrieg allerdings konnte sich ein Wehrpflichtiger heraushalten, wenn er sich in Tarkington einschrieb. Was die Musterungsbehörden anging, war Tarkington genauso echt wie das MIT. Aber das war vielleicht eine politische Sache.

Es muß sogar eine sehr politische Sache gewesen sein.

Jedermann wußte, daß man Arthur Clarke eine völlig bedeutungslose Urkunde ausstellen würde. Aber nur Tex Johnson, die Campuspolizei und der Provost wußten im voraus, welchen spektakulären Auftritt der Kandidat plante. Es war eine geradezu militärische Operation. Die ungefähr 30 Motorräder und der Ballon waren schon im Morgengrauen hinter dem *Black Cat Café* abgestellt worden.

Und dann waren Clarke und Gloria White und der Rest, zu dem auch Henry Kissinger gehörte, in großen Limousinen am Flughafen Rochester abgeholt worden, der Lautsprecherwagen fuhr hinterher. Kissinger war nicht bereit gewesen, sich auf ein Motorrad zu setzen. Auch ein paar andere wurden in ihren Limousinen bis auf den Campus gebracht.

Aber genau wie die Leute auf den Motorrädern trugen auch die in den Limousinen goldene, mit Dollarzeichen verzierte Sturzhelme.

Bloß gut, daß Tex Johnson über Clarkes Motorrad-Korso Bescheid wußte, sonst hätte er ihn womöglich mit seinem israelischen Gewehr aus Oregon abgeschossen.

Für den Jüngsten Tag wäre Clarkes großer Auftritt eine gute Generalprobe gewesen. Der Hl. Johannes in der Bibel konnte sich so eine Show mit so viel ohrenbetäubendem Krach, mit Rauch, Gold, Löwen, Adlern und Thronen, mit Prominenten, wunderbaren Himmelserscheinungen und so weiter bloß ausdenken. Aber Arthur K. Clarke hatte diese Show mit moderner Technologie und einigen Tonnen Bargeld in die Tat umgesetzt!

Die Motorradfahrer mit den goldenen Helmen bildeten ein offenes Karree auf dem Hof und ließen ihre Maschinen ordentlich röhren.

Arbeiter in weißen Overalls begannen, den Ballon aufzublasen.

Und der Lautsprecherwagen übertönte das alles noch mit einer auf volle Lautstärke gedrehten Tonbandaufnahme einer Dudelsacktruppe.

Arthur Clarke, rittlings auf seinem Motorrad, schien mich direkt anzusehen. Aber das lag nur daran, daß über mir auf dem Balkon einige Kumpel von ihm aus dem Stiftungsrat standen und ihm vergnügt zuwinkten. Ich fühlte mich tief verletzt von diesem Beweis, daß man sich mit viel Geld viel Spaß verschaffen konnte.

Deshalb gähnte ich demonstrativ, drehte Clarke und seiner Show den Rücken zu und ging davon, als hätte ich weitaus Wichtigeres zu tun, als seine Albernheit anzugaffen.

Deshalb verpaßte ich auch den Augenblick, in dem der Ballon sein Haltetau sprengte und ebenso losgelöst wie ich selbst davonsegelte: erst über den See und dann über das Zuchthaus.

Alles, was die Gefangenen dort von der Außenwelt sehen konnten, war der Himmel. Diejenigen, die gerade beim Hofgang waren, sahen also einen Augenblick lang ein Schloß über sich. Was um alles in der Welt konnte die Erklärung dafür sein?

»Es gibt mehr Ding' im Himmel und auf Erden, als eure Schulweisheit sich träumen läßt.« – Bartletts *Familiar Quotations*.

Das leere Schloß mit seiner abgerissenen Vertäuung, ein Spielzeug des Windes, war mir in vielem sehr ähnlich. Wir waren uns sogar so ähnlich, daß ich ebenfalls, noch ehe die Sonne unterging, einen überraschenden Besuch im Knast machen sollte.

Wäre der Ballon so weit unten gewesen wie ich, wäre er vermutlich auch erst noch ein paarmal hin- und hergeweht worden, ehe der vorherrschende Wind ihn erfaßt und über den See geweht hätte. Was mich allerdings zu meinem Zickzackkurs veranlaßte, waren nicht zufällige Windstöße, sondern die Befürchtung, ich könnte dieser oder jener Person begegnen, die es in ihrer Hand hatte, mir das Leben noch schwerer zu machen, als es ohnehin war. Vor allem wollte ich Zuzu Johnson nicht in die Arme laufen, oder der im Aufbruch befindlichen Campuskünstlerin Pamela Ford Hall.

Aber wie das Leben so spielt, entging ich natürlich weder der einen noch der anderen.

Ich wäre lieber Zuzu als Pamela begegnet; denn Pamela war inzwischen völlig aufgelöst, Zuzu aber nicht. Indes wie ich schon sagte: ich begegnete beiden.

Ich war nicht daran schuld, daß Pamela durchgedreht hatte. Es war ihre Einzelausstellung in Buffalo ein paar Monate früher gewesen. Was dort schiefgegangen war, hatten, außer ihr selbst, alle anderen komisch gefunden. Es war sogar in der Zeitung und im Fernsehen gewesen. Ein paar Tage lang war sie die heitere Nummer am Ende der Nachrichten, ein bißchen Abwechslung nach all den Meldungen über das rasche Wachstum der Gletscher am Nord- und am Südpol und das Wachstum der Wüsten am Äquator, wo die Regenwälder verbrannt waren. Und eine neue Ölkatastrophe hatte es auch gegeben. Neue Ölkatastrophen gab es ja ständig.

Und wenn Denver, Santa Fe und Le Havre in Frankreich damals noch nicht wegen der radioaktiven Verseuchung des Trinkwassers evakuiert worden waren, dann würde es bestimmt nicht mehr lange dauern.

Was mit Pamelas Ausstellung passierte, gab vielen Leuten Gelegenheit, sich über die moderne Kunst lustig zu machen, die nur den Reichen angeblich gefiel.

Wie ich schon sagte, arbeitete Pamela in Polyurethan. Dieses Material ist leicht zu schneiden, wiegt beinahe nichts, stinkt allerdings wie Urin, wenn es heiß wird. Außerdem waren ihre Skulpturen sehr klein, gebückt sitzende Frauen in weiten Röcken, deren Gesichter man nicht sah. Jede dieser Figuren hätte in einem Schuhkarton Platz gehabt.

Aus diesem Grund wurden sie in Buffalo auf Sockel gestellt, aber nicht festgeklebt. Wind und Wetter waren ja in einem Museumssaal kein Problem, zwischen Pamelas Kunstwerken und dem Haupteingang am Lake Erie lagen 3 doppelte Glastüren.

– · – · – · – · – · – · – · – · – · – · – · – · – · – · – · – · –

Das Museum, das *Hanson Centre for the Arts,* war brandneu. Eine in Buffalo lebende Rockefeller-Erbin, die durch den Verkauf des New Yorker Rockefeller Centers an die Japaner zu viel Geld gekommen war, hatte es der Stadt geschenkt. Die alte Dame konnte sich auch nur im Rollstuhl bewegen. Sie war allerdings nicht in Vietnam auf eine Mine getreten. Ich glaube, es war einfach das Alter, was ihr die Beine gelähmt hatte, und das lange Warten auf den Verkauf der Rockefeller-Immobilien, der ihr endlich ein bißchen Kleingeld verschaffte.

Da es sich um die feierliche Eröffnung des Museums handelte, war viel Presse anwesend. Pamelas erste Einzelausstellung, die sie ›Stadtstreicherinnen‹ genannt hatte, war nur Nebensache, obwohl sie in der Galerie stattfand, wo ein Streichquartett spielte und Champagner und Kaviarhäppchen serviert wurden. Es wurde aber nur Smoking verlangt.

Die Stifterin, Miß Hanson, kam als letzte. Sie wurde in ihrem Rollstuhl auf der obersten Stufe vor dem Eingang abgesetzt. Dann wurden alle 3 doppelten Glastüren zwischen Pamelas ›Stadtstreicherinnen‹ und dem Nordpol weit aufgerissen. Daraufhin flogen sämtliche Stadtstreicherinnen von ihren Sockeln. Sie landeten auf dem Fußboden und wurden an die Gitter in den Wänden gedrückt, hinter denen sich heiße Heizungsrohre verbargen.

Die Fernsehkameras fingen den Vorgang in allen Einzelheiten ein. Nur den Geruch des heißen Polyurethans konnten sie nicht wiedergeben. Was für ein lustiger Zwischenfall! Was für eine Entspannung nach all den alltäglichen Sorgen! Wer sagt's denn, daß Nachrichten immer nur grausam sein müssen?

24

Pamela saß bei den Ställen und schmollte. Im Schatten von Musket Mountain lagen die Ställe aber noch nicht. Die Sonne sollte erst in 7 Stunden untergehen.

Es war dies natürlich Jahre vor dem Ausbruch aus dem Gefängnis, aber es lagen damals schon 2 Tote und 1 menschlicher Schädel da draußen. Von den 2 Toten wußte jeder; sie waren in allen Ehren bestattet und obendrauf war ein Grabstein gestellt worden. Der Schädel war eine perfekte Überraschung, als am Ende des Gefängnisausbruchs mit einem Bagger neue Gräber ausgehoben wurden.

Wem hatte der Schädel gehört?

- -

Die 2 Toten waren Tarkingtons erster Lehrer für Botanik, Deutsch und Flötenspiel, der Braumeister Hermann Shultz und seine Frau Sophia. Sie waren während der Diphterie-Epidemie des Jahres 1893 im Abstand von nur 1 Tag gestorben. Am Tag, als ich entlassen wurde, lagen sie in ziemlich frischen Gräbern, obwohl ihr gemeinsamer Grabstein schon 98 Jahre alt war. Grabstein und Leichen waren nämlich erst vor kurzem verlegt worden, um Platz für den Pahlavi-Pavillon zu schaffen.

Der Totengräber aus der Stadt unten, der 1987 die Umbettung durchgeführt hatte, berichtete, die Leichen seien bemerkenswert gut erhalten. Er lud mich ein, sie mir anzusehen, aber ich erklärte ihm, sein Wort genüge mir vollkommen.

- -

Können Sie sich das vorstellen? Nach all den Leichen, die ich in Vietnam gesehen und zum Teil selbst gemacht hatte, war ich plötzlich zu zimperlich, mir noch 2 weitere anzusehen, mit denen ich gar nichts zu tun hatte. Ich kann es mir selbst nicht erklären. Vielleicht war ich plötzlich wieder ein unschuldiger kleiner Junge geworden.

Ich hab ein bißchen in Bartletts *Familiar Quotations*, der Bibel der Atheisten, geblättert, um ein Zitat über unerwartete Zimperlichkeiten zu finden. Aber alles, was ich gefunden habe, war, was Lady Macbeth zu ihrem Pantoffelhelden von Ehemann sagte: »Pfui! ein Soldat und furchtsam?«

- -

Apropos Atheismus: Ich weiß noch, wie ich mal mit Jack Patton bei einem Gottesdienst war, den der höchste Geistliche der Armee hielt, ein General.

Die Predigt fußte auf der, wie er behauptete, wohlbekannten Tatsache, daß es in den Schützengräben keine Atheisten gäbe.

Als ich Jack danach fragte, wie er die Predigt gefunden habe, sagte er: »Das war mal ein Feldgeistlicher, der noch nie an der Front war.«

- -

Der Totengräber, der inzwischen selbst in einem zugeschütteten Graben hinter den Stallungen liegt, hieß Norman Updike, er war ein Nachfahre der frühen holländischen Siedler im Tal. Damals, 1987, erzählte er mir in seiner herzhaften Art, daß die meisten Leute völlig übertriebene Vorstellungen davon hätten, wie schnell die Dinge verfaulen, sich in Erde oder Dünger oder Staub oder was auch immer verwandeln. Wissenschaftler hätten tief unten in den Mülldeponien der Städte gut erhaltenes Fleisch und Gemüse gefunden, das womöglich schon vor Jahren weggeworfen worden sei. Genau wie Hermann und Sophia Shultz waren diese biologisch abbaubaren Werke der Natur nicht richtig verrottet, weil es nicht feucht genug war, so daß bei den Würmern, Pilzen und Bakterien keine rechte Lebensfreude aufkommen wollte.

»Selbst ohne die modernen Einbalsamierungsmethoden«, sagte er, »dauert es viel länger, als die meisten Leute denken, ehe Asche zu Asche und Staub zu Staub werden.«

»Das ermutigt mich«, sagte ich.

Ich entdeckte Pamela Ford Hall zu spät, um noch eine andere Richtung einschlagen zu können. Bei meinem Versuch, ihr und Zuzu auszuweichen, war ich vom Vater eines Studenten abgelenkt worden, der vor der Dudelsackmusik auf dem Hof geflüchtet war. Ich schiene sehr deprimiert, sagte er.

Ich hatte immer noch niemandem erzählt, daß ich entlassen worden war, und diesem Fremden wollte ich das schon gar nicht mitteilen. Deshalb sagte ich, daß ich wegen der Polkappen, der Wüsten, der Wirtschaftsmisere und der Rassenunruhen unglücklich sei.

Ich solle guten Mutes sein, erwiderte er. 1 000 000 000 Chinesen seien gerade dabei, das Joch des Kommunismus abzuschütteln, und danach würden sie bestimmt alle Autos, Reifen und Benzin haben wollen.

Ich wies ihn daraufhin, daß alle amerikanischen Automobilfabriken und alle anderen Firmen, die etwas mit Automobilen zu tun hätten, längst von den Japanern übernommen oder in den Bankrott getrieben worden seien.

»Aber was hindert Sie denn, dasselbe zu machen, was ich getan habe?« fragte er. »Wir leben doch in einem freien Land.« Er habe sein gesamtes Vermögen in japanischen Aktien angelegt.

Können *Sie* sich vorstellen, was 1 000 000 000 Chinesen in Automobilen sich gegenseitig und den Überresten der Atmosphäre antun würden?

Ich war so darauf erpicht, diesen typischen Oberklassenwirrkopf loszuwerden, daß ich Pamela erst bemerkte, als ich praktisch neben ihr stand. Sie saß, den Rücken an den Grabstein des Ehepaars Shultz gelehnt, auf dem Boden, trank Brombeerlikör und starrte zum Musket Mountain hinauf. Sie hatte ein ernstes Alkoholproblem. Daran gab ich mir nicht die Schuld. Das schlimmste Problem im Leben eines Alkoholikers ist Alkohol.

Ich hatte die Inschrift auf dem Grabstein direkt vor mir:

HERMANN SHULTZ
1830–1893
SOPHIA HIMMLER SHULTZ
1841–1893
FREIDENKER

- · - · - · - · - · - · - · - · - · - · - · - · - · - · -

Die Diphterie, die so viele Bewohner getötet hat, erfaßte das Tal, als die Studenten fast alle in den Ferien waren.

Für die Studenten war das ein Riesenglück. Wenn die Epidemie während des Semesters stattgefunden hätte, wären bestimmt sehr viele von ihnen bei dem Ehepaar Shultz gelandet. Erst da, wo jetzt der Pavillon steht, und dann neben den Stallungen, wo beim Sonnenuntergang die Schatten vom Musket Mountain hinfallen.

Und dann hatte die Studentenschaft noch einmal Glück, vor 2 Jahren. Sie waren wieder alle in den Ferien, als gewohnheitsmäßige Verbrecher diese unbedeutende kleine Stadt überfielen.

- · - · - · - · - · - · - · - · - · - · - · - · - · - · -

Wunder.

- · - · - · - · - · - · - · - · - · - · - · - · - · - · -

Ich habe nachgeschlagen, wer die Freidenker waren. Das waren die Anhänger einer kurzlebigen Sekte, größtenteils deutscher Abstammung, die ebenso wie mein Großvater Wills überzeugt waren, daß auf gute wie böse Menschen im Leben nach dem Tode nichts als Schlaf wartet, daß die Wissenschaft alle organisierten Religionen als Humbug entlarvt hat, daß Gott nicht erfahrbar ist und niemand etwas Nützlicheres mit seinem Leben anfangen kann, als die Lebensqualität aller zu seiner Gemeinschaft Zählenden zu verbessern.

- · - · - · - · - · - · - · - · - · - · - · - · - · - · -

Pamela war nicht überrascht, mich zu sehen. Gegen Überraschungen war sie mit Alkohol imprägniert. Das erste, was sie zu mir sagte, war: »Nein.« Ich hatte noch gar nichts gesagt. Aber sie nahm an, ich wäre gekommen, um mit ihr zu schlafen. Ich verstand durchaus, warum sie das dachte.

Ich hatte gerade selbst angefangen, daran zu denken.

Und dann sagte sie: »Das war bestimmt das beste Jahr meines Lebens, und ich möchte dir sehr dafür danken, daß du so viel dazu beigetragen hast.« Das war reiner Sarkasmus. Sie war ätzend ironisch.

»Wann willst du abreisen?« fragte ich.

»Überhaupt nicht«, erwiderte sie. »Mein Getriebe ist hin.« Sie redete von ihrer 12 Jahre alten 4türigen Buick-Limousine, die sie aufgrund ihrer Scheidungsvereinbarung von ihrem Mann gekriegt hatte. Er hatte sich immer über ihre künstlerischen Bemühungen lustig gemacht und sie manchmal sogar geschlagen oder getreten. Wahrscheinlich hatte er noch lauter als alle anderen gelacht, als ihre Einzelausstellung in Buffalo vom Podest geweht worden war.

Sie sagte, ein neues Getriebe würde $ 850 in der Stadt unten kosten, der Mechaniker wolle in Yen bezahlt werden und habe angedeutet, die Reparaturen könnten billiger werden, wenn sie ins Bett mit ihm ginge. »Ich nehme an, du hast immer noch nicht herausgefunden, wo deine Schwiegermutter das Geld versteckt hat«, sagte sie.

»Nein«, sagte ich.

»Vielleicht sollte ich danach suchen«, sagte sie.

»Ich bin überzeugt, das hat längst jemand anderes gefunden und verrät es bloß nicht«, sagte ich.

»Ich hab' dich noch nie gebeten, irgendwas zu bezahlen«, sagte sie. »Wie wäre es, wenn du mir ein neues Getriebe bezahlst? Wenn mich die Leute dann fragen: ›Wo haben Sie nur dieses schöne Getriebe her?‹ kann ich sagen: ›Das hat mir ein ehemaliger Liebhaber geschenkt. Er ist ein berühmter Kriegsheld, aber seinen Namen darf ich nicht verraten.‹«

»Wie heißt der Mechaniker?« fragte ich.

»Es ist der Prince of Wales«, sagte sie. »Wenn ich mit ihm ins Bett gehe, richtet er mir nicht nur mein Getriebe, sondern macht mich zur Königin von England. Du hast mich nie zur Königin von England gemacht.«

»Ist es vielleicht Whitey Van Arsdale?« fragte ich. Das war nämlich ein Mechaniker in der Stadt unten, der allen Leuten erzählte, sie hätten ein kaputtes Getriebe. Bei mir hat er das auch gemacht, als ich noch den 1979er Chevy *Station Wagon* fuhr, den ich vor dem Mercedes hatte. Ich ließ mir aber ein Zweitgutachten erstellen. Von einem Studenten. Das Getriebe war völlig in Ordnung. Alles, was ich brauchte, war ein anständiger Schmierdienst. Whitey Van Arsdale ist jetzt auch bei den Ställen begraben. Er hat ein paar Strafgefangene aus dem Hinterhalt beschossen und fand sich dann plötzlich selbst in einem Hinterhalt wieder. Sein Triumph dauerte 10 Minuten, wenn überhaupt. »Peng«, machte er, und ein paar Minuten später ging es dann: »Peng, peng« in die andere Richtung.

Pamela saß auf dem Boden und lehnte sich an den Grabstein. Sie tat aber nicht, was Zuzu Johnson bald tun sollte: Sie behauptete nicht, daß ich ein Hauptgrund ihres Unglücks wäre. Das einzige, was in diese Richtung ging, war Pams Vorwurf, ich hätte sie nie zur Königin von England gemacht, nehme ich an. Zuzus Vorwurf lautete demgegenüber, ich hätte nie ernsthaft beabsichtigt, sie zu meiner Frau zu machen, obwohl wir im Bett so oft darüber geredet hätten, nach Venedig durchzubrennen, das wir beide nicht kannten. Sie könne dort einen Blumenladen aufmachen, hatte ich ihr versprochen, weil sie so gut gärtnerte. Ich würde Englisch als Fremdsprache lehren oder den venezianischen Glasbläsern helfen, ihre Produkte an amerikanische Warenhäuser zu verkaufen, oder dergleichen.

Zuzu war auch eine ganz gute Fotografin, deshalb sagte ich immer, sie würde bald auf dem Platz stehen, wo die Leute in die Gondeln einstiegen, und den Touristen gleich an Ort und

Stelle Polaroidfotos verkaufen, auf denen sie in ihren Gondeln herumsaßen.

Wenn es darum ging, von einer gemeinsamen Zukunft zu träumen, ließen wir GRIOT weit hinter uns.

Ich hatte diese Venedigträume immer als Bestandteil unseres Liebesspiels verstanden, meine erotische Analogie zu Zuzus Parfüm sozusagen. Aber Zuzu hatte sie ernstgenommen. Sie wartete nur darauf, loszuziehen. Aber ich konnte ja wegen meiner familiären Verpflichtungen nicht weg.

Pamela wußte von meiner Affäre mit Zuzu und dem ganzen Hokuspokus mit Venedig. Zuzu hatte es ihr erzählt.

»Weißt du, was du zu jeder Frau sagen solltest, die dumm genug ist, sich in dich zu verlieben?« fragte sie mich. Ihr Blick ruhte auf Musket Mountain, mich sah sie nicht an.

»Nein«, erwiderte ich.

»›Herzlich willkommen in Vietnam‹«, sagte sie.

Pamela saß über den Shultzes in ihren Särgen. Ich stand über einem abgetrennten Schädel, der 8 Jahre später von einem Bagger aus der Erde gewühlt werden sollte. Er war schon so lange da unten, daß nur noch die blanken Knochen da waren.

Als der Schädel in der Baggerschaufel auftauchte, war zufällig gerade ein Polizeipathologe anwesend, sah ihn sich an und sagte uns, was er davon hielt. Ein Indianer, was ich zuerst vermutet hatte, sei es nicht, sagte er. Der Schädel habe einer ungefähr 20jährigen Weißen gehört. Sie sei nicht erschlagen oder in den Kopf geschossen worden, ehe man über die Todesursache spekuliere, müsse man sich deshalb erst einmal den Rest des Skeletts ansehen.

Aber der Bagger förderte keinen einzigen weiteren Knochen zutage.

Natürlich hätte es völlig genügt, wenn die Frau geköpft worden wäre.

Aber der Gerichtsmediziner interessierte sich ohnehin nicht besonders für sie. Aufgrund der Patina auf dem Schädel schätzte er, daß die Besitzerin lange vor unserer Geburt verschieden war. Er dagegen war gekommen, um die Leichen der Leute zu untersuchen, die nach dem Gefängnisausbruch gestorben waren, und seine Einschätzung der Todesursachen zu geben, Schußverletzungen und so weiter.

Am meisten faszinierte ihn die Leiche von Tex Johnson. Er habe in seinem Beruf ja schon vieles gesehen, erzählte er mir, aber einen Gekreuzigten mit Wundmalen von Nägeln an Händen und Füßen noch nicht.

Ich hätte eigentlich lieber noch etwas über den Schädel gehört, aber er kam gleich wieder auf die Kreuzigung zurück. Er wußte allerdings auch wirklich eine Menge darüber.

So erzählte er mir zum Beispiel, daß nicht nur die Römer, sondern auch die Juden gelegentlich die Leute gekreuzigt hatten, die sie als Kriminelle ansahen. Man lernt doch, solange man lebt!

Wie war es nur möglich gewesen, daß ich davon nie gehört hatte?

Der Perserkönig Darius, erzählte er mir, kreuzigte 3000 Leute, die er für Feinde Babylons hielt. Und nach dem Sklavenaufstand des Spartakus, sagte er, hätten die Römer links und rechts von der Via Appia 6000 Aufrührer gekreuzigt!

Die Kreuzigung von Tex Johnson sei ziemlich unkonventionell gewesen, sagte er. Nicht nur, weil Tex schon tot oder beinahe tot war, als sie ihn an die Balken auf dem Heuboden über den Stallungen nagelten. Er war auch nicht ausgepeitscht worden. Er hatte sein Kreuz nicht zum Hinrichtungsplatz tragen müssen. Es hatte kein Schild über seinem Kopf gehangen, auf dem sein Verbrechen benannt wurde. Und es gab auch keinen herausstehenden Nagel, der ihm bei seinen Bemühungen um eine weniger qualvolle Haltung Hoden und Schamleiste zerfetzt hätte.

Aber wie ich schon zu Beginn dieser Aufzeichnungen gesagt habe: Wenn ich damals Berufssoldat gewesen wäre, hätte ich, wenn ich den Befehl dazu erhalten hätte, wahrscheinlich auch Leute gekreuzigt, ohne viel darüber nachzudenken. Oder, wenn ich ein höherer Offizier gewesen wäre, hätte ich es Untergebenen befohlen und ihnen auch gesagt, wie sie es machen müssen.

- -

Rekruten, die mit Kreuzigungen noch nie zu tun gehabt und vielleicht auch noch nie eine gesehen hatten, hätte ich ein neues Wort aus dem damaligen Vokabular der Militärwissenschaft beibringen können. Das Wort hieß *crurifragrium.* Ich selbst habe es von dem Gerichtsmediziner gelernt, und ich fand es so interessant, daß ich mir einen Bleistift geholt und es aufgeschrieben habe.

Es ist ein lateinisches Wort. Es bedeutet »einem Gekreuzigten mit einer Eisenstange die Beine brechen, um sein Leiden abzukürzen«. Aber zu einem Vergnügen wurde eine Kreuzigung dadurch wohl auch nicht.

- -

Was für ein Tier würde so etwas tun? Immer ich, fürchte ich.

- -

Der inzwischen verstorbene einradfahrende Professor Damon Stern hat mich mal gefragt, ob ich glaubte, daß es einen Markt für religiöse Christusfiguren gäbe, auf denen er Einrad fährt, statt von einem Kreuz herunterzuhängen. Es war nur ein Scherz. Er wollte keine Antwort, und ich gab ihm auch keine. Es muß gleich anschließend ein anderes Thema aufgetaucht sein.

Aber wenn er nicht bei dem Versuch getötet worden wäre, die Pferde zu retten, würde ich ihm jetzt sagen, die wichtigste Botschaft eines Kruzifix sei, für mich jedenfalls, wie unaussprechlich grausam angeblich vernünftige menschliche Wesen sein können, wenn sie von vorgesetzter Stelle Befehle erhalten.

- -

Aber jetzt hören Sie mal: Beim Blättern in den alten Zeitungen hier habe ich, glaube ich, entdeckt, wem dieser möglicherweise kaukasische, auf jeden Fall aber junge weibliche Schädel gehört hat. Am liebsten würde ich auf den Gefängnishof, den ehemaligen Campus, hinunterlaufen und »heureka, heureka!« schreien.

Meine Vermutung geht dahin, daß es sich um den Schädel von Letitia Smiley handelt, einer angeblich sehr schönen, dyslektischen Tarkington-Diplomandin, die 1922 vom Campus verschwand, nachdem sie soeben das traditionelle Barfußrennen der Frauen vom Glockenturm zum Haus des Präsidenten und zurück gewonnen hatte. Zur Belohnung wurde sie zur Fliederkönigin gekrönt und brach in Tränen aus, was niemand so richtig verstand. Offensichtlich quälte sie irgendwas. Jedenfalls waren alle Leute sich einig, wie ich den damaligen Zeitungen entnehme, daß Letitia Smileys Tränen keine Tränen des Glücks waren.

Obwohl es niemand öffentlich machte, muß wohl auch der Verdacht bestanden haben, daß Miß Smiley vielleicht von einem Mitglied der Studentenschaft oder des Lehrkörpers geschwängert worden sein könnte. Also ich spiele jetzt Detektiv, obwohl ich nichts als einen Schädel und alte Zeitungen als Anhaltspunkte habe. Aber zumindest habe ich, was die Polizei damals nicht gefunden hat: den möglicherweise konkreten Beweis in den Händen eines gerichtsmedizinischen Schädelexperten, daß Letitia Smiley nicht mehr unter den Lebenden weilt. Am Morgen, nachdem sie zur Fliederkönigin gekrönt worden war, fand man unter ihrer Bettdecke eine aus Handtüchern zusammengerollte Puppe mit einem ovalen Football als Kopf, den ihr ein Verehrer vom Union College in Schenectady als Souvenir geschenkt hatte. Darauf standen die Worte: »Union 31, Hobart 3.«

Danach hat sie sich völlig in Luft aufgelöst.

- . -

Auch ein Zahnarzt könnte bei der Identifizierung des Schädels nicht helfen, denn die Besitzerin hatte keine einzige Plombe. Wer immer sie gewesen sein mag: sie hatte vollkommene Zähne. Und wer lebt schon heute, im Jahr 2001 noch, der uns sagen könnte, ob Letitia Smiley, die inzwischen 100 Jahre alt wäre, vollkommene Zähne gehabt hat?

Auf diese Weise sind aber viele verstümmelte Soldatenleichen in Vietnam positiv identifiziert worden: anhand ihrer schadhaften Zähne.

\- . - . - . - . - . - . - . - . - . - . - . - . - . - . -

Eine Verjährungsfrist für Mord, das, wie es heißt, schrecklichste aller Verbrechen, gibt es nicht. Aber wie alt wäre ihr Mörder inzwischen? Wenn es der war, den ich dafür halte, dann wäre er 135. Ich glaube nämlich, daß es Kensington Barber, der damalige Provost von Tarkington, war. Er hat seine letzten Lebensjahre in der Staatlichen Heilanstalt für Geisteskranke in Batavia verbracht. Als Provost war er berechtigt, jederzeit alle Unterkünfte zu kontrollieren, die der Studentinnen ebenso wie die der Studenten, und ich glaube, daß er die Puppe gemacht hat, die einen Football als Kopf hatte.

Ich glaube, daß Letitia Smiley zu diesem Zeitpunkt schon tot war.

Und daß der Provost die Puppe gefunden hat, das ist amtlich.

\- . - . - . - . - . - . - . - . - . - . - . - . - . - . -

Der Gerichtsmediziner von der Staatspolizei fand es merkwürdig, daß an dem Schädel keinerlei Haare mehr waren. Er sagte, um eine Identifizierung schwerer zu machen, sei der Schädel vor dem Vergraben möglicherweise skalpiert oder gekocht worden. Und was habe ich jetzt entdeckt? Daß Letitia ihr ganzes kurzes Leben lang für ihre langen goldenen Haare berühmt war. Der Zeitungsbericht über das Rennen, das sie gewonnen hat, erwähnt ihr goldenes Haar immer wieder und wieder.

Ja, und in demselben Bericht wird Kensington Barber als

einzige Quelle für die Behauptung genannt, daß Letitia wegen einer stürmischen Romanze mit einem wesentlich älteren Mann aus Scipio zutiefst verstört gewesen sei. Er wünschte nur, daß er oder sonst irgend jemand den Namen dieses Mannes wüßte, sagte der Provost, damit er von der Polizei verhört werden könnte.

Einem anderen Reporter hatte Barber erzählt, er habe eigentlich im Sommer mit seiner Familie nach Europa fahren wollen, werde jetzt aber in Scipio bleiben, um alles in seinen Kräften Stehende zu tun, was zur Aufklärung des Rätsels um Letitia Smiley beitragen könne. Dieser Pflichteifer!

Barber hatte eine Frau und 2 Kinder und die schickte er jetzt allein nach Europa. Der Campus war im Sommer so gut wie völlig verlassen, abgesehen vom technischen Personal. Wenn er die Leute irgendwo auf dem Gelände zum Arbeiten schickte, konnte er in aller Ruhe tun, was er wollte. Zum Beispiel hätte er, vielleicht mit Hilfe eines Pfostenlochbohrers, kleine Stücke von Letitia beerdigen können.

- . - . - . - . - . - . - . - . - . - . - . - . - . - . - . - . - . -

Angesichts meiner eigenen Erfahrungen mit *Public relations* und der jüngsten Geschichte meiner Regierung muß ich mich allerdings auch fragen, ob es nicht schon im Jahre 1922 eine Menge Leute gegeben hat, die 2 und 2 genausogut zusammenrechnen konnten wie ich jetzt. Es ist durchaus möglich, daß die Dinge ganz bewußt vertuscht worden sind, um das Ansehen der Universität nicht zu schädigen, die damals längst Scipios wichtigste Industrie war.

Gegen Ende des Sommers sollte Kensington Barber dann einen Nervenzusammenbruch erleiden und wurde, wie ich schon sagte,in Batavia eingewiesen. Der damalige Collegepräsident, Herbert Van Arsdale, mit dem betrügerischen Kfz-Mechaniker Whitey Van Arsdale weder verwandt noch verschwägert, hatte auch eine Erklärung dafür: Der Nervenzusammenbruch des Provosts sei durch dessen unermüdliche Bemühungen herbeigeführt worden, das Verschwinden der goldhaarigen Fliederkönigin aufzuklären.

25

An meiner Theorie über die Fliederkönigin fand mein Anwalt nur einen einzigen Punkt interessant: Daß nämlich alle Mädchen, die an dem Barfußrennen je teilgenommen hatten, bis unmittelbar vor dem Gefängnisausbruch stets breite rote Bänder im Haar getragen hatten. In einem Schrank im Büro des *Dean of Women* entdeckten die entwichenen Strafgefangenen zahllose Rollen von diesen Bändern. Alton Darwin ließ sie in Stücke schneiden und machte Armbinden daraus, als eine Art Uniform, um Freund und Feind rasch unterscheiden zu können. Dazu trug allerdings auch die Hautfarbe schon ziemlich viel bei.

Die Bedeutung dieser roten Armbinden, sagt mein Anwalt, sei darin zu sehen, daß ich nie eine getragen hätte. Das ließe sich als Beweis dafür anführen, daß ich wirklich neutral gewesen sei.

- -

Die Strafgefangenen machten sich keine eigene Fahne. Sie ließen die *Stars and Stripes* vom Glockenturm wehen. Alton Darwin sagte, sie hätten nichts gegen Amerika. »Wir *sind* Amerika«, sagte er.

- -

Ich nahm also am selben Nachmittag, an dem mich Tarkington feuerte, auch von Pamela Ford Hall Abschied. Ich sollte sie nie wiedersehen. Der einzige wirkliche Gefallen, den ich ihr je getan habe, war vermutlich die Empfehlung, noch ein zweites Gutachten einzuholen, ehe sie sich von Whitey Van Arsdale ein neues Getriebe andrehen ließ. Sie hat es getan, hörte ich später, und es zeigte sich, daß ihr altes Getriebe völlig okay war.

Zusammen mit dem Rest ihres Wagens brachte es sie den ganzen weiten Weg hinunter bis nach Key West, wo der ehemalige Campusschreiber Paul Slazinger sich niedergelassen hatte und es sich mit seinem Genie-Preis der MacArthur Foundation wohlsein ließ. Es war mir nie aufgefallen, daß die beiden ein Thema waren, als sie noch in Tarkington waren, aber wahrscheinlich waren sie es. Pamela hat mir nie was davon gesagt. Aber als ich drüben in Athena gearbeitet habe, wurde mir eine Anzeige ihrer bevorstehenden Hochzeit aus Scipio nachgeschickt.

Aber daraus wurde letzten Endes wohl doch nichts. Ich vermute, ihre Trinkerei und die Tatsache, daß sie ihre künstlerische Karriere nicht aufgeben wollte, hat Slazinger verschreckt.

\- -

Er selbst war natürlich auch nicht gerade eine tolle Partie.

\- -

Nach dem Gefängnisausbruch habe ich GRIOT alles mitgeteilt, was ich über Pamela wußte, und ihn gefragt, was wohl nach ihrer Trennung von Paul Slazinger aus ihr geworden sein könnte. Der Computer ließ sie an Leberzirrhose sterben. Ich fütterte ihn erneut mit denselben Angaben, und diesmal ließ er sie in einem Hauseingang in Chikago erfrieren.

Die Prognose war nicht gut.

\- -

Aber Pamelas grundlegendes Problem war der Alkohol und nicht ich. Nachdem ich sie verlassen hatte, ging ich in der Absicht, mich unter den Wasserturm zu legen und über alles in Ruhe nachzudenken, zum Musket Mountain hinauf. Aber auf halbem Weg traf ich Zuzu Johnson, die gerade von oben herunterkam. Sie hatte stundenlang unter dem Wasserturm gelegen und darüber nachgedacht, was unsere Träume ersetzen könnte, nach Venedig durchzubrennen.

Sie würde vielleicht allein nach Venedig durchbrennen, sagte sie, und Polaroid-Fotos von Touristen machen, die aus Gondeln ausstiegen.

Die Prognose für sie war viel besser als für Pamela, jedenfalls kurzfristig. Sie war zumindest nicht süchtig, und sie stand auch nicht allein auf der Welt, auch wenn sie nur Tex hatte. Und zumindest war sie nicht von der Ost- bis zur Westküste öffentlich zum Gespött der Leute gemacht worden.

Und sie hatte die Fähigkeit, die komische Seite der Dinge zu sehen. Ich weiß noch, daß sie gesagt hat, der Verlust des Venedig-Traums habe eine wandelnde Leiche aus ihr gemacht, aber ein Zombie sei auch die ideale Partnerin eines Universitätspräsidenten.

Sie redete noch eine Weile so weiter, aber sie heulte nicht, und der Dampf war ziemlich bald raus. Als letztes sagte sie noch, sie mache mir keine Vorwürfe. »Ich übernehme die volle Verantwortung dafür«, sagte sie im Weitergehen über die Schulter, »daß ich mich in so einen offensichtlichen Trottel verliebt habe.«

Hart, aber gerecht!

- · - · - · - · - · - · - · - · -

Ich beschloß, lieber doch nicht zum Musket Mountain hinaufzusteigen. Statt dessen ging ich nach Hause. Es war bestimmt vernünftiger, bei mir in der Garage über alles nachzudenken, wo es nicht so wahrscheinlich war, daß irgendwelche Stimmen aus der Vergangenheit mich störten. Aber als ich hinkam, klingelte gerade ein Mann vom United Parcel Service bei uns an der Tür. Ich kannte ihn nicht. Er muß wohl neu in der Stadt gewesen sein, sonst hätte er mich nicht gefragt, warum die Vorhänge alle zugezogen waren. Alle Leute, die schon länger in Scipio wohnten, hätten gewußt, warum die Vorhänge zu waren.

Da wohnten Verrückte.

Ich sagte ihm, daß da drin jemand krank sei, und fragte, ob ich was für ihn tun könnte.

Er sagte, er hätte da diese große Kiste aus St. Louis, Missouri, für mich.

- · - · - · - · - · - · - · - · -

Ich sagte, in St. Louis, Missouri, hätte ich keine Bekannten und eine große Kiste erwartete ich von nirgendwoher. Er bewies mir aber, daß sie tatsächlich an mich adressiert war, und so sagte ich schließlich: »Okay, lassen Sie sehen.« Es stellte sich heraus, daß es meine alte Feldkiste aus Vietnam war, die ich zurückgelassen hatte, als da unten die Exkremente zu dampfen anfingen und ich den Befehl erhielt, die Evakuierung vom Dach der Botschaft zu organisieren.

Die Ankunft der Kiste war keine völlige Überraschung. Ein paar Monate zuvor war mir mitgeteilt worden, daß sie noch existierte. Sie stand in einer riesigen Lagerhalle der Armee am Rand von St. Louis, in der alle möglichen nicht abgeholten Habseligkeiten von Soldaten aufbewahrt wurden, die auf den Schlachtfeldern oder sonst irgendwo liegengeblieben waren. Irgendein Idiot mußte meine Feldkiste in eins der letzten amerikanischen Flugzeuge gepackt haben, die aus Vietnam flohen, und dem Feind auf diese Weise nicht nur meinen Rasierapparat, meine Zahnbürste, meine Socken und Unterhosen, sondern auch Jack Pattons letztes Geburtstagsgeschenk für mich entzogen haben, ein Exemplar des *Black Garterbelt*. Kaum 14 Jahre später teilte mir die *Army* dann mit, daß die Kiste in ihrem Besitz sei, und fragte, ob ich sie wollte. Ich sagte ja. Lediglich 2 weitere Jahre vergingen, und schwupp! stand sie schon vor meiner Tür. Manche Gletscher bewegen sich schneller.

Ich bat also den UPS-Mann, das Ding mit mir in die Garage zu tragen. Besonders schwer war es nicht, bloß etwas sperrig.

Der Mercedes war auf der Straße geparkt. Ich hatte noch gar nicht bemerkt, daß die Kids aus der Stadt ihn mal wieder »ausgekernt« und die Ventileinsätze rausgeschraubt hatten. Alle 4 Reifen waren platt.

- -

Hust, hust.

- -

Der UPS-Mann war noch sehr jung. Er war so jung und kindlich und hatte seinen Job erst so kurze Zeit, daß er mich fragen mußte, was in der Kiste denn drin sei.

»Wenn der Vietnamkrieg noch in Gang wäre«, sagte ich,

»dann hättest du da drin sein können.« Ich meinte damit, daß er hätte in einem Sarg enden können.

»Verstehe ich nicht«, sagte er.

»Ach, schon gut«, sagte ich, schlug mit einem Hammer das Schloß und den Überwurf ab und klappte den Deckel auf. Für mich war die Kiste tatsächlich so etwas wie ein Sarg. Sie enthielt die Überreste des Soldaten, der ich einmal gewesen war. Und ganz obenauf, schön flach und mit der Titelseite nach oben lag der *Black Garterbelt.*

»Wau«, sagte der Junge. Er war voller Ehrfurcht, als er die Frau auf dem Titelblatt sah. Wie ein Astronaut auf seinem ersten Flug in den Weltraum.

»Hast du dir schon mal überlegt, zur Armee zu gehen?« fragte ich ihn. »Ich glaube, du würdest einen guten Soldaten abgeben.«

- · - · - · - · - · - · - · - · - · - · -

Ich habe ihn nie wiedergesehen. Vielleicht ist er kurz danach gefeuert worden und mußte sich tatsächlich nach einem anderen Job umsehen. Als UPS-Mann hatte er jedenfalls keine großen Aussichten, wenn er jedesmal wie ein kleiner Junge am Weihnachtstag darauf wartete, bis all die verschiedenen Pakete ausgepackt wurden.

- · - · - · - · - · - · - · - · - · - · -

Ich blieb gleich in der Garage. Ich wollte nicht ins Haus gehen. Und ich wollte auch nicht mehr im Freien herumlaufen. Ich setzte mich auf meine Feldkiste und las im *Black Garterbelt* die ›Protokolle der Weisen von Tralfamadore‹. Die Geschichte handelte von intelligenten Energiebündeln, die einige Trillionen Lichtjahre lang waren und den Wunsch hatten, daß sich im ganzen Universum sterbliche, sich selbst erneuernde Formen des Lebens ausbreiten sollten. Deshalb kreuzten sich einige von ihnen (die »Weisen« aus dem Titel der Geschichte) in der Nähe eines Planeten namens Tralfamadore. Warum die Weisen die Verbreitung des Lebens für so eine gute Idee hielten, sagte der Autor nicht, und ich kann es ihm nicht verübeln. Mir fallen auch keine guten Argumente dafür ein. Jeden bewohnbaren Planeten besiedeln zu wollen finde ich genauso attraktiv, wie allen Leuten Fußpilz zu wünschen.

Bei ihrer Versammlung waren sich die Weisen rasch einig, daß die einzige Form, in der das Leben große Entfernungen im Weltall zurücklegen konnte, extrem kleine und ausdauernde Pflanzen und Tiere sein mußten, die sich als blinde Passagiere auf Meteoren einnisteten, die mit ihren Planeten zusammenprallten und dann wieder davonflogen.

Aber solche zähen Keime hatten sich nirgends entwickelt. Das Leben war einfach zu einfach. Die Keime waren ein einziger Haufen von Waschlappen. Kein Lebewesen, das sie infizierten, war eine größere Herausforderung als ein Teller Hühnersuppe, rein chemisch gesprochen.

- -

Zum Zeitpunkt der großen Versammlung gab es auf der Erde schon Menschen. Für die Keime waren die auch bloß ein laues Bad, in dem sie gemütlich herumschwimmen konnten. Aber sie hatten extra-große Gehirne und einige von ihnen konnten sprechen. Manche konnten sogar lesen und schreiben! Also konzentrierten sich die Weisen auf die Menschen und überlegten, ob deren Gehirne nicht in der Lage sein könnten, sich ein wirklich grausames Überlebenstraining für Mikroben auszudenken.

Sie erkannten unser schöpferisches Potential für toxische Stoffe im kosmischen Maßstab. Und wir haben sie nicht enttäuscht.

- -

Was für eine Geschichte!

- -

Zufällig, hieß es in der Geschichte, wurde damals gerade die Legende von Adam und Eva zum erstenmal aufgeschrieben. Von einer Frau. Bis dahin war dieser liebenswürdige Unsinn von einer Generation zur nächsten immer nur mündlich tradiert worden.

Die Weisen ließen die Frau den größten Teil des Original-

Mythos auch genauso aufschreiben, wie sie ihn gehört hatte und jedermann ihn erzählte. Jedenfalls bis kurz vor dem Ende. Dann übernahmen sie die Kontrolle über ihr Gehirn und veranlaßten sie, etwas hinzuschreiben, was nie zuvor zu diesem Mythos gehört hatte.

Es war eine angebliche Ansprache Gottes an Adam und Eva. Sie lautete folgendermaßen (und machte das Leben bald darauf zur Hölle für alle Mikroben): »Füllet die Erde und macht sie euch unterthan, und herrschet über Fische im Meer und über Vögel unter dem Himmel und über alles Tier, das auf Erden kreucht.«

\- . - . - . - . - . - . - . - . - . - . - . - . - . - . - . - . - . -

Hust.

26

Die Menschen auf der Erde dachten also, sie wären vom Schöpfer des Universums persönlich beauftragt, den Laden zu ruinieren. Aber sie gingen viel zu langsam vor, fanden die Weisen, und deshalb sorgten sie dafür, daß die Menschen sich einbildeten, *sie selbst* seien die Lebensform, die sich im Universum ausbreiten solle. Das war natürlich eine völlig absurde Idee. Oder, wie es der namenlose Autor ausdrückte: »Wie konnten sich diese Fleischklumpen mit ihrem ständigen Nahrungs-, Wasser- und Sauerstoffbedarf und ihren gewaltigen Ausscheidungen einbilden, sie könnten in den grenzenlosen Weiten des Weltraums irgendeine nennenswerte Entfernung zurücklegen? War es nicht schon ein Wunder, wenn diese gefräßigen und schwerfälligen Riesen es schafften, zum nächsten Lebensmittelladen zu tapern und sich einen Sechserpack Dünnbier zu kaufen?«

Auf dem Planeten Tralfamadore, ganz in der Nähe der Weisen, gab es übrigens auch Humanoide. Aber die Weisen hatten es aufgegeben, sie zu beeinflussen. Die Bewohner von

Tralfamadore hatten nämlich Sinn für Humor und wußten deshalb, was für beschränkte Trottel, um nicht zu sagen Verrückte, sie waren. Gegenüber den unzähligen Kilovolt Stolz und Eitelkeit, mit denen die Weisen ihre Hirne eindeckten, waren sie völlig immun. Als in ihren Köpfen die Vorstellung auftauchte, sie wären die höchste Blüte des Universums und müßten in ihrer Unvergleichlichkeit andere Planeten besiedeln, fingen sie laut an zu lachen. Sie wußten genau, wie dumm und ungeschickt sie waren, obwohl sie alle sprechen und einige von ihnen auch lesen und schreiben und Mathematik konnten. Einer ihrer Autoren schrieb eine ganze Serie von zwerchfellerschütternden Satiren darüber, wie die Tralfamadorianer auf anderen Planeten aufkreuzten, um die Aufklärung dort zu verbreiten.

Die Leute auf der Erde dagegen, die völlig frei von Humor waren, fanden diese Vorstellung durchaus akzeptabel.

Die Weisen hatten den Eindruck, die Leute hier würden schlechterdings *alles* über sich glauben, auch die absurdesten Dinge, wenn sie nur schmeichelhaft waren. Um das zu überprüfen, machten sie ein Experiment. Sie setzten den Erdlingen die Idee in den Kopf, das ganze Universum sei von einem großen männlichen Säugetier geschaffen worden, das genauso aussah wie sie. Es saß auf einem Thron und hatte einen ganzen Haufen weniger phantastischer Throne um sich herum. Und wenn die Leute starben, dann durften sie für immer auf diesen Thronen sitzen, weil sie mit dem Schöpfer verwandt waren!

Die Leute hier unten waren ganz aus dem Häuschen vor Freude über diese Geschichte.

Was den Weisen an den Erdlingen auch gut gefiel, war die Tatsache, daß sie andere Erdlinge, die nicht genauso aussahen und redeten wie sie, so fürchteten und haßten. Sie machten sich das Leben gegenseitig und für alle, die sie »niedere Lebewesen« nannten, zur Hölle. Fremde hielten sie grundsätzlich für niedere Lebewesen. Die Weisen brauchten bloß noch dafür zu sorgen, daß wir mit Hilfe von Physik und Chemie möglichst schnell wirklich wirksame Waffen erfanden, um den Mikroben das Leben richtig sauer zu machen. Sie zögerten nicht.

Sie veranlaßten, daß Isaac Newton ein Apfel auf den Kopf plumpste.

Sie sorgten dafür, daß der junge James Watt die Ohren spitzte, als bei seiner Mutter der Teekessel summte.

Die Weisen ließen uns glauben, der Schöpfer auf seinem Thron könnte Fremde genausowenig leiden wie wir und wäre uns richtig dankbar dafür, wenn wir sie mit allen Mitteln ausrotten würden.

Das kam hier unten echt gut an.

Es dauerte also nicht lange, da hatten wir die tödlichsten Gifte des Universums erzeugt und versauten Luft, Wasser und Böden damit. Wie der unbekannte Autor, und ich wünschte, ich wüßte seinen Namen, es ausdrückte: »Trillionenfach starben die Kleinstlebewesen oder konnten sich nicht mehr fortpflanzen, weil sie schlappmachten.«

Ein paar allerdings überlebten und blühten geradezu auf, obwohl nahezu alle anderen Formen des Lebens auf der Erde untergingen. Und als alle anderen Lebensformen verschwanden, und die Erde so steril wie der Mond wurde, überwinterten diese Lebewesen als praktisch unzerstörbare Sporen. Auf den nächsten Glückstreffer eines Meteors konnten sie warten, solange es notwendig war. Und so wurde schließlich echte Raumfahrt möglich.

Wenn man's richtig überlegt, haben die Weisen eine Art *»trickle-down«*-Theorie angewendet. Normalerweise meinen die Leute, wenn sie von *»trickle-down«* reden, ökonomische Dinge. Je reicher die Leute an der Spitze der Gesellschaft werden, desto mehr Reichtum kann zu den Leuten in den unteren Gesellschaftsschichten herabfließen, besagt diese Theorie. Aber es funktioniert natürlich nie richtig, denn wenn es etwas gibt, was die Leute an der Spitze nicht ausstehen können, dann sind es wohl undichte Stellen, durch die Überschüsse verschwinden.

Das Konzept der Weisen von Tralfamadore aber ging glänzend auf: Das Elend der höheren Tiere sickerte geradezu traumhaft zu den Mikroben herunter.

- -

Es stand natürlich noch viel mehr in der Geschichte. Der Autor lehrte mich auch einen neuen Begriff, nämlich den des »Schlußzaubers« oder »Finales«. Er stammte offenbar aus der Sprache der Feuerwerker, jener Leute, die sich auf die Hervorbringung jener bunten und lauten, ansonsten aber harmlosen nächtlichen Explosionen spezialisiert haben, die gelegentlich den Höhepunkt patriotischer Festtage bilden. Der »Schlußzauber« war ein etwa 3 Meter langes, 20 Zentimeter breites und 5 Zentimeter dickes Brett mit allen möglichen in einer Reihe daraufgenagelten Granat- und Raketenwerfern, die nacheinander von ein und derselben Zündschnur in Gang gesetzt wurden.

Diese Zündschnur steckte der Meisterfeuerwerker an, wenn das Feuerwerk sich dem Ende zuneigte.

Der Autor nannte so den 2. Weltkrieg und die Jahre danach. Er nannte sie »den Schlußzauber des sogenannten menschlichen Fortschritts«.

- -

Wenn der Autor mit seiner Behauptung recht gehabt haben sollte, der einzige Sinn des Lebens auf der Erde habe nur darin bestanden, ein paar Mikroben fit für den Weltraum zu machen, dann wären auch die größten Geister in der Geschichte der Menschheit, Shakespeare, Mozart, Lincoln, Voltaire oder wer sonst immer, bloß Petrischalen im großen Laboratorium der Dinge gewesen.

Die Weisen von Tralfamadore waren übrigens in der Geschichte bestenfalls indifferent gegenüber all dem Leid, was sich da so abspielte. Die 6000 aufständischen Sklaven, die im schönen Jahre 71 v.Chr. zu beiden Seiten der Via Appia gekreuzigt wurden, hätten sie wohl allenfalls interessiert, wenn einer der Gekreuzigten einem der römischen Hauptleute ins Gesicht gespuckt und ihn auf diese Weise mit Lungenentzündung oder TB infiziert hätte.

– · – · – · – · – · – · – · – · – · – · – · – · – · – · – · – · – · –

Wenn ich raten müßte, wann die ›Weisen von Tralfamadore‹ geschrieben worden sind, würde ich sagen müssen: »Vor langer, langer Zeit, nach dem 2. Weltkrieg, aber vor dem Koreakrieg, und der brach im Jahre 1950 aus, als ich 10 war.« Als Teil des Schlußzaubers wurde der Koreakrieg nicht erwähnt. Es war vielmehr eine Menge die Rede davon, daß man die Erde zum Paradies machen könnte, indem man alle Mikroben und Keime endgültig ausrottete, elektrische Energie mit Hilfe der Kernkraft so billig herstellte, daß sich Stromzähler gar nicht mehr lohnten, jedermann ein Auto verschaffte, daß ihn stärker als 200 Pferde und 3 mal schneller als einen Geparden machte, und die andere Hälfte des Planeten zu Asche verbrannte, falls die Leute dort etwa auf die Idee kommen sollten, *ihre* Art von Intelligenz ins restliche Universum exportieren zu wollen.

Wahrscheinlich war die Geschichte ein Raubdruck, wahrscheinlich ist der Name des Autors in voller Absicht weggelassen worden. Welcher Autor würde schon dem *Black Garterbelt* eine Geschichte anbieten?

– · – · – · – · – · – · – · – · – · – · – · – · – · – · – · – · – · –

Ich habe damals nicht gleich gespürt, wie stark mich diese Geschichte beeinflußte. Sie zu lesen war einfach nur eine Methode, um etwas Zeit zu gewinnen und nicht gleich einen neuen Job und eine neue Wohnung suchen zu müssen, mit 51 und 2 verrückten Frauen im Schlepptau. Aber tief in mir drin begann die Geschichte zu arbeiten wie ein Analgetikum mit Langzeitwirkung. Irgendwie war es eine große Erleichterung, daß auch noch jemand anderes bestätigte, was ich schon gegen Ende des Vietnamkriegs vermutet hatte (und besonders nachdem ich gesehen hatte, wie am Rand eines kambodschanischen Dorfes ein menschlicher Kopf in den zerfetzten Eingeweiden eines Wasserbüffels lag), daß es nämlich ähnlich wie die Gute Fee, der Osterhase und der Nikolaus ein Ammenmärchen für Kinder unter 6 Jahre ist, wenn jemand behauptet, mit der Menschheit ginge es bergauf und sie käme irgendwohin, wo es schön ist.

- -

Hust.

- -

Einen Mikrobenstamm, der garantiert schon irgendwo auf das Startsignal zum Gürtel des Orion oder zur Deichsel des Großen Wagens wartet, kann ich Ihnen gern nennen: das sind die Gonokokken, die ich 1967 aus Tegucigalpa, Honduras, mitgebracht habe. Eine Zeitlang sah es damals so aus, als ob ich mein Leben lang Gonorrhöe haben würde. Inzwischen können diese Biester bestimmt schon von Scherben und alten Rasierklingen leben.

Die Tuberkelbazillen, deretwegen ich jetzt so viel huste, sind die reinsten Pussykätzchen dagegen. Es gibt gleich mehrere Drogen auf dem Markt, mit denen sie einfach nicht klarkommen. Die stärkste davon ist schon vor Wochen für mich bestellt worden und muß jetzt irgendwann aus Rochester eintreffen. Wenn irgendwelche meiner Bazillen sich für künftige Raumfahrer halten sollten, dann können sie's ruhig vergessen. Sie werden nirgendwohin reisen, nur die Toilette hinunter.

Bon voyage!

- -

Aber hören Sie mal: Erinnern Sie sich noch an die 2 Listen, an denen ich arbeite, 1 von den Frauen, mit denen ich geschlafen habe, und 1 mit den Männern, Frauen und Kindern, die ich umgebracht habe? Es wird immer klarer, daß die beiden Listen wahrscheinlich genau gleich lang werden! Was für ein Zufall! Als ich mit der Liste der Frauen anfing, dachte ich, daß sie als ein Epitaph dienen könnte, egal wie hoch: am Schluß würde da eine Zahl stehen und sonst gar nichts. Aber wenn dieselbe Zahl jetzt genausogut die Zahl der Leute bedeuten könnte, die ich umgebracht habe! Donnerwetter!

Schon wieder ein Wunder, mindestens in derselben Größenordnung wie das, daß die Studenten von Tarkington damals bei der Diphterie-Epidemie und dann wieder beim Gefängnisausbruch fast alle in Ferien gewesen sind. Wie lange kann ich noch Atheist bleiben?

»Es gibt mehr Ding' im Himmel und auf Erden . . .«

27

So, und jetzt die Geschichte, wie ich noch am selben Tag, an dem ich in Tarkington entlassen wurde, einen Job im Zuchthaus auf der anderen Seeseite gekriegt habe:

Ich kam also aus der Garage, wo ich gerade gelesen hatte, daß nicht die Menschen, sondern die Mikroben die Lieblingskinder des Alls waren, setzte mich in den Mercedes und wollte ins *Black Cat Café* fahren. Dort hoffte ich zu erfahren, ob es irgend jemand in diesem Tal gab, der Leute einstellte. Für welche Art Arbeit auch immer. Aber alle 4 Reifen machten bloß *flapp, flapp, flapp.*

Alle 4 Reifen waren in der Nacht zuvor von den Kids aus der Stadt »ausgekernt« worden. Als ich aus dem Mercedes stieg, wurde mir bewußt, daß ich mein Wasser abschlagen mußte. Aber das wollte ich nicht bei mir im Haus tun. Ich wollte nicht mit den verrückten Leuten da drin reden. Ist das nicht aufregend? Welche Mikrobe hätte je in Lebensumständen so voller Herausforderungen und Chancen gelebt?

Es wurde aber wenigstens nicht auf mich geschossen, und die Polizei suchte mich auch nicht.

Ich ging also in das brusthohe Unkraut auf dem unbebauten Grundstück gegenüber von meinem Haus. Da dieses am

Hang gebaut war, stand ich etwas unterhalb der Straße. Ich zog meinen Ding-Dong heraus und stellte fest, daß er genau auf ein wunderschönes weißes italienisches Rennrad zeigte, das auf der Seite im Gras lag. Wie es sich da versteckte, war das Fahrrad voller Unschuld und Zauber. Es hätte ein Einhorn sein können.

Nachdem ich woandershin uriniert hatte, richtete ich dieses vollkommene künstliche Wundertier auf. Brandneu war es. Der Sitz war wie eine Banane geformt. Warum es jemand weggeworfen hatte? Bis zum heutigen Tag weiß ich das nicht. Trotz unserer gewaltigen Gehirne und rappelvollen Bibliotheken können wir Mikrobenhotels nicht erwarten, wirklich alles zu verstehen. Meine Vermutung war, daß irgendein Junge aus einer armen Familie in der Stadt unten darüber stolperte, als er auf dem Campus herumstromerte. Ebenso wie ich nahm er an, daß es einem superreichen Tarkington-Studenten gehörte, der außerdem noch ein teures Auto und soviele schicke Klamotten hatte, daß er sie gar nicht alle anziehen konnte. Also nahm sich der Junge das Fahrrad, so wie ich es mir jetzt schnappte. Im Gegensatz zu mir allerdings verlor er die Nerven und versteckte es hier im Unkraut, um nicht wegen Diebstahls verhaftet zu werden.

Wie ich allerdings bald auf sehr unangenehme Weise herausfinden sollte, gehörte das Fahrrad einer sehr armen Person, einem jungen Mann, der nachmittags nach der Schule bei uns in den Stallungen arbeitete und jeden Pfennig zusammengekratzt hatte, bis er sich das herrlichste Fahrrad kaufen konnte, das je in Tarkington gesehen worden war.

- . - . - . - . - . - . - . - . - . - . - . - . - . - . - . -

Aber spielen wir noch ein bißchen mit meiner irrtümlichen Vorstellung, daß das Fahrrad einem reichen jungen Mann von der Uni gehörte: Es erschien mir durchaus denkbar, daß der reiche Besitzer soviel teures Spielzeug hatte, daß es ihm einfach zuviel wurde, sich auch noch um dieses zu kümmern. Vielleicht paßte das Fahrrad nicht in den Kofferraum seines Ferrari Gran Tourismo. Sie können sich gar nicht vorstellen, was sich im Fundbüro der Universität so alles an Schätzen ansammelte und nie abgeholt wurde: Diamantohrringe, Rolex-Uhren und so weiter und so weiter.

Habe ich was gegen die Reichen? Nein. Ich kann sie besten- oder schlimmstenfalls als solche erkennen. Ansonsten stimme ich mit dem großen sozialistischen Schriftsteller George Orwell überein, der gesagt hat, reiche Leute seien bloß arme Leute mit Geld. Im Zuchthaus auf der anderen Seeseite war das ebenfalls die herrschende Meinung, wie ich bald feststellen sollte, obwohl keiner der Strafgefangenen je von George Orwell gehört hatte. Viele der Insassen waren ja selbst arme Leute mit Geld gewesen. Sie hatten die teuersten Wagen, Juwelen, Uhren und Kleider gehabt. Als jugendliche Rauschgifthändler hatten viele von ihnen mindestens so attraktive Fahrräder wie das besessen, das ich in den Hügeln hinter Scipio im Unkraut entdeckt hatte.

Als die Strafgefangenen merkten, daß ich bloß einen 4türigen 6-Zylinder-Mercedes besaß, wurde ich oft von ihnen bedauert oder verspottet. Genau wie von den meisten Studenten in Tarkington. Ich hätte genausogut mit einem verbeulten Pick-up herumfahren können.

- · - · - · - · - · - · - · - · - · - · - · - · - · - · - · -

Ich schob das Fahrrad also aus dem Unkraut auf die steil abfallende Clinton Street hinaus. Um zur Eingangstür des *Black Cat Cafés* zu gelangen, würde ich kein einziges Mal in die Pedale treten müssen, ja, nicht einmal in die Kurve mußte ich gehen. Nur die Bremsen würde ich brauchen, und die probierte ich aus. Wenn die Bremsen nicht funktionierten, würde ich nämlich unten am Ende des verlassenen Docks *allez! hopp!* direkt in den Mohiga-See fliegen.

Ich schwang mich auf den bananenförmigen Sattel, der sich meinem Gesäß erstaunlich gut anpaßte und sich auch gegenüber meinen Genitalien sehr rücksichtsvoll zeigte. Auf diesem Fahrrad im Sonnenschein den Hügel hinunterzusegeln war sehr viel angenehmer, als gekreuzigt zu werden.

- · - · - · - · - · - · - · - · - · - · - · - · - · - · - · -

Ich parkte das Fahrrad, wo es jeder sehen konnte, vor dem *Black Cat Café*. Auf dem Bürgersteig und im Rinnstein lagen Sektkorken. In Vietnam wären es Patronenhülsen gewesen. An dieser Stelle mußte Arthur C. Clarke seine Motorrad-Gang aufgestellt haben. Die Truppe und die Damen in ihrer Begleitung hatten offenbar Champagner getrunken, ehe sie zum Sturm auf Tarkington antraten. Auch Sandwich-Überreste lagen herum, ich trat auf so eine Weißbrot-Gurken- oder Wasserkressen-Affäre. Ich kratzte sie mir an der Bürgersteigkante vom Stiefel und überließ sie den Mikroben. Eins muß ich Ihnen allerdings sagen: Bakterien, die solches labberiges Zeug fressen, werden unser Sonnensystem bestimmt nicht verlassen.

Plutonium! Das ist was ganz anderes! Davon kriegt man Mikroben, die wirklich was taugen! Mit Haaren auf der Brust, sozusagen.

- . - . - . - . - . - . - . - . - . - . - . - . - . - . - . -

Zum ersten Mal in meinem Leben betrat ich das *Black Cat Café*. Nachdem ich gerade zum Stadtbewohner gemacht worden war, war das jetzt auch mein Club. Vielleicht würde ich nach ein paar Drinks den Hügel wieder raufgehen und aus den Reifen von einigen Motorrädern und Limousinen der Clarke-Truppe die Luft rauslassen.

Ich bewegte mich so unauffällig wie möglich zur Theke und sagte: »Gehm'se mir 'n Wop.«

So nannten, nach allem, was ich gehört hatte, die Stadtbewohner Budweisers Bier, seit irgendwelche Italiener die Anheuser-Busch-Brauerei aufgekauft hatten. Die *St. Louis Cardinals* haben die Italiener bei dem Geschäft als Zugabe auch gleich erworben.

»Kommt sofort«, sagte die Barmaid. Sie war genau die Sorte Frau, an die ich mich jetzt ranmachen würde, wenn ich nicht TB hätte. Sie war Ende 30, hatte ziemlich viel Pech gehabt kürzlich und wußte nicht mehr, wohin. Ich kannte ihre Geschichte. Und alle anderen Leute in der Stadt auch. Sie hatte zusammen mit ihrem Mann einen alten Eissalon in der Clinton Street restauriert, zwei Häuser weiter vom *Black Cat Café*. Aber dann starb ihr Mann plötzlich, weil er zuviel Abbeize inhaliert hatte. Wahrscheinlich haben die Mikroben in seinem Inneren sich auch nicht besonders gefühlt.

- -

Aber wer weiß? Vielleicht haben ja die Weisen von Tralfamadore dafür gesorgt, daß ihr Mann den Eissalon renovierte, damit uns ein Mikrobenstamm erwächst, der in der Lage ist, eine Wolke Abbeize im Weltall unbeschadet zu passieren.

- -

Ihr Name war Muriel Peck, und ihr Ehemann Jerry Peck war ein direkter Nachfahre des ersten Collegepräsidenten gewesen. Sein Vater stammte hier aus dem Tal, aber Jerry wuchs in San Diego, Kalifornien, auf und arbeitete dort in einer Eiskremfabrik. Die Fabrik wurde von Präsident Mobutu aus Zaire gekauft und Jerry entlassen. Und so kam er mit Muriel und den zwei Kindern hierher, um nach seinen Wurzeln zu suchen.

Da er sich mit Eiskrem schon auskannte, war es absolut logisch für ihn, den alten Eissalon zu kaufen. Für alle Beteiligten wäre es allerdings besser gewesen, wenn er weniger über Eiskrem und mehr über Lösungsmittel gewußt hätte.

- -

Später wurde Muriel auch wirklich meine Geliebte, aber erst, als ich schon 2 Wochen im Zuchthaus Athena arbeitete. Und noch etwas später fragte ich sie, ob sie sich denn nie die Zeit genommen hätten, die Gebrauchsanweisung auf den Kanistern mit der Abbeize zu lesen. Sie hätten doch beide Literatur am Swarthmore College studiert.

»Erst als es zu spät war«, gab sie zur Antwort.

- -

Drüben im Zuchthaus fand ich übrigens überraschend viele Strafgefangene, die ähnliche gesundheitliche Schäden erlitten hatten, aber nicht durch Abbeize, sondern durch Farbe. Als sie noch klein waren und die Farben noch mit Blei angerührt wurden, hatten sie abgeblätterte Farbreste geschluckt oder mit Farbe versetzten Staub eingeatmet. Die Bleivergiftung hatte sie dumm gemacht. Sie waren alle für die dümmsten Verbrechen, die man sich nur vorstellen kann, im Gefängnis, und ich konnte ihnen weder Lesen noch Schreiben noch sonst etwas beibringen.

Verdanken wir ihnen Mikroben, die Blei fressen können?

Ich weiß, daß es Mikroben gibt, die Petroleum fressen. Wie sie darauf gekommen sind, weiß ich nicht. Ob sie mit meinen honduranischen Gonokokken verwandt sind?

28

Bei der großen Eröffnung des *Mohiga Ice Cream Emporiums* saß Jerry Peck schon im Rollstuhl und hatte einen Sauerstoffbehälter im Schoß. Aber der Eissalon war für ihn und Muriel wirklich ein Hit. Sowohl die Leute von Tarkington als auch die Stadtbewohner waren von der Einrichtung und der köstlichen Eiskrem entzückt.

Als der Laden allerdings 6 Monate alt war, kam eines Tages ein Mann und fotografierte alles. Anschließend zog er einen Zollstock heraus, vermaß alle Ecken und Winkel und machte sich in einem Büchlein eifrig Notizen. Die Pecks waren geschmeichelt und fragten ihn, ob er vielleicht von einem Architekturmagazin oder so etwas wäre. Er arbeite für den Architekten, der oben auf dem Hügel das neue Erholungszentrum für die Studenten baue, sagte er, den Pahlavi-Pavillon. Die Pahlavis wünschten, das Zentrum solle einen Eissalon haben, der genauso wäre wie ihrer, bis hinunter ins kleinste Detail.

Vielleicht war es also doch nicht bloß die Abbeize, was Jerry Peck umgebracht hat.

– · – · – · – · – · – · – · – · – · – · – · – · – · – · – · – · – · – · –

Der Pavillon hatte auch der einzigen Bowlingbahn im Mohiga-Tal das Geschäft ruiniert. Denn von den Stadtbewohnern allein konnte keine Bowlingbahn leben. Wer also zum Bowling gehen wollte und keine Beziehungen zum College hatte, mußte seither 30 Kilometer nach Norden zu den Bowlingbahnen neben dem Meadowdale-Kinokomplex fahren, direkt gegenüber vom Waffenlager der Nationalgarde.

- -

Im *Black Cat Café* war um diese Zeit nicht viel los. Vielleicht waren draußen auf dem Parkplatz ein paar Prostituierte in ihren Wohnwagen, aber drin saßen keine.

Der Besitzer, Lyle Hooper, der zugleich auch Chef der Freiwilligen Feuerwehr und Notar war, saß am anderen Ende der Bar und war mit irgendwelchen Rechnungen beschäftigt. Bis zum Ende seiner Tage hat er nie zugegeben, daß die guten Geschäfte, die er mit Snacks und Alkohol machte, mit der Tatsache zu tun hatten, daß draußen auf dem Parkplatz Prostituierte zur Verfügung standen und in der Herrentoilette ein Kondomautomat hing.

Für die Weisen von Tralfamadore hätte dieser Kondomautomat natürlich eine Bedrohung ihres Raumfahrtprogramms dargestellt.

- -

Über meine sexuellen Eroberungen wußte Lyle Hooper Bescheid, denn er hatte die notariellen Bestätigungen für die eidesstattlichen Erklärungen in meiner Aktentasche gegeben. Er hat sie aber weder mir gegenüber noch, soviel ich weiß, irgend jemand sonst gegenüber jemals erwähnt. Er war ein Inbegriff an Diskretion.

Lyle war bestimmt eine der beliebtesten Persönlichkeiten unten im Tal. Die Stadtbewohner mochten ihn, die Frauen ebenso wie die Männer, und ich habe nie gehört, daß jemand das *Black Cat Café* ein Bordell genannt hätte. Oben auf dem Hügel wurde es natürlich nie anders genannt.

Trotz gelegentlicher Razzien der Staatspolizei und regelmäßiger Besuche der Gesundheitsbehörden respektierten die Stadtbewohner sein Selbstverständnis und behandelten ihn als einen Familienvater und Gasthausbesitzer, dessen

Erfolg ausschließlich auf der Qualität der dort servierten Speisen und Getränke beruhte. Diese freundliche Verschwörung beschützte auch Charlton, Lyles Sohn. Charlton war inzwischen 2 Meter groß, Mittelstürmer bei den *New York State High School All-Stars* und besuchte die Abschlußklasse der High-School in Scipio. Von seinem Vater wußte er nie etwas anderes zu sagen, als daß er ein Restaurant hätte.

Charlton war ein so phantastischer Basketballspieler, daß er von den *New York Knickerbockers* zum Training eingeladen wurde, die damals noch Amerikanern gehörten. Statt dessen ließ er sich aber lieber ein volles Stipendium für das MIT geben und wurde ein führender Wissenschaftler, unter anderem leitete er die Arbeiten an dem riesigen Teilchenbeschleuniger in der Nähe von Waxahachie in Texas, dem *Supercollider.*

Soviel ich weiß, wurden dort unsichtbare Teilchen von den Wissenschaftlern gezwungen, ihre Geheimnisse preiszugeben, indem man sie gegen photographische Platten klatschen ließ. So ähnlich haben wir Leute, von denen wir dachten, sie könnten feindliche Agenten sein, in Vietnam auch oft behandelt.

Hab ich schon erzählt, daß ich mal einen aus einem Hubschrauber katapultiert habe?

Der Ehefrau von Lyle brauchten die Stadtbewohner nicht zu verschweigen, warum das *Black Cat Café* so florierte. Ihre Gefühle brauchten sie überhaupt nicht zu schonen. Sie hatte in mittleren Jahren entdeckt, daß sie Lesbierin war, und war mit der Sportlehrerin der High-School auf die Bermuda-Inseln gegangen, wo sie Segelunterricht gaben und vielleicht heute noch geben. Ich habe mich oben auf dem Hügel beim alljährlichen Bürgerfest der Universität mal an sie rangemacht, und ich wußte, daß sie eine Lesbierin war, lange bevor sie es selbst wußte.

Erst ganz gegen Ende seines Lebens, vor 2 Jahren, als er Gefangener der entsprungenen Strafgefangenen war und oben im Glockenturm festsaß, wurde er von seinen Bewachern als »Zuhälter« bezeichnet. Plötzlich hieß es: »Na, Zuhälter, wie gefällt dir der Ausblick?« und »Was sollen wir jetzt mit dir machen, Zuhälter?« und dergleichen. Kalt und naß war es da oben, in dem kleinen Kämmerchen unter den Glocken. Aller Schnee und Regen, der in den Glockenturm fiel, tropfte durch die Decke. Denn als die Strafgefangenen entdeckten, daß sich da oben zwischen den Glocken ein Heckenschütze versteckt hielt, hatten sie alles mit Kugeln durchsiebt.

Strom gab es keinen. Elektrizität und Telefonverbindungen waren abgeschaltet. Als ich Lyle da oben besuchte, wußte er schon über den Ursprung der Löcher Bescheid. Er wußte, daß der Heckenschütze gekreuzigt worden war auf dem Heuboden über den Stallungen. Er wußte auch, daß die ausgebrochenen Strafgefangenen noch keine Entscheidung darüber getroffen hatten, was sie mit ihm tun sollten. Er wußte, daß er in ihren Augen einen ganz gewöhnlichen Mord begangen hatte. Er und Whitey VanArsdale hatten aus dem Hinterhalt 3 Strafgefangene erschossen, die auf dem alten Treidelweg zum oberen Ende des Sees unterwegs waren, um mit den Polizisten, Politikern und Soldaten an der Straßensperre dort zu verhandeln. Die Parlamentäre trugen aus Kopfkissenbezügen und Besenstielen gefertigte weiße Fahnen, als Lyle Hooper und Whitey VanArsdale sie totschossen.

Whitey wurde anschließend selbst gleich erschossen, aber Lyle wurde gefangengenommen.

Was Hooper aber am meisten beschäftigte, als ich oben im Glockenturm mit ihm sprach, war der Umstand, daß seine Bewacher ihn immer nur »Zuhälter« nannten.

- -

Nicht um irgendeiner politischen Meinungsäußerung willen, sondern einfach um das Erzählen leichter zu machen, werde ich die ausgebrochenen Strafgefangenen in Scipio von jetzt an so nennen, wie sie sich selbst nannten: »Freiheitskämpfer«.

Lyle Hooper war also ohne Zweifel verantwortlich für den Tod von 3 Freiheitskämpfern mit Parlamentärsfahnen. Und der Freiheitskämpfer, der ihn bewachte, als ich ihn im Glockenturm besuchte, war auch noch der Halbbruder eines der Männer, die Whitey und/oder Lyle umgebracht hatten. Zusammen mit ihrer gemeinsamen Großmutter waren sie Partner im Crack-Handel gewesen.

Aber alles, worüber Lyle reden konnte, war die Kränkung, daß man ihn einen Zuhälter nannte. Für die meisten Freiheitskämpfer war es allerdings gar keine besondere Beleidigung, wenn man jemanden einen Zuhälter nannte.

Lyle erzählte mir, daß für seine Erziehung seine Großmutter väterlicherseits verantwortlich gewesen sei. Er habe ihr versprechen müssen, die Welt ein bißchen besser zurückzulassen, als er sie vorgefunden habe. Er fragte mich: »Hab ich das getan, Gene?«

Ich sagte ihm, er hätte. Da ihm seine Hinrichtung bevorstand, mochte ich ihm nicht sagen, daß, zumindest nach meiner Erfahrung, Schüsse aus dem Hinterhalt die Welt eigentlich nie besser machten.

»Ich habe ein nettes, sauberes Lokal geführt und einen prächtigen Sohn großgezogen«, sagte er, »und eine Menge Feuer gelöscht.«

Die Leute vom Kuratorium müssen den Freiheitskämpfern gesagt haben, daß Lyle ein Bordell geführt hatte. Sonst hätten sie bestimmt gedacht, er wäre bloß Restaurantbesitzer und Feuerwehrhauptmann gewesen.

Da oben im Glockenturm erinnerte mich Lyle Hooper an meinen Vater, als er von Barrytron entlassen worden war und zu einer Kreuzfahrt auf dem *Inland Waterway* an der Ostküste aufbrach, vom City Island in New York bis nach Palm Beach, Florida. Die Motorjacht, die er dafür benutzte, gehörte seinem alten Zimmernachbarn aus dem College, Fred Handy. Handy hatte auch Chemie studiert, hatte sich dann aber auf Junk Bonds spezialisiert. Er hatte gehört, daß mein Vater in einer tiefen Depression steckte, und dachte, die Kreuzfahrt könnte ihn aufheitern.

Aber die Jacht mußte sich vom East River an, auf der Barnegat Bay ebenso wie auf der Delaware Bay, der Chesapeake Bay, dem Dismal Swamp Canal und sämtlichen anderen Wasserwegen bis hinunter nach Palm Beach, wo Handy einen schönen Landsitz am Ufer besaß, ihren Weg durch einen von Ufer zu Ufer und von Horizont zu Horizont reichenden Teppich von leeren Plastikflaschen bahnen, in denen früher einmal Bremsflüssigkeit, Weichspüler und dergleichen gewesen war.

Vater war an der Entwicklung dieser Flaschen wesentlich beteiligt gewesen. Er wußte auch, daß sie noch weitere 1000 Jahre im Wasser auf und ab tanzen konnten. Sie waren nichts, worauf man stolz hätte sein können.

In gewisser Weise nannten diese Flaschen meinen Vater genauso wie die Freiheitskämpfer Lyle Hooper.

Lyles verzweifelte letzte Worte, als man ihn aus dem Glockenturm zur Hinrichtung vor die Samoza Hall führte, wären auch eine gute Grabinschrift für meinen Vater gewesen:

OKAY, ICH GEBE ES ZU.
ES WAR EIN BORDELL.

29

Jetzt, im Nachhinein, im Jahre 2001, darf man wohl sagen, daß Lyle Hoopers letzte Worte für die Mehrheit der werktätigen Erwachsenen in den Industrienationen des 20. Jahrhunderts als Grabinschrift dienen könnten. Aber was blieb ihnen groß übrig? Die meisten Möglichkeiten zum Gelderwerb, die ihnen und ihren Partnern offenstanden, waren mit Betrug im großen Stil, mit legalem Diebstahl aus den öffentlichen Kassen oder direkt mit der Zerstörung der Nahrungskette, der Vergiftung der Böden, des Wassers und der Atmosphäre verbunden.

- . - . - . - . - . - . - . - . - . - . - . - . - . - . - . -

Nachdem Lyle Cooper hingerichtet worden war (mit einer Kugel hinter dem Ohr), besuchte ich die Kuratoriumsmitglieder in den Stallungen. Auf dem Heuboden über ihren Köpfen war Tex Johnson immer noch an die Kreuzbalken genagelt, und das wußten sie auch.

Aber ehe ich davon berichte, sollte ich vielleicht lieber zu Ende erzählen, wie ich den Job in Athena gekriegt habe.

- . - . - . - . - . - . - . - . - . - . - . - . - . - . - . -

Also zurück ins Jahr 1991, als ich mit einem Glas Budweiser »Wop« an der Theke des *Black Cat Cafés* stand. Muriel Peck erzählte mir, wie aufregend es gewesen war, all die Motorräder, Limousinen und Prominenten vor dem Café auf der Straße zu sehen. Sie konnte es noch gar nicht fassen, daß sie Henry Kissinger und Gloria White so nahe gewesen war.

Ein paar von den vergnügten Radaubrüdern waren sogar hereingekommen, um die Toilette zu benutzen oder einen Schluck Wasser zu trinken. Arthur K. Clarke hatte für alles gesorgt, bloß nicht für Toiletten und Wasser. Muriel hatte sogar ein paar von ihnen gefragt, wer sie waren und was sie so machten.

Drei waren Schwarze gewesen. Die 1 Schwarze war eine

alte Frau, die gerade in der *New York State Lottery* $ 57 000 000 gewonnen hatte, und die 2 anderen waren Baseballspieler, die im Jahr $ 3 000 000 verdienten.

Einer der Weißen hielt sich ziemlich abseits und schien, so Muriel, nicht recht zu wissen, was er mit sich anfangen sollte. Das war ein Rezensent der *New York Times,* der Clarkes Autobiographie *Für Geld brauchst Du Dich nicht zu schämen* enthusiastisch gelobt hatte.

Einer der Männer, die wegen der Toilette hereinkamen, sagte Muriel, war der berühmte Autor von Horrorgeschichten, nach denen einige der beliebtesten Filme aller Zeiten gedreht worden waren. Ein paar davon hatte ich in Vietnam selbst gelesen, sie handelten davon, wie unschuldige Menschen von Untoten umgebracht wurden, mit Äxten und Messern und so.

Eine davon habe ich auch Jack Patton geliehen und ihn später gefragt, was er davon hielte. Ich hab ihn aber gleich unterbrochen, als er antworten wollte. »Ich weiß schon, Jack«, hab ich gesagt. »Du hast höllisch gelacht.«

»Nicht nur das, Major Hartke«, erwiderte er. »Ich habe auch darüber nachgedacht, worüber der Mann sein nächstes Buch schreiben sollte.«

»Und worüber?« fragte ich.

»Eine B-52«, sagte er. »Überall Eingeweide und Blut.«

– · – · – · – · – · – · – · – · – · – · – · – · – · – · – · –

Einer der Toilettenbenutzer machte Muriel das Geständnis, daß er unter Diarrhöe leide, und fragte sie, ob sie hinter der Theke ein Mittel dagegen habe. Das war ein pensionierter Astronaut gewesen. Sie hatte ihn erkannt, aber der Name war ihr nicht eingefallen. Sie hatte ihn schon oft im Fernsehen gesehen, wo er für Sinusitis-Kopfschmerztabletten und eine Seniorensiedlung in Cocoa Beach, Florida, in der Nähe von Cape Kennedy, Werbung machte.

Abgesehen von allem anderen, war Arthur K. Clarke also auch ein Menschensammler mit besonders schrulligem Geschmack. Er lud zu seinen Parties Leute ein, die ihm irgendwie aufgefallen waren, ohne daß er sie richtig kannte, und sie kamen auch tatsächlich, sie kamen. Ein anderer Gast, erzählte mir Muriel, war ein Mann gewesen, der von seinem Vater ein Gemälde von Mark Rothko geerbt hatte, das gerade für $ 37 000 000 an das Getty Museum in Malibu, Kalifornien, verkauft worden war, ein neuer Rekord für ein Gemälde eines Amerikaners.

Rothko selbst hatte schon vor langem Selbstmord begangen.

Er hatte von allem genug gehabt.

Er war aus allem hier raus.

»Sie ist so klein«, sagte Muriel zu mir. »Ich war sehr überrascht, daß sie so klein ist.«

»Wer ist klein?« fragte ich.

»Gloria White«, sagte sie.

Ich fragte Muriel, was sie von Henry Kissinger hielte. Seine Stimme gefiele ihr, sagte sie.

Ich hatte ihn oben auf dem Campus gesehen. Aber obwohl ich Gegenstand seiner Geopolitik gewesen war, hatte ich keine Verbindung zwischen ihm und mir gespürt. Sein Gesicht kam mir ziemlich vertraut vor. Er hätte, genau wie Gloria White, jemand sein können, der in Filmen mitgespielt hat, die ich gesehen hatte.

Hier im Gefängnis hab ich allerdings mal von ihm geträumt. Er war eine Frau. Er war eine Wahrsagerin, die in ihre Kristallkugel blickte, weigerte sich aber, etwas zu sagen.

»Ich mache mir Sorgen um Sie«, sagte ich zu Muriel.

»Was?« fragte sie.

»Sie sehen so müde aus«, sagte ich. »Kriegen Sie auch genug Schlaf?«

»Ja, vielen Dank«, sagte sie.

»Entschuldigen Sie«, sagte ich. »Geht mich ja wirklich nichts an. Sie waren nur so voller Leben, als Sie von diesen

Motorradleuten erzählt haben, und als Sie dann aufgehört haben, war es, als ob Sie eine Maske abgenommen hätten. Sie sahen plötzlich aus, als wären Sie völlig erschöpft.«

Muriel wußte ungefähr, wer ich war. In den wenigen Monaten, in denen der Eissalon floriert hatte, hatte sie mich mindestens zweimal die Woche gesehen, mit Margaret und Mildred im Schlepptau. Ich brauchte ihr also nicht zu erklären, daß ich praktisch ebenfalls partnerlos war. Aber wie geduldig ich mit meinen mehr als unbrauchbaren Verwandten umging, hatte sie mit eigenen Augen gesehen.

Sie stand mir also schon ziemlich positiv gegenüber. Sie traute mir und reagierte mit offener Dankbarkeit darauf, daß ich mich um ihr Wohlergehen besorgt zeigte.

»Wenn Sie die Wahrheit wissen wollen,« sagte sie, »schlafe ich fast überhaupt nicht, ich mache mir solche Sorgen wegen der Kinder.« Davon hatte sie 2. »So wie es aussieht«, sagte sie, »werde ich nicht mal 1 aufs College schicken können. Ich komme aus einer Familie, in der jeder auf dem College gewesen ist, und ich habe das immer für selbstverständlich gehalten. Aber jetzt sehe ich gar keine Chance mehr. Keins meiner Kinder ist sportlich genug für ein Stipendium.«

Ich glaube, sie wäre damals gleich in dieser Nacht meine Geliebte geworden, statt erst 2 Wochen später, wenn nicht plötzlich ein häßlicher, tobender Berg von einem Mann die Tür aufgerissen und dabei gebrüllt hätte: »Okay, wo ist er? Wo ist der Bursche?« Er fragte nach dem jungen Mann, der nach der Schule in Tarkington in den Stallungen arbeitete und dem ich das Fahrrad geklaut hatte. Das Fahrrad hatte ich abgestellt, wo es jeder sehen konnte, direkt vor dem Café. Alle anderen Lokale und Läden auf der Clinton Street waren geschlossen und die Türen vernagelt, vom Hafen bis zur halben Höhe des Hügels hinauf. Der einzige Ort, wo der Junge sein konnte, dachte der wütende Mann offenbar, war das *Black Cat Café* oder, noch schlimmer, einer der Wohnwagen auf dem Parkplatz dahinter.

- · - · - · - · - · - · - · - · - · - · -

Ich stellte mich dumm.

Ich ging mit ihm hinaus, um zu sehen, von was für einem Fahrrad er überhaupt redete. Ich stellte die Theorie auf, der Junge sei vielleicht ganz brav und gar nicht in der Nähe des *Black Cat Café*. Womöglich habe irgendein böser Mensch sich das Fahrrad geborgt und hier vor der Tür stehen lassen. Daraufhin packte der Mann das Fahrrad auf die Ladefläche seines verbeulten Pick-ups und sagte, er wäre ohnehin schon zu spät dran. Er hätte eine Verabredung zu einem Vorstellungsgespräch im Zuchthaus auf der anderen Seeseite.

»Um was für einen Job geht's denn?« fragte ich.

Und er sagte: »Die stellen Lehrer da drüben ein.«

Ich fragte, ob er mich mitnehmen würde.

»Nur, wenn Sie nicht dasselbe unterrichten wollen wie ich«, sagte er. »Was wollen Sie unterrichten?«

»Alles, was Sie nicht unterrichten«, sagte ich.

»Ich will Werken unterrichten«, sagte er. »Wollen Sie auch Werken unterrichten?«

»Nein«, sagte ich.

»Ehrenwort?« fragte er.

»Ehrenwort«, sagte ich.

»Okay«, sagte er, »steigen Sie ein, steigen Sie ein.«

30

Um die Einstellung der damaligen Wachmannschaft in Athena gegenüber Weißen zu verstehen, ganz zu schweigen von Schwarzen, muß man wissen, daß die meisten von ihnen auf Japans nördlichster Insel, Hokkaido, rekrutiert worden waren. Und auf Hokkaido gab es primitive Ureinwohner, die als außerordentlich häßlich galten, weil sie so haarig und bleich waren. Sie hießen Ainus und waren Weiße. Genetisch gesprochen waren sie so weiß wie Nancy Reagan. Ihre Vorfahren hatten, vor langer, langer Zeit, den Fehler gemacht, statt nach Westen nach Norden zu trotten, als sie von überlegenen asiatischen Völkern besiegt wurden. Deshalb waren sie nicht nach Europa gelangt und auch nicht in die Neue Welt. Diese weißen Ureinwohner von Hokkaido hatten eine Menge nicht mitgekriegt. Sie hinkten praktisch der ganzen restlichen Welt hinterher. Und als wir uns an dem großen Tor meldeten, hinter dem die Straße durch den *National Forest* zum Zuchthaus hinaufführte, der Mann, der Werken lehren wollte, und ich, stießen wir auf 2 Wachen, die frisch aus Hokkaido waren. Wären wir zwei betrunkene Arapahos gewesen, hätte der Respekt, den sie uns entgegenbrachten, kaum geringer sein können.

Der Mann, der Werken lehren wollte, sagte, sein Name wäre John Donner. Auf dem Weg nach oben fragte er mich, ob ich ihn in der Phil-Donahue-Show im Fernsehen gesehen hätte. Das war eine Show, die jeden Wochentagnachmittag 1 Stunde lang lief. Es wurde darin immer eine Gruppe von richtigen Menschen gezeigt, keine Schauspieler, denen irgend etwas Schreckliches passiert war und die damit entweder fabelhaft fertig geworden waren, oder überhaupt nicht, oder sonst irgendwas. Es gab noch zwei sehr ähnliche Konkurrenzprogramme, und der alte Romanschreiber Paul Slazinger hat sie immer alle 3 gleichzeitig angesehen, wobei er ständig hin- und herschaltete.

Ich fragte ihn, warum er das machte. Er sagte, er wolle auf keinen Fall den Augenblick verpassen, wo mal plötzlich gar nichts mehr zu sagen bliebe.

Ich sagte John Donner, daß ich leider nie eine dieser Shows sehen könnte, weil ich nachmittags erst Musik und dann Selbstverteidigung unterrichtete. Ich fragte ihn, welches Thema seine spezielle Donahue-Show gehabt habe.

»Leute, die von Pflegeeltern aufgezogen worden sind und immer Prügel gekriegt haben«, erwiderte er.

Im Zuchthaus habe ich jede Menge Donahue-Wiederholungen gesehen, aber nicht die mit John Donner. Für die Strafgefangenen hätte die Show auch nicht viel Neues geboten, denn in Athena hatte praktisch jeder regelmäßig schreckliche Prügel bezogen, als er noch klein war.

Donner habe ich da drüben zwar nicht im Fernsehen gesehen, aber dafür in den alten Reportagen aus Vietnam ein paarmal mich selbst oder zumindest jemanden, der mir aus der Entfernung sehr ähnlich sah.

Einmal schrie ich im Zuchthaus sogar: »Da bin ich! Da bin ich!«

Strafgefangene versammelten sich hinter mir, starrten auf den Fernseher und fragten: »Wo? Wo? Wo?«

Aber sie kamen zu spät. Ich war schon wieder weg.

Und wo war ich hin?

Jetzt bin ich jedenfalls hier.

31

Vielleicht war ja John Donner ein pathologischer Lügner und hatte das mit der Donahue-Show bloß erfunden. Er hatte etwas sehr Verdächtiges an sich. Aber vielleicht war er ja auch ein von den Bundesbehörden geschützter Kronzeuge mit falschem Namen und falscher Identität und einem falschen Lebenslauf von GRIOT? Rein statistisch mußte GRIOT vielleicht ab und zu in die Biographien hineinschreiben, daß jemand in der Donahue-Show war.

Er behauptete, der Junge, der bei ihm wohnte, wäre sein Sohn. Aber vielleicht hatte er den Jungen, dessen Fahrrad ich gestohlen hatte, auch gekidnappt. Sie waren erst vor ungefähr anderthalb Jahren in die Stadt gekommen und hatten auffällig wenig Kontakte mit anderen Leuten gehabt.

- -

Ich bin sicher, daß er nicht wirklich Donner mit Nachnamen hieß. Ich habe verschiedene Donners gekannt. Der eine war auf der Militärakademie ein Jahr hinter mir. Zwei waren Tarkington-Studenten, aber nicht miteinander verwandt. Einer war ein First Sergeant in Vietnam, dem ein kleiner Junge mit einer selbstgebastelten Handgranate den Arm abriß. Jeder von diesen Donners kannte die Geschichte der berüchtigten Donner-Party, die 1846 auf dem Weg nach Kalifornien mit ihren Planwagen bei der Überquerung der Sierra Nevada in einen Schneesturm geriet. Ihre Planwagen sind wahrscheinlich direkt hier in Scipio gebaut worden.

Ich habe die Einzelheiten gerade noch mal in der *Encyclopaedia Britannica* nachgeschlagen, die jetzt in Chikago erscheint und einem geheimnisvollen ägyptischen Waffenhändler gehört, der in der Schweiz lebt. *Rule Britannia!*

Diejenigen, die überlebten, waren gezwungen, zu Kannibalen zu werden. Die Schlußbilanz ergab 47 Überlebende von ursprünglich 87 Reiseteilnehmern. Verschiedene Frauen und Kinder wurden gegessen.

Das wäre mal ein Thema für Donahue: Leute, die Menschen gegessen haben.

Menschen, die Menschen essen können, sind die glücklichsten Menschen der Welt.

Nur, als ich den Mann, der behauptete, sein Name sei Donner, nach einer etwaigen Verwandtschaft mit dem Mann fragte, der die Donner-Party führte, wußte er gar nicht, wovon ich redete.

– · – · – · – · – · – · – · – · – · – · – · – · – · – · – · –

Aber wer immer er sein mochte, als wir in Athena ankamen, landeten wir beide nebeneinander auf einer harten Bank im Wartezimmer des Direktors, Hiroshi Matsumoto.

Während wir da saßen, stahl übrigens ein Lieferant des Zuchthauses das weiße Fahrrad von der Ladefläche von Donners Pick-up.

Nebensache.

– · – · – · – · – · – · – · – · – · – · – · – · – · – · – · –

In 1 Hinsicht sagte Donner zumindest die Wahrheit. Der Direktor war bereit, mit Bewerbern für eine Lehrerstelle zu reden. Wir waren allerdings die einzigen 2 Bewerber. Donner sagte, er hätte im Sender des *National Public Radio* in Rochester von der Lehrerstelle gehört. Das ist nicht gerade der typische Sender, den sich Arbeitssuchende anhören. Viel zu anspruchsvoll.

- -

Es war übrigens der einzige Sender bei uns in der Gegend, meines Wissens, in dem gesagt wurde, was mit Pamela Ford Halls Ausstellung in Buffalo passiert war, sei nicht lustig, sondern tragisch.

- -

Vor uns stand ein japanisches Fernsehgerät. Im ganzen Zuchthaus standen überall japanische Fernsehgeräte. Sie waren wie Bullaugen in einem Ozeandampfer. Die Passagiere befanden sich in einer Art Scheintod, bis das große Schiff ans Ziel gelangte. Aber wenn sie wollten, konnten sie jederzeit durch ein Bullauge sehen und einen Blick auf die wirkliche Welt werfen.

Natürlich war das Leben auch für viele Leute, die nicht im Zuchthaus saßen, wie ein Ozeandampfer. Auch bei ihnen waren die Fernsehgeräte wie Bullaugen, durch die sie beim Nichtstun hinaussehen konnten, um festzustellen, was die Welt alles machte, ohne daß sie dabei halfen.

Seht nur, wie sie dahinjagt!

- -

Im Zuchthaus Athena allerdings zeigten die Fernseher nur ganz alte Sendungen aus einer Sammlung von Videobändern, die 2 Türen hinter Direktor Matsumotos Büro war.

Die Bänder wurden in keiner besonderen Reihenfolge gezeigt. Ein Wächter, der nicht mal englisch zu können brauchte, fütterte einfach den zentralen Videorecorder mit der erstbesten Kassette, die ihm in die Hand fiel, so als wären die Kassetten Holzkohlenbriketts und der Videorecorder ein Hibachi zu Hause in Hokkaido.

Aber das ganze System war eine amerikanische Erfindung, genau wie die Videorecorder und die Fernseher. Als die Rassen in den Strafanstalten noch gemischt waren, war der Adoptivsohn eines Aufsichtsrats des Rundfunkmuseums ins Zuchthaus Athena geschickt worden, weil er hinter dem Metropolitan Museum of Art seine Freundin erwürgt hatte. Daraufhin ließ der Vater Hunderte von Videobändern aus den Museumsbeständen kopieren und schenkte sie dem Gefängnis. Er träumte wohl davon, die Kassetten könnten die Grundlage für Schulungen werden, falls einige der Insassen von Athena nach ihrer Entlassung beim Fernsehen arbeiten wollten, immer vorausgesetzt, daß man sie überhaupt je wieder rausließ.

Aber die Fernsehschulungen kamen niemals zustande. Und so wurden die Kassetten einfach immer und immer wieder abgespielt, weil sie für die Strafgefangenen eben besser als nichts waren, während sie ihre Zeit absaßen.

– · – · – · – · – · – · – · – · – · – · – · – · – · – · – · – · – · –

Der Adoptivsohn des Kassettenschenkers geriet noch einmal kurz in die Schlagzeilen, als die Gefängnisinsassen nach Rassenzugehörigkeit aufgeteilt wurden. Es war die Rede davon, ihn und viele andere auf Bewährung freizulassen, statt sie wieder in andere Strafanstalten zu schicken.

Aber die Eltern des Mädchens, das er hinter dem Museum ermordet hatte, hatten gute Beziehungen. Sie verlangten, daß er seine Strafe, die, soviel ich mich erinnere, 99 Jahre betrug, voll absitzen müsse. Er war, wie gesagt, adoptiert worden. Wie sich zeigte, war auch sein biologischer Vater ein Mörder gewesen.

Er könnte sich also derzeit durchaus auf einem der Flugzeugträger oder Raketenkreuzer im New Yorker Hafen befinden, die zu schwimmenden Gefängnissen umgebaut worden sind.

– · – · – · – · – · – · – · – · – · – · – · – · – · – · – · – · – · –

Während Donner und ich darauf warteten, daß uns der Direktor empfing, sahen wir die Ermordung von Präsident

John F. Kennedy. *Peng!* flog sein Hinterkopf weg, und seine Frau kroch mit ihrem Pillenschachtelhut auf den Kofferraum der offenen Limousine hinaus.

Dann kam ein Zwischenschnitt, und man sah die Polizeiwache in Dallas, wo Lee Harvey Oswald, der ehemalige Marineinfanterist, der angeblich den Präsidenten mit einem Mail-Order-Gewehr italienischer Bauart niedergestreckt hatte, vom Besitzer eines örtlichen Striplokals einen Schuß in den Bauch kriegte. »Au«, sagte Oswald. Und dieses »Au« hörte man auf der ganzen Welt, und jetzt wieder.

Wer sagt, daß Geschichte langweilig sein muß?

- -

Und während dessen nahm draußen auf dem Parkplatz jemand, der dem Gefängnis Lebensmittel geliefert hatte oder sonst irgendwas, das Fahrrad von Donners Lastwagen, lud es auf seinen eigenen und fuhr damit weg. Es war, genau wie die Ermordung der Fliederkönigin im Jahre 1922, ein perfektes Verbrechen.

Hust.

- -

Es ist jetzt sogar schon die Rede davon, auch unsere Atom-Unterseeboote zu Gefängnissen für Leute wie mich umzubauen, die auf ihren Prozeß warten. Sie würden natürlich nicht tauchen, und die Raketen- und Torpedorohre und die gesamte elektronische Ausrüstung würden als Schrott verkauft werden, damit mehr Platz wäre für Zellen.

Wenn die gesamte U-Bootflotte zu schwimmenden Gefängnissen umgebaut würde, habe ich gehört, wären die Zellen auch gleich wieder voll. Als diese Anstalt hier aufhörte, ein College zu sein und ein Gefängnis wurde, war es im Handumdrehen bis zum Rand voll.

- -

Ich wurde zuerst ins Büro des Direktors gerufen. Als ich wieder herauskam, nicht nur mit einem Job, sondern auch mit einer Wohnung, lief im Fernseher eine Sendung, die ich als kleiner Junge oft angeschaut hatte: *Howdy Doody.* Showmaster Buffalo Bill sollte gerade vom Clown Clarabell mit Selterswasser bespritzt werden.

Die Sendung war in Schwarzweiß! So alt war die Show.

Ich sagte Donner, der Direktor wolle ihn sprechen, aber er schien gar nicht zu wissen, wer ich überhaupt war. Ich kam mir vor, als müßte ich einen bösartigen Betrunkenen aufwekken. Das mußte ich in Vietnam oft machen. Manchmal waren die bösartigen Betrunkenen Generale. Der schlimmste war ein durchreisender Kongreßabgeordneter.

Ich dachte schon, ich müßte mich mit ihm prügeln, ehe Donner begriff, daß es außer *Howdy Doody* noch etwas anderes auf der Welt gab.

- -

Hiroshi Matsumoto, der Gefängnisdirektor, war ein Überlebender des Atombombenabwurfs auf Hiroshima. Er war damals 8, und ich 5. Als die Bombe fiel, spielte er geradeFußball in der Schulpause. Er lief dem Ball hinterher, der in einen Graben hinter dem Spielfeld gerollt war. Er bückte sich, um den Ball aufzuheben. Es gab einen Blitz und einen Windstoß, und als Hiroshi sich wieder aufrichtete, war seine Stadt weg. Er stand allein in einer Wüste, über der hier und da kleine Staubwolken tanzten. Es dauerte allerdings mehr als 2 Jahre, ehe er mir davon erzählte.

Seine Lehrer und Schulkameraden wurden wegen Kaiserverehrung ohne Prozeß hingerichtet.

Wie Jeanne d'Arc wurden sie lebendig verbrannt.

- -

Kreuzigung als Hinrichtungsmethode für die schlimmsten Verbrecher wurde von Konstantin dem Großen, dem ersten christlichen römischen Kaiser, verboten.

Verbrühen und Verbrennen waren aber weiter okay.

- -

Wenn ich vorher mehr Zeit zum Nachdenken gehabt hätte, hätte ich mich vielleicht gar nicht um die Stelle in Athena beworben, wo ich ja unweigerlich zugeben mußte, daß ich in Vietnam gewesen war und ständig nur Asiaten getötet oder zu töten versucht hatte. Daß der Mann, der mich einstellen sollte, Asiate sein würde, wäre mir dann bestimmt auch eingefallen.

Ja, und kaum hatte der Direktor gehört, daß ich in West Point studiert hatte, da sagte er auch schon mit schrecklichem Ernst: »Dann waren Sie auch in Vietnam?«

Und ich dachte mir: »Oh, je. Damit ist die Sache erledigt.«

Aber da verstand ich ihn falsch. Ich wußte damals noch nicht, daß die Japaner sich genetisch für völlig anders halten als andere Asiaten und sich mit diesen genausowenig verwandt fühlen wie mit Donner, Nancy Reagan oder den blassen, haarigen Ainus zum Beispiel.

»Ein Soldat tut, was man ihm befiehlt«, sagte ich. »Gern habe ich nie getan, was ich tun mußte.« Das war nicht ganz wahr. Ab und zu machte mich das Kämpfen richtig *high.* Einmal habe ich sogar einen Mann mit bloßen Händen getötet. Er hatte versucht, mich zu töten. Danach habe ich gelacht und gebellt wie ein Hund, und dann hab ich gekotzt.

Mein Geständnis, daß ich in Vietnam gewesen war, weckte bei Matsumoto offenbar das Gefühl, daß wir beinahe Brüder waren! Er kam hinter seinem Schreibtisch vor, ergriff meine Hand und sah mir fest in die Augen. Es war, rein körperlich, eine eigenartige Erfahrung für mich, schließlich trug er ja eine Chirurgenmaske und Gummihandschuhe.

»Dann wissen wir also beide«, sagte er, »wie es ist, wenn man in ein fremdes Land geschickt wird mit einem gefährlichen, größenwahnsinnigen Auftrag!«

32

Was für ein Nachmittag!

Etwas über 3 Stunden zuvor hatte ich noch friedlich in meinem Glockenturm gesessen. Jetzt saß ich in einem Hochsicherheits-Zuchthaus mit einem maskierten und behandschuhten Japaner, der mir versicherte, die Vereinigten Staaten wären sein Vietnam!

Zu allem Überfluß hatte er sich auch noch mitten in den Studentenprotesten hier in den Vereinigten Staaten befunden, als der Vietnamkrieg im Gang war. Seine Firma hatte ihn auf die Harvard Business School geschickt, damit er dort die Denkweise der Leute studieren konnte, die aus persönlicher Profitgier unsere Wirtschaft ruinierten, indem sie Gelder, die für Forschung, Investitionen und neue Maschinen gebraucht wurden, in gigantische Altersrenten und Jahresprämien für Manager steckten.

Während des Gesprächs mit mir verwendete Matsumoto die gesamte Antikriegsrhetorik, die er in den 60ern in Harvard gehört hatte, um Japans Desaster hier in Übersee zu beschreiben. Die Vereinigten Staaten seien ein tiefer Morast, sagte er. Es gebe keinerlei Licht am Ende des Tunnels und so weiter und so weiter.

Bis zu diesem Augenblick hatte ich über die seelische Verfassung der ständig größer werdenden Armee von Japanern in diesem Land, die all die Firmen, die sie uns weggeschnappt hatten, wieder in Schwung bringen sollten, noch nie nachgedacht. Für die meisten von ihnen muß es tatsächlich eine Art Krieg gewesen sein, von dem nur der Himmel wußte, warum er geführt wurde, insbesondere da sie ja gegenüber der Mehrzahl der Bevölkerung genauso farbcodiert waren wie ich damals in Vietnam.

- . - . - . - . - . - . - . - . - . - . - . - . - . - . - . - . - . -

Zum Thema Farbcodierung: Man hätte vielleicht erwarten können, daß nach dem Gefängnisausbruch viele Schwarze erschossen wurden, obwohl sie gar keine Strafgefangenen waren. Der Geisteszustand der Weißen ließ mit Sicherheit keine anderen Schlüsse zu, als daß jeder männliche Schwarze in diesem Tal ein Ausbrecher sein mußte.

Erst schießen und dann fragen. So hab ich es gemacht.

Aber der einzige Schwarze, der angeschossen wurde, obwohl er kein Ausbrecher war, war ein Neffe des Bürgermeisters von Troy. Und selbst der kriegte bloß einen Streifschuß ab. Seine rechte Hand wurde verstümmelt, inzwischen aber dank der Wunder der Mikrochirurgie weitestgehend wiederhergestellt.

Er war sowieso Linkshänder.

Angeschossen wurde er, weil er sich aufhielt, wo er nicht hätte sein dürfen, wo überhaupt niemand hätte sein sollen, egal zu welcher Rasse er gehörte. Er zeltete im National Forest, und das ist gesetzlich verboten. Von dem Gefängnisausbruch wußte er überhaupt nichts.

Und dann plötzlich: *Peng!*

- -

»Schwarz« und »Weiß« schreibe ich mal klein und mal groß, und weder beim einem noch beim anderen habe ich das Gefühl, daß es ganz richtig aussieht. Das liegt vielleicht daran, daß die Rassenfrage manchmal ungeheuer wichtig erscheint und manchmal nicht ganz so wichtig. Ich möchte auch dauernd sagen »dieser sogenannte Schwarze« oder »sogenannt schwarz«. Ich schätze, daß weit mehr als die Hälfte der Insassen von Athena weiße bzw. Weiße Vorfahren hatte. Manche sehen überwiegend weiß aus, aber das hilft ihnen auch nichts.

Stellen Sie sich mal vor, wie das sein muß!

Ich behaupte inzwischen auch, unter meinen Vorfahren gäbe es einen Schwarzen, denn das hier ist ein Gefängnis für Schwarze, und ich möchte nicht gern verlegt werden. Ich brauche die Bibliothek. Man kann sich ja vorstellen, wie die Bibliotheken in Flugzeugträgern und Raketenkreuzern aussehen, die sie zu schwimmenden Gefängnissen umgebaut haben.

- -

Hier bin ich zu Hause.

- -

Mein Rechtsanwalt sagt, es wäre sehr schlau, daß ich nicht verlegt werden wolle, aber aus anderen Gründen. Eine Verlegung könnte mich erneut in die Schlagzeilen bringen und dazu führen, daß die Öffentlichkeit meine Bestrafung verlangt.

So wie es jetzt aussieht, hat die Öffentlichkeit mich vergessen, und den ganzen Gefängnisausbruch dazu. Eine große Nachricht war der Ausbruch fürs Fernsehen nur etwa 10 Tage lang.

Dann wurde er von einem einsamen Weißen Mädchen aus den Schlagzeilen verdrängt, der Tochter eines Waffenfetischisten im ländlichen Nordkalifornien. Mit einer chinesischen Handgranate aus dem 2. Weltkrieg löschte sie an ihrer High-School das Vorbereitungskomitee für den Abschlußball aus.

Ihr Vater hatte eine der vollständigsten Sammlungen von Handgranaten der Welt.

- -

Jetzt ist seine Sammlung allerdings nicht mehr ganz vollständig, falls er nicht zufällig mehr als 1 chinesische Handgranate aus dem großen Schlußzauber hatte.

- -

Direktor Matsumoto wurde immer gesprächiger während meines Bewerbungsgesprächs. Ehe er nach Athena geschickt wurde, sagte er, habe er ein kommerzielles Krankenhaus geleitet, das seine Frau in Louisville gekauft hatte. Das Kentucky Derby habe ihm sehr gefallen. Aber seinen Job habe er gehaßt.

In Saigon sei ich so oft wie möglich zum Pferderennen gegangen, sagte ich ihm.

Und er sagte: »Ich wünschte nur, unser Aufsichtsratsvorsitzender zu Hause in Tokyo hätte sich mal eine Stunde lang mit mir in die Notaufnahme gesetzt und Sterbende abgewiesen, die nicht genug Geld für eine Behandlung bei uns hatten.«

- -

»In Vietnam hatten Sie doch den *Bodycount*, glaube ich?« fragte er.

Das war zutreffend. Wir hatten Befehl, nach jedem Einsatz die Leichen der Leute zu zählen, die wir getötet hatten, damit die höheren Stäbe bis zurück nach Washington D.C. abschätzen konnten, wieviel näher unsere Bemühungen uns dem Endsieg gebracht hatten, auch wenn es nur ein ganz kleines Stück war. Eine andere Methode der Bewertung gab es wohl nicht.

»Ja, und wir zählen heute Dollars so wie Sie damals Leichen«, sagte er. »Und welchem Ziel bringt uns das näher? Was bedeutet es überhaupt? Wir sollten dasselbe mit dem Geld machen, was Sie mit den Leichen gemacht haben. Begraben und vergessen! Ihr wart mit den Leichen noch besser dran als wir mit den Dollars.«

»Wie das?« fragte ich.

»Leichen kann man bloß verbrennen oder begraben«, sagte er. »Der Alptraum geht danach nicht weiter, man braucht sie nicht noch zu investieren und sich vermehren zu lassen.«

- . - . - . - . - . - . - . - . - . - . - . - . - . - . - . - . - . -

»Was für eine schlaue Falle Ihre herrschende Klasse uns gestellt hat«, sagte er. »Erst die Atombombe. Jetzt das.«

»Eine Falle?« fragte ich erstaunt.

»Erst haben sie den Staatshaushalt und die Rücklagen Ihrer Konzerne gründlich geplündert und Ihre Wirtschaft in die Hände von Vollidioten gelegt«, sagte er. »Dann haben sie dafür gesorgt, daß sich Ihre Regierung ungeheure Summen bei uns geborgt hat, und am Ende blieb uns gar nichts anderes mehr übrig, als eine Besatzungsarmee in Nadelstreifenanzügen in die Vereinigten Staaten zu schicken. Ihre herrschende Klasse hat eine Methode gefunden, alle Verantwortung, die Eigentum mit sich bringen könnte, auf andere abzuwälzen und trotzdem unglaublich reich zu bleiben! Das hat es nie zuvor gegeben. Kein Wunder, daß sie Ihren Ronald Reagan für einen großen Präsidenten hielten!«

- . - . - . - . - . - . - . - . - . - . - . - . - . - . - . - . - . -

Heute scheint mir, daß er durchaus recht gehabt haben könnte.

Als Jason Wilder und der Rest der Kuratoriumsmitglieder als Geiseln in den Stallungen saßen und ich sie besuchte, hatte ich den deutlichen Eindruck, daß sie die Amerikaner als Ausländer ansahen. Welche Nationalität ihnen unter diesen Umständen selbst zukam, ist schwer zu sagen.

– · –

Weiß waren sie alle, und männlich waren sie auch alle, denn Lowell Chungs Mutter war an Tetanus gestorben. Sie starb, ehe die Ärzte begriffen, woran sie überhaupt litt. Es hatte einfach keiner von ihnen je einen Tetanusfall gesehen, weil früher praktisch jeder in diesem Land dagegen geimpft worden war.

Jetzt, wo die öffentliche Gesundheitsfürsorge weitestgehend zusammengebrochen ist und sich verständlicherweise auch kein Ausländer dafür interessiert, sie zu übernehmen, tauchen allerdings besonders bei Kindern wieder eine ganze Menge Tetanusfälle auf.

Deshalb wissen die Ärzte heute auch wieder, wie Tetanus aussieht. Mrs. Chung hatte das Pech, daß sie eine Vorreiterin war.

– · –

Die Geiseln erzählten mir das. Denn fast das erste, was ich sie fragte, war: »Wo ist Madame Chung?«

– · –

Ich dachte, ich müßte die Geiseln beruhigen nach der Hinrichtung von Lyle Hooper. Seine Leiche war ihnen gezeigt worden, als Warnung, nehme ich an, damit sie nicht an irgendwelche tollkühnen Unternehmungen dachten. Die Leiche war allerdings nur noch die Glasur auf dem Kuchen des Terrors. Schließlich hing ja auf dem Heuboden über ihren Köpfen der gekreuzigte Collegepräsident an 4 Nägeln herunter.

Eine der Geiseln sagte nach ihrer Befreiung in einem Fernsehinterview, er werde das Geräusch nie vergessen, mit dem

Tex Johnsons Kopf auf die Stufen geschlagen sei, als er mit den Füßen zuerst ins oberste Stockwerk geschleift wurde. Er versuchte das Geräusch nachzumachen. Er sagte: »*Flapp, flapp, flapp*«, es war genau wie ein platter Reifen.

Was für ein Planet!

- . - . - . - . - . - . - . - . - . - . - . - . - . - . - . - . -

Die Geiseln drückten Mitleid für Tex aus, aber nicht für Lyle Hooper und auch für all die anderen toten Stadtbewohner und Mitglieder des Lehrkörpers nicht. Auf der sozialen Ebene der Kuratoriumsmitglieder waren die Einheimischen viel zu unbedeutend für dergleichen. Ich werfe den Geiseln das gar nicht vor. Ich glaube, das war einfach nur allzu menschlich.

Auch der Vietnamkrieg hätte wohl nicht so lange dauern können, wenn es nicht in der menschlichen Natur läge, Menschen, die man nicht kennt und auch nicht kennenlernen möchte, auch noch im Tod als unbedeutend zu betrachten. Ein paar Menschen haben sich immer gegen diese natürlichste aller Tendenzen gewehrt und Mitleid gegenüber fremdem Unglück geäußert. Aber die Geschichte zeigt, ja, schreit geradezu: »Viele waren das nie!«

- . - . - . - . - . - . - . - . - . - . - . - . - . - . - . - . -

Ein weiterer Mangel des menschlichen Charakters besteht darin, daß alle bauen wollen, aber niemand instandhalten.

- . - . - . - . - . - . - . - . - . - . - . - . - . - . - . - . -

Aber der schlimmste Fehler ist, daß wir so dumm sind.

Oder glauben Sie, Auschwitz war intelligent?

- . - . - . - . - . - . - . - . - . - . - . - . - . - . - . - . -

Als ich den Geiseln etwas über die Leute erzählen wollte, die sie gefangengenommen hatten, über die Entbehrungen ihrer Kindheit, über die Geisteskrankheiten, über die Tatsache, daß es ihnen egal war, ob sie tot waren oder lebendig, über die Zustände im Gefängnis und so weiter, schloß Jason Wilder die Augen und hielt sich die Hände über die Ohren. Das war natürlich bloß Theater und hatte keine besondere praktische Wirkung. Er konnte seine Ohren gar nicht so zudecken, daß er mich nicht gehört hätte.

Andere schüttelten die Köpfe oder zeigten auf andere Weise, daß solche Informationen nicht nur lästig, sondern auch ärgerlich waren. Es war, als ob ich mitten in einem Gewitter angefangen hätte, über die elektrische Aufladung der Wolke, die Entstehung von Regentropfen, die von Blitzen bevorzugten Ziele und darüber, was Donner war, und so weiter zu reden. Dabei war das einzige, was sie wissen wollten, wann das Gewitter aufhören würde und wann sie wieder ihrer Wege gehen konnten.

Was Matsumoto über diese Leute gesagt hatte, war absolut zutreffend. Es war ihnen gelungen, ihren Reichtum, der ursprünglich in der Form von Fabriken, Kaufhäusern oder ähnlich anspruchsvollen Unternehmungen bestanden hatte, in so flüssige und abstrakte Formen der Darstellung von Geld auf Papier umzuwandeln, daß es kaum noch etwas gab, was daran hätte erinnern können, daß sie für irgend etwas außerhalb des engsten Kreises von Verwandten und Freunden verantwortlich waren.

- -

Sie erregten sich nicht über die Strafgefangenen. Sie waren wütend auf die Regierung, weil die nicht dafür gesorgt hatte, daß Gefängnisausbrüche unmöglich waren. Je mehr sie darüber redeten, desto deutlicher wurde, daß es *ihre* Regierung war, nicht etwa meine, die der Strafgefangenen oder Stadtbewohner. Die erste Pflicht dieser Regierung bestand ihrerAnsicht nach darin, sie vor den unteren Klassen zu schützen, nicht nur in diesem Land, sondern auch überall sonst.

Sind Leute, denen es gut geht, je anders gewesen?

Oder was glauben Sie, warum Jesus und die 2 Diebe gekreuzigt wurden und die 6000 Sklaven, die dem Gladiator Spartakus gefolgt waren?

- -

Hust.

- -

Soviel ich weiß, versucht mein Körper, die Tuberkelbazillen in meiner Lunge dadurch einzudämmen, daß er kleine Schalen um sie herum baut. Diese Schalen bestehen aus Kalzium, dem Hauptelement in den Mauern der meisten Gefängnisse, einschließlich Athenas. Die jetzige Anstalt ist von Stacheldraht umgeben. So wie damals Auschwitz.

Wenn ich an TB sterbe, dann deshalb, weil mein Körper die Gefängnisse für die Bazillen nicht schnell und stark genug bauen konnte.

Kann man daraus etwas lernen? Nichts Fröhliches.

- . - . - . - . - . - . - . - . - . - . - . - . - . - . - . -

Wenn die Kuratoriumsmitglieder schon schlimm waren, dann waren die Strafgefangenen noch schlimmer. Ich wäre der letzte, der etwas anderes sagte. Mit Schießereien, Straßenraub und Vergewaltigung, dem Verkauf gehirnzerstörender Chemikalien und dergleichen waren sie die schlimmsten Zerstörer ihrer Gemeinwesen.

Aber sie sahen wenigstens, was sie anrichteten, während Leute wie die Kuratoriumsmitglieder viel mit den Bombenschützen der B-52 in der Stratosphäre gemein hatten. Die Zerstörungen, die sie damit verursachten, daß sie den von ihnen kontrollierten Reichtum dieses Landes mal hier und mal dorthin verlagerten, sahen sie selten.

- . - . - . - . - . - . - . - . - . - . - . - . - . - . - . -

Im Gegensatz zu meinem sozialistischen Großvater Ben Wills, der ein Niemand war, habe ich keine Reformen vorzuschlagen. Ich glaube, jede Regierungsform, nicht nur der Kapitalismus, läuft letzten Endes darauf hinaus, daß geschieht, was die Leute, die all unser Geld haben, heute beschließen, egal ob sie nüchtern oder betrunken, schon verrückt oder noch bei Verstand sind.

- . - . - . - . - . - . - . - . - . - . - . - . - . - . - . -

Direktor Matsumoto war ein komischer Vogel. Viele seiner Marotten waren ohne Zweifel eine Folge der Tatsache, daß eine Atombombe auf ihn abgeworfen worden war, als er noch ein Kind war. All die Häuser, Bäume, Brücken und so weiter, die so wirklich ausgesehen hatten, waren verschwunden wie Traumbilder.

Wie ich schon sagte: Hiroshima war plötzlich eine leere Tischplatte, über der sich hier und da kleine Staubteufel drehten.

Nach dem Blitz war der kleine Hiroshi Matsumoto das einzige reale Wesen auf seiner Tischplatte. Er mußte lange, lange marschieren, um etwas zu finden, das ebenfalls wirklich war. Erst am Stadtrand stieß er auf Strukturen und Lebewesen, die wirklich und Traumbilder zugleich waren: lebende Menschen, denen die Haut wie Vorhangstoff über die bloßgelegten Muskeln und Knochen herabhing, und dergleichen.

Diese Bilder vom Bombenabwurf stammen übrigens alle von Direktor Matsumoto selbst. Ich sollte sie aber erst von ihm hören, als ich schon 2 lange Jahre lang im Gefängnis Unterricht gab und am See im Nachbarhaus neben ihm wohnte.

- -

Was immer sonst die Atombombe ihm angetan hatte, sie hatte nicht sein Gewissen zerstört. Er hatte es gehaßt, in der Notaufnahme des kommerziellen Krankenhauses, das er in Louisville geleitet hatte, Leute abweisen zu müssen. Und als er das kommerzielle Zuchthaus in Athena übernommen hatte, beschloß er, ein Erziehungsprogramm einzurichten, obwohl der Vertrag seiner Firma mit dem Staat New York ihn lediglich verpflichtete, die Strafgefangenen am Weglaufen zu hindern und sonst nichts weiter.

- -

Matsumoto arbeitete für Sony. Er hat nie für jemand anderen als Sony gearbeitet.

- -

»Der Staat New York«, sagte er, »glaubt nicht, daß Erziehung zur Resozialisierung von Kriminellen führt, wie sie in Athena, Attica oder Sing Sing einsitzen.« Attica und Sing Sing waren Zuchthäuser für Latinos bzw. für Weiße, die ebenso wie die Insassen von Athena, mindestens 1 Mordes und 2 weiterer Gewaltverbrechen für schuldig befunden worden waren. Diese weiteren Gewaltverbrechen waren meistens auch Morde.

»Ich glaube das zwar auch nicht«, fuhr er fort, »aber eins weiß ich mit Sicherheit: 10 Prozent der Leute in diesen Mauern sind noch bei Verstand, aber es gibt nichts, womit dieser Verstand spielen könnte. Deshalb ist es für diese Leute hier doppelt so qualvoll wie für die anderen. Ein guter Lehrer könnte ihrem Verstand neue Spielzeuge geben, Mathematik, Astronomie oder Geschichte oder wer weiß was, und das würde ihnen das Vergehen der Zeit ein klein bißchen erträglicher machen. Was meinen Sie?«

»Sie sind der Boß«, sagte ich.

Und er war auch wirklich der Boß. Er hatte Athena finanziell so profitabel gemacht, daß ihm seine Vorgesetzten in der Firma absolut freie Hand ließen. Sie hatten dem Staat New York angeboten, die Verwahrung der Strafgefangenen in eigener Regie durchzuführen und die Kosten pro Kopf auf ⅔ dessen zu senken, was der Staat hatte aufwenden müssen, als ihm das Zuchthaus gehörte. Das war in etwa soviel gewesen wie das, was man für ein Medizinstudium oder ein Stipendium in Tarkington brauchte. Indem er billige, junge, gewerkschaftlich nicht organisierte Wachtposten und Arbeitskräfte ins Land holte und Lebensmittel zum Beispiel nur noch von den billigsten Anbietern liefern ließ statt von der Mafia, hatte Matsumoto die Kosten pro Kopf auf die Hälfte dessen gesenkt, was früher aufgewendet werden mußte.

Dabei ließ er nichts aus. Als ich von ihm eingestellt wurde, hatte er gerade ein hochmodernes Krematorium für das Zuchthaus gekauft. Bis dahin hatte ein der Mafia gehörendes Krematorium hinter dem Meadowdale-Kinokomplex in den Außenbezirken von Rochester direkt gegenüber vom Waffenlager der Nationalgarde das Monopol auf die Verbrennung der Leichen aus Athena gehabt, die sonst keiner wollte.

Aber nach der Übernahme des Zuchthauses durch die Japaner hatte die Mafia die Preise verdoppelt, angeblich wegen der AIDS-Epidemie. Sie müßten besondere Vorsichtsmaßnahmen ergreifen, sagten sie. Sie wollten die doppelten Raten, auch wenn das Zuchthaus eine ärztliche Bescheinigung beifügte, daß der Tote kein AIDS gehabt hatte und die Todesursache ganz offensichtlich irgendeine Art Messer, Garotte oder stumpfes Schlagwerkzeug war.

- -

Es gab keinen japanischen Hersteller, und so kaufte Direktor Matsumoto sein Krematorium bei A. J. Topf & Sohn in Essen. Es war dieselbe Firma, die seinerzeit die Öfen für Auschwitz gebaut hatte.

Die Nachkriegsmodelle der Firma Topf hatten alle hochmoderne Filteranlagen in den Schornsteinen. Im Gegensatz zu den Leuten in der Umgebung von Auschwitz erfuhren die Leute in Scipio deshalb nie, daß sie eine fleißige Leichenverbrennungsanlage in der Nachbarschaft hatten.

Wir hätten rund um die Uhr Strafgefangene vergasen und verbrennen können und niemand hätte davon gewußt.

- -

Wen hätte es denn gekümmert?

- -

Vor einiger Zeit habe ich erwähnt, daß Lowell Chungs Mutter an Tetanus gestorben ist. Ehe ich's vergesse, möchte ich noch hinzufügen, daß Tetanusbazillen gute Aussichten in der Weltraumfahrt haben, weil sie äußerst zähe Sporen bilden können, wenn das Leben unerträglich für sie wird.

- -

Den AIDS-Virus habe ich schon deshalb nicht als potentiellen intergalaktischen Meteoriten-Jockey benannt, weil er in seinem jetzigen Entwicklungszustand nur sehr kurze Zeit außerhalb eines menschlichen Körpers zu überleben vermag.

Konzertierte Anstrengungen, diese Viren mit neuen Giften zu töten, könnten das, wenn sie nur teilweise Erfolg hätten, schlagartig ändern.

- -

Das Mafia-Krematorium hinter dem Meadowdale-Kinokomplex hat sein Verbrennungsmonopol für die Gefängnisse in diesem Tal inzwischen wieder zurück. Einige der Strafgefangenen, die nach dem großen Ausbruch in Athena zurückblieben, statt über das Eis zu rennen und Scipio anzugreifen, entschlossen sich nämlich, wenigstens das Krematorium von A. J. Topf & Sohn zu zertrümmern.

Der Meadowdale-Kinokomplex schwimmt inzwischen auch schon lange mit dem Bauch nach oben, denn es kann sich ja kaum noch jemand leisten, mit dem Auto herumzufahren.

Für die Einkaufszentren gilt natürlich dasselbe.

— · — · — · — · — · — · — · — · — · — · — · — · — · — · — · — · —

Was ich übrigens sehr interessant finde, obwohl ich nicht recht weiß, was es bedeutet, ist die Tatsache, daß die Mafia noch keine einzige ihrer Firmen ins Ausland verkauft hat. Während jeder andere, der eine richtige Firma geerbt oder aufgebaut hat, es gar nicht erwarten kann, sie zu verkaufen und Frührentner zu werden, klammert sich die Mafia an allem fest, was sie besitzt. So bleibt zum Beispiel die Herstellung und Anwendung von Straßenbelag ein ausschließlich amerikanischer Industriezweig.

Für den Fleischgroßhandel, Servietten und Tischdecken in Restaurants gilt dasselbe.

— · — · — · — · — · — · — · — · — · — · — · — · — · — · — · — · —

Hiroshi Matsumoto sagte ich gleich zu Anfang, daß ich in Tarkington gefeuert worden war. Ich erklärte ihm, daß die Vorwürfe wegen meines Sexualverhaltens nur ein Ablenkungsmanöver darstellten. In Wirklichkeit waren die Kuratoriumsmitglieder verärgert gewesen, weil ich den Glauben der Studenten an die Intelligenz und den Anstand der politischen Führung in Frage gestellt hatte, indem ich ihnen die Wahrheit über den Vietnamkrieg gesagt hatte.

»Niemand auf dieser Seeseite glaubt, daß es in diesem elenden Land so etwas gibt«, sagte er.

»Was meinen Sie mit ›so etwas‹, Sir?« fragte ich.

Und er sagte: »Eine politische Führung.« Was mein Sexualverhalten anginge, erklärte er weiter, so scheine es ganz durchgängig heterosexuell und auf dieser Seeseite gebe es sowieso keine Frauen. Er selbst sei Junggeselle, und das Wachpersonal und die übrigen Angestellten dürften, wenn sie verheiratet seien, ihre Frauen nicht mitbringen. »Hier drüben«, sagte er, »wären Sie also ein Don Juan in der Hölle. Glauben Sie, das könnten Sie durchstehen?«

Ich sagte, ich könnte, und so bot er mir eine Stelle zur Probe an. Ich sollte sobald wie möglich zu arbeiten anfangen und meinen Schülern Allgemeinbildung auf Grundschulniveau anbieten, also gar nicht sehr verschieden von dem, was ich in Tarkington gemacht hatte. Ein unmittelbares Problem war die Wohnung. Sein Personal wohnte in Baracken im Schatten der Mauern des Zuchthauses, und er selbst hatte ein renoviertes Haus unten am Seeufer. Er war der einzige Einwohner einer Geisterstadt, oder besser: eines Geisterweilers, nach dem das Zuchthaus benannt war: Athena.

– · – · – · – · – · – · – · – · – · – · – · – · – · – · – · – · –

Wenn es mit mir aus irgendeinem Grund nicht klappen sollte, sagte er, würde er auf jeden Fall einen anderen Lehrer auf dem Gelände brauchen, und der würde bestimmt auch nicht in den Baracken wohnen wollen. Er werde also ein weiteres altes Haus in der Geisterstadt bewohnbar machen lassen, direkt neben seinem. Aber vor August könnte ich wahrscheinlich nicht einziehen. »Glauben Sie, das College läßt Sie bis dahin noch dort weiterwohnen, wo Sie jetzt sind? Würde Ihnen das Pendeln etwas ausmachen? Haben Sie einen Wagen?«

»Einen Mercedes«, sagte ich.

»Ausgezeichnet!« sagte er. »Dann haben Sie gleich etwas mit Ihren Schülern gemeinsam.«

»Wieso?« fragte ich.

»Die Insassen sind praktisch alles ehemalige Mercedesbesitzer«, sagte er. Das war nur eine geringfügige Übertreibung. Und als Matsumoto sagte: »Ich habe hier einen Mann, der seinen ersten Mercedes mit 15 gekauft hat«, war das die lautere Wahrheit. Es handelte sich um Alton Darwin, der nach dem Ausbruch auf dem Eislaufplatz starb und dessen letzte Worte waren: »Kommt und seht den Nigger fliegen!«

- -

Das College gestattete uns tatsächlich, den Sommer über in unserem Haus in Scipio zu bleiben. Es gab keine Sommersemester in Tarkington. Wer wäre da schon hingegangen? Und ich pendelte jeden Tag ins Zuchthaus hinüber.

Früher, bevor Athena von den Japanern übernommen worden war, hatte das gesamte Personal aus Pendlern bestanden, die aus Scipio und Rochester kamen. Sie waren gewerkschaftlich organisiert, und es waren vor allem deren ständige Forderungen nach immer höherer Bezahlung und immer weiteren Sozialleistungen, insbesondere nach Fahrtkostenzuschüssen, was den Staat New York schließlich veranlaßte, den ganzen Laden den Japanern zu übergeben.

- -

Mein Gehalt war genauso hoch wie das, was Tarkington mir gezahlt hatte. Auch unsere *Blue Cross-Blue Shield*-Versicherung konnte ich behalten, denn *Blue Cross-Blue Shield* gehörte demselben japanischen Konzern wie das Zuchthaus. Kein Problem.

Hust.

- -

Das ist noch so etwas, was ich bei dem Gefängnisausbruch eingebüßt habe: unsere *Blue Cross-Blue Shield*-Versicherung.

33

Es klappte hervorragend. Als ich Margaret und Mildred in unser neues Haus in der Geisterstadt brachte und die Jalousien herunterließ, dachten sie, wir hätten Scipio nie verlassen. Und auf dem brandneuen Rasen vor dem Haus stand noch eine besondere Überraschung für mich: ein Boot. Matsumoto hatte im Unkraut hinter den Ruinen des ehemaligen Postamts Athena ein altes Ruderboot gefunden, das dort vielleicht schon seit vor meiner Geburt lag. Er hatte die Außenseite von seinen Männern mit Fiberglas überziehen lassen, so daß es nach all den Jahren wieder wasserdicht war.

Mit den durch das Fiberglas schimmernden Spanten sah es fast wie das fellbezogene Eskimo-Umiak aus, das früher hier in der Rotunde vor dem *Dean of Women's Office* stand.

Von vielen Dingen, die dem College gehörten, GRIOT zum Beispiel, weiß ich, was nach dem Gefängnisausbruch aus ihnen wurde, aber ich habe keine Ahnung, was aus dem Umiak wurde.

Wäre es nicht in der Rotunda ausgestellt gewesen, wären ich, Hunderte von Tarkington-Studenten und auch ihre Eltern durchs Leben gegangen, ohne je ein echtes Umiak zu sehen.

– · – · – · – · – · – · – · – · – · – · – · – · – · – · – · – · – · – · –

Muriel Peck und ich haben uns in diesem Ruderboot geliebt. Ich lag im Boden, und Muriel saß aufrecht. Sie hielt die Angelrute in der Hand und tat so, als wäre sie eine vollkommene Lady.

Das war meine Idee gewesen. Und eine Spielverderberin war Muriel nicht.

– · – · – · – · – · – · – · – · – · – · – · – · – · – · – · – · – · – · –

Was aus dem Mann geworden ist, der 8 Jahre vor dem großen Ausbruch in Athena Werken unterrichten wollte und behauptete, sein Name wäre John Donner, weiß ich nicht. Ich weiß nur, daß der Direktor ihn bei seinem Bewerbungsgespräch ziemlich kurz abfertigte, denn Meißel, Schraubenzieher, Sägen, Hämmer und dergleichen waren nun wirklich das letzte, was er in den Mauern seines Zuchthauses brauchte.

Ich mußte vor dem Büro des Direktors auf Donner warten. Er war mein Rückfahrschein in die Zivilisation, zu meinem Haus, zu meiner Familie und meinem Exemplar des *Black*

Garterbelt. Ich sah mir nicht *Howdy Doody* im Fernseher an. Ich interessierte mich für einen weiteren Besucher, der darauf wartete, bei Matsumoto vorgelassen zu werden. Schon seine Farbcodierung allein hätte ausgereicht, um mir zu signalisieren, daß der Mann ein Strafgefangener war, aber er trug obendrein noch Fußfesseln und Handschellen. Stumm saß er auf der Bank mir gegenüber, rechts und links von ihm je ein Wärter mit Gesichtsmaske und Gummihandschuhen.

Er las ein billig aussehendes Heftchen, und weil er lesen konnte, dachte ich, er wäre vielleicht einer von den Leuten, die ich mit meinem Unterricht etwas aufheitern sollte. Damit hatte ich recht. Sein Name war Abdullah Akbahr. Auf meine Anregung hin schrieb er später ein paar sehr interessante Geschichten. Ich weiß noch, daß die eine die angebliche Autobiographie von einem sprechenden Hirsch im National Park war. Im Winter hat er es schwer, überhaupt was zu fressen zu finden, und im Sommer verfängt er sich im Stacheldraht, wenn er sich an die leckeren Dinge auf den Feldern heranmachen will. Am Schluß wird er von einem Jäger erschossen. Und während er stirbt, fragt er sich, warum er überhaupt je geboren wurde. Sein letzter Satz auf Erden war zugleich der letzte Satz der Geschichte. Der Jäger war nahe genug, um ihn zu hören und darüber zu staunen. Er lautete: »Ach, herrje, was ist denn das alles gewesen?«

- . - . - . - . - . - . - . - . - . - . - . - . - . - . - . - . - . - . - . -

Die 3 Gewaltverbrechen, die Abdullah nach Athena gebracht hatte, waren Morde in Drogenkriegen. Er selbst wurde nach dem Gefängnisausbruch mit einer weißen Parlamentärsfahne in der Hand von Whitey VanArsdale, dem Mechaniker, und Lyle Hooper, dem Feuerwehrhauptmann, mit Schrot und Kugeln erschossen.

»Entschuldigen Sie«, sagte ich zu ihm, »darf ich Sie fragen, was Sie da lesen?«

Er zeigte mir den Buchumschlag, damit ich es selbst lesen konnte. Der Titel lautete: *Die Protokolle der Weisen von Zion*.

Hust.

Abdullah wurde übrigens ins Büro des Direktors gerufen, weil er 1 von mehreren Strafgefangenen und Wärtern war, die behaupteten, sie hätten ein Schloß über das Zuchthaus fliegen sehen. Matsumoto wollte herausfinden, ob eine neue halluzinogene Droge eingeschmuggelt worden war, ob jetzt endgültig alle verrückt wurden oder was um alles in der Welt sonst vorging.

– · – · – · – · – · – · – · – · – · – · – · – · – · – · – · – · – · –

Die *Protokolle der Weisen von Zion* waren eine antisemitische Hetzschrift, die erstmalig vor ungefähr 100 Jahren in Rußland veröffentlicht worden ist. Es handelt sich um angebliche Aufzeichnungen eines Geheimtreffens von Juden aus mehreren Ländern, die sich verabreden, mit Hilfe einer internationalen Verschwörung Kriege, Revolutionen und finanzielle Katastrophen herbeizuführen, um sich auf diese Weise in Besitz von allem zu setzen. Der Titel und die darin enthaltene Paranoia waren vom Autor der Geschichte im *Black Garterbelt* parodiert worden.

Der große amerikanische Erfinder und Industrielle Henry Ford übrigens dachte seinerzeit, es handle sich um ein echtes Dokument. Er ließ ›Die Protokolle der Weisen von Zion‹ in Amerika veröffentlichen zu einer Zeit, als mein Vater noch ein kleiner Junge war. Und jetzt saß hier ein schwarzer Strafgefangener in Eisen, der die Gabe des Lesens besaß, und der nahm es auch ernst. Wie sich später herausstellte, kursierten 100e von Exemplaren im Zuchthaus Athena, die in Lybien gedruckt und von der im Zuchthaus herrschenden Bande, den »Schwarzen Brüdern des Islam«, verteilt worden waren.

– · – · – · – · – · – · – · – · – · – · – · – · – · – · – · – · – · –

Damals, im Sommer 1991, begann ich mit meinem Lese- und Rechtschreibprogramm im Zuchthaus Athena. Leute wie Abdullah Akbahr benutzte ich, um Proselyten zu machen, und ging auch selbst von Zelle zu Zelle, um meinen Unterricht anzubieten. Dank meiner Bemühungen waren zum Zeitpunkt des Ausbruchs 100 ehemalige Analphabeten mehr in der Lage, die *Protokolle der Weisen von Zion* zu lesen.

Ich verurteilte das Buch zwar öffentlich, konnte aber nicht verhindern, daß es weiter zirkulierte. Wie hätte jemand wie ich auch den *Black Brothers* Widerstand leisten können, die regelmäßig ausübten, was der Staat New York sich versagte: die Todesstrafe.

- -

Abdullah Akbahr rasselte mit seinen Ketten. »Ist das die Art, wie man einen Kriegsveteranen behandelt?«

In Vietnam war er bei den Marineinfanteristen gewesen, deshalb hatte er nie eine meiner aufmunternden Reden anhören müssen. Ich kümmerte mich nur um die *Army.* Ich fragte ihn, ob er je von einem *Army*-Offizier gehört hätte, den sie den »Prediger« nannten und der ich natürlich selbst war. Ich war neugierig, wie weit mein Ruhm reichte.

»Nein«, sagte er. Aber wie ich früher schon sagte, gab es andere Vietnamveteranen im Zuchthaus, die schon von mir gehört hatten und die unter anderem wußten, daß ich einmal eine Handgranate in einen unterirdischen Tunnel geworfen und damit eine Frau, ihre Mutter und ihr Baby getötet hatte, die sich dort vor den Maschinengewehren der Hubschrauber versteckten, die kurz zuvor ihr Dorf beschossen hatten.

Unvergeßlich.

Wissen Sie, wer die herrschende Klasse war, damals? Eugene Debs Hartke war die herrschende Klase.

- -

Nieder mit der herrschenden Klasse!

- -

Auf dem Heimweg nach Scipio war John Donner unglücklich. Ich hatte eine Stelle gekriegt, und er nicht. Und das Fahrrad von seinem Sohn hatte man ihm auf dem Parkplatz des Zuchthauses obendrein auch noch gestohlen.

Die Mexikaner haben ein Lieblingsgericht, das »zweimal gebackene Bohnen« genannt wird. Und dank meiner Aktivitäten war das Fahrrad jetzt, obwohl Donner das niemals herausfand, ein zweimal gestohlenes Fahrrad. Eine Woche später entmaterialisierten sich Donner und sein Sohn auf genauso rätselhafte Weise, wie sie in diesem Tal aufgetaucht waren. Eine Nachsendeadresse hinterließen sie nicht.

Irgend jemand oder irgend etwas aus ihrer Vergangenheit mußte sie eingeholt haben.

Der Junge tat mir damals leid. Aber wenn er noch lebt, dann ist er jetzt, genauso wie ich, ein Erwachsener.

Mich holte übrigens auch etwas ein, aber wirklich nur ganz allmählich. Ich rede von meinem illegitimen Sohn, draußen in Dubuque, Iowa. Der war damals erst 15. Er wußte noch nicht einmal meinen Namen. Um den Namen und den Aufenthaltsort seines Vaters herauszufinden, muß er noch mindestens soviel Detektivarbeit leisten, wie ich geleistet habe, um den Mörder der Fliederkönigin des Jahrgangs 1922 von Tarkington College, Letitia Smiley, zu finden.

Die Mutter meines Sohnes lernte ich kennen, als ich allein an der Theke einer Bar in Manila saß, kurz nachdem in Vietnam die Exkremente ausgedampft hatten. Ich wollte mit niemandem reden, weder mit Männern noch mit Frauen. Ich hatte genug von der menschlichen Rasse. Ich wollte nichts weiter, als absolut allein mit meinen Gedanken gelassen zu werden.

Das könnte man ohne weiteres meiner ständig wachsenden Sammlung berühmter letzter Worte hinzufügen.

Und dann setzte sich diese relativ hübsche, aber etwas abgenutzte Frau neben mich. »Entschuldigen Sie, daß ich Sie störe«, sagte sie. »Aber man hat mir gesagt, Sie wären der Mann, den sie den ›Prediger‹ nennen.« Dabei zeigte sie auf einen Hauptfeldwebel, der in einer Nische mit 2 Prostituierten saß, die kaum mehr als 15 Jahre alt sein konnten.

»Den Mann kenne ich nicht«, sagte ich.

»Er hat auch gar nicht gesagt, daß er Sie kennt«, erwiderte sie. »Er hat Sie bloß reden hören. Genauso wie viele andere Soldaten, mit denen ich mich unterhalten habe.«

»Irgend jemand mußte ja reden«, sagte ich. »Sonst hätten wir keinen Krieg führen können.«

»Ist das der Grund, weshalb Sie der ›Prediger‹ genannt werden?« fragte sie.

»Wer weiß?« sagte ich. »Die Welt ist voll von solchem Blödsinn.« In Wirklichkeit war ich schon in West Point so genannt worden, weil ich nie fluchte. Und in den ersten 2 Jahren in Vietnam, als ich lediglich den mir unterstellten Soldaten aufmunternde Reden hielt, wurde ich nur deshalb ›Prediger‹ genannt, weil es so schön finster klang. So als wäre ich ein puritanischer Todesengel. Was ich allerdings war, was ich tatsächlich war.

»Möchten Sie, daß ich wieder gehe?« fragte sie.

»Nein«, sagte ich. »Es erscheint mir sehr wahrscheinlich, daß wir heute zusammen im Bett landen. Sie sehen intelligent aus, also müssen Sie wohl genauso betrübt über den großen Unsieg unserer Nation sein wie ich. Ich mache mir Sorgen um Sie. Ich würd' Sie gern aufmuntern.«

Einfach so.

Aber es funktionierte.

- -

Wenn's nicht kaputt ist, soll man's auch nicht reparieren.

34

Ich war relativ glücklich mit dem Unterrichten im Zuchthaus. Ich verringerte die Zahl der Analphabethen um ungefähr 20 Prozent, weil jeder, der gerade lesen und schreiben gelernt hatte, es noch jemand anderem beibrachte. Mit dem, was die Leute dann hinterher lasen, war ich allerdings weniger glücklich.

Ein Mann sagte mir, seit er lesen und schreiben könne, mache ihm das Masturbieren mehr Spaß.

- -

Ich vertrödelte nicht meine Zeit. Ich bin gern Lehrer.

Ich forderte die intelligenteren Gefangenen auf, mir zu beweisen, daß die Welt rund ist, mir zu erklären, was der Unterschied zwischen Lärm und Musik ist, wie sich körperliche Eigenschaften vererben, wie man die Höhe eines Wachturms bestimmt, ohne daß man hinaufklettert, und was an der griechischen Legende von dem Jüngling lächerlich ist, der jeden Tag ein Kalb um den Stall trug und bald zu einem Mann geworden war, der einen ganzen Stier um den Stall tragen konnte. Und so weiter.

Ich zeigte ihnen eine Tabelle, die mal ein fundamentalistischer Prediger aus Scipio an die Studenten verteilt hatte, die im Pahlavi-Pavillon saßen. Ich bat sie, diese Tabelle daraufhin zu prüfen, ob hier Tatsachen zugunsten einer Hypothese manipuliert worden seien.

Oben auf der Tabelle standen die Namen der politischen Führer einiger Staaten, die beteiligt waren am großen Schlußzauber des 2. Weltkriegs. Dann folgten die jeweiligen Geburtsdaten, die Lebensjahre, das Jahr der Amtsübernahme, die Dauer der Amtszeit und dann die Summe all dieser Zahlen, die in jedem Fall 3888 ergab.

Sie sah so aus:

	CHURCHILL	HITLER	ROOSE-VELT	IL DUCE	STALIN	TOJO
GEBOREN	1874	1889	1882	1883	1879	1884
ALTER	70	55	62	61	65	60
AMTS-ÜBER-NAHME	1940	1933	1933	1922	1924	1941
AMTSZEIT	4	11	11	22	20	3

Wie gesagt, ergibt jede senkrechte Reihe genau 3888.

Wer immer diese Tabelle erfunden hat, wies außerdem darauf hin, daß die Hälfte dieser Zahl 1944 und damit das Jahr sei, in dem der Krieg endete, und daß die Anfangsbuchstaben der Feldherren nacheinander gelesen den Name des Herrschers des Universums ergäben.

- -

Die Dümmeren, genau wie die Dümmeren drüben in Tarkington, benutzten mich als wandelndes *Guinness Buch der Rekorde,* fragten mich, wer der älteste oder der reichste Mensch auf der Welt war, welche Frau die meisten Babies auf die Welt gebracht hatte, und dergleichen. Zum Zeitpunkt des Ausbruchs, glaube ich, wußten 98 Prozent der Insassen von Athena, daß der älteste Mensch, dessen Geburtsdatum einigermaßen sicher bestimmt werden konnte, fast 121 Jahre alt geworden war, und daß dieser unvergleichliche Überlebenskünstler ebenso wie der Direktor und die Wärter ein Japaner gewesen war. Wenn man es genau betrachtet, hatten ihm zu einem Lebensalter von 121 Jahren noch 128 Tage gefehlt. Sein Rekord bildete trotzdem eine natürliche Grundlage für allerlei Scherze in Athena, wo viele Insassen zu lebenslänglichem Zuchthaus oder gar 2- oder 3fach lebenslänglichen Strafen verurteilt waren, die sie entweder gleichzeitig oder nacheinander absitzen sollten.

Sie wußten auch, daß der reichste Mann der Welt ebenfalls Japaner war und daß, etwa 100 Jahre bevor auf den gegenüberliegenden Seeseiten das College und das Zuchthaus gegründet worden waren, eine Frau in Rußland gerade das letzte ihrer 69 Kinder auf die Welt gebracht hatte.

- -

Diese Frau in Rußland, die mehr Babies als sonst irgend jemand auf die Welt brachte, hatte 16mal Zwillingspaare, 7 mal Drillinge und 4 mal Vierlinge geboren, die alle überlebten. Was mehr ist, als man von der Donnerparty sagen kann.

- -

Hiroshi Matsumoto war der einzige Angehörige des Zuchthauspersonals mit einer Universitätsausbildung. Er unterhielt keine gesellschaftlichen Kontakte mit den anderen, und außerhalb der Dienstzeiten nahm er seine Mahlzeiten allein ein. Er wanderte allein, er angelte allein und segelte allein. Er machte auch keinen Gebrauch von den japanischen Clubs in Rochester und Buffalo oder von den üppigen Freizeit- und Erholungseinrichtungen für die japanische Nadelstreifen-Besatzungsarmee in Manhattan. Er hatte erst in Louisville und dann in Athena so viel Geld für seine Firma verdient und kannte die wirtschaftliche Psychologie der Amerikaner so gut, daß man ihm wahrscheinlich ohne weiteres eine leitende Position zu Hause in der Konzernzentrale gegeben hätte, wenn er sie verlangt hätte. Dank seines Aufenthalts in Athena wußte er wahrscheinlich mehr über Amerikas Schwarze als jeder andere Japaner, und ein immer größer werdender Anteil der Betriebe, die sein Konzern in Amerika kaufte, waren von schwarzen Arbeitskräften oder zumindest vom Wohlwollen ihrer schwarzen Umgebung abhängig. Dank seines Aufenthalts in Athena wußte er aber vermutlich auch mehr als jeder andere Japaner über die bei weitem größte Industrie dieses Landes, nämlich die Beschaffung und Verteilung von Chemikalien, die, wenn sie auf die eine oder andere Weise in den Blutkreislauf eingeführt wurden, jedem, der sie sich leisten konnte, unverdiente Gefühle von Entschlußkraft und Vollkommenheit verschafften.

Nur 1 dieser Chemikalien war natürlich legal. Sie bildete die Grundlage des Reichtums der Familie, die Tarkington die Uniformen seiner Musikkapelle, den Wasserturm auf dem Musket Mountain, einen Lehrstuhl für Handelsrecht und wer weiß was sonst noch alles bezahlt hatte.

Dieser legale Bewußtseinsveränderer hieß Alkohol.

– · – · – · – · – · – · – · – · – · – · – · – · – · – · – · – · – · –

In den 8 Jahren, die wir direkt neben ihm in der Geisterstadt am See unten wohnten, machte Matsumoto nie eine Andeutung, daß er lieber wieder in seinem Heimatland wäre. Am nächsten kam er einer solchen Bemerkung allenfalls einmal, als er mir sagte, das Durcheinander der gewaltigen Baumstämme und Felsbrocken, die sich in den Ruinen der Schleusen am oberen Ende des Sees türmten, könnte das Werk eines großen japanischen Gartenbaumeisters sein.

In der japanischen Besatzungsarmee war Matsumoto ein hochrangiger Offizier, ein ziviler Brigadegeneral oder vielleicht sogar ein Generalmajor. Aber trotzdem erinnerte er mich an verschiedene alte Hauptfeldwebel, die ich in Vietnam gekannt hatte. Diese Leute sagten schlimmere Dinge über die Armee und die Vietnamesen als jeder andere. Aber wenn man ein paar Jahre wegging und wieder zurückkam, waren sie immer noch da und meckerten vor sich hin. Sie waren nicht bereit wegzugehen, bevor die Vietnamesen sie nicht umgebracht hatten oder verjagten.

Sie haßten die Heimat. Vor der Heimat hatten sie mehr Angst als vor dem Feind.

- · - · - · - · - · - · - · - · - · - · - · - · - · - · - · -

Hiroshi Matsumoto nannte dieses Tal ein »Höllenloch« und den »Anus mundi.« Aber bevor sie ihn nicht verjagten, ging er nicht weg.

Ich frage mich, ob das Mohiga Valley nicht seine eigentliche Heimat geworden war, nach der Bombardierung von Hiroshima. Nach dem Gefangenenausbruch hat er durch Erfrierungen beide Füße verloren und lebt heute im Ruhestand in seiner wiederaufgebauten Geburtsstadt. Ob er wohl jetzt auch denkt, was ich schon so oft gedacht habe: »Was ist das hier für ein Ort, wer sind diese Leute, und was tue ich hier?«

- · - · - · - · - · - · - · - · - · - · - · - · - · - · - · -

In der Nacht des Ausbruchs habe ich ihn das letzte Mal gesehen. Wir waren vom Angriff der Jamaikaner auf das Gefängnis geweckt worden. Wir rannten beide barfuß und in unseren Nachtgewändern auf die Straße vor unseren Häusern, obwohl die Temperaturen bei minus 10 Grad unter Null lagen.

Der Name der Hauptstraße in unserer Geisterstadt war Clinton Street, genau wie der Name der Hauptstraße von

Scipio. Können Sie sich das vorstellen? Zwei Städte, die geographisch so nahe beieinanderlagen, aber sozial und ökonomisch früher so weit getrennt waren, daß sie aus all den vielen Straßennamen, die ihnen zur Verfügung gestanden hätten, ausgerechnet denselben auswählten?

–·–·–·–·–·–·–·–·–·–·–·–·–·–·–·–·–·–

Matsumoto versuchte das Zuchthaus über sein drahtloses Telefon zu erreichen. Aber es antwortete niemand. Aus den Fenstern im oberen Stockwerk sahen seine 3 Hausdiener auf uns herunter, Lebenslängliche ohne Aussicht auf eine Aussetzung der Strafe, von der Außenwelt längst vergessen und bis zu den Kiemen voll Thorazin.

Meine Schwiegermutter kam auf die Veranda. »Erzähl ihm von dem Fisch, den ich gefangen habe!« rief sie mir zu. »Erzähl ihm von dem Fisch, den ich gefangen habe!«

Der Heizkessel im Zuchthaus müsse wohl in die Luft geflogen sein, sagte Matsumoto zu mir, oder vielleicht auch das Krematorium. Ich fand, daß die Kracherei mehr nach Militärwaffen klang, deren Stimmen Matsumoto nicht kannte. Er hatte ja auch die Explosion der Atombombe nicht gehört, sondern nur die heiße Welle danach gespürt.

Aber dann erloschen alle Lichter auf unserer Seeseite, und wir hörten die Klänge des *Star-Spangled Banner* aus dem verdunkelten Zuchthaus herabwehen.

–·–·–·–·–·–·–·–·–·–·–·–·–·–·–·–·–·–

Selbst mit einer massiven Dosis LSD im Leib wären der Direktor und ich nicht in der Lage gewesen, uns vorzustellen, was da oben passierte. Man hat uns später vorgeworfen, daß wir Scipio nicht alarmiert hätten. Was das angeht, hätte man genausogut erwarten können, daß sich Scipio von sich aus zur Abwehr bereit machte, als die Bewohner die Explosion, das *Star-Spangled Banner* und den sonstigen Lärm über den gefrorenen See hinweg hörten. Aber nichts dergleichen geschah.

Überlebende, mit denen ich später gesprochen habe, erzählten mir, sie hätten sich die Bettdecken über die Köpfe gezogen und weitergeschlafen. Was könnte menschlicher sein?

Was da oben tatsächlich vorging, war, wie gesagt, ein verblüffend erfolgreicher Sturmangriff auf das Zuchthaus, durchgeführt von Jamaikanern, die amerikanische Fähnchen schwenkten und Uniformen der Nationalgarde trugen. Auf einen gepanzerten Mannschaftswagen hatten sie eine Lautsprecheranlage montiert und spielten die Nationalhymne. Dabei waren die meisten von ihnen wahrscheinlich noch nicht einmal amerikanische Staatsbürger!

Aber welcher japanische Bauernsohn, der pflichtgemäß auf einem dunklen Kontinent 6 Monate Dienst tat, wäre so verrückt gewesen, das Feuer auf Leute zu eröffnen, die doch offenbar Eingeborene in voller Kriegsbemalung waren, Fähnchen schwenkten und ihre höllische Musik spielten?

Einen solchen Bauernsohn gab es nicht. Jedenfalls in dieser Nacht nicht.

Wenn die Japaner angefangen hätten zu schießen, wäre es ihnen genauso ergangen wie den Verteidigern des Alamo: Sie hätten ihr Leben verloren. Und wofür?

Für den Sony-Konzern?

Hiroshi Matsumoto zog sich etwas an und fuhr mit seinem Isuzu-Jeep auf den Berg!

Er wurde unter Feuer genommen von den Jamaikanern!

Er sprang aus seinem Isuzu heraus! Und rannte in den National Forest! Er verirrte sich in der Finsternis. Und hatte nur Sandalen an. Ohne Socken.

Er brauchte 2 Tage, um wieder aus dem Wald herauszufinden, in dem es tagsüber fast genauso finster war wie nachts.

Ja. Und währenddessen verzehrte der Wundbrand seine erfrorenen Füße.

Ich selbst blieb unten am See.

Ich schickte Mildred und Margaret wieder ins Bett.

Ich hörte, was die Schüsse der Jamaikaner auf den Isuzu gewesen sein müssen. Die letzte Salve. Denn danach folgte Schweigen.

Mein Gehirn lieferte folgendes Szenario: Ein Ausbruchsversuch war vereitelt worden, dabei hatte es möglicherweise Tote gegeben. Die Explosion zu Anfang war eine von den Strafgefangenen aus abgeschnittenen Fingernägeln, Spielkarten oder wer weiß was sonst gefertigten Bombe gewesen.

Bomben und Alkohol konnten sie nämlich aus allem machen, meistens in den Toiletten.

- . - . - . - . - . - . - . - . - . - . - . - . - . - . - . -

Die Stille interpretierte ich fälschlicherweise als gute Nachricht.

Ich hatte Angst, das Schießen könnte sich fortsetzen, denn das hätte meiner Ansicht nach bedeutet, daß die japanischen Bauernsöhne Geschmack daran gefunden hatten, mit ihren Gewehren zu töten, was für Unerfahrene leicht zu einem Vergnügen werden kann.

Ich hatte Visionen von Strafgefangenen, die innerhalb und außerhalb ihrer Zellen zu hilflosen Zielscheiben wurden.

- . - . - . - . - . - . - . - . - . - . - . - . - . - . - . -

Jetzt, wo Stille herrschte, bildete ich mir ein, daß die Ordnung wiederhergestellt worden sei und ein englischsprechender Japaner gerade das Polizeipräsidium in Scipio, die Staatspolizei und den Bezirks-Sheriff über den niedergeschlagenen Ausbruchsversuch informierte und um die Entsendung von Ärzten und Krankenwagen nachsuchte.

Statt dessen hatten die Japaner sich so verblüffen und so rasch überwältigen lassen, daß die Telefonleitungen durchschnitten und das Funkgerät zerschlagen waren, ehe sie Kontakt mit irgendwem aufnehmen konnten.

- . - . - . - . - . - . - . - . - . - . - . - . - . - . - . -

Es herrschte Vollmond in dieser Nacht, aber seine Strahlen erreichten den Boden im Wald nicht.

Den Japanern geschah nichts weiter. Die Jamaikaner entwaffneten sie und schickten sie die mondbeschienene Straße hinunter zum oberen Ende des Sees. Ehe sie nicht wieder zu Hause in Tokio wären, sagten sie ihnen, sollten sie nicht aufhören zu rennen.

Die meisten von den Wachen hatten Tokio allerdings nie gesehen.

Und sie schrien auch nicht Zeter und Mordio oder versuchten, vorbeifahrende Autos zu stoppen, als sie ans obere Ende des Sees kamen. Sie versteckten sich vielmehr. Wenn die *Vereinigten Staaten* gegen sie waren, wer hätte dann *für* sie sein sollen?

Eine Waffe hatte ich nicht.

Falls tatsächlich ein paar Gefangene ausgebrochen sein und in unsere Geisterstadt heruntergekommen sein sollten, dachte ich, würden sie mich erkennen und gut von mir denken. Ich würde ihnen alles geben, was sie wollten: Lebensmittel, Geld, Verbandszeug, Kleider, den Mercedes.

Da sie farbcodiert waren, dachte ich, würden sie ohnehin nie aus diesem Tal, dieser lilienweißen Sackgasse, herauskommen, ganz egal, was ich ihnen gab.

Von hier bis zur Stadtgrenze von Rochester gab es nichts als Weiße.

Ich ging zu meinem Ruderboot, das ich für den Winter umgedreht hingelegt hatte, und setzte mich rittlings auf den glatten, schimmernden Bug, der direkt auf die Docks im alten Hafen von Scipio zeigte.

Drüben in Scipio waren die Lichter noch an, was mich angenehm in meiner Selbstgefälligkeit bestärkte.

Trotz des Lärms vor dem Zuchthaus herrschte da drüben keinerlei Aufregung. In verschiedenen Häusern erloschen die Lichter. Neue gingen nirgendwo an. Nur 1 einziges Auto kam die Clinton Street herunter. Es wurde langsamer, und seine Lichter erloschen auf dem Parkplatz hinter dem *Black Cat Café.*

Die kleine rote Lampe auf dem Wasserturm auf dem Gipfel des Musket Mountain blinkte stetig: aus, an, aus, an, aus, an. Sie wurde eine Art Mantra für mich, so daß ich immer tiefer in gedankenlose Meditation versank wie ein Sporttaucher in lauwarmer Suppe.

- · - · - · - · - · - · - · - · - · - · - · - · - · - · - · - · - · - · -

An und aus blinkte das kleine Licht, an und aus, an und aus.

Wie lange faszinierte es mich wohl aus dieser Entfernung? Drei Minuten? Zehn Minuten? Schwer zu sagen.

Richtig wach wurde ich erst wieder durch eine merkwürdige Veränderung auf dem gefrorenen See etwas nördlich von mir. Das Eis war plötzlich lebendig geworden, ohne daß man irgendwas hörte.

Und dann wurde mir klar, daß ich 100e von Männern bei etwas beobachtete, was ich in Vietnam selbst oft geplant und durchgeführt hatte: einen Überraschungsangriff.

Derjenige, der das Schweigen brach, war ich selbst. Ein Name löste sich von meinen Lippen, ehe ich es verhindern konnte. Welcher Name das war?

»Muriel!«

35

Muriel Peck war keine Bardame mehr. Sie hatte ihre Ausbildung in Swarthmore genutzt und war ordentliche Professorin für Englisch geworden. Zum Zeitpunkt des Angriffs schlief sie mutterseelenallein in einer Fakultätsunterkunft, einem von wildem Wein überwucherten Haus am oberen Ende der Clinton Street. Genau wie ich hatte sie ihre 2 Kinder auf teure Internate geschickt.

Einmal hatte ich sie gefragt, ob sie je daran gedacht hätte, wieder zu heiraten. Und sie sagte: »Hast du das gar nicht gemerkt? Ich hab' doch dich geheiratet.«

Sie hätte keinen Job in Tarkington gekriegt, wenn mich das Kuratorium nicht gefeuert hätte. Ein Englischprofessor namens Dwight Casey haßte den Chef seines Departments so innig, daß er sich um meine Stelle bewarb, nur um von dem Mann wegzukommen. Und so ergab sich für Muriel eine Vakanz.

Wenn sie mich nicht gefeuert hätten, hätte sie das Tal wahrscheinlich verlassen und wäre heute noch am Leben.

Wenn sie mich nicht gefeuert hätten, läge ich jetzt wahrscheinlich, wo sie liegt. Neben den Ställen, wo beim Sonnenuntergang die Schatten vom Musket Mountain hinfallen.

Dwight Casey lebt, glaube ich, noch. Seine Frau erbte eine Menge Geld, kurz nachdem er mich abgelöst hatte. Er kündigte zum Ende des akademischen Jahres und ging nach Südfrankreich. Die Familie seiner Frau spielte eine große Rolle in der Mafia. Sie hätte selbst lehren können, verzichtete aber darauf. Sie hatte immerhin einen Magister für Politische Wissenschaften von Rutgers, während er bloß einen *Bachelor of Science* für Gastronomie aus Cornell hatte.

Die Schlacht von Scipio dauerte 5 Tage. Sie dauerte 2 Tage länger als die Schlacht von Gettysburg, in der Elias Tarkington von einem konföderierten Soldaten angeschossen wurde, der dachte, jener wäre Abraham Lincoln.

In der Nacht des Ausbruchs war ich, nachdem der Angriff einmal begonnen hatte, ein genauso hilfloser Zuschauer wie Robert E. Lee bei Gettysburg oder Napoleon bei Waterloo.

Von jemandem aus Scipio wurde 1 einzelner Schuß abgegeben. Ich werde nie erfahren, von wem. Es muß irgendein Nachtschwärmer gewesen sein, der ein geladenes Gewehr in Reichweite hatte. Der Schütze muß aber kurz darauf selbst getötet worden sein, sonst hätte er sich später seiner Tat bestimmt gerühmt.

– · – · – · – · – · – · – · – · – · – · – · – · – · – · – · –

Es waren gute Soldaten, die da das Eis überquerten. Viele von ihnen waren in Vietnam gewesen und hatten somit genau wie ich eine militärwissenschaftliche Ausbildung auf Staatskosten genossen. Andere hatten von klein auf reichlich Erfahrung damit gemacht, wie es ist, wenn auf einen geschossen wird oder wenn man selbst schießt, und fanden einen einzelnen Schuß deshalb nicht weiter aufregend. Sie sparten sich ihre Munition lieber auf.

Erst als sie ans Ufer kamen, begannen diese erprobten Soldaten zu feuern. Sie waren geizig mit ihren Kugeln. Jedesmal, wenn es *peng* gemacht hatte, folgte eine Pause von mehreren Minuten, und erst, wenn wieder ein neues Ziel auftauchte, irgendein bewaffneter oder unbewaffneter, schlaftrunkener Haushaltungsvorstand, der vor die Tür trat oder aus einem Fenster herausspähte, knallte es wieder 1, 2 oder 3 mal, und dann war wieder Ruhe. Die ausgebrochenen Strafgefangenen oder Freiheitskämpfer, wie sie sich bald nannten, mußten schließlich annehmen, daß viele, wenn nicht alle Haushalte in Scipio Feuerwaffen besaßen und deren Besitzer schon lange davon träumten, sie auch zu benutzen und damit zu töten, wenn genau das geschehen sollte, was jetzt geschah. Die Freiheitskämpfer hatten keine Wahl. An ihrer Stelle hätte ich es genauso gemacht.

Peng. Wieder taumelte jemand rückwärts und stürzte zu Boden wie ein professioneller Schauspieler im Fernsehen.

– · – · – · – · – · – · – · – · – · – · – · – · – · – · – · –

Der heftigste Schußwechsel kam, soweit ich das aus der Entfernung beurteilen konnte, vom Parkplatz hinter dem *Black Cat Café*, wo die Prostituierten ihre Wohnwagen parkten. Die Männer, die zu so später Stunde die Wohnwagen besuchten, hatten alle Revolver oder Pistolen dabei, einfach so für alle Fälle. Sie gingen eben auf Nummer sicher.

– · – · – · – · – · – · – · – · – · – · – · – · – · – · – · –

Dann konnte ich an dem sporadischen Feuer erkennen, daß die Freiheitskämpfer allmählich den Abhang zum College hinaufstiegen, das immer die ganze Nacht hindurch hell erleuchtet war, um jeden abzuschrecken, der hier oben irgendwelches Unheil anrichten wollte. Von meinem Standort auf der anderen Seeseite aus hätte man Tarkington für ein diamantenbesetztes Oz oder Reich Gottes oder Camelot halten können.

- . - . - . - . - . - . - . - . - . - . - . - . - . - . - . -

Daß ich in dieser Nacht nicht wieder schlafen ging, versteht sich. Ich wartete und wartete auf Sirenen, Hubschrauber und das Rumpeln gepanzerter Fahrzeuge oder andere Beweise dafür, daß die Kräfte von Recht und Ordnung der Gewalt in diesem Tal mit der Anwendung von noch größerer Gewalt ein Ende machen würden. Aber als der Morgen dämmerte, war das Tal so still wie immer, und das rote Licht auf dem Wasserturm auf dem Gipfel des Musket Mountain blinkte weiter, als wäre da drüben nichts weiter Bemerkenswertes geschehen. An und aus und an und aus.

Ich ging nach nebenan zum Haus Matsumotos und weckte seine 3 Diener. Sie waren wieder zu Bett gegangen, nachdem der Direktor in seinem Isuzu den Berg hinaufgejagt war. Es handelte sich um sehr alte Männer, die ohne Aussicht auf Bewährung zu lebenslangem Zuchthaus verurteilt worden waren, als ich noch ein kleiner Junge in Midland City war. Ich konnte noch nicht einmal lesen und schreiben, als sie irgend jemandes Leben zerstörten oder dessen zumindest beschuldigt und anschließend gezwungen wurden, ihrerseits ein Leben zu führen, das nicht lebenswert war.

Es war ihnen bestimmt eine Lehre.

Immerhin waren sie nicht auf dem elektrischen Stuhl gelandet, dieser großartigen Erfindung eines Zahnarztes.

»Wo Leben ist, ist Hoffnung.« Sagt John Gay in der Bibel der Atheisten. Was für ein blauäugiger Optimist!

- . - . - . - . - . - . - . - . - . - . - . - . - . - . - . -

Diese 3 alten Knacker hatten schon seit Jahrzehnten keinen Besuch, Telefonanruf oder Brief mehr gekriegt. Angesichts ihrer Lebensumstände hatten sie keine besonders klaren Vorstellungen davon, was sie als nächstes gern tun würden, deshalb nahmen sie am liebsten von irgend jemand Befehle entgegen. Anderer Leute Ideen waren wie Gehirntransplantate für sie. Wenn man ihnen was vorschlagen konnte, waren sie plötzlich voll Schwung.

Also ließ ich sie eine Menge schwarzen Kaffee trinken. Und weil ich mir Sorgen um den Direktor machte, zeigten sie sich ebenfalls besorgt. Sonst wäre das wohl nicht der Fall gewesen. Ich sagte ihnen nicht, daß es einen Massenausbruch aus dem Zuchthaus gegeben hatte und Scipio von Kriminellen überrannt worden war. Solche Informationen wären nutzlos für sie gewesen, so ein bißchen wie Fernsehen. Man erwartete von ihnen, daß sie dort blieben, wo man sie hingestellt hatte, was auch immer in der Welt vorging.

- · - · - · - · - · - · - · - · - · - · - · - · - · - · - · -

Die 3 waren, was Psychologen »außengelenkt« nennen.

- · - · - · - · - · - · - · - · - · - · - · - · - · - · - · -

Ich nahm sie mit herüber in mein Haus und befahl ihnen, das Feuer im Kamin in Gang zu halten und Margaret und Mildred zu füttern, wenn sie hungrig wurden. Es gab genügend Konserven im Haus. Wegen der verderblichen Lebensmittel im Kühlschrank brauchte ich mir keine Sorgen zu machen, denn in der Küche war es ohnehin schon eiskalt. Der Herd war propangasbeheizt und die Vorratsflasche dieses Sciencefiction-Wunders reichte noch einen Monat.

Stellen Sie sich das mal vor: Energie in Flaschen!

- · - · - · - · - · - · - · - · - · - · - · - · - · - · - · -

Margaret und Mildred hatten zum Glück nichts gegen Matsumotos Zombies, sie standen ihnen genauso neutral gegenüber wie mir. Sie mochten sie nicht, aber sie lehnten sie auch nicht ab. Alles paßte bestens zusammen. Auch wenn ich tagelang wegbleiben würde und verwundet oder getötet wurde, hatten die beiden Frauen ein lebenserhaltendes System.

Ich erwartete allerdings nicht, verwundet oder getötet zu werden, außer durch Zufall. Alle Kombattanten in Scipio würden mich als nicht-bedrohlich empfinden. Die Weißen wegen meiner Farbcodierung und die Schwarzen, weil sie mich kannten und mochten.

Die Fronten waren klar. Es gab Schwarze und Weiße.

\- . - . - . - . - . - . - . - . - . - . - . - . - . - . - . - . -

Die Gelben waren weggerannt.

\- . - . - . - . - . - . - . - . - . - . - . - . - . - . - . - . -

Ich hatte gehofft, das Haus verlassen zu können, solange Margaret und Mildred noch schliefen. Aber als ich auf dem Weg zum Eis an meinem Boot vorbeikam, flog ein Fenster im ersten Stock auf. Meine arme wirrköpfige Frau, eine knochige alte Hexe erschien. Sie spürte, daß etwas Wichtiges vorging, glaube ich. Sonst hätte sie sich der Kälte und dem Tageslicht nicht ausgesetzt. Außerdem war ihre Stimme, die jahrelang rauh und heiser gewesen war, plötzlich wieder so flüssig und süß wie während unserer Flitterwochen. Und sie rief mich beim Namen. Das hatte sie auch schon lange, lange nicht mehr getan. Sehr verwirrend.

»Gene«, sagte sie.

Ich blieb also stehen. »Ja, Margaret«, sagte ich.

»Wo gehst du hin, Gene?«

»Ich mache einen Spaziergang, Margaret. Ich will frische Luft schnappen«, sagte ich.

»Du gehst zu einer Frau, nicht wahr?« sagte sie.

»Nein, Margaret. Ehrenwort. Tue ich nicht.«

»Es macht nichts. Ich kann dich verstehen«, sagte sie.

Es war so traurig! Ich war so überwältigt von ihrem Gefühl und der wunderschönen Stimme, die ich so lange nicht mehr gehört hatte, von der jungen Margaret im Inneren der Hexe! In allem Ernst rief ich aus: »Ach, Margaret, ich liebe dich! Ich liebe dich so!«

Es waren die letzten Worte, die sie je von mir hörte.

Sie gab keine Antwort. Sie schloß das Fenster und zog die schwarze Jalousie herunter.

Ich habe sie seither nicht mehr gesehen.

Nachdem die andere Seeseite von der 82. Luftlandedivision besetzt worden war, wurden Margaret und ihre Mutter in einen der Stahlkästen auf den Gefängnislastwagen gesteckt und in die Irrenanstalt nach Batavia gebracht. Solange sie sich gegenseitig haben, geht es ihnen bestimmt gut. Vielleicht geht es ihnen auch gut, wenn sie sich nicht haben. Woher soll man das wissen, bis irgend jemand oder irgend etwas dieses Experiment veranstaltet?

- -

Ich bin seit jenem Morgen nicht mehr auf der anderen Seeseite gewesen und werde, so nahe es ist, womöglich auch nie wieder hinkommen. Deshalb werde ich wahrscheinlich auch nie herausfinden, was aus meiner alten Feldkiste geworden ist, dem Sarg, der den Soldaten enthält, der ich mal war, und mein exquisites Exemplar des *Black Garterbelt*.

- -

Als ich an diesem Morgen den See überquerte und, wie sich zeigte, nie mehr zurückkehrte, verfolgte ich damit die Absicht, den entwichenen Strafgefangenen eine ganz bestimmte Mitteilung zu machen und auf diese Weise Eigentum und Menschenleben zu retten. Ich wußte, daß die Studenten in den Ferien waren. Das bedeutete, daß sich nur noch gesellschaftlich unbedeutende Personen in Scipio aufhielten, zu denen ich selbstverständlich auch den Lehrkörper der Universität und andere Dienstboten rechnete.

Diese minderrangige soziale Mischung war in meinen Augen ein bedenkliches Vorzeichen. In Vietnam, aber auch bei den späteren Theater-Attacken auf Tripolis und Panama City und so weiter gehörte es für unsere *Air Force* zu den selbstverständlichsten Übungen, solche Ansammlungen unbedeutender Personen ins Jenseits zu bomben, ganz egal auf welcher Seite sie waren.

Und wenn sich die Regierung entschließen sollte, Scipio zu

bombardieren, dann erschien es mir vollkommen einleuchtend, daß sie das Zuchthaus ebenfalls bombardierte.

Damit wäre dann alles erledigt. Keine Diskussion.

Nächste Frage?

- -

Wieviele Amerikaner wußten denn überhaupt oder interessierten sich dafür, wo sich das Mohiga-Tal befand, oder Laos, Kambodscha und Tripolis? Dank unseres großartigen Bildungssystems und des Fernsehens waren die Hälfte von ihnen ja nicht einmal in der Lage, ihr eigenes Land zu finden, wenn man ihnen die Weltkarte zeigte.

- -

Drei Viertel von ihnen konnten eine Whiskeyflasche nicht wieder zuschrauben, ohne das Gewinde zu ruinieren.

- -

Wie erwartet, wurde ich von den Eroberern der Stadt Scipio als harmloser alter Narr betrachtet, der sich im Besitz von einiger Weisheit befindet. Die Kriminellen nannten mich den »Prediger« oder den »Professor«, genau wie sie es auf der anderen Seite getan hatten.

Ich sah, daß viele von ihnen sich Bänder um die Oberarme gebunden hatten als eine Art Uniform. Als ich einen traf, der keine solche Armbinde hatte, fragte ich ihn deshalb im Scherz: »Wo ist Ihre Uniform, Soldat?«

»Prediger«, sagte er zu mir und zeigte auf seine Haut, »ich bin in einer Uniform geboren.«

- -

Alton Darwin hatte sich in Tex Johnsons Büro als Präsident eines neuen Staates niedergelassen. Er hatte getrunken. Ich beabsichtige nicht, irgendeinen dieser Ausbrecher so darzustellen, als wäre er vernünftig oder besserungsfähig gewesen. Es war ihnen egal, ob sie lebten oder starben. Alton Darwin freute sich, mich zu sehen. Andererseits freute er sich über alles.

Trotz alledem mußte ich ihm sagen, daß er und die anderen damit rechnen konnten, bombardiert zu werden, wenn sie die Stadt nicht auf der Stelle verließen. Ich sagte ihm, Aussichten zu überleben hätten sie noch am ehesten, wenn sie ins Zuchthaus zurückkehrten und überall weiße Fahnen heraushängten. Wenn sie das sofort machten, könnten sie behaupten, sie hätten nichts zu tun mit den Morden in Scipio. Die Zahl der Leute, welche die Ausbrecher in Scipio umgebracht hatten, war übrigens um 5 kleiner als die Zahl der Leute, die ich ganz persönlich in Vietnam umgebracht hatte.

Die Schlacht von Scipio war also lediglich ein »Sturm im Wasserglas« – ein Ausdruck, der nach Angaben der atheistischen Bibel »sprichwörtlich« ist.

– · – · – · – · – · – · – · – · – · – · – · – · – · – · – · – · – · – · – · –

Ich sagte Alton Darwin, wenn er und seine Leute nicht bombardiert werden, aber auch nicht ins Zuchthaus zurückkehren wollten, sollten sie alle verfügbaren Vorräte verteilen und sich einzeln oder in kleinen Gruppen in Richtung Norden und Westen davonmachen. Ich sagte ihm, was er schon wußte: daß der National Forest im Süden und Osten so dunkel und tief war, daß jeder, der dort hineinging, entweder verhungern oder verrückt werden würde, ehe er wieder herausfand. Ich sagte ihm noch etwas, was er schon wußte: daß nämlich bald zahlreiche Weiße im Norden und Westen herumlaufen und sich einen Riesenspaß daraus machen würden, statt Hirschen ausgebrochene Strafgefangene zu jagen.

Dieses zweite Argument hatten mir die Strafgefangenen selbst beigebracht. Sie waren nämlich fest überzeugt, daß all die Weißen Amerikaner, die ständig behaupteten, daß es ihr verfassungsmäßiges Recht sei, Kriegswaffen in ihren Häusern aufzubewahren, sich alle schon auf den Tag freuten, wo sie andere Amerikaner, die nicht hatten, was sie hatten, und auch ganz anders aussahen als ihre Verwandten und Freunde, mit diesen Waffen abknallen konnten – in einer Art Freiluft-Schießbude, die wir in Vietnam eine *»Free Fire Zone«* nannten. Man konnte auf alles schießen, was sich bewegte, zum Besten einer besseren Gesellschaft, einer Sache, die übrigens immer ziemlich weit weg war, so wie das Paradies.

Alton Darwin hörte mir in aller Ruhe zu. Er glaube durchaus, sagte er, daß ich recht hätte, das Zuchthaus werde bestimmt bombardiert werden. Er könne aber garantieren, daß Scipio weder bombardiert noch von Bodentruppen angegriffen werden würde. Die Regierung werde vielmehr auf Distanz bleiben und die Forderungen anerkennen müssen, die er zu stellen gedenke.

»Wie kommen Sie darauf?« fragte ich ihn.

»Wir haben einen Fernsehstar gefangengenommen«, sagte er. »Sie werden nicht zulassen, daß ihm etwas passiert. Es würden zuviele Leute zuschauen.«

»Wer ist es?« fragte ich.

Und er sagte: »Jason Wilder.«

So erfuhr ich zum ersten Mal, daß sie Geiseln hatten, und zwar nicht nur Jason Wilder, sondern den gesamten Stiftungsrat der Universität. Inzwischen ist mir auch klar, daß Alton Darwin wohl gar nicht gewußt hätte, daß Wilder ein Fernsehstar war, wenn im Zuchthaus auf der anderen Seeseite nicht ständig seine alten Shows vorgeführt worden wären. Arme, die in Freiheit lebten, ganz gleich welcher Rasse, hätten sich Wilders Talkshow bestimmt nie angesehen, denn ihre grundlegende Botschaft war ja, daß es die Armen waren, die das Leben für uns andere so beängstigend machten.

36

»Krieg der Sterne«, sagte Alton Darwin.

Er spielte damit auf Ronald Reagans Traum an, sich von Wissenschaftlern mit Elektronik, Laserstrahlen und so weiter eine unsichtbare Kuppel über seinem Land bauen zu lassen, die kein feindliches Flugzeug und keine feindliche Rakete je durchdringen könnte. Darwin glaube, daß der soziale Status seiner Geiseln eine solche unsichtbare Kuppel über Scipio bildete.

Ich glaube, daß er damit recht hatte, obwohl ich bis heute nicht weiß, ob die Regierung tatsächlich ernsthaft in Erwägung gezogen hat, das Mohiga-Tal zurück in die Steinzeit zu bomben. Früher hätte ich das durch den *Freedom of Information Act* noch herausfinden können. Aber dieses Guckloch hat der Oberste Gerichtshof geschlossen.

Darwin und seine Truppen wußten, daß die Regierung das Leben der Geiseln hoch schätzte. Warum, wußten sie allerdings nicht, und ich fürchte, ich weiß es auch nicht so recht. Ich glaube, die Zahl der Leute mit Geld und Einfluß war einfach so weit geschrumpft, daß sie das Gefühl hatten, sie wären alle eine große Familie. Die ausgebrochenen Strafgefangenen wußten allerdings genausowenig über sie wie über das Afrikanische Erdferkel oder sonst irgendein unwahrscheinliches Tier, das sie noch nie gesehen hatten.

Darwin bedauerte, daß ich ebenfalls in Scipio würde bleiben müssen. Er könne mich leider nicht gehen lassen, sagte er, denn ich wüßte zuviel über seine Verteidigungsvorkehrungen. Soweit ich das beurteilen konnte, gab es gar nichts dergleichen, aber es klang so, als wären wir umgeben von Schützengräben, Panzerfallen und Minen.

Noch weitaus halluzinatorischer klangen seine Pläne für die Zukunft. Er wollte die Wirtschaftskraft des Mohiga-Tals wiederherstellen. Es sollte ein Schwarzes Utopia werden. Alle Weißen sollten umgesiedelt werden.

In die Fenster der Fabriken würde er wieder Glas einsetzen und die Dächer abdichten lassen. Und das Geld, um diese und andere Wunder zu bewerkstelligen, würde er sich beschaffen, indem er die kostbaren Hartholzbestände aus dem National Forest an die Japaner verkaufte.

Dieser letzte Teil seines Traums verwirklicht sich gerade. Der National Forest wird abgeholzt von ungelernten mexikanischen Hilfskräften, die unter Anleitung schwedischer Experten mit japanischen Maschinen arbeiten. Die Erlöse werden voraussichtlich gerade ausreichen, die Hälfte der täglichen Zinsen für die Staatsverschuldung von vorgestern zu bezahlen.

Also das letzte war natürlich ein Witz. Ich habe keine Ahnung, ob die Erlöse aus dem Holzverkauf zur Tilgung der Staatsverschuldung benutzt werden sollen, die, als ich das letzte Mal von ihr hörte, dank der Zinseszinsrechnung schon deutlich größer war als der gesamte Immobilienbesitz in der Westlichen Hemisphäre.

- -

Alton Darwin sah an mir hinauf und hinunter und sagte dann mit typisch soziopathischer Spontaneität: »Professor, ich kann Sie nicht gehen lassen, weil ich Sie brauche.«

»Wozu denn?« fragte ich. Ich hatte eine Todesangst, er könnte mich zum General machen wollen.

»Um bei den Plänen zu helfen«, sagte er.

»Welchen Plänen?« fragte ich.

»Für die glorreiche Zukunft«, sagte er. Ich solle hier in die Bibliothek gehen, sagte er, und detaillierte Pläne ausarbeiten, die das Mohiga-Tal zum beneidenswertesten Ort auf der Welt machen sollten.

Und damit habe ich mich während der Schlacht um Scipio denn auch im wesentlichen beschäftigt.

Im Freien rumzulaufen, wo ständig die Kugeln rumflogen, war sowieso zu gefährlich.

- -

Meine beste utopische Erfindung für die ideale Schwarze Republik war das »Freiheitskämpfer-Bier«. Sie sollten nämlich die alte Brauerei wieder in Gang bringen und so ziemlich gewöhnliches Bier brauen, außer daß es »Freiheitskämpfer-Bier« heißen sollte. Das ist, wenn ich das selbst mal sagen darf, ein geradezu magischer Name für Bier. Ich konnte mir jedenfalls sehr gut vorstellen, wie eines Tages die Gelangweilten, Unterdrückten und Erschöpften sich überall auf der Welt wenigstens ein bißchen an einem Glas Freiheitskämpfer-Bier aufrichteten.

- -

Bier ist in Wirklichkeit natürlich ein Depressivum. Aber die Armen werden die Hoffnung nie aufgeben, daß dem nicht so ist.

- -

Alton Darwin starb, bevor ich meinen Langzeitplan abschließen konnte. Seine letzten Worte waren, wie ich schon sagte: »Kommt und seht den Nigger fliegen!« Aber den Geiseln hab' ich meinen Plan gezeigt.

»Was soll das bedeuten?« fragte Jason Wilder.

»Ich wollte Ihnen zeigen, was diese Männer von mir verlangt haben«, sagte ich. »Irgendwie reden Sie immer so, als könnte ich Sie befreien, wenn ich nur wollte. Aber ich bin genauso ein Gefangener wie Sie.«

Er studierte den Entwurf und sagte dann: »Glauben die wirklich, daß sie damit durchkommen?«

»Nein«, sagte ich. »Sie wissen, daß dies ihr Alamo ist.«

Jason Wilder zog seine berühmten Augenbrauen in gespieltem Unglauben hoch wie ein Clown. Ich habe schon immer gefunden, daß er wie der unvergleichliche Komiker Stanley Laurel aussah. »Ich wäre nie auf die Idee gekommen, die tollwütigen Schimpansen, die uns hier festhalten, mit Davy Crockett, James Bowie oder Tex Johnsons Ur-Urgroßvater zu vergleichen«, sagte er.

»Ich wollte nur sagen, es handelt sich um hoffnungslose Situationen«, sagte ich.

»Das möchte ich auch gehofft haben«, sagte er.

Ich hätte hinzufügen können, daß die Märtyrer vom Alamo für das Recht gestorben waren, schwarze Sklaven zu halten. Sie wollten deshalb von Mexiko unabhängig sein, weil es dort verboten war, Sklaven zu halten. Aber das sagte ich nicht.

Obwohl ich nicht glaube, daß Wilder das wußte. Es wissen überhaupt nur sehr wenige Leute in den Vereinigten Staaten. Und an der Militärakademie in West Point war auch nie die Rede davon. Daß es bei der Schlacht am Alamo um die Sklaverei ging, wüßte ich auch nicht, wenn es mir nicht der Professor Stern, der Einrad-Fahrer, erzählt hätte.

- -

Kein Wunder, daß es so wenig schwarze Touristen am Alamo gibt!

- -

Mittlerweile hatten Einheiten der 82. Luftlandedivision, die gerade aus der South Bronx kamen, die andere Seeseite genommen und die dort verbliebenen Gefangenen wieder in die Zuchthausmauern gepfercht. Ein großes Problem allerdings war die Tatsache, daß nahezu alle Toiletten demoliert worden waren. Warum, weiß kein Mensch.

Was sollte man mit den gewaltigen Mengen von Exkrementen anfangen, die Tag für Tag, Stunde um Stunde, von diesen Bürden der Gesellschaft erzeugt wurden?

Auf dieser Seeseite hatten wir nach wie vor jede Menge Toiletten, deshalb wurde das College dann auch später fast sofort zum Hilfsgefängnis gemacht. Gefahr im Verzuge, wie die Juristen gern sagen.

- -

Stellen Sie sich mal vor, sowas passiert in einer großen Weltraumrakete auf dem Weg zur Betelgeuse.

37

Am letzten Nachmittag der Belagerung lösten Truppen der Nationalgarde die Luftlandetruppen auf der anderen Seeseite ab. Daraufhin bezogen die Fallschirmjäger in der Nacht unbemerkt Stellungen hinter dem Musket Mountain. Zwei Stunden vor Morgengrauen kamen sie leise links und rechts um den Berg herum, nahmen die Stallungen ein, befreiten die Geiseln und besetzten die ganze Stadt. Sie mußten lediglich 1 Person töten: die Wache, die vor dem Stall döste. Sie erwürgten ihn mit einem Standardausrüstungsstück, das ich in Vietnam auch schon benutzt habe: einer Klaviersaite mit einem Holzgriff an jedem Ende.

Das war's dann.

Die Verteidiger hatten auch keine Munition mehr. Es waren ohnehin kaum noch Verteidiger übrig. Höchstens 10.

Noch einmal: Ich glaube kaum, daß eine solche delikate, mikrochirurgische Operation der besten zur Verfügung stehenden Bodentruppen durchgeführt worden wäre, wäre nicht die herausragende soziale Stellung der Kuratoriumsmitglieder gewesen.

Sie wurden sofort mit Hubschraubern nach Rochester ausgeflogen und im Fernsehen gezeigt. Sie dankten Gott und der *Army*. Sie sagten, sie hätten die Hoffnung nie aufgegeben. Müde, aber glücklich seien sie, und sie wollten jetzt nichts weiter als ein heißes Bad und dann ein schönes, sauberes Bett, sagten sie.

Alle Nationalgardisten, die sich während der Belagerung südlich vom Meadowdale-Kinokomplex aufgehalten hatten, erhielten Nahkampfspangen. Sie waren mächtig stolz.

Die Fallschirmjäger hatten ihre längst. Als sie sich für die Siegesparade herausputzten, trugen sie die Orden ihrer Feldzüge in Costa Rica, Bimini, El Paso und so weiter und so weiter, natürlich auch die Auszeichnungen aus der Schlacht in der South Bronx. Diese Schlacht war allerdings ohne ihre Hilfe weitergegangen.

Einige soziale Nullen versuchten, zusammen mit den Kuratoriumsmitgliedern in die Hubschrauber zu kommen. Platz war genug. Aber es durften nur solche Leute an Bord, die auf einer Liste standen, die direkt aus dem Weißen Haus stammte. Ich habe diese Liste gesehen. Tex und Zuzu Johnson waren die einzigen Einheimischen, die darauf genannt wurden.

Ich sah zu, wie die Hubschrauber abflogen, das glückliche Ende. Ich stand oben im Glockenturm und verschaffte mir einen Eindruck von den Schäden. Früher da raufzugehen, hatte ich nicht gewagt. Es hätte jemand auf mich schießen können, und am Ende wäre es womöglich ein Glückstreffer geworden.

Und als die Hubschrauber nur noch kleine schwarze Punkte am nördlichen Horizont waren, hörte ich zu meiner Überraschung die Stimme einer Frau. Sie stand direkt hinter mir. Sie war sehr zierlich, trug weiße Turnschuhe und war ganz leise heraufgekommen. Ich hatte keine Gesellschaft erwartet.

Sie sagte: »Hat mich interessiert, wie es hier aussieht. Ein ziemliches Chaos, aber die Aussicht ist schön, wenn man Wasser mag, und Soldaten.« Ihre Stimme klang müde. Aber das waren wir alle.

Ich drehte mich zu ihr um. Sie war Schwarz. Ich meine, sie war keine sogenannte Schwarze, sondern ihre Haut war wirklich sehr dunkel. Sie hatte möglicherweise überhaupt kein weißes Blut. Wäre sie ein Mann in Athena gewesen, hätte ihre Haut sie in die unterste soziale Kaste gebracht.

\- . - . - . - . - . - . - . - . - . - . - . - . - . - . - . - . -

Sie war so zierlich und sah so jung aus, daß ich sie für eine der Studentinnen hielt, die dyslektische Tochter eines gestürzten Diktators aus Afrika oder aus der Karibik zum Beispiel, der sich mit dem Staatsschatz seines hungernden Volkes in die USA abgeseilt hatte.

Wieder mal falsch!

Aber ich bin sicher, wenn der College-GRIOT noch funktioniert hätte, wäre er auch nicht darauf gekommen, wer sie war und was sie machte. Sie hatte immer außerhalb der statistischen Durchschnittswerte gelebt, auf denen GRIOT seine gespenstisch genauen Vorhersagen aufbaute. Wenn GRIOT von jemandem herausgefordert wurde, der sich alle statistischen Erwartungen so vom Leib gehalten hatte wie sie, dann rührte er sich überhaupt nicht. Er summte bloß ein bißchen, und dann ging ein rotes Licht an.

Ihr Name war Helen Dole. Sie war 26. Sie war unverheiratet. Geboren war sie in Südkorea und aufgewachsen im damaligen West-Berlin. Sie hatte Physik studiert und an der Freien Universität promoviert. Ihr Vater war Stabsfeldwebel beim Technischen Korps der Armee und diente zuerst in Korea und dann bei unserer Besatzungsarmee in Berlin. Als ihr Vater sich nach 30 Jahren in ein durchaus hübsches kleines Haus in einer durchaus netten Gegend in Cincinnati zurückzog, und sie die schreckliche Verwahrlosung und Hoffnungslosigkeit sah, in welche die meisten Schwarzen dort hineingeboren wurden, kehrte sie in die Stadt zurück, die mittlerweile nur noch Berlin hieß, und machte dort ihren Doktor.

Sie wurde dort von vielen Leuten genauso schlecht behandelt, wie sie hier behandelt worden wäre, aber sie brauchte wenigstens nicht jeden Tag über ein benachbartes schwarzes Ghetto nachzudenken, in dem die Lebenserwartung noch kürzer als im angeblich ärmsten Land auf dem Planeten war, Bangladesh.

– · – · – · – · – · – · – · – · – · – · – · – · – · – · – · – · – · – · –

Besagte Dr. Helen Dole war am Tag vor dem Gefängnisausbruch nach Scipio gekommen, um sich bei Tex und den Kuratoriumsmitgliedern um ausgerechnet meinen alten Job als Physikdozent zu bewerben. Die Stellenanzeige hatte sie in der *New York Times* gesehen. Sie hatte Tex angerufen, ehe sie kam. Sie wollte ganz sicher sein, daß er wußte, daß sie Schwarz war. Das sei völlig in Ordnung, hatte Tex gesagt, kein Problem. Die Tatsache, daß sie nicht nur eine Frau, sondern auch schwarz und überdies promoviert wäre, sei absolut prächtig.

Wenn sie die Stelle gekriegt und einen Vertrag gemacht hätte, bevor Tarkington zu bestehen aufhörte, wäre sie die letzte in jener langen Reihe von Physikdozenten gewesen, zu der auch ich gehört hatte.

Aber statt dessen war Dr. Dole beim Bewerbungsgespräch vor dem Kuratorium explodiert. Man hatte von ihr das Versprechen verlangt, weder im Unterricht noch bei gesellschaftlichen Anlässen je politische, historische, wirtschaftliche oder soziale Fragen mit den Studenten zu diskutieren. Sie sollte diese Themen ganz den jeweiligen Fachleuten der Universität überlassen.

»Da bin ich einfach geplatzt«, erzählte sie mir.

»Ich sollte aufhören, ein menschliches Wesen zu sein«, sagte sie, »das war alles, was sie von mir verlangten.«

»Ich hoffe, Sie haben es denen ordentlich gegeben«, erwiderte ich.

»Das habe ich«, sagte sie. »Ich habe sie einen Haufen europäischer Plantagenbesitzer genannt.«

Lowell Chungs Mutter war nicht mehr im Kuratorium, insofern waren alle Gesichter, die Dr. Dole sah, tatsächlich europäischen Ursprungs.

Sie hatte ihnen erklärt, daß Europäer wie sie nichts anderes als bewaffnete Landräuber waren, die auf der Welt herumfuhren und anderen Leuten ihr Land raubten, das sie dann zu ihren Plantagen erklärten, nachdem sie die Leute, die sie beraubten, zu ihren Sklaven gemacht hatten. Damit wählte sie natürlich eine ziemlich weitgefaßte historische Perspektive. Tarkingtons Kuratoriumsmitglieder hatten gewiß die Welt nicht bis an die Zähne bewaffnet auf Segelschiffen durchstreift und nach schwach verteidigten Ländereien gesucht. Es kam Dr. Dole wohl mehr darauf an, daß die Mitglieder des Kuratoriums die Erben solcher Räuber waren, die nicht nur deren Eigentum, sondern auch deren Denkweise übernommen hatten, auch wenn sie vielleicht arm geboren worden waren und erst kürzlich eine der Grundindustrien abgewrackt, eine Spar- und Darlehenskasse geplündert oder saftige Provisionen dafür kassiert hatten, daß wieder eine unserer geliebten amerikanischen Einrichtungen oder Sehenswürdigkeiten ins Ausland verkauft wurde.

Sie erzählte den Kuratoriumsmitgliedern, die mit Sicherheit schon in der Karibik Urlaub gemacht hatten, von dem karibischen Häuptling, der gerade von den Spaniern auf dem Scheiterhaufen verbrannt werden sollte. Sein Verbrechen bestand darin, daß er nicht einsehen konnte, warum es so schön war, daß seine Stammesangehörigen zu Sklaven im eigenen Land werden sollten.

Man hielt dem Häuptling ein Kreuz hin, das er küssen sollte, ehe ein Berufssoldat oder vielleicht auch ein Priester das Reisig und die Holzscheite in Brand setzten, die sich bis zu seinen Kniescheiben stapelten. Er fragte, warum er das Kreuz küssen sollte, und man sagte ihm, er würde auf diese Weise ins Paradies kommen, dort würde er Gott treffen und so weiter.

Ob es denn da oben noch mehr Leute wie die Spanier gebe, wollte er wissen.

Ja, ja, natürlich, sagte man ihm.

In diesem Falle, sagte er, wolle er das Kreuz lieber ungeküßt lassen. Er wolle nicht noch einmal an einen Ort kommen, wo die Leute so grausam wären.

Dr. Dole erzählte den Kuratoriumsmitgliedern auch von den Frauen in Indonesien, die den holländischen Matrosen, die mit Feuerwaffen an Land kamen, ihren Schmuck hinwarfen – in der Hoffnung, daß die Eindringlinge mit solchem leichterworbenen Reichtum zufrieden sein und wieder abziehen würden.

Aber die Holländer wollten ihr Land und ihre Arbeitskraft dazu.

Und kriegten sie auch und nannten das eine Plantage.

Davon hatte mir Damon Stern auch schon erzählt.

»Und jetzt«, erklärte sie ihnen, »verkauft ihr die Plantage wieder, weil der Boden erschöpft ist und die Eingeborenen täglich kränker und hungriger werden und um Lebensmittel, Medizin und Wohnungen betteln, was alles sehr teuer ist. Die Wasserleitungen gehen in die Brüche. Die Brücken fallen zusammen. Also nehmt ihr euer Geld und haut ab.«

Einer der Kuratoren, welcher wußte sie nicht mehr genau, außer daß es nicht Wilder war, hatte gesagt, er werde bestimmt den ganzen Rest seines Lebens in den Vereinigten Staaten verbringen.

»Selbst, wenn ihr dableibt«, hatte sie gesagt, »in Wirklichkeit verschwindet ihr mit eurem Geld und euren Seelen.«

Dr. Dole und ich hatten also unabhängig voneinander dieselbe Entdeckung gemacht: Daß Leute, die ganz nach oben gelangt oder dort geboren worden waren, ihre Landsleute als Fremde ansahen. Das scheint übrigens nicht nur in den Vereinigten Staaten so gewesen zu sein, sondern auch in der ehemaligen Sowjetunion: Dort waren die gewöhnlichen Leute den Leuten an der Spitze auch unverständlich und unsympathisch.

»Was hatte denn Jason Wilder dazu zu sagen?« frage ich. Im Fernsehen war er immer so geistesgegenwärtig: Jede Idee, die man ihm zuwarf, hob er auf, schleimte sie ordentlich ein und warf sie übel angeschnitten zurück, so daß es unmöglich war, sie zu fangen.

»Er ließ es erst einmal liegen«, sagte sie.

Ich konnte mir sehr gut vorstellen, wie ihn diese zierliche schwarze Frau verblüfft hatte, die weit mehr Sprachen als er sprach, die 1000mal mehr von Naturwissenschaften verstand als er und sich in der Geschichte, Literatur, Musik und Kunst mindestens genausogut auskannte.

In seiner Talkshow hatte er nie jemanden gehabt wie sie. Wahrscheinlich hatte er noch nie mit jemandem diskutieren müssen, dessen Schicksal GRIOT als unvorhersehbar beschrieben hätte.

Am Ende hatte er gesagt: »Ich bin Amerikaner, kein Europäer.«

Worauf sie ihn fragte: »Und warum benehmen Sie sich nicht so?«

38

Ja, und jetzt ziehen sich die Japaner zurück. Ihre Besatzungsarmee in Nadelstreifen geht nach Hause. Der Gefängnisausbruch in Athena war der letzte Strohhalm, der ihnen das Kreuz brach, glaube ich, auch wenn sie schon vor dieser teuren Katastrophe viele ihrer Anlagen im Stich ließen und einfach weggingen.

Warum sie überhaupt je den Ehrgeiz gehabt haben, ein Land in diesem fortgeschrittenen Zustand physischer, seelischer und intellektueller Verkommenheit zu besitzen, ist ein Rätsel. Vielleicht haben sie gedacht, es wäre eine gute Methode, um sich dafür zu rächen, daß wir nicht nur 1, sondern gleich 2 Atombomben über ihnen abgeworfen haben.

Damit gibt es bisher also schon 2 Gruppen, die freiwillig darauf verzichtet haben, dieses Land zu besitzen, im wesentlichen, glaube ich, weil sich immer wieder zeigt, daß zu den Liegenschaften so viele unglückliche und zunehmend gesetzlose Einwohner der verschiedensten Rassen gehören, die überhaupt nichts besitzen.

- -

Wie es aussieht, werden sie Oahu als eine Art Hochwassermarke ihres Weltreichs behalten, so wie die Briten immer noch die Bermuda-Inseln behalten.

- -

Da wir gerade von unglücklichen Leuten aller Rassen sprechen: Ich habe mich oft gefragt, wie die Mitglieder des Kuratoriums der Universität Tarkington wohl behandelt worden wären, wenn Athena ein Weißes Zuchthaus gewesen wäre, statt eines Schwarzen. Ich glaube, Latinos hätten das Kuratorium genauso betrachtet wie die Schwarzen Strafgefangenen: als Erdferkel, als exotische Geschöpfe, die mit dem Leben, wie sie es kannten, nicht das geringste gemein hatten.

Bei Weißen Strafgefangenen dagegen könnte ich mir vorstellen, daß sie die Kuratoriumsmitglieder dafür hätten umbringen oder zumindest verprügeln wollen, daß sie ihrem Schicksal genauso gleichgültig gegenüberstanden wie dem von Latinos und Schwarzen.

Dr. Dole ist wieder nach Berlin gegangen. Jedenfalls hat sie gesagt, daß sie das tun wolle.

Ich fragte sie, wo sie sich während der Belagerung versteckt hätte. Sie sei in das Feuerloch unter dem alten Heizkessel im Keller dieser Bibliothek hier gekrochen, sagte sie. Der Kessel war schon nicht mehr in Benutzung gewesen, als ich hier angestellt worden war, aber es hätte eine Menge Geld gekostet, ihn zu entfernen. Das College haßte es, Geld für Dinge auszugeben, die man nicht sah.

Als ich während der Belagerung hier oben saß und mich in der wunderbaren neuen Wissenschaft der Futurologie übte, war sie also nur ein paar Meter von mir entfernt.

Dr. Dole hielt nicht viel von ihrem Land. Sie schimpfte über die himmelhohen Mord- und Selbstmordraten, Drogensucht und Säuglingssterblichkeit, Analphabetismus und die Tatsache, daß ein größerer Teil der Bevölkerung im Gefängnis saß als in jedem anderen Land, außer Südafrika und Haiti, daß niemand mehr etwas herzustellen wüßte und in den Vereinigten Staaten weniger Geld in Schulen und Forschung gesteckt würde als in Japan, Korea und in jedem ost- oder westeuropäischen Land und so weiter.

»Zumindest gibt es bei uns Redefreiheit«, sagte ich.

»Das ist nichts, was einem jemand gibt«, sagte sie. »Redefreiheit muß man sich nehmen.«

Ehe ich's vergesse: Bei ihrem Bewerbungsgespräch hat sie Jason Wilder gefragt, wo er denn studiert hätte.

Und er sagte: »Yale.«

»Wissen Sie, wie man den Laden nennen sollte?« fragte sie.

»Nein«, sagte er.

Sie sagte: »Führungsakademie für Plantagenbesitzer.«

– · – · – · – · – · – · – · – · – · – · – · – · – · – · – · –

Als sie in Berlin wohnte, sagte sie, war es ihr peinlich, wie wenig die amerikanischen Touristen und Soldaten von Geschichte und Geographie und Fremdsprachen wußten und von den Sitten anderer Länder. »Was macht die Amerikaner eigentlich so stolz auf ihre Unwissenheit?« fragte sie. »Sie tun immer so, als wäre ihre Unwissenheit ganz besondes charmant.«

Ungefähr dasselbe hatte mich auch Alton Darwin gefragt, als ich noch in Athena arbeitete und im Anstaltsfernsehen ein alter Film über den 2. Weltkrieg gezeigt wurde. Frank Sinatra war von den Deutschen gefangengenommen worden und wurde von einem SS-Major verhört, der mindestens genauso gut Englisch sprach wie Sinatra, der in seiner Freizeit Cello spielte und Aquarelle malte und Sinatra erzählte, er freue sich schon darauf, nach dem Krieg zu seiner eigentlichen Liebe zurückzukehren, der Lepidopterologie.

Sinatra wußte nicht, was Lepidopterologie ist. Es ist die Erforschung von Schmetterlingen und Motten. Das mußte ihm erklärt werden.

Und da fragte nun Alton Darwin: »Wie kommt es eigentlich, daß in diesen Filmen die Deutschen und die Japaner immer so schlau und die Amerikaner immer so dumm sind, und am Ende gewinnen die Amerikaner den Krieg?«

– · – · – · – · – · – · – · – · – · – · – · – · – · – · – · –

Darwin hatte nicht das Gefühl, daß ihn das persönlich was anging. Die amerikanischen Soldaten im Film waren alle Weiße. Das war nicht bloß Weiße Propaganda, sondern historisch exakt. Während des großen Schlußzaubers waren die amerikanischen militärischen Einheiten nach Rassen getrennt. Damals dachte man, daß die Weißen sich wie der letzte Dreck fühlen würden, wenn sie ihre Unterkünfte, Essenseinrichtungen und dergleichen mit Schwarzen teilen müßten. Das galt auch für das Zivilleben. Die Schwarzen hatten ihre eigenen Schulen, und zu den meisten Hotels und Restaurants und Vergnügungsstätten hatten sie keinen Zutritt, außer auf der Bühne. Und in den Wahllokalen waren sie auch unerwünscht.

Zur Erinnerung, daß ihr Platz ganz unten in der Gesellschaft war, wurden sie auch ab und zu aufgehängt, lebendig verbrannt oder dergleichen. Wenn man ihnen Soldatenanzüge gab, dachte man, daß es ihnen an Initiative und Entschlossenheit in der Schlacht mangeln würde. Deshalb wurden sie meist als einfache Arbeiter oder Lastwagenfahrer eingesetzt, irgendwo hinter den Duke Waynes und Frank Sinatras, die vorne die Nummern mit dem Heldentum abzogen.

Es gab eine völlig Schwarze Jagdfliegerschwadron. Zur Überraschung vieler erwies sie sich als sehr brauchbar.

Seht ihr den Nigger fliegen?

- . - . - . - . - . - . - . - . - . - . - . - . - . - . - . - . - . -

Um auf Alton Darwins Frage zurückzukommen, warum Frank Sinatra durchaus verdiente, den Krieg zu gewinnen, obwohl er nichts wußte: Ich sagte: »Ich glaube, er verdient zu gewinnen, weil er wie Davy Crockett am Alamo ist.« Der Walt Disney-Film über Davy Crockett war immer und immer wieder im Zuchthaus gezeigt worden, so daß alle Strafgefangenen wußten, wer Davy Crockett war. Ach ja, was ich bei meinem Prozeß unbedingt sagen muß: daß ich den Gefangenen nie erzählt habe, daß der mexikanische General, der den Alamo belagert hat, dasselbe versucht hat, was Abraham Lincoln dann später erfolgreich getan hat, nämlich sein Land zusammenzuhalten und die Sklaverei abzuschaffen.

»Wieso ist Sinatra wie Davy Crockett?« fragte mich Alton Darwin.

»Er hat ein reines Herz«, sagte ich.

- . - . - . - . - . - . - . - . - . - . - . - . - . - . - . - . - . -

Ja, und es gibt noch etwas zu erzählen von meiner Geschichte. Aber ich habe gerade von meinem Rechtsanwalt eine Nachricht erhalten, die mich ganz fertig gemacht hat. Seit Vietnam war ich fest überzeugt, ein solcher Schlag könnte mich nie wieder treffen. Ich dachte, ich wäre an Leichen gewöhnt, ganz egal welche.

Wieder mal falsch.

Ach, ich!

Wenn ich jetzt sage, wer da gestern gestorben ist, und wie, dann wird man denken, das wäre die richtige Abrundung meiner Geschichte.

Vom Standpunkt des Lesers aus wäre nichts mehr zu sagen als:

ENDE

Aber es gibt noch ein paar Dinge, die ich erzählen möchte. Ich werde deshalb so tun, als hätte ich die Nachricht noch nicht erhalten, auch wenn es mir schwerfällt. Und schreibe:

Der Oberstleutnant, der den Angriff auf Scipio leitete und dann die Einheimischen von den Hubschraubern fernhielt, war auch an der Akademie in West Point gewesen, aber fast 4 Dutzend Jahre jünger als ich. Als ich ihm meinen Namen sagte und er meinen Jahrgangsring sah, wurde ihm bewußt, wer ich war und wer ich gewesen sein mußte. »Mein Gott, der Prediger!« rief er.

Wenn er nicht gewesen wäre, ich weiß nicht, was aus mir geworden wäre.

Ich glaube, ich hätte dasselbe getan, was die meisten anderen Leute aus dem Tal getan haben: Ich wäre nach Rochester, Buffalo oder noch weiter weg gegangen und hätte mir irgendeine schlechtbezahlte Arbeit gesucht. Das ganze Gebiet südlich vom Meadowdale-Kinokomplex stand und steht ja immer noch unter Kriegsrecht.

Sein Name war Harley Wheelock III. Er erzählte mir, er und seine Frau seien unfruchtbar, deshalb hätten sie 2 Zwillingswaisen aus Peru, Südamerika, adoptiert (nicht Peru,

Indiana). Zwei süße kleine Inkamädchen. Nur leider sei er in letzter Zeit kaum noch zu Hause, seine Division sei viel zu beschäftigt. Er habe gerade seinen Urlaub aus der South Bronx antreten wollen, da sei der Befehl gekommen, den Ausbruch aus dem Zuchthaus hier zu beenden und die Geiseln zu retten.

Sein Vater, Harley Wheeler II, war 3 Jahre vor mir in West Point gewesen und dann, wie ich schon wußte, bei irgendeinem Unfall in Deutschland gestorben, so daß er nie in Vietnam war. Ich fragte Harley III, wie Harley II eigentlich genau gestorben war. Er sagte, sein Vater sei bei dem Versuch ertrunken, eine Schwedin zu retten, die Selbstmord begangen hatte, indem sie die Fenster ihres Volvos herunterkurbelte und sich damit von einer Kaimauer in die Ruhr stürzte. Das Ganze übrigens in Essen, wo ja auch die Firma A. J. Topf und Sohn ansässig war, die Krematorien herstellte.

Die Welt ist klein.

Dann fragte mich Harley III: »Kennen Sie sich in diesem Exkrementenloch aus?« Allerdings sagte er natürlich nicht »Exkrementenloch«. Er hatte noch nie vom Mohiga Valley gehört, ehe er den Befehl erhielt, hier zu landen. Wie die meisten Leute wußte er von Tarkington und Athena, hatte aber keine Ahnung, wo sie lagen.

Ich sagte ihm, obwohl ich in Delaware geboren und in Ohio aufgewachsen sei, sei dieses Exkrementenloch meine Heimat, wo ich bestimmt auch eines Tages begraben werden würde.

»Wo ist der Bürgermeister?« fragte er.

»Tot«, sagte ich, »und die Polizisten auch, einschließlich des Campus-Wachpersonals. Und der Chef der Feuerwehr auch.«

»Es gibt also keine Regierung?« fragte er.

»Ich würde sagen, Sie sind die Regierung«, sagte ich.

Er benutzte den Namen unseres Erlösers als explosives Kraftwort und fügte hinzu: »Überall, wo ich hinkomme, bin ich plötzlich die Regierung. Ich bin schon die Regierung in der South Bronx, und da muß ich, so schnell ich kann, wieder hin. Ich erkläre Sie also hiermit zum Bürgermeister dieses Exkrementenlochs.«

Diesmal sagte er tatsächlich »Exkrementenloch«, wie ich es ihm vorgesagt hatte. »Gehen Sie runter ins Rathaus, wo immer das sein mag, und fangen Sie an zu regieren.«

Er war so entschieden! Und so laut!

Und als ob unsere Unterhaltung nicht schon eigenartig genug gewesen wäre, trug er auch noch einen dieser Kohlen-eimer-Helme, wie sie die *Army* nach dem verlorenen Vietnamkrieg ausgab, als Glücksbringer vermutlich, damit wir nicht noch einmal Pech hatten.

Sie wollten wahrscheinlich probieren, was passiert, wenn man Schwarze, Juden und alle anderen wie Nazi-Soldaten aussehen läßt.

- -

» Ich kann nicht regieren«, protestierte ich. »Es würde mich niemand beachten. Ich wäre ein Witz.«

»Da haben Sie nicht unrecht!« schrie er. So laut!

Er ließ sich über Funk das Büro des Gouverneurs in Albany geben. Der Gouverneur war gerade mit dem Hubschrauber unterwegs nach Rochester, um sich mit den befreiten Geiseln im Fernsehen zu zeigen. Aber sein Büro brachte es fertig, den Anruf von Harley III bis zum Gouverneur durchzustellen oben im Himmel. Harley III erzählte dem Gouverneur, wer ich war und wie die Situation in Scipio aussah.

Das Gespräch war nur kurz.

Dann wandte Harley III sich zu mir um und sagte: »Glückwunsch! Sie sind jetzt Brigadegeneral der Nationalgarde!«

- -

»Ich hab' eine Familie auf der anderen Seeseite«, sagte ich. »Ich muß mich darum kümmern, wie's denen geht.«

Das konnte mir Harley III genau sagen. Er hatte persönlich gesehen, wie Margaret und Mildred in einen der Stahlkästen auf einem Gefängnislastwagen verfrachtet worden waren, der sie in die Irrenanstalt nach Batavia bringen sollte.

»Denen geht's gut!« sagte er. »Ihr Land braucht Sie jetzt mehr, als die beiden Sie brauchen. Also, General Hartke, legen Sie los!«

- -

Er steckte so voller Energie! Es war, als ob sein Kohleneimer-Helm Blitz und Donner enthielte.

Keinen Augenblick Pause! Kaum hatte er den Gouverneur überredet, mich zum Brigadegeneral zu ernennen, da raste er auch schon zu den Stallungen, wo die gefangenen Freiheitskämpfer Gräber für die vielen Leichen schaufeln mußten. Die müden Totengräber hatten allen Grund zu der Annahme, daß sie ihre eigenen Gräber gruben. Sie hatten genügend Filme über den Großen Schlußzauber gesehen, wo Soldaten in Kohleneimer-Helmen herumstanden, während Leute in zerfetzten Lumpen ihre letzten Ruhestätten aushoben.

Ich hörte, wie Harley III Befehle bellte, er sagte ihnen, die sollten tiefer graben und die Ränder senkrechter machen und so weiter. Ich hatte solche hochgradigen Führungsqualitäten auch in Vietnam beobachtet und gelegentlich selbst demonstriert, deshalb bin ich nahezu sicher, daß Harley III irgendein Amphetamin geschluckt hatte.

- -

Zu Anfang gab es nicht viel zu regieren für mich. Das College, der einzige größere Betrieb im Tal, der noch existierte, stand leer und würde das wahrscheinlich auch bleiben. Den meisten Einheimischen war es gelungen, nach dem Gefängnisausbruch davonzulaufen. Aber als sie zurückkamen, gab es keinerlei Erwerbsmöglichkeiten mehr. Diejenigen, denen Häuser oder Läden gehörten, fanden niemanden mehr, der sie ihnen abgekauft hätte. Sie waren erledigt.

Die meisten der wenigen Zivilisten, die ich je regiert habe, packten also in kürzester Zeit ihre wertvollsten Sachen in ihre Autos oder Wohnwagen und bezahlten den Schwarzmarkthändlern ein Vermögen für das Benzin, das sie so schnell wie möglich hier wegbringen sollte.

- -

Eigene Truppen hatte ich nicht. Die Soldaten auf meiner Seeseite waren eine Leihgabe von Lucas Florio, dem Kommandeur der 42. Division der Nationalgarde, der »Regenbogen-Division«. Er hatte sein Hauptquartier im Zuchthaus, in Hiroshi Matsumotos altem Büro. Er hatte nicht in West Point studiert, und für Vietnam war er zu jung gewesen, außerdem wohnte er in Schenectady, und so hatten wir uns nie kennengelernt. Seine Soldaten waren alles Weiße, mit ein paar Asiaten dazwischen, die als Weiße ehrenhalber geführt wurden. Dasselbe galt für die 82. Luftlandedivision. Irgendwo gab es auch Schwarze und Latino-Einheiten. Genau wie bei den Gefängnissen galt auch hier die Theorie, daß die Leute sich bei den Leuten ihrer eigenen Rasse am wohlsten fühlen würden.

Diese Wiedereinführung der Rassentrennung machte die Streitkräfte zugleich auch zu einer Ansammlung verschiedener Mannschaften, obwohl ich nie gehört habe, daß jemand Offizielles das zugab. Je nachdem, welche Farbe die Leute hatten, die bekämpft werden sollten, konnte man mal dieses und mal jenes Bataillon einsetzen.

Die Führer der Sowjetunion dagegen, in der es außer Schwarzen und Latinos nahezu alle Sorten von Menschen gibt, haben feststellen müssen, daß Soldaten kaum je sehr energisch gegen Leute vorgehen, die genauso aussehen, denken und sprechen wie sie.

– · – · – · – · – · – · – · – · – · – · – · – · – · – · – · – · – · –

Die Regenbogen-Division wurde im 1. Weltkrieg als Experiment gegründet. Sie sollte verschiedene Amerikaner zusammenfassen, die keine Berufssoldaten waren. Die damaligen Reservedivisionen gehörten immer zu einem bestimmten Landesteil. Aber dann hatte jemand die Idee, eine Division zusammenzustellen, die aus Wehrpflichtigen und Freiwilligen aus den verschiedensten Landesteilen bestand, um zu beweisen, wie gut sie miteinander auskommen konnten.

Der Regenbogen sollte damals die Harmonie zwischen Weißen symbolisieren, von denen man annahm, daß sie sich nicht besonders mochten. Die Regenbogen-Division kämpfte auch tatsächlich ungefähr genauso gut wie jede andere in jenem Krieg, der das Ende aller Kriege bringen sollte, dem Präludium zum Großen Schlußzauber.

- -

Später, als das Experiment zu Ende war, wurde die 42. Division einfach eine weitere x-beliebige Einheit der Nationalgarde, die mehr oder weniger zufällig mit all ihren Auszeichnungen dem Staat New York zugeteilt wurde. Aber das Symbol des Regenbogens lebt in den Schulterstücken fort.

Bevor ich verhaftet wurde als Aufrührer, bin ich selbst ein Träger dieses Regenbogens gewesen, und den Stern eines Brigadegenerals hatte ich noch dazu!

39

Das Beste, was ich in meinen ersten 2 Wochen als Kommandeur des Militärbezirks Scipio, vom oberen Ende des Sees bis hinunter zum National Forest, getan habe, war, glaube ich, daß ich einige der Soldaten zu Feuerwehrleuten gemacht habe. Ein paar von ihnen waren schon im Zivilleben Feuerwehrleute gewesen, und ich brauchte sie bloß mit den Geräten vertraut zu machen, die erstaunlicherweise während der Belagerung nicht beschädigt worden waren. Ein echter Glücksfall: auch die Tanks der Feuerlöschzüge waren immer noch voller Benzin. Dabei hätte man denken können, daß in einer Gesellschaft, wo jeder alles stahl, was nicht niet- und nagelfest war, längst jemand dieses unbezahlbare Benzin abgesaugt hatte.

Aber gelegentlich stößt man mitten im Chaos auf ein verblüffendes, unerklärliches Beispiel von sozialem Verantwortungsgefühl. Wahrscheinlich gehört das letzte bißchen Vertrauen, das die Leute noch haben, den Feuerwehrleuten.

- -

Ich überwachte auch die Exhumierung der Leichen bei den Stallungen. Sie waren zwar erst seit wenigen Tagen begraben, aber dann befahl die Regierung in Gestalt eines Coroners und des Polizeipathologen, der soviel über die verschiedenen Methoden der Kreuzigung wußte, daß wir sie wieder ausgraben sollten. Die Regierung brauchte Fingerabdrücke und Fotos von ihnen, eine Beschreibung etwaiger zahnmedizinischer Arbeiten und äußerer Wunden, falls vorhanden, und so weiter. Nicht wieder ausgraben mußten wir die Eheleute Shultz, die schon einmal ausgegraben worden waren, als sie für den Pavillon Platz machen mußten.

Den Schädel der jungen Frau dagegen hatten wir noch gar nicht gefunden. Die Grabungen reichten noch nicht so weit hinunter, daß wir entdeckt hätten, was aus dem Kopf der Fliederkönigin geworden war.

- -

Die Regierung, also diese 2 Typen, die nicht aus der Stadt waren, sagten, wenn sie mit den Leichen fertig wären, müßten wir sie viel tiefer wieder eingraben. Das sei das Gesetz.

»Gegen Gesetze würden wir nie verstoßen«, sagte ich.

Der Coroner war ein Schwarzer. Ich hätte es nicht gemerkt, wenn er es mir nicht gesagt hätte.

Ich fragte ihn, ob er nicht veranlassen könnte, daß die Behörden des Staates New York oder sonst jemand die Leichen beschlagnahmte, bis die Angehörigen, soweit vorhanden, geklärt hatten, was sie damit anfangen wollten. Ich hoffte, sie würden die Leichen mit nach Rochester nehmen, wo sie einbalsamiert oder tiefgekühlt oder verbrannt oder wenigstens in irgendwelchen anständigen Behältern unter die Erde gebracht werden konnten. Sie waren nämlich bloß in ihren Kleidern begraben worden.

Der Coroner sagte, er werde das prüfen, aber ich sollte mir keine übertriebenen Hoffnungen machen. Die Bezirksverwaltung sei pleite, der Staat New York sei pleite, das ganze Land sei pleite und er selbst sei ebenfalls pleite. Das wenige, was er besessen hätte, habe er bei *Microsecond Arbitrage* eingebüßt.

- -

Nachdem die Regierung gegangen war, überlegte ich, wie man die viel tieferen Gräben ausheben könnte. Ich zögerte, die Männer von der Nationalgarde mit Schaufeln arbeiten zu lassen. Sie waren schon knurrig genug gewesen, als ich sie die Leichen ausgraben ließ, und wurden ohnehin immer mißmutiger, weil es bereits in diesem frühen Stadium der Entwicklung immer deutlicher wurde, daß sie womöglich nie wieder ins Zivilleben würden zurückkehren können. Der Glanz ihrer Nahkampfspangen begann zu verblassen.

Strafgefangene von der anderen Seeseite konnte ich auch nicht als Arbeitskräfte heranziehen. Das war gesetzlich verboten. Aber dann fiel mir ein, daß die Universität einen kleinen Bagger besaß, der mit Dieselöl lief, das auf dem schwarzen Markt nicht so gefragt war. Wenn also jemand den Bagger fand, bestanden durchaus gute Aussichten, daß noch Treibstoff im Tank war.

Einer der Soldaten fand den Bagger, und der Tank war randvoll!

Ein Wunder!

Und wieder fragte ich: »Wie lange kann ich noch Atheist bleiben?«

- -

Der Tank war deshalb noch voll, weil es nur ein einziges Dieselauto in Scipio gab, als die Diaspora begann. Das war ein Cadillac, den General Motors ungefähr um dieselbe Zeit auf den Markt gebracht hatte, als wir aus Vietnam hinausgeworfen wurden. Er steht immer noch da. Er war eine solche Zitrone, daß man seinen Sonntagsausflug genausogut in einer ägyptischen Pyramide hätte antreten können.

Der Diesel-Cadillac hatte dem Vater einer Tarkington-Studentin gehört. Er wollte damit die Abschlußfeier seiner Tochter besuchen, aber der Wagen blieb vor dem *Black Cat Café* liegen. Da er auf dem Weg von New York nach Scipio schon mehrfach stehengeblieben war, ging der Besitzer in den Haushaltswarenladen, kaufte sich gelbe Farbe und einen Pinsel, malte überall große Zitronen auf die Karosserie und verkaufte ihn für 1 Dollar an Lyle Hooper. Dabei gehörte der Mann zum Aufsichtsrat von General Motors!

– · – · – · – · – · – · – · – · – · – · – · – · – · – · – · – · – · – · – · –

Während der kurzen Periode, in der alle Leichen sich wieder über der Erde befanden, erschien ein Mann mit einem Toyota-Leichenwagen und einem Beerdigungsunternehmer aus Rochester, und holte 1 ab. Das war Dr. Charlton Hooper, der mal eingeladen worden war, mit den New York Knickerbockers Basketball zu trainieren, aber statt dessen lieber Physiker geworden war. Er war, wie gesagt, 2 Meter groß.

Das ist sehr groß!

Ich fragte den Beerdigungsunternehmer, wo er das Benzin für die Fahrt hergenommen hätte.

Erst wollte er nicht mit der Sprache rausrücken, ich ließ aber nicht locker. Schließlich sagte er: »Versuchen Sie's beim Krematorium hinter dem Meadowdale-Kinokomplex. Fragen Sie nach Guido.«

– · – · – · – · – · – · – · – · – · – · – · – · – · – · – · – · – · – · – · –

Ich fragte Charlie, ob er den ganzen Weg aus Waxahachie in Texas gekommen sei. Das letzte, was ich gehört hatte, war, daß er dort Experimente mit dem riesigen Teilchenzertrümmerer, dem *Supercollider*, durchführte. Er sagte, die Mittel für den *Supercollider* seien gestrichen worden, deshalb sei er jetzt nach Geneva im Staat New York umgezogen, also nicht ganz so weit weg. Er lehrte jetzt Physik für Anfänger am Hobart College.

Ich fragte ihn, ob es eine Möglichkeit gebe, ein Gefängnis aus dem *Supercollider* zu machen.

Er sagte, man könnte da leicht ein paar Bösewichter hineinstecken und den Schalter umlegen. Dann würden ihnen die Haare bestimmt ganz schön zu Berge stehen, und ihre Körpertemperatur würde auch ein paar Grad steigen.

– · – · – · – · – · – · – · – · – · – · – · – · – · – · – · – · – · – · – · –

Ungefähr eine Woche, nachdem Charlton seinen Vater mitgenommen hatte und wir die anderen mit Hilfe des Baggers alle wieder eingegraben hatten (diesmal in der gesetzlich vorgeschriebenen Tiefe), wurde ich von einem schrecklichen Aufruhr in unserem bis dahin so friedlichen Städtchen geweckt. Ich wohnte damals im Rathaus und machte meistens ein Nickerchen in den frühen Nachmittagsstunden.

Der Lärm kam von hier oben. Kettensägen kreischten. Es wurde gehämmert. Es klang wie eine ganze Armee. Dabei sollten, soviel ich wußte, nur 4 Nationalgardisten hier oben sein und Feuerwache halten.

Der Posten in meinem Vorzimmer, der mich wecken sollte, wenn es etwas für mich zu tun gab, war verschwunden. Er war auf den Berg gegangen, um zu sehen, was los war. Wir waren über keinerlei bevorstehende Maßnahmen informiert worden.

Also trabte ich mutterseelenallein die Clinton Street hoch. Ich trug zivile Schuhe und einen Tarnanzug, den mir General Florio geschenkt hatte, mit je 1 von seinen eigenen Sternen auf jeder Schulter. Das war meine ganze Uniform.

Als ich zum oberen Ende der Clinton Street kam, stieß ich auf General Florio. Er kommandierte Soldaten, die er von seiner Seeseite mitgebracht hatte. Sie errichteten auf dem großen Hof eine Zeltstadt, während andere einen hohen Stacheldrahtzaun darum zogen.

Was das zu bedeuten hatte, brauchte ich nicht zu fragen. Es war nur allzu offensichtlich, daß die Universität Tarkington, die immer so hübsch klein geblieben war, während das Zuchthaus auf der anderen Seeseite ständig gewachsen war, jetzt zum Gefängnis gemacht werden sollte.

General Florio drehte sich zu mir um und sagte lächelnd: »Guten Tag, Direktor Hartke!«

- . - . - . - . - . - . - . - . - . - . - . - . - . - . - . - . - . -

Als all die 10-Mann-Zelte, die aus dem Waffenlager auf der anderen Straßenseite vom Meadowdale-Kinokomplex stammten, wie auf einem Schachbrett im Hof aufgestellt worden waren, erschien plötzlich alles ganz logisch. Die umgebenden Bauwerke, also die Samoza Hall, die Bibliothek hier, die Universitätsbuchhandlung, der Pavillon und so weiter waren als Gefängnismauern vollkommen ausreichend. In den Fenstern und Torbögen gab es Maschinengewehrnester, und zwischen den Zelten und den Gebäuden war außerdem noch der Stacheldrahtzaun.

General Florio sagte: »Sie kriegen Gesellschaft!«

- · - · - · - · - · - · - · - · - · - · - · - · - · - · - · -

Ich erinnere mich noch gut an einen Vortrag, den Damon Stern über einen Besuch in Auschwitz gehalten hat, das berüchtigte Vernichtungslager der Nazis während des Großen Schlußzaubers. Stern verdiente sich gern etwas dazu, indem er Tarkington-Studenten, deren Eltern oder sonstigen Erziehungsberechtigten die jungen Leute zu Weihnachten oder in den Sommerferien nicht sehen wollten, auf Exkursion nach Europa mitnahm. Aber dafür, daß er einigen dieser Studenten auch Auschwitz gezeigt hatte, mußte er eine Menge einstecken. Er hatte es ganz spontan getan, ohne irgend jemand um Erlaubnis zu fragen. Es war nicht vorgesehen gewesen, und einige der Studenten waren danach ziemlich verstört.

In seinem Vortrag sagte er, wenn man die Zäune, Galgen und Gaskammern zwischen den ordentlichen, rechtwinkligen Straßen des Lagers und den alten verstreuten, zweistökkigen Stuckhäusern wegnähme, könnte man sich darin ohne weiteres ein hübsches kleines College für die minderbemittelte und weniger leistungsfähige Bevölkerung der Umgebung vorstellen. Die Gebäude waren lange vor dem 1. Weltkrieg errichtet worden, sagte er, als behagliche Soldatenquartiere auf einem Außenposten der Doppelmonarchie Österreich–Ungarn. Unter den vielen Titeln des Kaisers von Österreich, sagte er, habe sich auch der eines Herzogs von Auschwitz befunden.

- · - · - · - · - · - · - · - · - · - · - · - · - · - · - · -

Was General Florio auf unserer Seeseite so interessierte, waren unsere sanitären Anlagen. In den Zelten sollten die Gefangenen Eimer als Toiletten benutzen, aber diese konnten dann in die Toiletten der umliegenden Gebäude ausgeleert und der Inhalt von dort aus in Scipios hochmodernes Klärwerk gespült werden. Auf der anderen Seeseite mußten sie alles vergraben.

Und Duschen gab's auch keine.

Wir hatten massenhaft Duschen.

Ein weniger schreckliches, als vielmehr rührendes Detail der Belagerung war wohl, wie gering die Schäden waren, die der Universität von den ausgebrochenen Strafgefangenen zugefügt worden waren. Es war, als ob sie wirklich geglaubt hätten, der Campus würde ihnen für die nächsten Generationen gehören.

Das erinnert mich an eine andere Vorlesung von Damon Stern, die davon handelte, wie sich die brutal unterdrückte und hungernde Bevölkerung von Petrograd verhalten hatte, als sie 1917 in den Winterpalast der Zaren eingedrungen war. Zum ersten Mal sahen die Leute die Schätze im Inneren des Palastes, und sie wurden so zornig darüber, daß sie alles kurz und klein schlagen wollten.

Aber dann feuerte einer einen Schuß in die Decke, um die Aufmerksamkeit auf sich zu lenken, und rief: »Genossen! Das gehört jetzt alles uns! Macht nichts kaputt!«

- -

Später wurde Petrograd in »Leningrad« umbenannt. Jetzt heißt es wieder Petersburg.

- -

In gewisser Weise wirkten die ausgebrochenen Strafgefangenen wie eine Neutronenbombe. Sie hatten kein Mitleid mit lebenden Dingen, richteten aber kaum Sachschaden an.

Damon Stern, der Einradfahrer, dagegen opferte sein Leben für lebende Dinge. Allerdings nicht für Menschen, sondern für Pferde. Die ihm noch nicht mal gehörten.

Seine Frau und seine Kinder konnten flüchten und wohnen jetzt, soviel ich weiß, bei Verwandten in Lackawanna. Das ist schön, wenn Leute Verwandte haben, bei denen sie Zuflucht suchen können.

Aber Damon Stern ist tief in der Erde begraben, gleich da, wo er gefallen ist, neben den Ställen, wo beim Sonnenuntergang die Schatten vom Musket Mountain hinfallen.

Seine Frau Wanda June kam nach der Belagerung zurück, in einem Pick-up, von dem sie sagte, daß er ihrem Halbbruder gehörte. Sie hatte ein Vermögen bezahlt, um von Lackawanna hierherfahren zu können. Ich fragte sie, womit sie ihr Geld verdiente, und sie sagte, sie und Damon hätten eine Menge Yen in ihrer Tiefkühltruhe versteckt gehabt, in einer Plastikdose mit der Aufschrift »Rosenkohl«.

Damon habe sie mitten in der Nacht geweckt und ihr gesagt, sie solle mit den Kindern in den VW steigen und nach Rochester fahren, mit ausgeschalteten Scheinwerfern. Er hatte die Explosion auf der anderen Seeseite gehört und die stumme Armee übers Eis kommen sehen. Als letztes hatte er seiner Frau die Dose mit der Aufschrift »Rosenkohl« gegeben.

Trotz ihres energischen Widerstands war Damon selbst zurückgeblieben, um die anderen zu alarmieren. Er sagte, er würde später nachkommen, bei jemandem mitfahren oder auf Schleichwegen nach Rochester laufen, wenn es nicht anders ging. Was danach geschah, ist nicht ganz klar. Vielleicht hat er die örtliche Polizei angerufen, aber dort gab es keinen Überlebenden, der das bestätigen könnte. Von den Leuten in der unmittelbaren Nachbarschaft hat er viele geweckt.

Die wahrscheinlichste Vermutung ist die, daß er im Inneren der Ställe Gewehrschüsse hörte und törichterweise hineinging, um nachzusehen, was los war. Ein Freiheitskämpfer mit einer AK-47 schoß den Pferden zum Spaß in die Bäuche. Nicht etwa in die Köpfe.

Damon muß ihn gebeten haben, damit aufzuhören. Und da hat ihn der Freiheitskämpfer auch umgelegt.

- -

Damons Leiche wollte seine Frau nicht. Sie sagte, er hätte hier seine glücklichsten Jahre verbracht, und deshalb sollte er hier auch begraben werden.

Sie holte sich die 4 Einräder der Familie zurück. Sie waren nicht schwer zu finden: Die Soldaten versuchten abwechselnd, darauf zu fahren. Davor hatten das auch einige der Strafgefangenen versucht, soviel ich weiß ohne Erfolg.

- -

Ich ging also die Clinton Street wieder hinunter zum Rathaus, um über diese neueste Wendung meiner Laufbahn nachzudenken, daß ich demnächst Gefängnisdirektor sein sollte.

Vor dem Rathaus stand ein Rolls-Royce Cabrio-Coupé. Wer immer so einen Wagen besaß, hatte auch genug Yen oder Mark oder sonstige harte Devisen, um sich Schwarzmarktbenzin für jede beliebige Reise zu kaufen.

Meine Vermutung war, daß es sich um das Gefährt eines Tarkington-Studenten oder -Vaters handelte, der irgendwelches Eigentum retten wollte, das zu Beginn dieser Ferien, die jetzt womöglich nie zu Ende gehen würden, in einem der Studentenheime geblieben war.

Der Soldat, der meine Empfangsdame sein sollte, war wieder da. Er war auf seinen Posten zurückgekehrt, weil ihm General Florio gesagt hatte, er solle aufhören, herumzustehen und seinen Daumen im After zu drehen und statt dessen lieber Stacheldraht spannen und Zelte aufstellen. Er erwartete mich und teilte mir mit, ich hätte einen Besucher.

Also fragte ich ihn: »Was ist das für ein Besucher?«

Und er sagte: »Es ist Ihr Sohn, Sir.«

Ich war wie vom Donner gerührt. »Eugene?« sagte ich. Eugene Jr. hatte mir mitgeteilt, er wolle mich nie wieder sehen, solange er lebte. Auch eine Art lebenslängliches Urteil. Und jetzt fuhr er einen Rolls-Royce? Eugene?

»Nein, Sir«, sagte der Posten. »Nicht Eugene.«

»Eugene ist der einzige Sohn, den ich habe«, sagte ich. »Was hat er denn für einen Namen gesagt?«

»Er hat mir gesagt, daß er Ihr Sohn Rob Roy wäre, Sir.«

Das genügte mir als Beweis, daß mich in meinem Büro tatsächlich jemand erwartete, der mein Sohn war: dieser Name »Rob Roy«. Ich brauchte bloß »Rob« und »Roy« zu hören, und schon war ich wieder auf den Philippinen, frisch hinausgeworfen aus Vietnam. Schon lag ich wieder mit dieser sinnlichen Kriegskorrespondentin vom *Des Moines Register*, deren Lippen wie Sofakissen waren, im Bett und erzählte ihr, daß man mir überall kleine Männchen auf den Rumpf malen müßte, wenn ich ein Jagdbomber wäre.

Ich rechnete, wie alt er war. 23 mußte er sein, und das machte ihn zum jüngsten meiner Kinder. Er war das Nesthäkchen.

Er saß im Vorzimmer zu meinem Büro und stand auf, als ich hereinkam. Er war genauso groß wie ich. Sein Haar hatte dieselbe Farbe und Beschaffenheit wie meins. Er brauchte eine Rasur, und sein Bartwuchs war genauso schwarz und dicht wie meiner. Seine Augen hatten dieselbe Farbe wie meine. Alle 4 Augen von uns waren wie grüner Bernstein. Wir hatten auch dieselbe große Nase meines Vaters. Er war nervös höflich. Er war in teure Freizeitkleidung gekleidet. Wäre er lernbehindert oder einfach bloß dumm gewesen, was er nicht war, hätte er 4 glückliche Jahre in Tarkington verbracht haben können, besonders mit seinem Rolls-Royce.

Mir war schwindlig. Ich hatte schon im Flur den Mantel ausgezogen, damit er meine Generalssterne sehen konnte. Das war doch wenigstens etwas. Wieviele junge Leute hatten schon einen Vater, der General war?

»Was kann ich für Sie tun?« fragte ich.

»Ich weiß gar nicht recht, wie ich anfangen soll«, sagte er.

»Ich glaube, das haben Sie schon getan, als Sie dem Posten

gesagt haben, Sie wären mein Sohn«, sagte ich. »War das ein Witz?«

»Glauben Sie, daß es ein Witz war?« fragte er.

»Ich will nicht behaupten, daß ich ein Heiliger war, als ich jung und viel von zu Hause weg war«, sagte ich. »Aber ich habe bei der Liebe nie einen Decknamen benutzt. Wenn jemand mich danach finden wollte, war das nicht schwer. Wenn ich also wirklich irgendwo ein außereheliches Kind gezeugt haben sollte, dann ist das jetzt eine komplette Überraschung für mich. Ich hätte gedacht, daß die Mutter mich sofort informiert, sobald sie wußte, daß sie schwanger ist.«

»Ich kenne zumindest 1 Mutter, die das nicht getan hat«, sagte er.

Noch ehe ich antworten konnte, stieß er plötzlich Sätze heraus, die er unterwegs einstudiert haben mußte: »Das wird ein sehr kurzer Besuch«, sagte er. »Ich werde hier rein und raus sein, ehe Sie es richtig merken. Ich bin auf dem Weg nach Italien und will dieses Land nie wieder sehen, besonders Dubuque nicht.«

- -

Wie sich herausstellte, hatte er eine Prüfung hinter sich, die viel, viel länger gedauert hatte als die Besetzung von Scipio und für ihn vielleicht schwerer war als für mich Vietnam. Er war in Dubuque, Iowa, wo er aus eigenen Mitteln einen kostenlosen Kinderhort aufgebaut und geführt hatte, wegen Unzucht mit Kindern angeklagt worden.

Er war nicht verheiratet, was ihn in den Augen der meisten Juries von vornherein fast genauso verdächtig machte, als ob er in Vietnam gekämpft hätte.

- -

»Ich bin in Dubuque aufgewachsen«, erzählte er mir, »und das Geld, das ich geerbt habe, ist auch in Dubuque verdient worden. Ich wollte Dubuque etwas zurückgeben. Und weil es so viele Alleinerziehende gibt, die ihre Kinder auf der Grundlage der Mindestlöhne aufziehen müssen, und so viele Familien, in denen beide Eltern arbeiten müssen, um ihre

Kinder halbwegs ernähren und kleiden zu können, dachte ich, ein netter Kinderhort, der nichts kostet, wäre das, was die Stadt am nötigsten brauchte.«

Zwei Wochen nach der Eröffnung des Horts hatte man ihn wegen Unzucht mit Minderjährigen verhaftet, weil einige der Kinder mit entzündeten Genitalien nach Hause gekommen waren.

Vor Gericht, nachdem von den entzündeten Stellen Abstriche gemacht worden waren, stellte sich dann heraus, daß es sich um eine Pilzinfektion handelte. Der Erreger war ein Hefepilz, der sich allerdings über alle bekannten Behandlungsmethoden hinaus entwickelt hatte.

Bis dahin hatte mein Sohn aber schon 3 Monate ohne Kaution im Gefängnis gesessen und mußte von der Nationalgarde vor der lynchwütigen Meute geschützt werden. Zum Glück für ihn hatte Dubuque wie so viele andere Gemeinden seine Polizei mit Infanterie und Panzern verstärkt.

Nach dem Freispruch mußte er in einem fest verriegelten Schützenpanzerwagen aus der Stadt und bis weit nach Illinois gebracht werden, sonst hätte ihn jemand getötet.

Der Richter, der ihn freigesprochen hatte, wurde tatsächlich ermordet. Er war italienischer Abstammung. Jemand schickte ihm eine Rohrbombe, die in einer großen Salami versteckt war.

Von alledem erzählte mein Sohn mir allerdings erst kurz bevor er sagte: »Jetzt ist es Zeit zum Abschiednehmen.« Sein Vorwort zur Beschreibung seiner Leiden lautete: »Ich hoffe, Sie verstehen, daß ich auf jeden Fall vermeiden möchte, Ihr Mitgefühl zu beanspruchen.«

»Ich würd's mal versuchen«, sagte ich.

Wenn ich jetzt nachträglich über unsere Begegnung nachdenke, spüre ich eine gewisse Süße. Er hatte mich genügend gemocht und genügend Wärme bei mir gefunden, um mich, wenigstens für kurze Zeit, wie einen richtigen Vater zu nutzen.

- · - · - · - · - · - · - · - · - · - · - · - · - · - · - · -

Am Anfang, als wir uns noch sehr behutsam aneinander herantasteten und ich noch nicht zugegeben hatte, daß er mein Sohn war, fragte ich ihn, ob der Name »Rob Roy« in seiner Geburtsurkunde stünde oder nur eine Art Spitzname wäre, den seine Mutter ihm angehängt hätte.

Er sagte, das sei der Name auf seiner Geburtsurkunde.

»Und wer wurde als Vater genannt auf der Urkunde?« fragte ich.

»Der Name eines Soldaten, der in Vietnam gefallen ist.«

»Erinnern Sie sich noch, wie er hieß?« fragte ich.

Jetzt kommt eine Überraschung. Es war der Name meines Schwagers, Jack Patton, den seine Mutter bestimmt nie kennengelernt hatte. Ich muß ihr von Jack in Manila erzählt haben, und später hat sie sich daran erinnert, daß er unverheiratet gewesen und für sein Land gestorben war.

»Guter, alter Jack«, dachte ich bei mir, »wo immer du sein magst, jetzt ist es wieder einmal Zeit, höllisch zu lachen.«

- · - · - · - · - · - · - · - · - · - · - · - · - · - · - · -

»Weshalb glauben Sie dann, daß ich Ihr Vater bin und nicht er?« fragte ich. »Hat es Ihre Mutter Ihnen schließlich gesagt?«

»Sie hat mir einen Brief geschrieben«, sagte er.

»Ins Gesicht hat Sie es Ihnen nicht sagen wollen?« fragte ich.

»Das konnte sie nicht«, sagte er. »Sie ist an einer Geschwulst in der Bauchspeicheldrüse gestorben, als ich 4 Jahre alt war.«

Das war ein Schock. Da hatte sie ja wirklich nicht mehr lange gelebt, nachdem ich sie geliebt hatte. Ich hatte mir immer vorgestellt, die Frauen, die ich geliebt hatte, lebten in alle Ewigkeit weiter. Ich hatte mir auch vorgestellt, daß die lustige, sportliche, kluge und mutige Mutter meines Sohnes mit ihren Lippen wie Sofakissen immer weitergelebt hätte.

»Sie hat mir einen Brief geschrieben, als sie im Sterben lag«, fuhr er fort. »Der Brief wurde bei einem Notar in Dubuque hinterlegt. Er sollte erst geöffnet werden, wenn der gute Mann gestorben war, der sie geheiratet und mich adoptiert hatte. Erst vor einem Jahr ist er gestorben.«

»Stand in dem Brief, warum Sie Rob Roy heißen?« fragte ich.

»Nein«, sagte er. »Ich nahm an, daß sie den Roman dieses Namens von Sir Walter Scott sehr gemocht hat.«

»Das klingt so, als könnte es stimmen«, sagte ich. Was hätte es ihm oder sonst irgend jemand genutzt, wenn ich ihm sagte, daß er nach 2 Schuß Scotch, 1 Schuß süßem Wermut, einem Glas voll gemahlenem Eis und einem Stück Zitronenschale benannt worden war?

»Wie haben Sie mich gefunden?« fragte ich.

»Am Anfang habe ich gedacht, ich wollte Sie gar nicht finden«, sagte er. »Aber dann vor 2 Wochen dachte ich, daß wir ein Recht hätten, uns wenigstens einmal zu sehen. Da hab' ich in West Point angerufen.«

»Mit denen hab' ich schon seit Jahren keinen Kontakt mehr«, sagte ich.

»Das haben die mir auch gesagt«, erwiderte er. »Aber kurz bevor ich angerufen habe, hatten die einen Anruf vom Gouverneur des Staates New York, der sagte, er hätte Sie gerade zum Brigadegeneral ernannt. Er wollte sicherstellen, daß man ihn nicht zum Narren gemacht hatte. Er hat überprüft, ob Sie wirklich der sind, als der Sie ihm genannt worden waren.«

»Tja«, sagte ich, und wir standen immer noch in meinem Vorzimmer. »Ich glaube, wir brauchen nicht auf die Blutuntersuchung zu warten, um herauszufinden, ob du wirklich mein Sohn bist. Du siehst gespuckt aus wie ich, als ich so alt war wie du. Du sollst wissen, daß ich deine Mutter wirklich geliebt habe«, sagte ich.

»Das stand in ihrem Brief, daß ihr euch sehr geliebt habt«, sagte er.

»Du mußt mir glauben, daß ich mich ehrenhaft benommen hätte, wenn ich gewußt hätte, daß deine Mutter schwanger war«, sagte ich. »Ich weiß zwar nicht, was wir hätten tun können. Aber wir hätten schon eine Lösung gefunden.«

Ich führte ihn in mein Büro. »Komm herein. Es stehen ein paar Sessel drin. Wir können die Tür zumachen.«

»Nein, nein, nein«, sagte er. »Ich muß weiter. Ich dachte nur, wir sollten uns wenigstens einmal sehen. Das haben wir getan. Keine große Sache.«

»Ich mag es,wenn das Leben einfach ist«, sagte ich. »Aber wenn du jetzt ohne ein weiteres Wort einfach wieder verschwindest, wäre mir das ein bißchen zu einfach. Und für dich auch, hoffe ich.«

Also ließ ich ihn in mein Büro gehen, machte die Tür zu und sorgte dafür, daß wir in 2 gegenüberstehenden Sesseln Platz nahmen. Wir hatten uns nicht berührt. Und wir sollten uns auch nie berühren.

»Ich würde dir gern Kaffee anbieten«, sagte ich, »aber in diesem Tal hat niemand mehr Kaffee.«

»Ich hab' welchen im Auto«, sagte er.

»Das glaub' ich gern«, sagte ich. »Aber laß ihn nur draußen.« Ich räusperte mich. »Entschuldige, wenn ich das sage, aber du scheinst ›fabelhaft wohlhabend‹ zu sein, wie man so sagt.«

Ja, sagte er, finanziell sei das Schicksal ihm günstig. Der Fleischfabrikant aus Dubuque, der seine Mutter geheiratet und ihn adoptiert hatte, hatte seine Firma kurz vor seinem Tod an den Schah von Bratpuhr verkauft und war dafür mit Goldbarren bezahlt worden, die in einer Bank in der Schweiz lagen.

- . - . - . - . - . - . - . - . - . - . - . - . - . - . - . - . -

Der Name des Fleischfabrikanten war Lowell Fenstermaker, und deshalb hieß mein Sohn mit vollem Namen Rob Roy Fenstermaker. Er sagte, er werde seinen Namen bestimmt nicht ändern, er fühle sich als Fenstermaker und nicht als Hartke.

Sein Stiefvater war sehr gut zu ihm gewesen. Das einzige, was er nicht an ihm mochte, sagte Rob Roy, war seine Methode der Kälbermast. Die ganz jungen Kälber, die kaum aus dem Mutterleib heraus waren, wurden in so enge Ställe gesperrt, daß sie sich kaum bewegen konnten, damit ihre Muskeln schön zart blieben. Wenn sie groß genug waren, wurde ihnen die Kehle durchgeschnitten, und sie waren nie gerannt oder gesprungen, sie hatten keine Freundschaften schließen oder sonst irgendwas tun können, was das Leben lebenswert macht.

Was hatten sie nur für ein Verbrechen begangen?

Sein ererbter Reichtum war ihm zunächst eher peinlich, sagte Rob Roy. Bis vor kurzem, sagte er, wäre er nie auf den Gedanken gekommen, sich einen Wagen zu kaufen wie den, der vor der Tür stand, oder eine Kaschmir-Jacke oder italienische Krokodillederschuhe. Das waren die Sachen, die er jetzt hier in meinem Büro anhatte. »Als sich in Dubuque niemand mehr den Schwarzmarktkaffee und das Schwarzmarktbenzin leisten konnte, hab' ich auch darauf verzichtet. Ich bin überall zu Fuß hingegangen.«

»Und was geschah dann?« fragte ich.

»Ich wurde wegen Unzucht mit Minderjährigen verhaftet.«

Und da juckte es mich plötzlich überall. Ein Anfall von psychosomatischem Nesselfieber.

Er erzählte mir die ganze Geschichte.

Und ich sagte zu ihm: »Ich danke dir, daß du das mit mir geteilt hast.«

Das Nesselfieber verschwand genauso schnell, wie es gekommen war.

Ich fühlte mich wunderbar. Ich war sehr glücklich, daß er

mich ansah und sich dachte, was er wollte. Wenn meine rechtmäßigen Kinder mich ansahen und sich dachten, was sie wollten, war ich meist weniger glücklich gewesen.

Worin der Unterschied lag? Ich sag es nicht gerne, weil die Antwort so armselig ist. Aber bitte: Ich hatte immer General werden wollen, und jetzt endlich trug ich die Generalssterne.

– · – · – · – · – · – · – · – · – · – · – · – · – · – · – · – · –

Es ist so peinlich, Mensch zu sein.

– · – · – · – · – · – · – · – · – · – · – · – · – · – · – · – · –

Und dann war da noch etwas: Ich wurde nicht länger von meiner Frau und meiner Schwiegermutter behindert. Warum hatte ich sie bloß so lange im Haus behalten, wo doch längst klar war, daß es für meine Kinder untragbar war, mit ihnen zusammenzuleben?

Wahrscheinlich, weil ich es irgendwo im Hinterkopf immer noch für möglich hielt, daß irgendwo in einem großen Buch alles aufgeschrieben wurde, und ich wollte, daß dort ausführlich dargestellt wurde, wie mitleidig ich sein konnte.

– · – · – · – · – · – · – · – · – · – · – · – · – · – · – · – · –

Ich fragte Rob Roy, wo er studiert hätte.

»In Yale«, sagte er.

Ich sagte ihm, was Helen Dole über Yale gesagt hatte: man solle es »Führungsakademie für Plantagenbesitzer« nennen.

»Verstehe ich nicht«, sagte er.

»Ich habe sie auch bitten müssen, es mir zu erklären«, sagte ich. »Sie sagte, Yale sei der Ort, wo die Plantagenbesitzer lernten, wie man die Eingeborenen dazu bringt, sich gegenseitig umzubringen statt ihre Herren.«

»Ein bißchen stark«, sagte er. Und dann fragte er mich, ob meine erste Frau noch lebte.

»Ich habe immer nur 1 gehabt«, sagte ich, »und die lebt noch.«

»Über sie stand viel in Mutters Brief«, sagte er.

»Wirklich?« sagte ich. »Was denn zum Beispiel?«

»Zum Beispiel, daß sie am Tag, bevor sie mit dir zum Abschlußball gehen wollte, von einem Auto überfahren wurde und danach von der Hüfte an abwärts gelähmt war. Daß du sie aber trotzdem geheiratet hast, obwohl sie den Rest ihres Lebens im Rollstuhl zubringen mußte.«

Wenn das in dem Brief stand, mußte ich es seiner Mutter wohl so erzählt haben.

– · – · – · – · – · – · – · – · – · – · – · – · – · – · – · –

»Und dein Vater«, fragte er, »lebt der auch noch?«

»Nein«, sagte ich, »dem ist in Niagara Falls das Dach eines Andenkenladens auf den Kopf gefallen.«

»Hat er je sein Augenlicht wiedergewonnen?« fragte er.

»Hat er *was* wiedergewonnen?« fragte ich. Und dann wurde mir klar, daß seine Frage mit einer anderen Lüge zu tun haben mußte, die ich seiner Mutter erzählt hatte.

»Sein Augenlicht«, sagte er.

»Nein«, sagte ich. »Hat er nicht.«

»Ich finde es wunderschön«, sagte er,»wie er blind aus dem Krieg zurückkam, und du ihm Shakespeare vorgelesen hast.«

»Shakespeare liebte er sehr«, bestätigte ich.

»Ich stamme also nicht bloß von 1 Kriegshelden ab«, sagte er, »sondern von 2.«

»Kriegshelden?« fragte ich.

»Ich weiß, du würdest dich nie als solchen bezeichnen«, sagte er. »Aber meine Mutter hat gesagt, du wärst einer. Und dein Vater war bestimmt einer. Wieviele Amerikaner haben schon im 2. Weltkrieg 28 deutsche Flugzeuge abgeschossen?«

»Wir könnten in die Bibliothek gehen und nachsehen«, sagte ich. »Hier gibt es eine sehr gute Bibliothek. Man kann praktisch alles herausfinden, wenn man sich wirklich Mühe gibt.«

– · – · – · – · – · – · – · – · – · – · – · – · – · – · – · –

»Wo ist mein Onkel Bob begraben?« fragte er.

»Dein was?« fragte ich.

»Dein Bruder, mein Onkel Bob«, sagte er.

Ich habe nie irgendeinen Bruder gehabt. Ich fing an zu

raten. »Wir haben seine Asche aus einem Flugzeug geworfen.«

»Du hast wirklich viel Pech gehabt«, sagte er. »Dein Vater kommt blind aus dem Krieg nach Hause. Deine Jugendliebe wird direkt vor dem Abschlußball überfahren. Dein Bruder stirbt an Hirnhautentzündung, kurz nachdem er zum Training mit den New York Yankees eingeladen worden ist.«

»Ja, weißt du, man kann immer nur mit den Karten spielen, die das Schicksal einem gibt«, sagte ich.

»Hast du noch seinen Handschuh?« fragte er.

»Nein«, sagte ich. Von was für einem Handschuh hatte ich bloß seiner Mutter erzählt, als wir uns beide vor 24 Jahren in Manila mit süßen Rob Roys vollgefüllt hatten?

»Du hast ihn den ganzen Krieg hindurch bei dir gehabt, und jetzt ist er weg?« fragte er.

Er sprach offensichtlich über den nicht-existierenden Baseballhandschuh meines nicht-existierenden Bruders. »Irgend jemand hat ihn mir gestohlen, als ich nach Hause kam«, sagte ich, »dachte wahrscheinlich, es wäre irgendein x-beliebiger Handschuh. Der Betreffende wußte bestimmt nicht, wie viel er mir bedeutete.«

Er stand auf. »Ich muß wirklich weiter.«

Ich stand ebenfalls auf.

Traurig schüttelte ich meinen Kopf. »Das Land zu verlassen, in dem du geboren bist, wird nicht so leicht sein, wie du vielleicht glaubst«, sagte ich.

»Es bedeutet mir ungefähr genausoviel wie mein Sternzeichen«, sagte er.

»Was?« fragte ich.

»Das Land, in dem ich geboren bin«, sagte er.

»Daß du dich da bloß nicht irrst«, sagte ich.

»Na ja, Dad«, sagte er, »wär ja nicht das erste Mal.«

»Kannst du mir sagen, wer in diesem Tal Benzin haben könnte?« fragte er. »Ich zahle jeden Betrag.«

»Hast du noch genug, um zurück nach Rochester zu kommen?« fragte ich.

»Ja«, sagte er.

»Gut«, sagte ich, »du fährst auf demselben Weg zurück, auf dem du gekommen bist. Es ist der einzige Weg, du kannst dich also nicht verfahren. Direkt an der Stadtgrenze von Rochester stößt du auf den Meadowdale-Kinokomplex. Dahinter steht ein Krematorium. Nach dem Rauch brauchst du nicht Ausschau zu halten. Das Krematorium ist rauchlos.«

»Ein Krematorium?« sagte er.

»Genau«, sagte ich, »ein Krematorium. Da fährst du hin und fragst nach Guido. Wenn du genug Geld hast, gibt er dir Benzin, soviel ich gehört habe.«

»Glaubst du, er hat auch Schokoriegel?« fragte er.

»Keine Ahnung«, sagte ich. »Kann ja nicht schaden zu fragen.«

40

Nicht daß es einen Mangel an richtigen Kinderschändern, Kindermördern oder anderen Leuten gäbe, die Kinder verhungern lassen, bombardieren, ertränken, auspeitschen, verbrennen oder aus dem Fenster stürzen, auf diesem glücklichen Planeten. Stellen Sie nur mal den Fernseher an. Aber das Glück hat meinem Sohn Rob Roy das Schicksal erspart, einer dieser Menschen zu sein.

Okay, meine Geschichte ist fast zu Ende.

Und hier kommt jetzt die Nachricht, die mich erst vor kurzem so fertig gemacht hat, daß mir buchstäblich die Luft wegblieb. Als ich sie von meinem Rechtsanwalt hörte, sagte ich tatsächlich: »Uff!«

Hiroshi Matsumoto hatte sich in seiner Heimatstadt Hiroshima getötet! Aber warum erschütterte mich das so?

Er hatte es in den frühen Morgenstunden getan, japanischer Zeit natürlich, während er in seinem motorgetriebenen Rollstuhl zu Füßen des Denkmals saß, das die Stelle bezeichnet, an der, als wir beide noch kleine Jungens waren, die Atombombe explodiert war.

Er benutzte kein Gift und keine Pistole. Er beging Harakiri, d. h. er schnitt sich im rituellen Selbsthaß gedemütigter Samurai, wie die Angehörigen der alten Kaste der Berufssoldaten dort früher genannt wurden, mit einem Messer die Eingeweide heraus.

Dabei hatte er doch, soweit ich feststellen konnte, nie seine Pflicht versäumt, nie etwas gestohlen, nie jemanden getötet oder verwundet.

Stille Wasser sind eben tief. R.I.P.

-·-

Wenn es wirklich irgendwo dieses große Buch gibt, in dem alles geschrieben steht und das am Tag des Jüngsten Gerichts Zeile für Zeile verlesen wird, ohne daß irgend etwas ausgelassen wird, dann möge darin auch verzeichnet werden, daß ich die verurteilten Verbrecher aus den Zelten im Hof in die umliegenden Gebäude verlegt habe, als ich Direktor dieses Gefängnisses war. Sie brauchten sich nicht länger in Eimer zu entleeren, und es wurde ihnen auch nicht mehr mitten in der Nacht das Dach über dem Kopf weggeblasen. Mit Ausnahme von diesem hier wurden die Gebäude mit Betonplatten in Zellen für jeweils 2 Mann unterteilt, in denen allerdings meist 5 saßen.

Der Krieg gegen die Drogen geht weiter.

Ich ließ auch 2 weitere Zäune errichten, von denen einer den anderen und beide zusammen die Hinterseite der inneren Gebäude umschloß. Dazwischen ließ ich Tretminen legen.

Die Maschinengewehrnester wurden in die Fenster und Türen der äußeren Gebäude, die Norman Rockwell Hall, den Pahlavi-Pavillon und so weiter, verlegt.

In meiner Amtszeit wurden auch die hier stationierten

Nationalgardisten zu Bundestruppen erklärt, ein Schritt, den ich empfohlen hatte. Das bedeutete, daß sie nicht länger Zivilisten in Uniform waren, sondern hauptberufliche Soldaten zur Verfügung des Präsidenten. Niemand konnte sagen, wie lange der Krieg gegen die Drogen noch dauern würde. Niemand konnte sagen, wann sie wieder nach Hause gehen konnten.

– –

General Florio, begleitet von 6 Militärpolizisten mit Knüppeln und Seitenwaffen, gratulierte mir persönlich zu allem, was ich getan hatte. Dann nahm er die beiden Sterne zurück, die er mir geliehen hatte, und teilte mir mit, daß ich wegen Aufruhrs unter Arrest stünde. Ich hatte angefangen, ihn zu mögen, und ich glaube, er mochte mich auch. Aber er hatte eben seine Befehle.

Ich fragte ihn also ganz kameradschaftlich: »Verstehen Sie das? Warum muß das sein?«

Das ist eine Frage, die ich mir seither oft gestellt habe, heute zum Beispiel ungefähr 5mal. Zwischen meinen Hustenanfällen.

Seine Antwort war die erste, die ich je auf diese Frage erhielt, und bleibt wahrscheinlich die beste.

»Irgendein ehrgeiziger junger Staatsanwalt«, sagte er, »glaubt, daß Sie gutes Fernsehen sind.«

– –

Ich glaube, Hiroshi Matsumotos Selbstmord hat mich deshalb so hart getroffen, weil er selbst des kleinsten Fehlverhaltens unschuldig war. Ich bezweifle, daß er je in zweiter Reihe geparkt hat oder gar bei Rotlicht über eine Kreuzung gerauscht ist, wenn gerade niemand in der Nähe war. Und dann hat er sich auf eine Art und Weise selbst hingerichtet, die selbst der schlimmste Kriminelle nicht verdient hätte, der je gelebt hat!

Er hatte keine Füße mehr, das war gewiß deprimierend. Aber keine Füße mehr zu haben, ist kein Grund, sich selbst die Eingeweide herauszuschneiden.

Bestimmt waren es nicht die fehlenden Füße, was ihm den Eindruck vermittelt hat, sein Leben wäre ein Topf voll Aa, sondern die Atombombe, die ihm in seinen Entwicklungsjahren auf den Kopf geworfen worden war.

Daß er die Atombombe auf den Kopf gekriegt hatte, hat er mir, wie ich schon sagte, auch erst erzählt, als wir uns bereits 2 Jahre oder noch länger kannten. Wahrscheinlich hätte er mir überhaupt nie davon erzählt, wenn nicht am Tag zuvor im Gefängnis-Fernsehen ein Dokumentarfilm über ›Die Eroberung von Nanking‹ durch die Japaner gezeigt worden wäre. Der Film war ganz zufällig aus dem Archiv ausgewählt worden. Der Wärter, der die Auswahl traf, konnte nicht genug Englisch, um lesen zu können, was die Gefangenen als nächstes sehen würden. Es gab also keine Zensur.

Der Direktor hatte einen kleinen Fernsehmonitor auf seinem Schreibtisch, und ich wußte, daß er auch gelegentlich hineinsah, denn er machte häufig Bemerkungen über die Albernheit dieser oder jener alten Show, speziell *I Love Lucy*.

Die Eroberung von Nanking war nur ein weiteres Beispiel dafür, wie Soldaten Gefangene und unbewaffnete Zivilisten abschlachten, aber sie wurde berühmt, weil zum erstenmal gutes Filmmaterial vorlag. Offensichtlich waren überall Filmkameras anwesend, die weiß der Himmel wer bediente, und die Bilder wurden anschließend auch nicht konfisziert.

Ich hatte einen Teil des Materials gesehen, als ich noch Kadett war, aber nicht als Teil eines gut gemachten Dokumentarfilms mit einer Baritonstimme und passender Musik unterlegt.

Das Gemetzel folgte einem Angriff der japanischen Armee auf die buchstäblich unverteidigte chinesische Stadt Nanking im Jahre 1937, also lange bevor die USA Teil des Großen Schlußzaubers wurden. Hiroshi Matsumoto war gerade auf die Welt gekommen. Gefangene wurden an Pfähle gebunden und für Bajonettübungen benutzt. Mehrere Menschen in einer Grube wurden lebendig begraben. Man konnte ihre Gesichter sehen, als die Erde darauffiel.

Die Gesichter verschwanden, aber die Erde bewegte sich noch lange. So als ob sich ein Tier einen unterirdischen Bau graben wollte, ein Murmeltier beispielsweise.

Unvergeßlich!

- -

Na, war das nicht ganz schön rassistisch?

- -

Der Film war ein großer Hit im Gefängnis. Ich weiß noch, daß Alton Darwin zu mir sagte: »Wenn es jemand tut, werde ich zuschauen.«

Das war 7 Jahre vor dem Ausbruch.

- -

Ich wußte nicht, ob Hiroshi den Film auf seinem Monitor gesehen hatte oder nicht. Ich wollte auch nicht fragen. Wir waren keine Freunde.

Dabei war ich durchaus bereit, ein Freund zu sein, wenn das zu meinem Job gehörte. Ich glaube, er hatte mich deshalb neben sich einziehen lassen, weil er die Vorstellung hatte, es wäre Zeit für ihn, einen Freund zu haben. Ich vermute, er hatte noch nie einen gehabt. Kaum daß ich sein Nachbar geworden war, entschied er sich aber, daß er doch keinen Freund haben wollte, glaube ich. Das hatte nichts damit zu tun, wer ich war und wie ich mich verhielt. Für ihn war ein Freund, glaube ich, so etwas wie ein Geschenkartikel, der zu Weihnachten mächtig angepriesen wird. Aber sollte man sich wirklich sein Leben mit so einem sperrigen Möbel und dem ganzen lästigen Zubehör vollstellen, bloß weil Reklame dafür gemacht wurde?

Er ging also auch weiterhin allein wandern und rudern, und aß auch allein, und mir war das völlig recht. Ich hatte ja ein reichhaltiges Privatleben auf der anderen Seeseite.

- -

Aber am Tag, nachdem der Dokumentarfilm gezeigt worden war, ungefähr zur Abendbrotzeit, kehrte ich in meinem Glasfiber-Umiak an das schlammige Ufer vor unseren 2 Häusern in der Geisterstadt zurück. Ich war nicht in Scipio gewesen, sondern angeln; denn meine 2 großen Freunde auf der anderen Seeseite, Muriel Peck und Damon Stern, waren in Ferien. Sie würden nicht vor der Studienanfänger-Orientierungswoche zu Beginn des Wintersemesters zurückkehren.

Der Direktor wartete am Strand, er hielt Ausschau nach mir und meinem verrückten Boot wie eine zu Tode besorgte Mutter nach ihrem Söhnchen. Hatte ich eine Verabredung nicht eingehalten? Nein. Wir hatten nie eine Verabredung. Meine nächste Vermutung war, daß Mildred oder Margaret versucht hatten, eins unserer Häuser niederzubrennen.

Aber als ich ausstieg, sagte er zu mir: »Es gibt etwas, das sollten Sie über mich wissen.«

Es gab dafür keinen besonders dringenden Grund. Wir arbeiteten nicht zusammen im Zuchthaus, wir waren kein Team. Er interessierte sich nicht im geringsten dafür, was ich lehrte und wie ich das machte.

»Ich war in Hiroshima, als es bombardiert wurde«, sagte er.

Ich bin sicher, dieser Äußerung lag eine verdeckte Gleichung zugrunde: Die Bombardierung von Hiroshima war ebenso unverzeihlich und genauso typisch menschlich wie die Eroberung von Nanking.

Und dann erfuhr ich, daß er sich als kleiner Junge in einen Graben gebückt hatte, um einen Ball aufzuheben, und daß niemand mehr am Leben war, als er sich wieder aufrichtete.

Und weiter und weiter.

Als er fertig war mit seiner Geschichte, sagte er zu mir: »Ich dachte, das sollten Sie wissen.«

- -

Ich habe zuvor gesagt, daß ich einen plötzlichen Anfall von psychosomatischem Nesselfieber hatte, als mir Rob Roy Fenstermaker erzählte, daß er wegen Unzucht mit Minderjährigen eingesperrt worden war. Das war nicht mein erster derartiger Anfall gewesen. Der erste war, als mir Hiroshi von der

Atombombe erzählte. Da juckte es mich plötzlich überall, und Kratzen half überhaupt nicht.

Zu Hiroshi sagte ich dasselbe wie zu Rob Roy: »Ich danke Ihnen, daß Sie das mit mir geteilt haben.«

Dieser Ausdruck ist, wenn ich mich nicht irre, in Kalifornien entstanden.

– · – · – · – · – · – · – · – · – · – · – · – · – · – · – · –

Ich war in Versuchung, Hiroshi ›Die Protokolle der Weisen von Tralfamadore‹ zu zeigen. Aber ich bin froh, daß ich's nicht getan habe. Sonst würde ich mich jetzt vielleicht ein bißchen für seinen Selbstmord verantwortlich fühlen. Womöglich hätte er einen Abschiedsbrief mit den Worten hinterlassen: »Ein weiterer Sieg für die Weisen von Tralfamadore!«

Nur ich und der Verfasser der Geschichte, falls er noch lebt, hätten gewußt, was er damit meint.

– · – · – · – · – · – · – · – · – · – · – · – · – · – · – · –

Der schrecklichste Teil seiner Erzählung über das Verdampfen von allem, was er bis dahin gekannt hatte, war der, als er in die Randbezirke der Explosion kam, wo überall Leute im Sterben lagen. Und er war schließlich noch ein kleiner Junge.

Es muß so ähnlich für ihn gewesen sein, als wäre er damals im Jahre 71 v. Chr. die Via Appia hinuntergegangen, als dort gerade 6000 unbedeutende Personen gekreuzigt worden waren. Irgendein kleiner Junge oder eine ganze Reihe von kleinen Jungen sind damals vielleicht tatsächlich die Via Appia hinuntergegangen. Was haben kleine Jungen bei der Gelegenheit wohl gesagt? »Papa, ich glaube, ich muß dringend austreten?«

– · – · – · – · – · – · – · – · – · – · – · – · – · – · – · –

Wie es der Zufall will, ist mein Rechtsanwalt ein Duzfreund unseres Botschafters in Japan, des ehemaligen Senators Randolph Nakayama aus Kalifornien. Sie gehören zwar zu verschiedenen Generationen, aber der Sohn des Senators war am Reed College, oben in Portland (wo Tex damals sein treues Gewehr gekauft hat) der Zimmerkamerad meines Rechtsanwalts.

Mein Rechtsanwalt hat mir erzählt, daß beide Großelternpaare des Senators, von denen die einen Einwanderer, die anderen aber in Kalifornien geboren waren, in ein Konzentrationslager gesperrt wurden, als die USA in den Großen Schlußzauber eintraten. Das Lager befand sich übrigens nur wenige Kilometer westlich des Donner-Passes, der nach einer Gruppe Weißer Kannibalen benannt worden ist. Die Leute dachten damals, daß jeder, der japanische Gene in sich hatte, möglicherweise der Verfassung der Vereinigten Staaten weniger treu sein könnte als Hirohito, dem Kaiser von Japan.

Der Vater des Senators dagegen diente beim großen Schlußzauber in einem Infanteriebataillon, dem ausschließlich Amerikaner japanischer Abstammung angehörten und das beim Vormarsch in Italien häufiger ausgezeichnet wurde als jedes andere.

Also bat ich meinen Rechtsanwalt, mit Hilfe des Botschafters herauszufinden, ob Hiroshi einen Abschiedsbrief hinterlassen hätte und ob eine Autopsie durchgeführt worden wäre. Ich wollte wissen, ob der Verstorbene irgend etwas eingenommen hatte, was das Hara-kiri leichter gemacht hätte. Ich weiß nicht, ob man das Freundschaft nennen soll oder morbides Interesse.

Die Antwort aus Japan besagte, daß es keinen Abschiedsbrief gab und daß eine Autopsie nicht durchgeführt worden war, weil die Todesursache so schrecklich klar war. Ach ja, ein Detail wurde noch mitgeteilt: die erste Person, die gesehen hat, was er sich angetan hatte, war ein kleines Mädchen, das ihn nicht kannte.

Das Mädchen rannte weg und erzählte es seiner Mama.

- . - . - . - . - . - . - . - . - . - . - . - . - . - . - . - . - . - . -

Damals, als wir noch Nachbarn waren, hab ich ihn mal gefragt, warum er das Tal nie verließe. Ob er denn nicht mal was anderes um sich herum haben wolle als das Zuchthaus und mich und die ignoranten jungen Wärter, die Glocken auf der anderen Seeseite und so weiter. Er hätte Jahre von unverbrauchtem Urlaub gehabt.

»Ich würde ja doch bloß neue Leute kennenlernen«, sagte er.

»Mögen Sie keine Leute?« fragte ich. Wir redeten immer etwas scherzhaft, so daß ich solche Fragen stellen konnte.

»Ich wünschte, ich wäre statt dessen als Vogel geboren«, sagte er. »Ich wünschte, wir wären alle als Vögel geboren.«

- -

Er hat nie jemanden getötet, und sein Sexualleben war das eines Mastkalbs, das nur wegen seines Fleischs leben durfte.

Mein Leben war etwas lebhafter, und ich habe versprochen, am Ende dieses Buches die Zahl zu nennen, die ich auf meinem Grabstein eingemeißelt sehen möchte, eine Zahl, die sowohl für meine 100-prozentig-legalen militärischen Tötungen als auch für meine Ehebrüche steht.

Wenn die Leute von dieser Zahl und ihrer doppelten Bedeutung hören, werden sie, ohne das Buch zu lesen, einfach zum Ende blättern, um zu sehen, ob sie ihnen zu klein oder zu groß, gerade richtig oder sonst irgendwas ist. Aber dem habe ich einen Riegel vorgeschoben. Ich habe die Zahl in einer Rechenaufgabe versteckt, die nur diejenigen ohne Mühe lösen können, die das ganze Buch kennen.

Also:

Nehmen Sie das Jahr, in dem Eugene Debs starb.

- -

Ziehen Sie den Titel eines Science-fiction-Films nach einem Roman von Arthur C. Clarke ab, den ich in Vietnam zweimal gesehen habe. Keine Panik! Sie erhalten zwar eine negative Zahl, aber die Araber haben uns ja schon in alten Zeiten gezeigt, wie man damit umgeht.

Addieren Sie Hitlers Geburtsjahr. Na also! Jetzt ist alles wieder schön positiv. Wenn Sie bis dahin alles richtig gemacht haben, müßten Sie jetzt das Jahr haben, in dem Napoleon nach Elba verbannt und das Metronom erfunden worden ist, obwohl weder das eine noch das andere Ereignis in diesem Buch erwähnt worden ist.

Addieren Sie ferner die Dauer der Trächtigkeit beim Oppossum in Tagen. Die steht allerdings auch nicht im Buch, deshalb sag' ich sie freiwillig. Die Zahl lautet 12. Damit sind Sie auch schon im Jahr, in dem der ehemalige Sklavenhalter Thomas Jefferson starb und James Fenimore Cooper den ›Letzten Mohikaner‹ veröffentlicht hat, der zwar nicht in diesem Tal spielt, aber durchaus hier gespielt haben könnte.

Teilen Sie diese Zahl durch die Quadratwurzel von 4.

Ziehen Sie 100 mal 9 ab.

Addieren Sie die größte bekannte Zahl von Kindern, die je aus dem Schoß 1 einzelnen Frau gekommen sind, und schon haben Sie's!

?

Bloß weil ein paar von uns lesen und schreiben und ein bißchen Mathematik können, verdienen wir noch lange nicht, über das Universum zu herrschen.

ENDE